El impostor

Pedro Ángel Palou

Diseño de portada: Jorge Garnica / La Geometría secreta

© 2012, Pedro Ángel Palou
c/o Guillermo Schavelzon & Asoc. Agencia Literaria
info@schavelzon.com

Derechos reservados

© 2012, Editorial Planeta Mexicana, S.A. de C.V.
Bajo el sello editorial PLANETA M.R.
Avenida Presidente Masarik núm. 111, 2o. piso
Colonia Chapultepec Morales
C.P. 11570 México, D.F.
www.editorialplaneta.com.mx

Primera edición: mayo de 2012
ISBN: 978-607-07-1145-9

Impreso en los talleres de Litográfica Ingramex, S.A. de C.V.
Centeno núm. 162, colonia Granjas Esmeralda, México, D.F.
Impreso y hecho en México – *Printed and made in Mexico*

Esta es una obra de ficción documental. Lo que significa que todo lo que aquí se cuenta pudo haber ocurrido, como atestiguan los tantos y tantos libros, documentos, archivos que se han consultado para escribirla. Los personajes también son estrictamente reales; la libertad del novelista consiste en imaginarlos conversando, soñando y pensando. En esos primeros años de lo que después sería el cristianismo se definió la historia de Occidente, pero esos hombres no lo sabían, creían solamente que se acercaba el fin de los tiempos y se preparaban para afrontarlo. Queda advertido el lector.

Siempre se ayuda la mentira de lo cierto
para atacar a la verdad.

SÉNECA

La palabra es la más ligera de las cosas
y lleva en sí todas las cosas.
La acción es un lugar, un instante.
La palabra es todos los lugares,
todo el tiempo.

ADONIS

Encender en el pasado la chispa de la
esperanza es un don que solo se encuentra
en aquel historiador que está compenetrado
con esto: tampoco los muertos estarán a salvo
del enemigo si éste vence. Y este enemigo no ha
cesado de vencer.

WALTER BENJAMIN

PRIMERA PARTE

El perseguidor

I

Córdoba, provincia Bética, *circa* 94 d.C.

Mata si eres capaz y si no te queda otra alternativa. Asesina cuando lo requieras, pero intenta que tu corazón esté siempre libre de rencor o de ira. Deja que las cosas se desvanezcan, como la nieve de la montaña. Así me aconsejó mi padre antes de dejarme marchar a Roma, la ciudad que sellaría mi destino. Recuerdo sin odio, pero no puedo evitar que la sangre se derrame por la tinta de estas páginas.

Esta no es mi historia, es la de Pablo de Tarso, en Cilicia.

Yo soy un aventurero, su acompañante y ahora su memoria.

Esta es la verdadera historia de quien mintió para vivir.

Déjame hablarte, lector, en estas páginas que no serán siempre placenteras. Te esperan en ellas muchas peripecias. Habrá sangre y amor, muerte y traición, fe y despropósitos. Los mismos de la vida, que nunca tiene otro sentido que llevarnos al último día, tan cercano para mí ahora.

Éste que dicta, porque sus fuerzas no le alcanzan ya para escribir y debe confiar en su amanuense aunque a veces tome la pluma para completar una idea, es un viejo desdentado a quien le mojan el pan con leche de oveja cada mañana para que desayune. Quien ahora parlotea, entonces, en lugar de recibir el dictado de otros, es un hombre solo, acostumbrado a ser siempre compañía. Puedes llamarlo Timoteo, querido lector, si te place asignarle un nombre a quien te habla con estas palabras. Soy un viejo que le teme a su imagen, la rehúye. Tuve, sin embargo, en la belleza mi principal virtud. Acompañada de silencio puede abrir muchas puertas. En la juventud se anhela vivir mil años; yo ahora, a mis ochenta y dos, como la Sibila de Cumas, solo deseo morir.

Nadie es tan viejo, sin embargo, como para no ser digno de un nuevo día. Hoy amanezco en Córdoba, en Hispania Ulterior, tan lejos; hasta aquí anhelaba mi maestro y amigo llegar algún día con su prédica a los gentiles. Y en esta tierra de clima tan bondadoso vino a morir hace ya veinte años, aunque oculto tras una falsa identidad, si acaso tuvo alguna verdadera un día. Me han dejado su habitación, su ropa, sus libros. Cuido de su correspondencia; la releo con cierta sorna, la del que sabe la verdad que esas palabras ocultan con gracia.

Por esa verdad ahora empiezo estas curiosas memorias que cuentan en realidad la historia verdadera de las mentiras, porque la vida suya, la de Saulo de Tarso —o Pablo, como vino a llamarse él mismo un día, inventándose un lugar de nacimiento— fue la de un grandísimo fingidor; el mejor a mi juicio, si acaso importa. Aunque si te encuentras leyendo estas líneas es porque ya todos los implicados en esta historia hemos muerto, olvidados. Dicto en griego, una de las cuatro lenguas que domino, aunque no puedo dejar de salpicar mis palabras con el latín que se habla en esta casa y que aprendí de joven, cuando mi padre me envió a Roma buscándome un oficio rentable.

El filósofo que nació en esta casa, y cuya viuda tanto nos protegió, dijo bien que las mejores cosas escapan volando y las peores las suceden. Ahora dependo para sobrevivir de los favores de su sobrino, Lucilo, quien también teme por su vida si regresa a Roma; él y su familia, tan cercanos a la de los césares.

He de referir algunas de esas aventuras: hacer algo tan odioso como perorar sobre mí antes de relatar los hechos de Saulo, o los nuestros si se quiere. Nací en Listra, al sur de Iconio, en una ciudad de gentiles. A la pequeña villa que las cartas de Saulo llaman pagana se llega por el mismo hermoso camino romano que parte de Antioquía de Pisidia. Mi padre, residente del lugar, cobraba impuestos en la producción de granos; era un judío, pero trabajaba para los romanos. Desde niño, por ello, estuvo echada mi suerte: yo sería formado como espía militar. Tan pronto pudiera portar la toga viril romana iría, como ciudadano del imperio, a formarme a la capital dentro de la temida Guardia Pretoriana. Mi padre había ahorrado sestercio tras sestercio desde mi nacimiento para no frustrar ese deseo de triunfo depositado en mi persona. Nunca me representó una carga, he de decirlo: antes bien fue un alivio dejar el clima caluroso y casi desértico ante el mundo poblado por todos los mundos que es Roma. Abandoné Listra con pocos recuerdos y ataduras. Una carta mensual a mi madre, una parte de mi salario enviada a mi padre, hacían el trabajo que mi memoria rehusaba.

Roma era una ciudad interminable; en sus calles podía uno perderse. Pronto supe que también en sus mujeres, que me brindaron cobijo. La belleza abre puertas insospechadas: los que para otros eran umbrales infranqueables se convertían para mí en pasillos a placeres y licencias que la edad o el dinero de otra forma prohíben. Era demasiado joven, sin embargo, para entender que si uno encuentra miel debe comer lo justo, porque si no, se harta y vomita. Hube de aprenderlo con el tiempo y con las penas.

En un inicio Roma fue el paraíso. Llegué a la ciudad el mismo año en que el emperador, Tiberio, se retiró a Capri. Dormía en las barracas pretorianas, me entrenaba y me hacía hombre en las afueras de Roma, en la colina Viminalia. Y allí conocí al todopoderoso Lucio Enio Sejano, a quien mi suerte estaría desde entonces encadenada.

—¿De dónde eres? —me preguntó la primera vez que reparó en mí, al pasar revista. He dicho antes que la belleza me abrió muchas puertas. Debajo de esas cejas tensas como arcos a punto de disparar su flecha, sus ojos me herían. Pronuncié mis señas, la lejana ciudad de la que provenía, el nombre de mi padre que no debió decirle nada, y susurró unas palabras al centurión que nos adiestraba. Me golpeó en el hombro con su *gladius* enfundada, en señal de aprecio. Esa misma noche entré en sus aposentos.

Sejano no comía: devoraba. Se metía enormes pedazos en la boca y chupaba uno a uno sus dedos en medio de eructos, como si fuese a vomitar lo que ingería. Mientras daba cuenta de no sé qué bestia asada, bebía de una enorme copa de oro. Un manumiso me indicó que me reclinara en un sillón contiguo.

—Eres alto y fuerte, muchacho. Muy fuerte para alguien de tu edad —dijo interrumpiendo su ingesta, pero sin dejar de beber vino—. Y virgen, seguramente.

Al ver cómo me sonrojaba, se explicó:

—No te quiero para mí, descuida, sino para Tiberio. Pero no puedo llevarte con él así, como un salvaje. Vivirás aquí, lejos de los demás soldados; yo te enseñaré lo que tengas que saber de la milicia. En esta casa aprenderás cosas mucho más importantes, cosas que te harán delicioso para el emperador, uno de sus favoritos. Anda, come, debes estar muriéndote de hambre.

Horrorizado por el espectáculo de mi anfitrión al comer, pude yo mismo ingerir un poco de carne, mucha fruta y agua. Un esclavo nos proporcionaba aire fresco y otros hombres, más lejos, cantaban y tocaban sus instrumentos. Esa misma noche, como si Sejano no quisiese perder un instante, me acompañó a mi nueva alcoba y pidió al eunuco manumiso que me había recibido al entrar, escoltado por mi centurión, que me dejara poseerlo.

Ahora, siendo tan viejo, mientras lo escucho de mis labios y mi amanuense lo escribe, suena casi sencillo. El eunuco era bello, de rostro hermoso, como esculpido en piedra. Sejano le ordenó que me untase aceite en el cuerpo. Mientras él bebía, daba grandes carcajadas y seguía comiendo, ahora fruta, el manumiso me desnudó; poco después, con dulzura, comenzó a acariciarme. Sejano, a mis espaldas, me fue indicando qué hacer hasta que con un último gesto penetré al eunuco; el hombre chilló, nunca supe si de placer. Yo mismo no sabría definir si lo que sentí fue goce o miedo: pronto me desparramé dentro de él y me pareció morir. Estaba exhausto. Otro criado me ayudó a vestirme; las piernas me temblaban. Luego Sejano y yo nos quedamos solos.

—Hoy has aprendido solo una parte del juego de ser hombre, Timoteo: la menos dolorosa. Hoy sabes lo que sentirá Tiberio cuando te penetre y se satisfaga con tu carne. Pronto habrás de entender que lo difícil es resistir. Esa será mi mejor herencia, enseñarte los secretos de la sobrevivencia. ¡Ahora vete a dormir!

No pude casi conciliar el sueño. A la mañana siguiente empezó mi adiestramiento en las artes de la esgrima. Sejano utilizaba una hermosa espada gala, que aseguraba había pertenecido a Julio César mismo, y yo una pesadísima y fea. Así pasarían los días: horas y horas de la mañana dedicadas a las armas, y las de la noche reservadas para los placeres de la carne. Aprendí a comer, a beber y a vestir. Entré a casa de Sejano siendo un *puer*, un niño que recién ha dejado de ser amamantado, y salí años después hecho un hombre. No solo por los aprendizajes militares, que me serían útiles el resto de la vida, no: en realidad aprendí a utilizar la verdad, a cambiarla, a modificarla. Un día Sejano me lo dijo:

—Recuerda que saber demasiado conlleva peligros infinitos. Pero no se trata de no saber, sino de ocultar que sabes y manejar la información a tu antojo. Ese es el verdadero genio del espía: poder crear miedo en quien debe sentirlo y seguridad en quien te paga por esa información preciada.

Aunque me di cuenta de esto únicamente pasado el tiempo, ya estando en Capri, en los aposentos del viejo Tiberio.

Así, lo que mejor aprendí en esa casa fueron las artes del espía, en las que Sejano era un maestro indiscutible: mentir, intrigar, manipular. Hora tras hora le vi utilizar las mejores que un impostor pueda tener. Y, al menos eso me parecía entonces, era invencible: todos sus enemigos perecían, caían en desgracia o eran cruelmente desterrados. Tiberio lo requería para poder desaparecer por años en su isla. De Roma hacia su retiro confiaba ciegamente en lo que Sejano llevaba y traía. Muchos destinos se decidieron en ese ir y venir de rumores.

En Capri serví para los placeres del emperador.

—Estupendo, estupendo —dijo Tiberio al verme desnudo, antes de invitarme a su piscina—, he tenido mancebos de todo mi imperio, pero nunca un hebreo, un circuncidado como tú. ¿Te habrá dolido perder el prepucio?

En el agua chapoteaba con un par de niños, gemelos, que jugaban a tocarse los órganos sexuales y masturbaban al emperador.

—Ven, anda; entra con nosotros. ¡No seas tímido! Este es el lugar más dulce de todo el imperio, muchacho. ¡Goza con nosotros!

Esa fue la primera de muchas tardes al lado del emperador. No se cansaba de sus juegos sexuales. Había hecho dibujar los techos de su villa al estilo de Parrasio con escenas concupiscentes que buscaba reproducir. Le encantaban los niños; le excitaban, lampiños, con sus juegos absurdos.

Hizo de mí su favorito. Traían a mi aposento viandas exquisitas: veinte platillos distintos para que mi potencia viril aumentara. Mi vigor era mi única suerte, mi único presente.

Calígula, su sobrino, también me encontró simpático, o rivalizaba con su tío y me buscó como otro compañero de juegos, a pesar de que tenía allí a su amigo Agripa, quien se había criado en Roma y no en Galilea, donde su familia reinaba al servicio de los romanos. Un día me espetó:

—Debes prepararte, Timoteo. En el momento menos esperado Tiberio se aburrirá de ti, encontrará un nuevo pasatiempo más exótico. ¿Has pensado en cuál será tu futuro entonces, cuando el emperador te deseche?

Por supuesto, no lo había hecho.

Un día, sin embargo, en que el tío estaba más caprichoso que de costumbre, Calígula iba a ser castigado por negligencia. Me eché la culpa ante Tiberio: le dije que en realidad a mí me habían encargado avisar a los cocineros que el emperador deseaba que se guisasen unas pequeñas aves que le trajeran unos campesinos, aunque bien sabía que era Calígula quien olvidó el deseo de su pariente.

No me ofreció su amistad al instante, al contrario: me costó trabajo formar parte de su verdadero círculo, algo que después agradecí. Fue más bien a través de Agripa que pude acercarme a Calígula.

Fuimos los tres a una excursión a la playa. Los amigos se adentraron en el mar, eran dos jóvenes que jugaban como niños pero se preparaban para gobernar su mundo. Ya lo dije, lograr que yo no estuviera cerca de Tiberio le hacía gracia a Calígula. Una ola, aparentemente inofensiva, se los llevó mar adentro. Tardé en darme cuenta de que en realidad se hallaban en peligro; los vi desaparecer en el mar y luego reaparecer, o más bien solo algunas de sus extremidades. Nadé esforzándome mucho hasta encontrarme con ellos: Agripa intentaba salvar al amigo que parecía haber sucumbido a la embestida de las olas, pero ambos estaban ya maltrechos, semihundidos. Los tomé con fuerza del cuello y como pude, haciendo descansar a uno en mis hombros, jalando al otro, braceé hacia la playa. Tuve suerte, o las olas y los hados así lo quisieron, pero pronto los tuve en tierra y pude hacerlos expulsar el agua salada que habían tragado. Unos esclavos se acercaron, alertados por mis gritos, y traían al médico de Tiberio y unas camillas de tela y madera en las que trasladaron a los sobrevivientes.

—Te ofrezco mi amistad —me dijo Agripa esa noche—. Y el eterno agradecimiento de Calígula, quien valora tu sacrificio. Pudiste haber muerto por salvarnos.

Esa oferta de ágape fue decisiva para mí. No puedo evitar sonreír mientras lo dicto a mi amanuense; sin dientes, pero sonrío.

Pues a todos, alguna vez, nos abandonan los dioses. La vida pasa demasiado rápido como para que tomemos decisiones; nos arrastra en su torbellino sin que nada podamos hacer. Vivir en Capri era habitar en el peligro: un día Tiberio te mandaba llamar a sus juegos, otro prescindía de ti. Un día Sejano cayó de su gracia y fue Macrón, el jefe de la Guardia Pretoriana, quien asumió el papel de consejero y guía del viejo emperador. Y también, como veréis, de mi humilde persona, ya que Macrón adoraba a Calígula y tenía sus propios conciliábulos con él y con su amigo Marco Julio Agripa. Cuando Tiberio decidió regresar a Roma después de mandar ejecutar a Sejano y a su propia esposa por adúltera, seguí a mis nuevos protectores y sellé la suerte de mi vida entera.

Un día, ya en el largo e infausto viaje a Roma, supe lo que era el dolor.

Mi cuerpo, aún joven entonces, padeció a Calígula; ningún otro hombre se le puede comparar. A veces, cuando se es muy joven, se cree que la belleza física lo podrá todo y se descuidan otros encantos. Mis años con Sejano me habían servido, sin embargo, lo suficiente para no caer en esa soberbia; utilizaba desde entonces mis atributos físicos y el poder de la intriga, porque la belleza se marchita pronto.

Pero el pago por esa vejación llegó cuando el joven Calígula, a la súbita muerte de Tiberio, se convirtió en césar. Algunos afirman todavía hoy que en realidad él mismo causó esa muerte, pero entonces *Caliguitas* entró triunfante en la ciudad acompañado por el cadáver del tío, escoltado por la Guardia Pretoriana, que lo elevó al trono por encima del hijo legítimo de Tiberio, quien había dejado de existir el decimosexto día del mes consagrado al dios de la guerra, durante el vigesimotercer año de su reinado funesto.

Cayo Julio César Augusto Germánico, Calígula, se volvió emperador, amo y señor de Roma gracias a la Guardia Pretoriana, y obvio es decirlo, a Macrón.

Era cónsul Próculo. Corrían los *idus* de marzo, fecha funesta para otro césar, alegre para Cayo como ninguna.

Y cumplió su palabra: la amistad es una lealtad más longeva que el amor. Me hizo espía y así me convertí en un *frumentarius,* un agente al servicio del césar, como siempre deseó mi padre: un informante del emperador en tierra de judíos, que obedecía órdenes directas de él. ¿Qué me había llevado hasta allí? ¿Cumplir solo con lo que mi padre buscaba como mi destino? No lo creo. Ahora, desde la distancia, pienso que me atraían muchas cosas de mi nueva realidad. Un oscuro ciudadano del imperio había triunfado en Roma, y lo sabía; además, muy joven. Pero no me engañaba tampoco: me sabía un siervo, un esclavo del secreto. Porque eso es un espía: un esclavo del secreto, no de sus amos, que cambian con los años. Me apasionaba el sabor del poder, los deleites de la riqueza, la infinita mansedumbre de los corredores de palacio, pero sabía claramente que mi destino estaba en la calle, sucia y hedionda; aunque allí, en los corredores de la mentira, viviría mis mejores días.

Con todo, amaba mucho más la aventura y sus riesgos infinitos que el ocio aburrido de la corte.

Embarqué hacia Judea: en esa tierra extraña para Roma habían ocurrido demasiadas cosas. Mi misión era informar pormenorizadamente acerca del papel de Pilatos y del sumo sacerdote Caifás en la ejecución de un judío que decía ser el Mesías, el elegido. Para mí este viaje, de alguna manera, era un regreso a casa.

Llevaba instrucciones para uno de los agentes más conspicuos del emperador, un oscuro hombre que decía llamarse Saulo, ciudadano romano de origen judío como yo, que hablaba bien el griego, el arameo y servía como mercenario del Sanedrín a las órdenes de Caifás, el sumo sacerdote del templo. Partimos de Brindisi a mediados del siguiente febrero. Varios de los tripulantes, supersticiosos, se encomendaron a las estrellas antes de partir; a mí viajar siempre me había parecido placentero.

El sol delante de nuestra embarcación cada mañana anunciaba un futuro halagüeño, o así pensaba yo entonces.

Me previno Agripa en perfecto latín, cuando llegamos a Cesarea: «Y ahora, Eneas, sé duro de corazón». Respetar esa consigna sería esencial para mi supervivencia: a partir de ahora debía ser duro, inflexible, con el corazón inexpugnable, como una roca. También a mí me serviría la lección de Virgilio.

¿Un hombre tiene muchas vidas o solo una? Es lo último que dicto por ahora a mi amanuense. Estoy muy cansado. Pero advierto que mi pregunta es solo retórica, porque en el fondo estoy seguro de que son diversas las vidas que habitan dentro de un solo ser humano. Yo, después de ese viaje, aprendí que el verdadero rostro del espía no existe: siempre es otro.

II

Alejandría, año 31 d.C.

Puedo imaginarme sin dificultad aquel encuentro; no en vano he tratado a nuestro hombre tanto tiempo y no por nada su recuerdo es uno de los más persistentes que se alojan en mi ya muy añosa memoria. Lo veo caminar decidido, como tantas veces lo vi, por las calles de Alejandría hacia su meta. Se dirige a casa del gobernador romano, Galerio, donde es impensable que vaya a entrar alguien como él, ciudadano de Roma, cierto, pero no de la casta ecuestre. Sin embargo ha sido invitado por el joven sobrino del gobernador, Séneca, a quien conoció en los baños de la ciudad.

—Así que aceptas comer con alguien que no es de tu comunidad, mira que eres curioso, Saulo. Yo tenía por verdad que los judíos solo comparten los alimentos con los suyos y son muy estrictos en lo que comen.

—En eso no te equivocas. De cualquier modo, puedo comer frutas en la cena de tu tío para no ser descortés. Y la conversación hace más corta cualquier comida.

—En eso no te falta razón, lo admito. Te espero esta noche. Serás mi invitado de honor.

—Gracias, Lucio. Me honra ya tu amistad, pero me encantará conocer a tu familia.

Saulo estaba en Alejandría completando una de sus encomiendas especiales. Era judío, pero al servicio de la Guardia Pretoriana. Nunca había visto el rostro de sus superiores, aún no viajaba a Roma. Oficialmente pertenecía al grupo de mensajeros cuya tarea era traer y llevar la correspondencia imperial. En Jerusalén, lo mismo que en Alejandría, sin embargo, era para todos un judío zelote de formación farisea, temerario y fanático, opuesto a los romanos, si había que decirlo en público. Curioso, pues de ellos dependían los sestercios con los que comían él y su mujer, preñada. Un año ya en Egipto, con todo y familia, encubierto. Eso lo sabía hacer muy bien: aparecer como uno de aquellos a los que investigaba.

En Roma sus informes confidenciales eran tomados muy en serio y a las recomendaciones allí vertidas casi siempre las seguían órdenes raudas y sumamente duras: la prisión, el destierro o la muerte. Él mismo judío y ciudadano de Roma —aunque había nacido en Tarso de Cilicia treinta y dos años antes—, podía hacerse pasar por un estudioso de las Escrituras: en ese carácter había entrado a conocer las ideas de Gamaliel, uno de los sumos sacerdotes de los fariseos. Al principio lo había hecho con dudas, su formación era más bien helénica y alguien podría darse cuenta de la impostura, pero conocía bien el arameo y se decía teólogo.

Caifás sabía, en cambio, que él tenía otros motivos para estar allí, pero incluso al sumo sacerdote del Sanedrín le era desconocida la encomienda que lo llevó a Alejandría, lejos de casa, jugando el papel de ferviente judío de la diáspora en busca de más estudios y conocimientos. En ese concepto también lo tenía Séneca, quien quizá por eso buscó su cercanía: simple curiosidad de un joven filósofo que buscaba ejercitarse frente a la mente de un teólogo de origen judío.

—Saulo, mi amigo hebreo, de quien tanto te he hablado —le dijo Séneca a Galerio, quien lo saludó con un ademán.

Luego se dirigió a su amigo con vehemencia:

—Regreso a Roma, a lo sumo en dos semanas estaremos zarpando. ¡Me alegra tanto volver!

—Eso mismo querría yo, pero a Jerusalén, a proseguir mi camino con Gamaliel, de quien te he hablado.

—Claro, el sacerdote ese que cree en la reencarnación del alma. Pero ningún mortal podría reencarnar —concluyó, reprobatorio—. Solo es permanente lo divino.

—El justo regresa junto a su creador.

—Ningún dios se preocupa por las cosas de los hombres, Saulo. Son demasiado aburridas.

—Él ha creado a los hombres, Séneca, por ende piensa en ellos.

—Eso equivaldría a pensar que la criatura es más importante que el creador. ¿No te parece arrogante? Anda, vamos a caminar un poco.

La casa del gobernador era digna del propio césar, o de Cleopatra, de la que el padre de Séneca tanto hablaba. En Tarso había ocurrido el encuentro entre la emperatriz y Marco Antonio, y los viejos hablaban siempre de ese suceso como el más importante de la ciudad. Lucio siempre había imaginado a Cleopatra hermosa y desafiante, rodeada de esclavos; por eso la recordaba ahora, al caminar por los jardines del gobernador Galerio. Les habían servido un buen vino, que no quiso rehusar; era uno de los pocos placeres que se permitía.

—Me agrada tanto conversar contigo, Saulo; siento que es un permanente debate. Me gusta la gente como tú, convencida de sus creencias, apasionada en su defensa.

—Yo solo expongo mis argumentos, aunque no niego mi vehemencia —contestó, aceptando él mismo su mentira, pues hacía tiempo que no sabía en qué creer verdaderamente.

—Pero estábamos hablando de algo más interesante, déjame recordarlo.

Se hallaban en un espléndido jardín, apoyados en sus triclinios, bebiendo; unas mujeres tocaban la flauta a su alrededor.

Por la mañana, mientras estaban en los baños, ocurrió que a un rico comerciante, un prestamista romano, vinieron a buscarlo oficiales para llevarlo preso. Iniciaría un largo juicio por muchas cosas, superpuestas unas con otras: no pagar impuestos, cobrar réditos muy altos a sus obligados y castigar a su manera a los que no pagaban a tiempo; se decía que el hombre tenía a su servicio un pequeño ejército de esbirros capaces de medio matar a un deudor moroso. A Séneca le parecía bien que la ley, al fin, sirviera para castigar también a los poderosos. En la mañana habían interrumpido su plática sobre la moral y la virtud, que ahora retomaban al calor de los vinos.

—Espero que no te parezca impuro, Saulo: también pienso que el dominio de los placeres es esencial, pero siento que es una elección mía, privada, no un asunto impuesto por los dioses o los sacerdotes. Creo en la virtud, sabes, me parece la más importante de las conquistas del hombre.

—La virtud, ¿y para qué ser virtuoso?

—Para ti mismo. ¿Piensas acaso que la moral es cosa de recompensa y castigo? Se trata de una decisión personal, que te permite vivir mejor. Te lo he dicho tantas veces: no se trata de complacer a nadie, al contrario; el estoico renuncia voluntariamente a todo hedonismo porque lo considera superficial y vacío, no porque un dictado superior se lo imponga.

—Te entiendo, pero no te puedo seguir. A mí eso es lo que me parece vacuo y egoísta, sufrir tanto para nada. Gamaliel afirma que el justo gana la eternidad: eso me parece que tiene una mayor coherencia. Además nos hallamos próximos al fin, el tiempo se acerca. Sí, pronto vendrá un Mesías anunciando el fin de los tiempos.

—El que no te sigue ahora soy yo. ¿Crees de verdad que el mundo se va a acabar? ¿Que nos convertiremos en nada, en caos y oscuridad?

—No. Él juzgará al mundo por el fuego, reunirá a las naciones y se sentará a retribuir, realizando la siega y la cosecha del vasto campo que son sus hijos; el tiempo concluirá como lo conocemos y comenzará el reino eterno del Hijo del Hombre. Los justos y los pecadores estarán juntos para rendir cuentas, pero solo los pecadores deberán tener temor, pues los justos serán protegidos por el mismo Creador. Él nos salvará.

—Él, Él, Él —repitió el filósofo, riendo—: es cierto, no puedes pronunciar su nombre; perdona que me haya reído, pero es que me causa tanta gracia. Ahora resulta que solo eres bueno porque el día de tu juicio se acerca, y que Él te juzgará cuando venga a la Tierra.

—Un Mesías, un elegido…

—Otro conflicto para mí: afirman que son el pueblo elegido y ahora también que hay una persona seleccionada para anunciar el fin de los tiempos. Confirmo la palabra que define para mí a los hebreos: supersticiosos. La moral es un tema privado, tan personal como lavarse el cuerpo, te insisto. Ahora vamos con los demás, han servido la cena.

—Si solo es un tema personal, ¿por qué te alegró tanto ver cómo apresaban al hombre por la mañana?

—Porque detesto a quienes obran contra los más débiles; los poderosos sin razón.

Unos esclavos llevaron sus copas vacías. La noche era oscura pero las estrellas estaban allí, haciéndoles compañía, centinelas de sus discusiones, aunque Séneca tampoco creía en los astros ni en las supersticiones de los suyos, tan arcaicas.

Otro de los esclavos le sirvió una copa a Saulo, pero torpemente le regó parte del contenido en la túnica; Séneca lo mandó de inmediato a azotar, sin clemencia. Saulo le comentó a su amigo que la medida no le parecía correcta sino excesiva.

—Es un mal sirviente y esta no es su primera torpeza, Saulo. Es lo que corresponde para hacerlo virtuoso, castigarlo. Solo así aprenderá.

—A mí me sienta muy mal que lo azoten por mi culpa, Séneca.

—No es tu culpa, qué tontería. Es su fallo el que lo conduce a su propia penitencia. Es mi derecho de señor reprender a un esclavo, enseñarlo a que no se repita. De esa forma además aprenden los otros el peso de la virtud.

«¿Así que eso es la vida moral entre los romanos —piensa Saulo—, ejercer dominio inmisericorde sobre los otros?»

No fue raro que durante la cena la conversación, entonces, continuase refiriéndose a la vida moral y la virtud, que a Saulo le parecían sumamente superficiales si implicaban solo a las cualidades de los hombres en la Tierra.

—¿Qué entiendes por vida moral? —preguntó Saulo a su nuevo amigo.

—La contención de las pasiones, el control de los impulsos y las emociones.

Corrieron al menos seis tipos distintos de carnes, sirvieron más y más vino. No comían, tragaban; así dominaban sus pasiones, recuerdo que me dijo Saulo. Yo también los he visto.

—La mala compañía corrompe los buenos hábitos —reconoció Lucio Anneo, citando a Menandro—. Yo me voy en unos días de regreso a Roma con los pulmones sanos. A eso vine a Egipto, a llenarme los pulmones de aire; lo que menos pensé es que me llenaría la cabeza de ideas. *Asthma*, llaman los griegos a mi enfermedad; la comparto con mi querido hermano Novato. Por eso, quizás, no fuimos atletas, y nos dedicamos al estudio: yo de la filosofía y él de las leyes. Es como si fueras a dar el último aliento, amigo, con cada respiración, en ocasiones llega hasta la asfixia. En la playa, en Córdoba, miré alguna vez de niño cómo moría un enorme pulpo que no podía respirar nuestro aire. ¿Has contemplado alguna vez los ojos de un pulpo? Son melancólicos, llenos de bilis negra. El animal sufría como yo cuando me dan mis ataques. La proximidad con la muerte me ha hecho filósofo, me ha obligado a cuestionarlo todo. Tú, Saulo, crees, ya te lo he dicho, y eso te basta: yo necesito dudar.

—Hay un límite a toda la comprensión humana, una frontera que nadie debería creer que puede traspasar: ese es el lugar de lo divino.

—Lo dices en Egipto, y no deja de ser curioso: este lugar existía hace dos mil años, Saulo. Las pirámides son casi tan viejas como el mundo. Aquí, en la biblioteca que Demetrio de Falera hizo reunir a los reyes tolemaicos, se halla reunida buena parte de lo que los humanos hemos pensado. Vine a respirar Egipto y su aire seco, y aprendí la libertad del pensamiento. Le agradezco a mi tía y a su esposo, el gobernador Galerio, la gran hospitalidad que me han brindado en esta tierra de sabiduría ancestral.

Todo lo anterior lo dijo de pie, levantando su copa y la voz. Hubo risas y felicidad.

—¡Viva Tiberio César! —dijo Galerio alzando su copa mientras los demás lo imitaban en el gesto y bebían.

Un esclavo le hizo una seña al filósofo y se acercó a darle un recado al oído. Buscaban a Saulo, era de su casa, urgía que se presentara allí; su mujer estaba por parir.

Saulo salió en medio de la oscuridad de la noche; Séneca lo hizo acompañar por unos centinelas y, claro, también por antorchas. Pero ninguna luz a partir de esta noche habría de ser suficiente para el aprendiz de teólogo, el impostor. El sufrimiento puede provocar ira, y esta no se sacia en la rabia y sus gestos desesperados, en la espuma de los belfos del animal herido, en los escupitajos verdes del enojo.

Dicto estos recuerdos que no son los míos sino los de mi amigo y compañero de misión, y calculo que pasaron todavía seis años desde esa visita que él me contó hasta que yo llegué a conocerlo. Pero voy demasiado deprisa y no vale la pena. Espera, amanuense, déjame hacer memoria; aunque sea memoria ajena.

Saulo salió del palacio del gobernador para caminar por las oscuras calles de la bella Alejandría. Estaba nervioso, es cierto, pero era debido a que esa noche sería padre por vez primera.

En casa todo era gritería; Saulo preguntó a una mujer qué ocurría.

—El bebé no quiere nacer, no ha colocado la cabeza para salir. Hay una vieja que hemos llamado, es una sabia en estas cosas, tal vez ella pueda ayudarnos. Ni siquiera el médico vio un parto así nunca.

—¿Así como? —gritó Saulo, pero la mujer ya había entrado y no supo si él podía hacerlo. Escuchó los gritos de Raquel, adentro; eran de dolor, terribles. Gritos como no había escuchado nunca, como si la desgarraran por dentro. Venían corriendo otras mujeres de la calle envueltas en sus trapos, sudorosas.

—¿Eres el padre? No te quedes ahí, entra con nosotros a ayudar. Vamos a necesitarte —le dijo una anciana.

El espectáculo era terrible. Había suficientes velas encendidas como para alumbrar un templo; el calor era terrible. Las mujeres que recién llegaban se limpiaron las manos y el médico explicó algo a la vieja en voz muy queda; ésta puso las manos sobre el vientre de Raquel, presionando, buscando el lugar donde el bebé debía tener la cabeza. Raquel gritó; la anciana pidió a Saulo que limpiase el sudor a su mujer y le sujetase las manos.

—Esto va a doler mucho.

«¿Dónde va a caber más dolor?», se preguntaba él mientras maniataba a su mujer. Entonces pudo verlo: de entre las piernas de Raquel se asomó un bracito sangrante. Lo único que había salido de la criatura, lo que impedía que naciera, ahora lo comprendía bien. La vieja volvió a meter la extremidad diminuta dentro de Raquel, que lanzó un último grito y cerró los ojos. No volvió a abrirlos.

—¿Qué le ha pasado a mi mujer? —gritó Saulo.

—No lo sabemos aún —dijo el médico—. Sosténgale bien la cabeza. Necesitamos que vuelva en sí para que la criatura nazca.

La mano de la anciana seguía dentro de su mujer inerte; luego salió, llena de sangre, con la cabeza del bebé. Raquel gritó de nuevo y empujó con todas sus fuerzas. Era una niña; una niña muerta.

La vieja la miraba con resignación.

—Llévensela a limpiar. Nació muerta.

¿Alguien puede explicar cómo se nace, se llega a la vida sin un soplo de aliento, muerto? ¿Podría hacerlo el estoico Séneca? Desconsolado, fue tras su hija o el bulto que pudo ser su hija; una mujer intentó detenerlo, pero la anciana con un gesto le dijo que sí, que estaba bien, y salieron del cuarto.

¿Cómo pudo ocurrirle a él esta tragedia?

Nada de lo que estudiara en los libros le permitía comprenderlo.

Estaba sentado, con el bulto inerme de la niña envuelto en un sudario, cuando el médico le informó que su mujer también había muerto. Recibió la noticia ya sin emoción: se le habían acabado las lágrimas. No sabía aún lo que era el dolor, apenas recibía el primer aguijonazo de la pérdida, pero la pena lo iría minando día a día, como el agua de un arroyo a la más dura de las piedras, y entonces sí llegaría a temer convertirse en polvo.

Los días de duelo transcurrieron como entre sombras. Volvió a ver a su amigo estoico una sola vez, cuando éste se acercó a despedirse antes de partir a Roma. Se abrazaron sin palabras, conscientes de que con probabilidad no volverían a verse. Quedaron en escribirse largas epístolas sobre sus vidas, una costumbre rara entonces pero que Lucio Anneo practicaba:

—Será parecido a mantener una conversación permanente, solo que a la distancia.

—Lo que queda de la mía seguramente no será muy interesante, Lucio.

—Ya habrá tiempo para recomponerse, amigo. No hallas consuelo ahora por lo reciente de los sucesos, pero después sabrás cómo vivir sin los que se han ido ahora de tu lado; los dejarás descansar, y tú descansarás también. ¡Ave, Saulo! La muerte puede sorprendernos, pero es el orden de la naturaleza, nada más ni nada menos. Es la única forma de no consumirse entre tormentos.

Ninguno de los dos sabía lo que tenía por delante: Séneca y sus parientes naufragaron en el regreso a Roma y el viejo Galerio pereció en el viaje. El joven filósofo se convirtió en el protegido de su tía después de los suntuosos funerales del gobernador. Viudo, Saulo regresó a Jerusalén con la encomienda de infiltrarse en el Sanedrín y convertirse en un fariseo. Durante el viaje le parecía volver a oír la voz de su amigo.

A cierta edad los años pasan más lento, como si el tiempo cómplice se detuviera mientras se moldean los cuerpos y las almas ante las duras tareas de los años aciagos, los verdaderos, aquellos en los que el destino cumple a cabalidad su tarea, de la que nadie escapa.

La vida se vive a ciegas, con una venda sobre los ojos, por lo que las filosofías no le sirvieron de nada ni a Séneca ni a Saulo, si a esas vamos, dicto convencido muchos años después. Mi amanuense parece entender de qué hablo, a pesar de su edad. Pero yo necesito un descanso si deseo continuar.

III

Jerusalén, año 37 d.C.

Jerusalén era una ciudad de ladrones y falsos profetas: unos anunciaban el fin de los tiempos y otros te robaban las monedas. Los judíos parecían hartos de Roma y de los sacerdotes del templo; allí, en el Sanedrín, trabajaba Saulo, haciéndose pasar por zelote. La ciudad era un hervidero de chismes y de sangre el día en que crucé sus puertas: podía ver a la gente correr despavorida, con la cara desencajada.

Venía acompañado, absurda idea de Agripa. Mi antiguo amigo, a quien salvé de ahogarse y ahora se había convertido en tetrarca de Galilea, no quiso que viajase solo. ¿Qué puede hacer alguien encubierto a quien acompañan soldados romanos y una importante guardia local?, le dije; pero no obtuve su aprobación.

—No son tiempos fáciles estos en Jerusalén: la ciudad está llena de zelotes y de sicarios. Tu vida es muy preciada para mí y para Cayo, no lo olvides. Tu misión en Galilea la hago mía, querido Timoteo.

Aun así me despojé en Cesarea de mi vestimenta romana y me coloqué una hermosa túnica de judío rico. Las órdenes de mi pequeña cohorte consistían en registrarse en la Torre Antonia, desde la que se divisaba la ciudad, junto al templo al que ningún ciudadano romano podía acceder. Allí se quedarían los soldados y a mí me continuarían acompañando, armados, los guardias encubiertos de Agripa, con quienes ya empezaba a trabar amistad; hablaban arameo con mayor fluidez que yo y me ayudarían al inicio de la empresa que me traía al desierto.

Ese fue, precisamente, el primer impacto de la ciudad amurallada: el calor, unido al gentío. El calor, unido a los olores de las especias y de las gentes de todos lados. En ese clima sofocante las personas iban y venían, ajenas a la persecución, por unas calles donde se vendía de todo, corriendo tras algo en las más; era un ambiente que conocía de sobra, pero que no reflejaba las historias sobre el lugar que había oído acerca de un sitio no especialmente caluroso.

Interrogamos a los allí presentes, quienes nos explicaron que se trataba de un prendimiento.

—Vinieron por un hombre al que acusan de blasfemo. Se trata de los esbirros de Caifás; han armado un gran lío. Lo llevan al templo, a ser juzgado. Casi siempre los juicios en el Sanedrín son veloces; lo que en realidad quiere la gente es ver si lo lapidan esta misma tarde.

Toda esa información de inmediato a un extraño: ciudad de cómplices y de informantes veloces, me dije entonces. Lo importante sería desplazarnos con cautela. Mandé a los soldados un poco adelante, explicándoles que no convenía que nos viesen juntos.

Los hombres se adelantaron sin chistar. La gritería era cada vez más cercana y colmaba las callejuelas vecinas, como si se desbordara un río de gente, y así era. Vinimos a dar con el centro mismo de la procesión; la multitud gritaba insultos al hombre, que era llevado en custodia por apenas unos cuantos judíos y algunos soldados romanos que los protegían de la muchedumbre vociferante.

Vi salir de una casa a tres hombres embozados a pesar del calor de la mañana. Hice un gesto a mis guardaespaldas, previniéndolos; los seis dedicaron los siguientes instantes a estudiar cada uno de los movimientos de los encapuchados.

A los primeros se unieron otros cuatro, que salieron también de una pequeña puerta pintada de azul. Una calle más adelante, cuando ya se divisaba la entrada del templo, en la que los cobradores de impuestos recién colocaban sus tenderetes, se sumaron a aquellos otros tres. Saqué la cuenta rápidamente: diez hombres, todos con la cabeza cubierta, ocultos en medio de los cientos de personas que perseguían al desdichado. Algo en el estómago me dijo que habría problemas, y gordos, aquel día de mi llegada.

Era fácil que pasara cualquier cosa, lo malo era que no sabía nada de la gente allí reunida ni de las facciones o bandos de la previsible batalla. Solo podía confiar en mi intuición, en el olfato que algunas veces antes me permitió identificar el mejor rumbo a seguir, pues se trataba de *oler* lo que pudiese ocurrir, aunque para adquirir tal clarividencia hubiera necesitado de todos mis sentidos y aún la vida no me preparaba para las verdaderas y arduas tareas del espía.

Di a mis hombres la orden de rodear al grupo y seguirlo; solo uno debía ir a prevenir a los soldados romanos acerca de lo que allí podía ocurrir. Nos urgía pedir refuerzos en la Torre Antonia.

Mientras avanzaba por la estrecha calle que desembocaba en la plaza del templo, el grupo se iba haciendo más compacto. Estábamos a unos pasos ya cuando vi el movimiento del primer encapuchado: sacó de debajo de su camisa una pequeña daga y se la clavó en el cuello a uno de los guardias de Caifás; al mismo tiempo los otros nueve, veloces, atacaron al resto de la escolta y se llevaron en vilo al maniatado. Intentaban subirlo por una escalera a un tejado mientras los romanos trataban de impedirlo: un sicario cayó frente a una lanza, otro logró escapar con el preso. Los soldados dieron de inmediato la voz de alarma. La gente se pisoteaba, asustada por el olor de la sangre y los cuerpos tirados en medio de la calle.

En pocos segundos no había nadie allí, salvo los muertos.

Y yo, con mi pequeña tropa, intentando hacer un repaso mental de lo ocurrido. La gente se había esfumado, y con ella los gritos; la ciudad era sofoco y silencio. Era mejor no intervenir, me dije enjugándome el sudor de la frente; pasar por alto lo ocurrido, permanecer invisible. Pero desde niño fui adiestrado para la lucha y una especie de instinto me empujaba al combate: di nuevas órdenes a mis hombres, mientras el mismo impulso guerrero me hacía observar que la escalera había desaparecido mágicamente de la escena.

Del templo salían más guardias del Sanedrín, pero nada hacían por capturar al fugitivo; estaban más interesados en los cuerpos inertes de sus compañeros caídos.

No podían haber ido muy lejos los sicarios. Opté por perseguirlos.

Si era cauteloso vería algo, no sabía muy bien qué, pero me permitiría rastrearlos. Habían asesinado a un soldado romano y a todos los guardias de Caifás, pero contaba con gente dispuesta a la lucha y a arriesgar el pellejo.

Corrí cuesta arriba, hacia la puerta de Herodes, por la que entrara horas antes en completa calma custodiado por mi cohorte, y advertí que se había terminado la tranquilidad y con ella el aburrimiento.

La mujer salió corriendo de una callejuela, vestida de blanco y gris; la imaginé joven por el andar. Su apuro tenía que deberse a algo; la seguí con cautela. Mientras tanto las cosas volvían a su sitio, al menos en apariencia. La ciudad regresaba al ritmo habitual: la gente que antes corría, azuzada por el espectáculo público del escarnio, volvía a casa o seguía comprando. Todo podía venderse o comprarse en esas calles nuevamente abarrotadas de mercaderes, como si minutos antes no hubiesen caído allí tantos hombres.

Era otra la calle bañada en sangre, debí recordarme.

La mujer entró en una casa amplia cuyo jardín estaba repleto de higueras. Aguardé hasta verla salir acompañada por un hombre mayor, llevaban un atado de piel; se daban prisa, de regreso al lugar. Había acertado: la mujer, con toda seguridad, fue por un médico. Si no me equivocaba, ahora regresaría a la casa donde tenían al sicario herido, y quizás al reo fugado gracias a la rauda operación de sus aliados.

Los fui siguiendo, cada vez desde más lejos y con mayor cuidado, para no ser sorprendido. El viejo y la mujer joven entraron de nuevo a la casa; era momento de reunir a mis hombres y preparar un asalto sorpresivo al lugar.

Me tomó casi una hora conseguirlo. Los sicarios no solo estaban armados sino que también eran eficaces, lo habían demostrado y se hallaban además dispuestos a todo, eso ya lo había visto.

Pero era mejor no alertar a los centinelas romanos; su solo despliegue hubiese acabado con cualquier posibilidad de sorpresa.

Decidí que dos hombres escalaran la tapia y entraran por detrás. Yo mismo y otro del grupo en quien tenía confianza, Jonás, intentaríamos abrir o derribar la puerta; los otros esperarían afuera para evitar la entrada de otros sicarios o la fuga de quienquiera que intentara huir de la casa. Me entendieron de inmediato y nos preparamos; dentro se oían voces, incluso pude percibir un llanto de mujer. Di la señal y cada uno se fue a cumplir su parte en el plan.

Poco después abríamos la puerta y entrábamos al sitio: había cuatro mujeres que gritaron a la vez y entre ellas el sicario herido, a quien el médico curaba la pierna; ninguna otra persona, en apariencia.

—Este hombre ha cometido un crimen y debe ser llevado a las autoridades —dije.

—¿De qué lo acusas? —gritó la que debía ser su mujer; se levantó del suelo donde estaba arrodillada cerca del herido y vino hacia mí.

—Lo sabes bien, mujer. Sedición, entorpecimiento de la justicia y homicidio. Pudo ser él quien mató al legionario, ¿no crees, Jonás?

Jonás asintió.

—¿Y tú quién eres para así obrar en contra de mi esposo?

—Soy un piadoso, testigo de lo que ocurrió allí. Soy saduceo, vengo de muy lejos a encontrarme con Caifás, el sumo sacerdote.

—Uno más de los asquerosos judíos leales a Roma —gritó el sicario herido, escupiendo al suelo.

Eran épocas de división. Los saduceos servían a Roma y eran vistos por algunos grupos como traidores a la Escritura; los zelotes, que podían venir lo mismo de los fariseos que de los nazareos, buscaban en cambio deshacerse de los romanos. Los odios entre unos y otros no eran poca cosa, se trataba de formas opuestas de enfrentarse a la invasión de Roma a Judea.

Entraron los dos hombres que envié a la parte trasera de la casa, trayendo maniatado a otro de los sicarios; lo habían sorprendido descansando, con la capucha aún puesta.

—Apenas podremos esperar a que el médico lo cure, después debemos llevarlo a juicio. Jonás, Teófilo, vayan ustedes a dar parte al centurión, nosotros aguardaremos aquí el arribo de los soldados.

Esperamos poco más de dos horas. Treinta soldados romanos y el resto de los que me acompañaban, llegados desde Cesarea, se apersonaron entonces en el lugar. No hubo escaramuzas; nada de más violencia, solo se escuchaban los llantos y las protestas de las mujeres. Una de ellas, no la esposa, alcanzó a lanzarme un pisotón; apenas me causó daño con sus sandalias, pero me entristeció la compasión que me hizo sentir y debí reprimir.

Acostado en una improvisada camilla nos llevamos al herido a la prisión para ser interrogado; también obligamos al sicario sano a acompañarnos.

El centurión, Parmenio, no me ocultó su disgusto.

—Las órdenes de los soldados consistían en traerte aquí para enseñarme las cartas de Roma y de Cesarea; en cambio te entretienes en las trifulcas callejeras de mi ciudad, y por si fuera poco, te dedicas a hacerte el héroe.

—No fue mi intención desviarme, Parmenio. Y no tengo tiempo para reprimendas, por cierto. Vayamos al grano del problema y de mi situación en Jerusalén, una ciudad muy grande para que te pertenezca.

—No tan de prisa, Timoteo: aquí yo soy la autoridad y el prefecto que, como sabes, no ha sido nombrado aún en Roma. Pudiste haber echado todo a perder, ¿te das cuenta? Los cómplices del reo que escapó pudieron percatarse de tu operación y fugarse ellos mismos; tal vez tú mismo les creaste una cortina de humo para que huyeran felices.

—O tal vez, bien interrogados, el herido y su amigo nos den la información que necesitamos para atrapar a los otros y presentarlos ante Caifás.

—No es mi función atrapar judíos para que los juzgue el Sanedrín. Si la pena fuese realmente del orden civil, entrañaría alguna afrenta contra Roma o sus leyes; lo que se le imputa es un asunto meramente religioso, fuera de mi competencia. Allá ellos y su religión que no me interesa entender; ¡ah, se me olvidaba que tú también eres judío!

—Pero ciudadano romano, Parmenio. Estamos perdiendo tiempo valioso con nuestra discusión; tiempo que otros podrían usar, en cambio, para darse a la fuga.

—Yo interrogaré a los prisioneros; te suplico que dejes este asunto en mis manos y no intervengas más. He leído el correo, pero debo pensar con calma las cosas. Mañana podremos vernos para despachar todo lo concerniente a tu presencia aquí. Mientras tanto, te sugiero no volver a mezclarte en asuntos de mi incumbencia, ¿me has entendido?

—No querría tener que informar a Roma que unos sediciosos y asesinos escaparon de la justicia a causa de la negligencia de un centurión. Espero que tu demora no les permita huir.

—No me des lecciones, Timoteo, ni me digas cómo debo mandar en mi jurisdicción; soy muy viejo para recibir órdenes de un niño, por muy recomendado que venga.

—Del propio emperador, para tu conocimiento. Ya lo leerás, y espero que te arrepientas de tus palabras.

—Nunca he pedido perdón a nadie, Timoteo; es bueno que lo sepas desde ahora. No suelo equivocarme, además. Ya veré qué hago con mis presos.

—La ciudad es tuya, los presos son tuyos; ¿no te parece demasiada presunción?

—Te puedo hacer detener por desacato a la autoridad, así que te sugiero que descanses. Estás ofuscado por la riña; con el alba verás más claras las cosas y no disputarás la competencia de cada uno en sus propios asuntos. Leo con suma atención las órdenes que me llegan de Roma, aunque sospeches que no. Descuida, sé acatarlas; soy un soldado como tú. No me engañas con tu atuendo judío y tu supuesta ciudadanía romana: estás aquí por otras razones, que también sé entrever.

—No fue mi intención, Parmenio, disputar tu autoridad. Y yo soy quien soy y quien tú sabes que soy; nunca lo dudes, pues sería peligroso para ti. ¡Hasta mañana!

Salí de la Torre Antonia enfurecido, pero con ánimo de descansar y dispuesto a buscar una posada para mí y mis guardias. Cientos de miles de judíos venían a Jerusalén todos los años al templo; sería fácil encontrar un lugar decente donde asearse y pasar la noche.

Me alojé en la casa de una viuda, Miriam, que recibía peregrinos; nos atendió sin gran esmero, pero pudimos cenar cordero con habas y beber un buen vino antes de recostarnos a dormir. Esa noche pensé que había llegado a un territorio hostil en el que tendría que aprenderlo todo de nuevo; de nada me servían los años en casa de Sejano, ni el tiempo en Capri y en el palacio de Cayo. Ni siquiera los meses en Cesarea en los que debí recordar, casi por fuerza, mis orígenes judíos.

Estaba de nuevo solo. Y tenía una encomienda que cumplir.

El desierto es un animal cambiante, pensé entonces; me parecía mentira que hubiese refrescado tanto como para necesitar una manta encima para dormir. Me encomendé a la noche silenciosa.

Muda, como ahora.

IV

Un legionario vino a decirme que Parmenio deseaba verme. Me lavé la cara y me calcé las sandalias. Andar descalzo nunca ha sido mi fuerte; me molestan la tierra, la suciedad. Por eso nunca entendí a los campesinos que en las calzadas andan sin protección para sus pies. En cambio, entendía perfectamente que el centurión hubiera cambiado de opinión al conocer las cartas de Cayo y de Agripa.

—Estoy al servicio del imperio, Timoteo, lo que significa también al tuyo. No sé qué misión tan particular te traiga a Judea, pero haré lo posible por facilitar tu trabajo en estas tierras.

—No pensabas así ayer, centurión.

—He de aceptar que fui rudo, pero tengo altas responsabilidades en este lugar lleno de levantamientos y disidentes. Por cierto, los sicarios que trajiste han sido de mucha ayuda: ahora mismo, mientras hablamos, una cohorte ha ido a prender al reo fugado del Sanedrín y a sus cómplices. Él volverá a ser juzgado en el templo; los otros son competencia mía.

—De acuerdo, Parmenio; esperemos que sea posible encontrarlos. Yo he de ir al templo mismo, a presentar mis ofrendas como cualquier otro judío de la diáspora. No debe saberse, de ninguna manera, mi cercanía con el emperador o con Marco Julio Agripa.

—Descuida, guardaré tu secreto. Pero querrás decir Herodes Agripa.

—Es el mismo hombre; ahora, como tetrarca, ha preferido su nombre romano.

—¿Te ofrezco una copa de vino?

—Me encanta tu nueva hospitalidad: por supuesto. En la posada me han dado leche de cabra y un pan durísimo que no se reblandecía ni mojándolo.

Un legionario escanció las copas y trajo algunos dátiles que recordaba de mi infancia pero no había vuelto a probar.

—¿De dónde eres realmente?

—De donde me necesiten, Parmenio. Pero si quieres saberlo, nací en Antioquía de Pisidia.

—Has andado mucho camino entonces.

—No me quejo.

Llegaron a avisarle al centurión que habían logrado apresar al reo y a tres de los sicarios: se escondían en una casa afuera de la muralla, más allá del Monte de los Olivos.

—¿Lo ves, Timoteo? Déjame hacer mi trabajo. Al no ser ciudadanos romanos no merecen mi clemencia, deberemos crucificar a los cómplices. Manda traer a los guardias de Caifás, quiero deshacerme del prisionero de una vez: la gente ha salido enardecida tras de él, dispuesta a lapidarlo.

—Será ese su destino inevitable si así lo desea Caifás.

—¿El sumo sacerdote sabrá de tu misión en Judea?

—No. A él también debemos mantenerlo fuera del secreto, puede complicarlo todo.

—¿Me acompañas a recibir a mis nuevos invitados?

—No, Parmenio, prefiero estar dentro del templo para cuando reciban al sentenciado.

—Aun enjuiciado, ya me enteraré del caso; un poco, al menos. Debe ir con los sacerdotes a defenderse de la acusación de blasfemia que pesa sobre él.

—Nos veremos pronto, centurión.

—¡Salve, Timoteo!

Compré una paloma a los mercaderes del templo para ofrecerla en agradecimiento; luego pasé al patio a lavarme para ir a orar. A partir de esa puerta ningún gentil podía cruzar. Los sacerdotes habían sido convocados al Sanedrín y se iban adentrando hacia el *Lishkat Ha-Gazith*, el Salón de las Piedras Talladas. Pude verlos, con sus escribas y aprendices; nadie podía tocarlos y se comportaban como un clan divino dentro de la jerarquía. Caifás llegó ricamente ataviado: terminaba de lavarme cuando lo vi entrar, imponente y viejo, con los ojos cerrados, cegado por el sol. Otros ancianos lo recibieron con los saludos más ceremoniosos. Unos peregrinos, ya limpios y con sus animales recién comprados para la ofrenda, entonaban un canto:

¿Quién puede subir al monte del Señor?
El hombre de manos inocentes
y puro corazón, que no confía en los ídolos
y nunca jura en falso.

Las mujeres se dirigían a su propio patio. Un nuevo tumulto llenó de polvo la escalinata: los legionarios se habían quedado en el umbral y los guardias del Sanedrín conducían, esta vez atado de manos, al prisionero.

Todavía recuerdo su aspecto: era delgado, con el negro cabello hirsuto y tenía una mirada compasiva, como si ya estuviese perdonando a sus captores. El grupo caminaba de prisa. Eran más de treinta hombres quienes lo traían; entre los últimos, casi escondido, lo reconocí: era Saulo. Saulo de Tarso, la razón de mi viaje a Judea.

Reconocer a quien has venido a encontrar es un alivio a pesar de saber que aún debes cuidar tus pasos antes de presentarte ante él, dicto a mi amanuense, como si le diera un consejo. Me contempla. ¿Cómo podría adivinar lo que sentí entonces, cuando vi por primera vez a quien sería por muchos años mi compañero de aventuras y cuyo recuerdo sigue siendo hoy mi mejor compañía?

Pero debí contenerme. Escuchar y esperar: para eso había sido adiestrado, para saber escuchar.

Se encerraron en una enorme sala, pero las amplias celosías que permitían el paso de la luz dejaban oír a la perfección lo que adentro ocurría.

El yerno de Joseph bar Caifás, el sumo sacerdote, leyó la acusación:

—Este hombre ha insultado al templo y a la ley. Afirma que Jesús, el Nazareo, va a destruir este lugar sagrado y cambiará las enseñanzas que Moisés nos legó.

Los nazareos —así se llamaban desde hacía tiempo, aunque algunos se decían *esenios*— eran antiguos fariseos que buscaban la libertad de Palestina y la purificación espiritual.

—¿Es verdad lo que se te imputa, Esteban? —preguntó Caifás.

—Hermanos, pesa sobre mí una grave acusación cuya lógica desconozco.

—Nada de lógica, Esteban. No se trata de asuntos griegos, en los que puedas enredarnos; se trata de la ley.

—Una ley que ustedes tergiversan. ¿Les preocupa tanto el templo? El Señor está en todos lados, ya lo dijo el propio Salomón: «¿Es verdad que Yahvé haya de morar en la Tierra? He aquí que los cielos, los cielos de los cielos no te pueden contener: ¿cuánto menos esta casa que yo te he edificado?»

—No se trata de citar a reyes y profetas y demostrar así tu erudición sobre las Escrituras, que has leído en griego, sino de oír argumentos en tu favor. Has transgredido la Alianza, has blasfemado. ¿Qué dices en tu defensa?

—¿No he sido claro? Se me acusa de atentar contra las enseñanzas de Moisés y de querer destruir el templo, que no es sino piedra.

Se iniciaron los gritos en contra de Esteban. ¿Cómo era posible que dijera eso? ¡Blasfemo!

—No es nada el templo sin la fe —insistió.

—Calla, blasfemo. Aquellos que aman a Yahvé, aman su ley. Vivir significa obedecer.

—Son ustedes quienes deberían callar: tan ocupados como se hallan por la ley, son impuros del corazón. Es contra el Mesías que estás luchando, no contra mí. No puedo culparlos, pues son ustedes mismos quienes lapidaron a Jeremías. Ustedes crucificaron a Jesús.

—Mentira, blasfemo. Lo crucificaron los romanos.

Los gritos hacían inaudible la voz del procesado. Ni siquiera se escuchaba ya a Caifás.

—¡A muerte, a muerte! —clamaban las voces dentro—. ¡Hay que cortarle la lengua! ¡Rompámosle los dientes!

—No tenemos por qué seguirte escuchando, insensato —alcancé a oír a Caifás, que lograba sonar indignado como un profeta.

Se abrieron las puertas. La muchedumbre se abalanzó contra el desdichado, rasguñándolo, arrojándolo al suelo, desgarrando su ropa hasta hacerla jirones.

—No debe haber sangre en el templo. Llevadlo afuera —dijo el sumo sacerdote.

Le ataron de nuevo las manos a la espalda; fue Saulo mismo quien lo condujo extramuros.

Salieron de la muralla.

Se iba juntando más y más gente que insultaba a Esteban repitiendo lo que escuchaba, sin saber siquiera quién era el condenado a muerte o la causa verdadera de su triste fin.

No pude evitar tomar distancia respecto al gentío; me asqueaba ver humillado así por la multitud a un hombre que me parecía tan digno. Incluso pidió que le desataran las manos cuando lo hubieron desnudado del todo.

—De acuerdo con la ley y con lo escrito en el Deuteronomio, serán primero los testigos quienes levantarán la mano contra este hombre. Capítulo diecisiete, versículo siete —leyó alguno de los del templo sosteniendo una de las tablas en las que estaba escrita la ley.

Como se hallaba marcado, se alejaron a diez codos de distancia de Esteban. Uno de los que acompañaron a Saulo alzó una roca pequeña y la estrelló, certero, contra el rostro del condenado: del pómulo herido brotó sangre. Otros más, al principio de tres en tres, luego sin orden, continuaron la lapidación.

Qué rápido se habían encendido los ánimos. Unas diferencias aparentemente menores en la interpretación de la ley hacían irreconciliables las posturas de los nazareos, quienes creían que el Mesías ya había venido a la Tierra y era Jesús, y los sumos sacerdotes y sus gentes cercanas que en realidad perseguían a los nazareos por su capacidad de armar alboroto e incitar a la revuelta.

Se trataba de una nueva forma de violencia, desconocida para mí, pero lo que sí era identificable era el olor inconfundible del rencor —mezcla de sudor y de bilis—, proveniente de quienes allí reunidos lanzaban piedras contra un hombre indefenso al tiempo que lo insultaban sin pudor. Contemplé de nuevo a Saulo, apartado del resto. Ahora podía verlo de cerca: coincidía con la descripción que me hicieran en Roma. Excesivamente calvo para su edad, pequeño de estatura, un poco encorvado o jorobado incluso. Con la feroz mirada de un águila a punto de lanzarse hacia su indefensa presa, por más que se hubiera abstenido de lanzar piedra alguna. Las cejas juntas y los ojos enormes, saltones; el pequeño y grueso cuello ladeado, como dolorido, a la derecha.

Saulo conversaba con un hombre mayor que él, parecía darle órdenes; otro se acercó con cautela y dijo algo al oído del segundo.

Entonces Saulo gritó un insulto terrible y lanzó él mismo una piedra que vino a dar, precisa, contra la frente del infeliz.

La lluvia de piedras golpeaba la piel del hombre, que ahora estaba arrodillado, lleno de heridas; de todo su cuerpo manaba sangre. Esteban gritaba, agobiado.

Miró al cielo y dijo:

—¡Jesús, Señor mío, recibe mi espíritu!

Una piedra vino a caerle en la cabeza, rompiéndole el cráneo; la cara dejó de tener expresión. Para resistir el dolor Esteban se hizo un ovillo en el suelo, y ahora era una masa sanguinolenta; un charco de sangre salpicado de rocas ensangrentadas.

Había muerto. La gente, apaciguada, emprendió el regreso a casa en silencio. Saulo también: a la calle de las hogazas, a casa de su hermana, donde vivía.

Yo no podía saberlo por entonces. Lo seguí desde lejos, pero lo perdí entre la multitud que entraba por la puerta de Herodes, o fue él quien me perdió a mí.

Ninguno parecía darse cuenta de que atrás dejaban muerto a un hombre. Eso ocurre cuando son muchos los culpables, nadie atina a saber quién fue el que dio el último golpe, el definitivo; todos se esconden en el anonimato de la plebe, una corriente que los arrastra sin razón. Pensé en Esteban, en su triste suerte, y me pregunté si a mis ojos no era Saulo el asesino por ser el único individuo con rostro propio entre los apedreadores. No podía dejar de recordar los ojos del sentenciado mirando al cielo, convencido de su eternidad; algunos judíos, entre ellos los fariseos, creían en la resurrección. Me dije que sus amigos, los nazareos, vendrían por el cuerpo para sepultarlo.

Procuré olvidarlo, sin éxito, como ves; esbozo, también sin éxito, una sonrisa para mi amanuense. Solo debía interesarme Saulo. Saulo, de la tribu de Benjamín, el de Tarso en Cilicia.

V

Es tarea del verdadero espía hacerse próximo a quien observa, cercándolo pero sin ser notado. Buscaba hacerme invisible, pero me bastaron unos días para darme cuenta de que sería difícil convencer a Saulo de Tarso de su nueva encomienda: se había convertido en un feroz perseguidor de nazareos después de la muerte de Esteban y ahora debía casi volverse lo contrario. Parecía imposible, pero las órdenes tendrían que cumplirse.

En una ocasión lo vi llevarse a una joven, arrastrándola del cabello por la calle; se había vuelto implacable. Cuántas veces otros no lo contemplarían en actitudes parecidas durante aquel tiempo, siempre con esos ojos de águila ajenos a toda idea de perdón.

Llamé a una puerta por la que pasara cientos de veces; incluso alguna vez amanecí en la esquina de enfrente, escondido, vigilando cada uno de los movimientos que se daban en su entorno. Pedí hablar con Saulo.

—Dígale que se trata de un viejo amigo que ha venido a saludarlo desde la colina Viminalia, en Roma —expliqué con cuidado, pues esa era la clave para que supiera que se trataba de alguien de las barracas pretorianas; me indicaron poco después cómo llegar a un patio trasero en el que Saulo se entretenía mondando una naranja.

—Saludos, hermano de contubernio.

—Toma asiento. Por tu físico pareces más un soldado que un *frumentarius*; ¿a qué debo el honor de tu visita? —Saulo había advertido que se trataba de otra cosa, no solamente de un espía perteneciente al *Cursus Publicus*, sino de un pretoriano, alguien de alto rango en el servicio de informantes del emperador.

—Tienes razón. Mi nombre es Timoteo, nací en Antioquía de Pisidia y desde muy niño viví en Roma, en las barracas de la guardia, allí me adiestró el propio Sejano, en su casa; digamos que fui uno de sus pretorianos favoritos. Pero ya habrá tiempo de contarte mi historia, Saulo; lo que no puedo seguir pasando por alto es tu actividad en Jerusalén. Debes detenerte ya, ¿te has vuelto loco?

—Nada por el estilo. Cumplo mis órdenes, como tú deberías saber mejor que nadie.

—Órdenes que se han modificado: todo cambió en Roma, ¿no te has enterado? Tiberio está muerto y Cayo es ahora el emperador; Macrón está a su servicio y yo al de ambos. Esto es para ti.

Le tendí una carta lacrada cuyo contenido yo conocía de sobra. La leyó primero con asombro y luego con franco rechazo: era imposible, nadie le creería; el plan era absolutamente descabellado. ¿Cómo podría convertirse en nazareo el principal perseguidor de aquella gente?

—La pregunta es pertinente, Saulo, pero la respuesta es clara: sabes mejor que nadie lo que ellos piensan. Debes urdir un plan, y pronto.

—Tú mismo has visto el celo, la saña con que he castigado a los seguidores de Jesús; muchos están en la cárcel o muertos por mi culpa, nadie me creerá. ¿Por qué no se les ocurrió que lo hiciera otra gente? Tú mismo, por ejemplo.

—Pensaron que tú eras el adecuado.

—Llevo seis años, desde que regresé de Egipto, estudiando con uno de los maestros más respetados; Gamaliel, líder de los fariseos. He aprendido todo acerca de las antiguas Escrituras para poder presentar los casos contra los nazareos; se me tiene por un zelote enfurecido. El propio Caifás me ha pedido clemencia y él sabe bien que estoy a su servicio y al de Roma al mismo tiempo. Se me dijo que debía eliminar a cualquier grupo de fanáticos que buscaran la liberación de Palestina. ¡Ese es mi papel, Timoteo, soy uno de ellos, no me creerán!

Saulo golpeó la madera de la mesa con furia, y enseguida presencié una escena que se repetiría muchas veces en la vida que nos tocó compartir, aunque en esta primera ocasión no supe qué hacer: el hombre cayó al suelo, poseído por una extraña fuerza que le hacía contraer todos los músculos en un rictus grotesco.

El cuerpo de Saulo se contorsionaba y de su boca manaba incontenible una espuma blanca; la hermana salió corriendo al patio y vino a ponerle una cuchara de madera entre los dientes, para evitar que se mordiera la lengua con las convulsiones. Era tal la fuerza del ataque que Saulo rompió la cuchara en dos, pero luego empezó a estabilizarse; la mujer le sostenía la cabeza y le acariciaba el cabello.

—Ya, ya, hermanito, descansa un poco; ya pasó.

No sabía si irme o permanecer allí; me dije que debía terminar al menos esta primera conversación con Saulo.

—¿Qué le ha pasado? —pregunté a su hermana.

—No es nada. O es todo. Lo que ocurre es que estamos acostumbradas. Esto le sucede con alguna frecuencia, cuando se pone muy nervioso o colérico; el médico, un judío griego como nosotros, lo llama *Morbus Divinus*. Le sobreviene después un terrible dolor de cabeza; en ocasiones hasta se queda ciego por un rato. Nos han dicho que nada puede hacerse salvo evitar que se corte la lengua. Lo cuidamos mucho porque quienes lo han visto caerse y temblar no utilizan términos médicos para referirse a él: lo llaman lunático, que es como nombra la gente a los que padecen esta enfermedad. Nuestro padre sufre de lo mismo, aunque en Saulo lo llaman *mal hercúleo*.

—Entiendo —respondí, observando que su descripción de lo que abatía a Saulo era exacta—. ¿Pero podrá hablar después? Estábamos en mitad de una conversación muy importante.

—Habrá que esperar —indicó ella, pero enseguida Saulo la interrumpió con un gesto de la mano; parecía volver a la vida.

—Déjalo quedarse, mujer —murmuró como si recién despertara de una pesadilla—, y ofrécele un poco de pan y queso. Seamos amables con nuestro invitado.

—Primero debo recostarte en tu habitación.

—No es necesario, seguiré descansando aquí; solo llévenme debajo de la parra, a la sombra.

Al verlo ya sentado en el tronco de la enorme vid que cubría parte del patio pensé que su rostro, mejor dicho, su enorme cabeza calva, había envejecido varios años en unos pocos minutos; si siempre era así, no viviría mucho tiempo. Sentí pena por él, a pesar de ya saber de sus recursos y capacidad para la crueldad, y tal vez se dio cuenta porque enseguida empezó a hablarme de otra manera.

—Dime, Timoteo, ¿qué hago? No encuentro ninguna forma de que parezca creíble una conversión a lo que sea que profesen los nazareos. Ni siquiera sé otra cosa que lo que Esteban peroró en el templo: aseguran que Jesús resucitó y que los doce primeros discípulos lo vieron con vida días después de la crucifixión. Aseguran que es el Mesías.

—He oído el término muchas veces en los últimos días. ¿El elegido? ¿De quién?

—Según las Escrituras, se trata de un hombre ungido para ocupar el trono de David y restablecer la paz en Judea. Aseguran, además, que debe liberarlos de Roma, del oprobio de la ocupación.

—Y ahora que resucitó, estará preparando un ejército para vencernos —me burlé, tratando de aligerar su ánimo—. ¿Adónde fue? ¿En qué lugar se esconde?

—Sus discípulos —me respondió seriamente—, que se llaman a sí mismos *apóstoles* o *enviados,* han huido de Jerusalén. Eran doce pero uno de ellos, Judas, se ahorcó, entonces nombraron un sucesor de ese sicario; encontraron a un tal Matías, igual de violento. Los doce y sus seguidores más cercanos se han dispersado: dicen que a Nabatea, Damasco, la aldea que llaman Secaca, la Ciudad de la Sal, incluso hacia Arabia, pero no sabemos cuántos aquí mismo se han acercado desde entonces a las enseñanzas de Jesús.

—¿Crees que el tal Jesús está vivo?

—¿Y que ha sobrevivido a la crucifixión? No, por qué habría de creerlo. Sin embargo, el propio Poncio Pilatos se fue a Roma con el temor de que así fuera y regresase a combatirlo. Vivía muy mal los últimos días, asustado; sus guardias no dormían, se turnaban para permanecer cuidándolo.

—¿Era tan temible?

—No más que los otros.

—¿Cuáles?

—¿En Roma no se enteran? Muchos se han proclamado Mesías y fueron sentenciados y crucificados. Cuando el Sanedrín llevó a Jesús con Pilatos, el procurador ya tenía preso al cabecilla de otro grupo de sediciosos, Barrabás.

—¿El Hijo del Hombre?

—Exactamente, como se llamaba a sí mismo Jesús y se proclaman todos los demás. Está en la Escritura el término, en el libro de Daniel: «Yo seguía mirando, atraído por las insolencias que profería aquel cuerno; hasta que mataron a la fiera, la descuartizaron y la echaron al fuego. A las otras fieras les quitaron el poder, dejándolas vivas una temporada. Seguí mirando y en la visión nocturna vi venir en las nubes del cielo como un hijo de hombre, que se acercó al anciano y se presentó ante él. Le dieron poder real y dominio: todos los pueblos, naciones y lenguas lo respetarán. Su dominio es eterno y no pasa, su reino no tendrá fin».

—Veo que de verdad conoces las Escrituras —dije impresionado. Pero Saulo estaba más allá de los halagos.

—Es mi coartada —respondió con sencillez.

—¿Y crees en algo de lo que predicas? —Esa fue la primera vez que le hice la pregunta, para la que todavía hoy no he encontrado una respuesta satisfactoria—. Perdón —me expliqué—, pero me asalta la duda al verte tan convencido y pasional.

—¿Qué puedo decirte? Fui criado como judío. Fui a la sinagoga antes que a la escuela. Hablo y leo arameo, pero prefiero el griego en que aprendí la Sagrada Doctrina. Puedo conversar perfectamente en el latín más refinado, pero escribo solo en griego, mi lengua; un griego lleno de judaísmos, si me permites el término.

—No te vayas por las ramas, Saulo: te pregunté si creías en Yahvé.

—Sí, creo que hay un solo Señor y que somos su pueblo elegido.

No pude evitar sorprenderme. No era más romano ni judío que yo.

—¿Cómo puedes? —pregunté.

—¿Tú en qué crees, Timoteo? ¿En que hay cientos de dioses que animan de vida las cosas? ¿Que hay un dios de los cielos, otro de los mares, otro de las vírgenes y uno más de las fiestas? ¿Eres idólatra?

Su evidente, pasional franqueza me animó a desenmascararme.

—Te seré sincero, Saulo, porque es la mejor manera de entendernos desde el principio: no creo en ningún dios. En ningún poder sobrenatural que anime nada, ni las cosas ni a los animales. Venimos a vivir aquí y moriremos del todo.

—¿Y qué del espíritu?

—Somos carne, Saulo, y la carne se pudre y desaparece comida por los gusanos, nuestros únicos dueños.

—Ya tendrás tiempo de pensar en lo que crees si te toca acompañarme en esta nueva encomienda, que no entiendo cómo llevar a cabo. ¿Por qué vendrás conmigo?

En realidad no le respondí.

—No sé aún por cuánto tiempo —dije—. Mi misión consiste en ponerte en marcha, en supervisar que las órdenes de Cayo se cumplan al pie de la letra.

—¿Y qué pretende al hacerme nazareo?

—¿Es que no lo entiendes, Saulo? Solo alguien que conoce a fondo al grupo puede encontrar a los apóstoles, como dices que se llaman, y eliminarlos: el emperador desea que no quede huella alguna del tal Jesús.

Quizás fui el primero, desde que la idea surgió en Roma, en plantearla con tanta y tan brutal claridad.

—Déjame pensarlo, Timoteo. No sé aún si puedo aceptar lo que se me pide, sin poner en riesgo la encomienda misma. Ven mañana a esta misma hora.

Saulo era otro al día siguiente. No solo se encontraba de pie, vigoroso, podando los árboles del huerto de la hermana: parecía haber ponderado cuidadosamente las cosas.

—No estoy seguro, Timoteo, de que pueda hacerse bien lo que me piden. Puedo intentarlo, pero temo fracasar.

—Yo tampoco puedo regresar a Roma con una negativa; mis órdenes son estrictas, como las tuyas. Tal vez no se trata de elegir, sino de obedecer.

—Pero obedecer sin pensar puede llevarte a la muerte en este oficio, pretoriano. Por ahora solo se me ocurre una cosa: aparentar que sigo persiguiéndolos, pero no aquí; me iré a otro lugar donde no me conozcan y tú, Timoteo, deberás acompañarme.

—Descuida, Saulo. Es mi propia labor.

—Tendré que pedir permiso a Caifás; él menos que nadie debe sospechar de nosotros. Y digo *nosotros* con todo conocimiento de causa: me has seguido desde el día en que liberaron a Esteban; fuiste tú quien apresó a los sicarios y los llevó a la Torre Antonia, luego nos seguiste a la lapidación. Desde entonces no has dejado de merodear mi casa. Te conozco más de lo que tú a mí, Timoteo.

—Sabías que te espiaba, pero no quién era.

—Parmenio confirmó mis sospechas cuando dijo que venías de Roma con una importante encomienda, por eso esperé a que dieras el primer paso; brillante, sin embargo, presentarte como saduceo. ¿Sabes el riesgo que corro si acepto este mandato? A veces no sé qué es lo que me llama a seguir en este perro oficio, Timoteo, si el amor al al peligro o mi dolor por estar vivo después de la muerte de mi mujer y mi hija nonata; no tengo nadie por quien vivir.

—Por la salud del imperio, Saulo, y la larga vida del césar —dije sin mucho énfasis.

Días después Saulo consiguió las cartas de Caifás para perseguir nazareos fuera de Jerusalén, a pesar de no ser la jurisdicción del sumo sacerdote; la argucia legal era llevarlos a ser juzgados al Sanedrín para condenarlos por blasfemos. El lugar era muy claro: Siria. Saulo iría a Damasco.

—¿Y por qué allí?

—Para crear una falsa pista. El lugar está lleno de seguidores de Jesús, protegidos por la guerra entre Agripa y Aretas, el rey de los nabateos, que ha tomado la ciudad y la zona. Piensan que allí no llegará la ley de Roma ni el poder de Caifás.

—¿Y los legionarios?

—Los legionarios se quedarán en el fuerte de Herodes junto con los miembros de tu guardia personal, son demasiado llamativos.

—Y desde allí seguiremos solos.

—Por supuesto. Pero además debo decirte la razón verdadera de la elección de Damasco; así llaman los esenios y los nazareos a la Ciudad de la Sal. Al despedir a nuestros acompañantes, nadie sabrá a cuál de las dos Damasco nos dirigimos en realidad, aunque los más perspicaces pensarán que se trata del monasterio y no de la ciudad.

—Me he perdido de nuevo con tus sectas y grupos. ¿Quiénes son los esenios?

—Jesús y Yohanan, el Bautista, eran esenios; estos creen en la pureza y en la inminente llegada del Mesías, pero también están convencidos de que se trata del fin de los tiempos. El mensaje último antes del juicio final, cuando Él venga a la Tierra y separe a los justos de los pecadores.

—¿Además se va a acabar el mundo, según ellos?

—Los fariseos también compartimos algo de esa idea. Yo mismo creo que el tiempo se acerca, Timoteo; para bien o para mal, estoy convencido que sí nos ha tocado vivir el fin de los tiempos.

Hoy todo esto me da risa. Interrumpo el dictado.

¿Lo ves, Craso?, le digo al amanuense. No se acabó el mundo. Aquí seguimos, vivos, esperando nuestro final inminente. Pero nacerán otros y la rueda continuará girando hasta el infinito; mis nietos continuarán mofándose de la idea de un final.

Saulo creía en la *parusía*, la presencia de un Hijo del Hombre o Mesías que testimoniaría el final; eso quizá explica muchas de sus contradicciones. Lo que nunca quedará claro es la razón por la que un cínico como yo, un incrédulo, lo siguió por tantos años, incluso después de la muerte de todos los emperadores dementes que sepultaron a Roma.

Ay, Craso: no queda nada después de Calígula, que fue césar solo unos años hasta que la enfermedad lo enloqueció; después de Claudio, el tío tartamudo y sus mujeres enloquecidas de poder; después de Lucio Domicio Enobarbo, quien se hizo llamar Nerón, y todas sus atrocidades; después de Galba y de Otón y Vitelio, los tres títeres de los pretorianos; después de Vespasiano y de Tito, el destructor del templo; después de todos ellos nada queda del esplendor de Roma. Domiciano, hijo mío, es el administrador de la ruina del imperio; nosotros, tan solo sus más despreciables despojos.

SEGUNDA PARTE

El converso

VI

En el camino a Damasco, año 37 d.C.
(varios meses después)

En toda vida hay unos cuantos momentos verdaderamente decisivos; son esas ocasiones las que determinan por completo el destino, no los hados ni un dios si es que existe. De esto estoy cada vez más convencido, pero prefiero no decirlo: no querría aparecer como un cínico frente a mi joven amanuense.

Es otra vez muy de mañana; hace un rato me han despertado tal como he pedido, con mi leche y las migajas que desayuno antes de reemprender el dictado. Desde que amanece y abro los ojos no quiero pensar en nada más, tan solo en estas páginas de las que espero aclaren un poco las cosas, aunque no sea sino para mí.

En el tiempo inmediatamente posterior a que le comunicara su misión, Saulo seguía siendo visto como un zelote enfurecido y rabioso: había encarcelado a muchísimos nazareos en los meses siguientes a la lapidación de Esteban. Tampoco le costó mucho trabajo convencer a Caifás; éste, ingenuo, lo seguía en su empeño.

Las palabras brotan sorprendiéndome a mí mismo. Se suceden unas a otras y pronto me trasladan de Córdoba, de esta casa que fue de Séneca, a la Judea del primer año del reinado de Cayo, mi monstruoso amigo, a quien los años posteriores irían imponiendo el nombre de Calígula.

Dicto y mi amanuense fija la acción que mis azarosas frases describen: a la larga comitiva que pronto se adentraría en el desierto, se anexaron tres guardias del Sanedrín…

—No puedes encargarte tú solo de todos los nazareos, Saulo. ¿Quién los traerá a juicio, además? —le dijo Caifás, y Saulo no pudo rehusarse. Semejante ofrecimiento de mayor protección era de todas formas una enorme cortesía por parte de Joseph bar Caifás, quien parecía así reconocer que Saulo le había servido con un empeño inusual.

—Habré de pensar ahora cómo me deshago de estos tres inútiles —me dijo en cuanto estuvo seguro de no ser oído—. Son un estorbo para mi plan.

Partimos muy de madrugada, intentando cubrir algunas leguas de camino antes de que el sol del desierto estuviese a plomo.

—Hay que ser prudentes, Timoteo, no será fácil convencerlos de mi cambio repentino. De aquí iremos al monte Hermón, que en el Deuteronomio es llamado Sión. Conozco allí una cueva, será nuestra primera parada antes de dejarlos a todos en el fuerte de Herodes; desde allí seguiremos tú y yo solos a Damasco.

Me asombraba la astucia de Saulo. Era la primera vez que lo veía en acción, y obraba como si siempre hubiese previsto que sus actividades en Judea tendrían esos dos momentos, el del judío piadoso y el del seguidor del *camino*, pues así llamaban los nazareos a lo que fuera que fuese que hacían, como si con esas palabras invocaran el sendero correcto o el único a seguir. El plan podría parecer descabellado, pero si uno se fijaba en la seguridad con que Saulo lo exponía se hacía a la idea de que también podía funcionar perfectamente.

La comitiva era extraña al desarrollo secreto de las cosas: estaban allí para obedecernos. Les dijeron que irían a Damasco a atrapar a los seguidores de Jesús. Los guardias del Sanedrín eran los más convencidos de su papel; los otros permanecían allí porque era su encomienda actual. Los legionarios, en particular, detestaban a Saulo y así me lo habían hecho saber. Fingí darles la razón:

—Es un hombre imposible, estoy de acuerdo. Pero nos pidieron acompañarlo y lo hemos de hacer sin chistar; ya habrá tiempos mejores. Yo mismo no lo soporto.

Fuimos bordeando el río Jordán, alejándonos cada vez más de Jerusalén. Era el día posterior al sábado; llevábamos solo pan, queso y algunas garrafas de vino, tres o cuatro días de provisiones apenas; ya habría ocasión de detenerse en las guarniciones romanas o en alguno de los pueblos del trayecto. Decidimos ir a caballo solo porque se trataba de un camino demasiado difícil y largo como para hacerlo a pie.

El sol era un disco de oro gigantesco, y la arena del desierto su espejo incandescente: nunca había sentido tanto calor.

Hermosa la ladera del monte Hermón, escarpada y sinuosa; encima, muy arriba, la nieve impensable en esa tierra, como un premio inalcanzable para los mortales desde mi perspectiva entonces. Saulo me dijo:

—Desde el Deuteronomio este lugar es sagrado. Así lo dicen las Escrituras, son palabras del rey David.

Estaba muy claro que esta cumbre tenía un sentido muy particular para Saulo, que allí se escondía un símbolo que debía ser muy poderoso para la verosimilitud de la historia. Lo había oído recitar a Jeremías y a Isaías, los profetas, antes de salir de Jerusalén, como si estuviese repasando de memoria sus lecciones para el templo. El monte, sin embargo, era solo un deseo a la distancia. Estábamos cansados; nos detuvimos a medio camino para comer.

—¿A quiénes realmente perseguimos? —le cuestionó un legionario.

Saulo contestó sin vacilar:

—A los seguidores del *camino*, a los discípulos de Jesús, a todos los que como Esteban deshonran las Escrituras.

El romano no entendía, no era su guerra ni su religión. Mostró su incomprensión con una interjección grosera.

—Puede que no le veas sentido, legionario —respondió malhumorado Saulo—, pero contémplalo de otra forma: perseguimos a quienes pretenden echar a los romanos de Judea, escudados en una falsa perfección y pureza. Queremos atrapar a quienes se dicen divinos y reyes y emperadores, a los que no reconocen a Cayo como su señor. ¿Ahora me sigues?

Uno de los del Sanedrín gritó, como si fuera al combate:

—¡Muerte a los blasfemos! ¡Rompámosles los dientes!

Los hombres comían en la arena: los romanos por su cuenta, los judíos entre sí, sabedores de que todo contacto con las costumbres de los gentiles es una mácula.

Habían rebajado el vino con demasiada agua y me supo espantoso, pero al menos me quitaba la sed. Después de comer nos refrescamos en el río y enseguida reemprendimos la marcha. Éramos un extraño grupo, compuesto por tres distintos tipos de aguerridos militares a los que la historia y la circunstancia actual. habían juntado: los legionarios, los centinelas de Agripa y los propios guardias del Sanedrín.

Sin embargo, los dos más extraños éramos nosotros mismos, Saulo y yo: dos espías romanos de origen judío, dos mentirosos al fin y al cabo, aunque yo solo conociera muy a medias el plan mientras que la mentira de Saulo muy pronto iba a trastornarlos a todos.

A media tarde, cuando el sol empezaba a ponerse, Saulo aminoró la marcha casi imperceptiblemente y vino a caer del caballo. El animal se asustó, encabritándose y reparando con las dos patas delanteras en el aire; relinchaba como un loco y coceaba mientras Saulo yacía como muerto en el suelo.

Pero solo por un instante permaneció inmóvil; ante el estupor de toda la comitiva, enseguida se desató el ataque.

Todos lo vimos, le explico al amanuense como si debiera justificarme. Cayó cual si fuera presa de uno de sus ataques de *mal divino* o *epilepsia,* que así le llaman los griegos, pero ninguno de los hombres allí reunidos lo había visto antes en ese trance.

Volvió a tener lugar ante mis ojos incrédulos, casi entera, la escena que presenciara en casa de la hermana de Saulo: las convulsiones, las extremidades que no cesaban de moverse, dibujando un monstruoso oleaje en la arena caliente y, claro, la espuma en la boca brotando a borbotones, pestilente como si proviniese del cuerpo de un muerto.

La espalda misma se golpeaba en un arco imposible contra el suelo; esta vez yo mismo le puse una pequeña vara entre los dientes, como vi hacer a su hermana, la cual Saulo no pudo quebrar.

Los del Sanedrín comenzaron a orar; los demás no sabían si debían intervenir o quedarse quietos. Al término de lo que parecía un temblor infinito del cuerpo, sudoroso y cansado, Saulo retornó al mundo de los vivos y empezó a gritar:

—¡No veo! ¡No puedo ver nada! ¡Estoy ciego, estoy ciego!

Me lo habían advertido, pero aun así no salía de mi asombro; lo levantamos en vilo y lo amarramos a su caballo, que ya estaba tranquilo. Saulo no se resistía; se llevaba las manos a los ojos, como queriendo arrancarse una venda invisible que le impedía ver, y seguía gritando en griego.

De allí caminamos hasta guarecernos en una cueva del monte Hermón y lo dejamos en el suelo y a la sombra, recostado contra la pared, aún sudoroso, con la ropa sucia y maltrecha.

Saulo se mesaba los cabellos a la manera de un loco y parecía poseído, como si un espíritu hubiera entrado en él; abría los párpados pero los ojos estaban en blanco y las pupilas habían desaparecido del todo. Los soldados empezaron a preocuparse y a pedirme explicaciones acerca de la extraña enfermedad que aquejaba al zelote.

Entonces, apenas apoyado contra la pared de la cueva, Saulo habló.

—Hermanos míos, lo he visto. Ha venido a mí, me ha dicho: «Saulo, ¿por qué me persigues?», y yo no he sabido responderle, avergonzado de mí mismo.

Nadie respondió a aquellas palabras. No sabíamos a qué se refería, ni siquiera yo puedo decirlo todavía. Nos preguntó, aparentemente extrañado:

—¿Es que no lo vieron? ¿No escucharon su voz?

Negamos con la cabeza, excepto uno:

—¿De quién hablas? ¿Te has vuelto loco?

La pregunta no tuvo efecto sobre Saulo.

—Él me cegó con su resplandor divino. Él me dejó sin vista.

Ninguno de los presentes atinábamos a entender qué era todo aquello.

—Calma, Saulo —intervine—, no sabes lo que dices. Debes descansar, no hables más.

Pensé inicialmente que se trataba solo de eso, de un nuevo ataque de epilepsia, de los balbuceos de un loco.

—¿No me entiendes, Timoteo? —me gritó entonces—. Es una señal clara de su verdad. He estado equivocado todo este tiempo.

Es el trueno, el resplandor, la luz que tanto he esperado. Es el rayo de su voz que parte nuestras vidas en dos.

—Traigan un poco de agua para Saulo —grité.

—Acércate, Timoteo. No es agua lo que necesita el hombre: es la palabra. Y yo la he recibido.

Me acerqué y me susurró al oído que siguiera su juego.

Continuó entonces, pero con la voz más baja, entrecortada, lo que me permitió repetir lo que decía, transmitirlo al grupo:

—Saulo asegura que se trata de Jesús, el Nazareo; que fue él quien le habló desde los cielos.

El grupo no salía de su asombro. Uno de los guardias del Sanedrín, que seguramente conocía a Saulo desde hacía muchos años, intentó llamarlo a la razón:

—Calla, Saulo, no blasfemes, no existe ningún Mesías en estos tiempos, nadie puede usurpar el trono de David, no nos hemos equivocado.

—Caleb —le dijo al hombre—, hemos errado del todo. No puedo seguir haciendo esto, no puedo seguir persiguiendo a quienes saben cuál es el camino. Ahora lo entiendo: *el camino* es el que ellos señalan. Déjenme solo, por favor.

—No podemos —respondí—, no puedes quedarte aquí.

—Sí que pueden; esto debo resolverlo por mí mismo. Regresen con Caifás, díganle que tan pronto me reponga volveré a Jerusalén y le explicaré las razones, los hechos, lo que he vivido.

—¿Adónde irás a convalecer? Mejor regresemos juntos —le propuso Caleb.

—Él me ha llamado a su lado y me ha pedido que lo acompañe anunciando la buena nueva, la llegada del Hijo del Hombre, la presencia de Yahvé, el juicio final. Así lo haré, hermanos, pero debo ir por mi cuenta, ya lo he dicho. Él me ha apartado para decirme que el tiempo se acerca. Vayan, vayan con Caifás, no pierdan tiempo.

Para Caleb no era tan fácil aceptarlo.

—¿Y adónde irás? Si apareces así en Damasco te acabarán a golpes, no puedes llegar a la ciudad a decir que eres ahora uno de ellos; no puedes siquiera caminar y no ves nada, morirás de hambre en esta cueva. Te lo suplico, Saulo: no eres un nazareo.

—Lo soy, Caleb, lo soy aunque no lo merezca. He de llegar a Damasco, mientras más pronto mejor, pero no puedo hacerlo con ustedes, porque entonces sí que se desataría la guerra: me preguntarían qué hago con unos soldados romanos y unos zelotes al servicio del Sanedrín. Vayan con Caifás, les digo, y déjenme a mí hacer lo mío; ya tendré luego tiempo para explicarlo. Regresaré pronto al templo, lo prometo.

Se hizo el silencio. Sus ojos seguían en blanco: era una actuación excepcional, a tal punto que permitía dudar de que no todo fuera fingimiento en lo que afirmaba, algo por otra parte bastante habitual en Saulo, según comenzaba a darme cuenta. Hice una seña al grupo para que salieran de la cueva.

Disgustados, recogieron sus monturas y aceptaron a regañadientes retornar a la ciudad. Los legionarios, sin embargo, no sabían qué hacer; como tenía autoridad sobre ellos y también sobre los enviados de Agripa, les di órdenes.

—Ustedes repórtense en el fuerte de Herodes, reciban instrucciones allí del centurión y envíen noticias a la Torre Antonia. A Saulo le cabe razón solo en una cosa: en que si vamos todos juntos, en Damasco nos harían la guerra. Yo lo acompañaré y esperaré a que mejore.

A sus guardias los llamé aparte y les dije:

—Este hombre está loco, lo acompañaré para que no se haga daño. Ustedes no vieron nada, yo no vi nada; ustedes no escucharon nada, yo no escuché nada. No sé de qué se trata ni lo que tiene en mente. Vayan a presentarse con Agripa, díganle que pronto regresaré también a Cesarea Marítima, pero no pierdan más tiempo aquí con nosotros.

A todo galope los legionarios se retiraron levantando polvo. Desaparecieron tras una nube de arena; cuando esta se disipó, parecía como si nunca hubiesen estado allí. Los hombres de Herodes Agripa estaban menos convencidos de la conveniencia de dejarme solo con Saulo, pero hubieron de hacerlo también: mis órdenes eran claras y no podían desobedecerlas.

Regresé a la cueva donde el converso seguía tumbado en el suelo; le hablé en tono jovial, procurando volver a la normalidad y traerlo conmigo.

—No pudo salirte mejor, aun yo lo creí; mira que venir a decir que el propio Jesús te habló, seguramente fingiste también el ataque.

Bebí un sorbo del vino sobrante y solté una carcajada; Saulo seguía exhausto en el suelo.

—No he fingido nada, Timoteo —me dijo con seriedad, pero no le seguí el juego.

—¿Entonces no puedes ver? ¿Estás ciego? —pregunté con sorna.

Me hizo tan poco caso como al que lo llamara loco.

—He mentido en lo de la voz y la visión —explicó con calma—, pero el ataque fue real; luego, ya repuesto, lo utilicé para nuestra causa —aquí pareció recordarla y de nuevo quiso entrar en acción—. Ayúdame a montar de nuevo, debemos reemprender el camino. Ojalá antes que anochezca podamos entrar a Damasco.

—Espera un poco, Saulo, me preocupa que cabalgues así; además, no deben vernos salir tan de prisa. ¿A quién iremos a ver en Damasco, así solos? ¿No temes, de verdad, que te persigan a ti?

—Debo arriesgarme, pero la debilidad me asiste: nadie podrá negarle ayuda a un enfermo.

—Me debes enseñar el truco de los ojos, obra maravillas.

Saulo rio al tiempo que se ponía en pie.

VII

Damasco, año 37 d.C.

Extraño es el mundo y más extrañas aún las gentes que en él viven, dicto adoptando el tono filosófico propio de este tipo de memorias, pero mi emoción es sincera cuando agrego, hablando a mi amanuense: Porque yo tuve un día un mañana, ¿lo puedes creer? Todos sucumbimos al tiempo sin querer saberlo. Un día el universo se detiene y ya solo esperamos a la muerte. Ya están muy lejos esos dos hombres que cabalgan en el desierto y muy de noche entran a la hermosa ciudad de Damasco. Es como si nunca hubiesen existido, como si no se hubieran dirigido a la calle recta, a la casa de un tal Judas el Damasceno que Saulo conocía como un judío protector de nazareos. No es Saulo el que ha caído al suelo, es el tiempo. No tengo otras palabras, hijo, que este lenguaje de crepúsculos.

Después de esta metáfora me callo. El amanuense no sabe si transcribir u obviar mi perorata; la escribe temeroso de mi ira, supongo: ya lo he reprendido antes por no poner una frase que dicté. Ahora sabe que lo que tenga coherencia para él no es necesariamente lo que la tiene para mí, así que simplemente escribe.

Hermosa, tintineando en la colina, nos esperaba Damasco. La luna enorme iluminaba las calles, y las casas, blancas, reflejaban su luz imponente. Saulo ya no parecía el perro hidrófobo de sus convulsiones, sino un hombre pacífico; nuevamente se haría pasar por ciego pero sin ataques de por medio. Entramos por la puerta meridional doce días después de haber salido de Jerusalén.

En el camino, largo desde que la comitiva nos dejara en el monte Hermón, nos bañamos en el mar de Galilea; luego un remero nos llevó, así húmedos y refrescados, en una barca hasta Cafarnaúm. Damasco entonces parecía aún un sueño en la distancia o un capricho de Saulo, quien me decía:

—Mira, Timoteo, este lugar; imprégnate de su espíritu. Aquí predicó Jesús. Esto es Galilea, su tierra. De aquí se llevó a Jerusalén su secta de pescadores malolientes, asaltantes de caminos y sicarios. Esos hombres toscos fueron sus seguidores. ¿Qué les susurró al oído que pudo transmitirles así el mensaje de su fe? Eso debo saberlo si quiero convencer a los otros de que soy un nazareo, un esenio.

En la ribera norte del mar de Galilea comienza el camino a Damasco, una ladera empinada entre las montañas. Al poco se pierde la vista del agua y se está entre las grupas de los cerros. De pronto no hay una sola muestra de vida: solo rocas y más rocas, y luego aparecen flores hermosas. Me pregunto si seguirá siendo así.

Antes de entrar a la ciudad nos topamos con el *Jisr Banat Ya'coub*, el fuerte de las Hijas de Jacob, y luego con la muralla, como salida de las mismas montañas, con muros igual de elevados, aparentemente inexpugnables. Aunque supuse que ya lo sabía, opté por prevenir a Saulo:

—Aquí no tienen jurisdicción ni el Sanedrín ni el propio Agripa, tampoco Cayo: la ciudad es territorio de Aretas, el rey nabateo. Te suplico que andes con cuidado; no te metas en líos.

Entramos a caballo en la ciudad iluminada. Pronto encontramos a un viejo medio borracho, recostado contra el muro de una casa; le preguntamos por la calle recta, por Judas el Damasceno.

—¿Y qué hacen dos forasteros a esta hora preguntando por Judas, el zapatero? —nos preguntó después de orientarnos.

—Se nos ha lastimado el caballo en el camino —mentí—, y tenemos que dejarlo descansar. Somos de Jerusalén.

El viejo nos apartó como a insectos con las manos y se alejó por el lado contrario.

Poco después vinimos a dar con la casa que buscábamos en la bien llamada calle recta y llamamos a la puerta; el propio Judas nos abre.

—Venimos de Jerusalén, hermano —expliqué—. Mi amigo se ha puesto enfermo en el camino, necesitamos posada y nos han dicho que viniésemos contigo.

—Soy un judío justo, nacido en Jerusalén, hermanos; allí se ha propagado la noticia de que puedo dar de comer y beber y ofrecer una buena cama a quien viene a Damasco. En realidad soy un pobre remendón, no tengo nada que ofrecerles.

—Y nosotros tampoco dónde ir; déjanos pasar aquí la noche. Me he quedado misteriosamente ciego en el camino —dijo Saulo al hombre, como si le hablara de un suceso cotidiano—. El pajar estaría bien para nosotros y nuestras monturas.

El hombre recapacitó. No parecía sorprenderlo aquella ceguera súbita, pero aun así tenía preguntas por hacernos:

—¿Y qué negocios los traen por Damasco?

—Venimos buscando a un hombre que puede sernos de mucha ayuda, Ananías. ¿Lo conoces?

—Todos los judíos aquí nos conocemos y nos ayudamos. Ananías vive lejos, pero puedo hacerlo venir mañana mismo. Está bien, pueden quedarse.

Me señaló dónde podía encontrar el establo y entró con Saulo a la casa. Con todos los cuidados necesarios para guiar a un ciego, al que mi cómplice representaba con tanta perfección como si lo hubiera ensayado, lo llevó hasta un cuarto minúsculo, donde al volver de dejar a los caballos lo encontré sentado sobre una dura cama; a mí me tocaba el suelo.

Me acosté a su lado sin atreverme a hablar con él por temor a que Judas nos escuchara. Pronto, por la obligación del silencio o por el cansancio, nos quedamos dormidos.

Saulo soñó: por vez primera en muchos años pudo hacerlo, y quizá fue por esto que me contó el sueño a la mañana siguiente.

Se hallaba en una cueva; estaba oscuro. Una mujer muy blanca, hermosa, venía a su lado, se desprendía de las ropas y lo acariciaba. Sus besos eran como miel, más sabrosos que el vino; la mujer lo besaba en la cara, lo abrazaba contra su cuerpo caliente y húmedo. Y así, fundida con su cuerpo, lloraba: un llanto enloquecido, como si nunca antes hubiese llorado, como si toda su piel antes tibia y reconfortante se hubiese convertido de pronto en lágrimas; lo envolvía con su lamento húmedo y sus gemidos. Miró a los ojos a esa mujer blanca como una paloma y era Raquel, su propia mujer, que le decía:

—Te necesito, Saulo, ¿por qué me abandonas?

—No te abandono, mujer; aquí estoy, contigo. Déjame abrazarte, no llores más.

—No es cierto, Saulo: nunca has estado conmigo, siempre huyes de mis brazos y me dejas sola y gimiente. Pasó el invierno y no has vuelto. Estoy sola.

Así como vino, se fue. Luego dejó de soñar pero no despertó, y al otro día me refirió el sueño con extrañeza, casi con desapego, como si no se tratara del todo de él. Hoy me digo que quizás la noche lo protegía de sí mismo.

De sus fantasmas y sus culpas.

Judas el zapatero cumplió su promesa de hacer algo por nosotros y no fue poco, ya que mandó traer muy temprano a Ananías y lo llevó a nuestro aposento.

—¿Quién eres tú y qué es lo que te trae a Damasco? —cuestionó el hombre a Saulo con dureza, como si yo no estuviese allí también o no importara.

Saulo le dio sus señas.

—¿Eres Saulo de Tarso, el zelote, y aun así te atreves a pedir mi ayuda?

—Eres un hombre justo y proteges a tus hermanos, me han dicho —dijo Saulo ciego y convaleciente.

—Soy un hombre justo y por eso no ayudo a quienes persiguen a los suyos y encarcelan a sus hermanos. Si eres quien dices ser, te aborrezco; preferiría no haberte conocido.

—Sí, soy el que mencionas, y me arrepiento; estaba equivocado, no sabía lo que hacía.

—Me parece muy tarde para tu arrepentimiento. ¿Cómo sé que dices la verdad?

Saulo hizo entonces la descripción de lo ocurrido en las faldas del monte Hermón: su relato era vívido y conmovió a los presentes. Comprobé que era un gran actor.

—Se escuchó un estruendo, el cielo se abrió de golpe y una luz vino a iluminar mi rostro. Entonces él, en persona, me preguntó: «Saulo, ¿por qué me persigues?» y yo no supe qué responder. Jesús me llenó de su gracia y me pidió que lo ayudara a predicar *el camino* por todos los confines del orbe; era su voz la que me apartaba y al señalarme me llamaba.

Se hizo un gran silencio: parecía cubrir todo el espacio en el minúsculo cuartucho de la casa de Judas, y es que el silencio, pienso ahora y lo he aprendido con los años, puede encarnarse, tener cuerpo, como si fuese otra persona.

Saulo siguió:

—Luego se apagó la luz y también mi vista; no he podido ver desde entonces, hace ya tres días, tampoco he comido ni bebido. Estoy enfermo y cansado, y solo he sabido que debía venir a verte, Ananías, para pedir tu consejo.

Nadie se atrevió a responderle. Saulo había estudiado muy bien sus palabras, buscó la clave en las Escrituras y al parecer la utilizaba con tino, pues aunque ninguno de los hombres sabía qué hacer con el enfermo, le creyeron.

—¡Tráele algo de comer a este pobre hermano en Jesús! —dijo Ananías súbitamente a Judas—. Debe estar más hambriento que un camello —agregó con consideración, casi con afecto.

Puso luego sus manos en el rostro de Saulo, quien entrecerró los ojos.

—Si él estuviese aquí, sabría cómo ayudarte —continuó el nazareo—, pues su espíritu sanaba a los enfermos; a sus seguidores más cercanos les he visto hacer lo mismo, pero yo soy un hombre común.

Yo sí que no estaba ciego y no podía creer lo que veía: ¿quién era el comediante ahora, el converso o el nazareo?

Ananías acarició los párpados a Saulo como antes viera practicar a sus hermanos, los seguidores del camino verdadero, y Saulo supo bien qué decir:

—Son tus manos como un bálsamo, siento un calor enorme en mis ojos; déjalas allí un rato, me confortan.

El hombre así lo hizo. Unos minutos después, cuando Judas trajo de comer, apartó sus manos de los párpados de Saulo, quien abrió los ojos súbitamente recuperados:

—¡Puedo mirar! Me has curado, Ananías; ¡es un milagro!

Había sido aterrador ver los ojos en blanco de Saulo y era efectivamente milagroso verlos ahora, vueltos a la normalidad; hubiese sido imposible no creer en el poder curativo de las manos del nazareo. Me habría reído de no ser él tan convincente, aunque yo supiera de su capacidad de fingir y no me creyera el prodigio, pero allí con Ananías y en adelante siempre fui presentado como un piadoso discípulo de Saulo: no solo su compañero de aventuras sino un hombre que cree gracias al mismo.

—Ha sido Jesús quien me ha devuelto la vista por tu intermediación.

—Ha sido Yahvé, por mediación de Jesús —dijo el hombre.

Aún con dificultad, Saulo se incorporó para beber la leche caliente recién ordeñada que Judas le llevaba en un cuenco de barro a la boca como a un niño.

—Debes enseñarme, Ananías; ayúdame a convertirme en nazareo.

El hombre ya no se rehusó, antes bien lo llevó consigo: en casa del nazareo Saulo escucharía los primeros relatos sobre Jesús y aprendería a entonar también himnos en su memoria como hacían sus seguidores antes de cenar. No era un nazareo, pero lo semejaba del todo y yo mismo debía aprender a parecer uno también; para Ananías yo era un antiguo compañero de Saulo, podía preguntar si a mi vez me había convertido.

Las semanas siguientes fueron febriles; a Saulo lo llenaba de una gran energía lo bien que le estaban saliendo las cosas. Yo era un espectador más de su transformación decisiva, debo decir que también el más crítico.

Saulo acompañaba a Ananías cada mañana al templo, donde lo escuchaba predicar a un grupo pequeño de seguidores de Jesús y de temerosos de Dios; lo oía también debatir con algunos judíos piadosos sobre la llegada del Mesías y los tiempos últimos. Por las noches lo seguía a las casas de otros nazareos que hablaban de lo mismo; ninguno volvió a recriminarle su pasado de perseguidor y al propio Saulo parecía olvidársele.

Yo, en cambio, recordaba perfectamente la rabia de Saulo en Jerusalén, su ira de esa tarde en que arrojaron piedras a Esteban hasta asesinarlo. Me parecía imposible que Saulo regresase algún día: una cosa era aparentar entre quienes apenas lo conocían y otra muy distinta convencer a sus antiguas presas de que el lobo se había convertido en cordero.

Me decía que mis superiores se equivocaron con Saulo: por gran impostor que fuera, no es fácil olvidar a quien con tanta saña te ha golpeado y herido. Mientras más se convencía de su nuevo papel, más lejana me parecía a mí la posibilidad de que cumpliera su misión. Y aquella gente era demasiado crédula.

Pasamos en Damasco más de un mes; vivíamos de la caridad de sus nuevos hermanos nazareos, quienes nos alimentaban y daban techo. ¿Por cuánto tiempo más permaneceríamos así?

Se lo pregunté.

—No es aquí donde podré transformarme del todo, Timoteo; este es un paso apenas. ¿Recuerdas lo que te decía antes de salir de Jerusalén? No es en este Damasco donde están los verdaderos apóstoles sino en la Ciudad de la Sal, en el monasterio cercano; pero no puedo llegar allí sin una invitación. Debes tener paciencia; a veces me pregunto si tienes la madera que se necesita para ser un verdadero espía.

Percibía mi incredulidad, mis dudas; lo seguí sin mansedumbre, pero con asombro constante. Al fin y al cabo, Saulo era ya un sobreviviente de sus propias transformaciones y todos creían en su empeño: era un verdadero agente de Roma en Judea y a su lado yo era solo un aprendiz.

Un día solicitó a su protector:

—Ananías, hermano, te suplico que me bautices; también Timoteo, mi querido amigo, desea lo mismo. —Me sorprendió escucharlo, pero asentí con la mayor seriedad; estuve cerca de Saulo en todas sus actividades en Damasco y sabía que no podía negarme.

El hombre nos llevó al río, nos bañó, nos purificó y entonces dijo a Saulo:

—Eras un pecador, un hombre que había errado sus pasos; ahora, en cambio, deberás dedicar toda tu vida a predicar *el camino*. Arrepiéntete, que el tiempo de los cielos se acerca.

—Me llamaba Saulo y erré, es cierto: por el poder de mi señor, Jesús, me he convertido. Llámame Pablo desde ahora. Pablo: el más humilde de los seguidores de Jesús.

—Así será. Los más cercanos se llaman ya ahora apóstoles, o enviados —dijo Ananías y lo abrazó, sacándolo del agua.

—¿Adónde debo dirigir mis pasos? —preguntó el nuevo Saulo, es decir Pablo.

—Sería bueno que siguieras tu camino; deberías conocer al hermano de Jesús.

Yo merecí un trato secundario: Ananías me señaló por mi nombre, Timoteo, al verter el agua sobre mi cabeza. Un acto tan simple parecía ser suficiente para que los demás creyeran en nuestra conversión, al menos así lo creí en ese momento, pero pronto sabría que las cosas nunca son tan fáciles.

VIII

El engaño estaba hecho, obra de la palabra: Saulo el perseguidor había dejado de existir. Ananías permitió mediante el agua bautismal que naciera Pablo, el apóstol de los gentiles.

Porque la astucia del agente romano no podía ser mayor: un judío heleno predicaría en el templo, pero gracias al griego podría dirigirse también, como viera hacer a Ananías, a los más fáciles de convencer, a los temerosos de Dios, gentes hartas de la idolatría romana que vagaban a todo lo largo y ancho del imperio a la sombra de los judíos.

Podría oponer a los gentiles, incircuncisos e impuros, los más fervientes zelotes.

Sí, el milagro estaba hecho, pero el camino de los años siguientes estaría lleno de batallas. La primera de las duras pruebas tendría que enfrentarla allí mismo, dentro de los muros inexpugnables de Damasco.

Una mañana, acompañado de Ananías predicaba afuera del templo, en un camino hermoso bordeado de árboles de durazno. Uno de los judíos más piadosos, un tal Samuel, salió del templo y lo increpó:

—¿No eres tú Saulo, el azote de los nazareos?

—Saulo ha muerto, hermano; en su lugar ha nacido otro hombre, uno que ha entendido su error.

—Te teníamos por un hombre fuerte; tu fama había cruzado las puertas de Jerusalén. Incluso supimos que vendrías a Damasco con una encomienda del sumo sacerdote, Joseph bar Caifás. ¿Se te han olvidado tus obligaciones de judío honesto?

—Ya lo he dicho, hermano. ¿No puede un hombre cambiar? Dime tu nombre, para saber al menos quién eres.

—Soy Samuel bar Jonás y estoy a cargo del templo en Damasco. Tengo mi propia guardia, que pensaba poner a tu disposición para dar fin a estos disparates y blasfemias que ahora veo que profesas.

—No solo profeso esta fe, la sigo porque sé que es el verdadero camino. Jesús vino a enseñarnos a respetar la verdadera ley, la de Yahvé, no la de los saduceos corruptos.

—No sigas. Veo que este Ananías y sus cómplices te han corrompido, ¿o te han sobornado? ¿Es eso, tenías un precio y te vendiste por unas cuantas monedas? Eres una vergüenza, Saulo de Tarso.

—Me llamo Pablo. Y te repito, Samuel, que me avergüenzo de quien era yo antes, no del que soy ahora; he oído la voz y aceptado el llamado. Tú deberías hacer lo mismo, hermano: detenerte a escucharnos a mí y a Ananías, quizás así comprenderías de qué se trata todo esto. Somos más judíos que tú.

—Te prevengo, Saulo: tienes dos días para abandonar Damasco. De lo contrario yo mismo te perseguiré y haré que pagues tu soberbia y osadía. Haré que los judíos piadosos te lapiden, como hacías con los nazareos en Jerusalén: ojo por ojo, diente por diente.

—No te tengo miedo, Samuel. Haz lo que tengas que hacer. Quien tenga oídos, oiga, y quien tenga ojos, que vea.

El encargado del templo se alejó de allí visiblemente molesto. No tenía tiempo para avisar al Sanedrín, debería actuar por sí mismo: iría con el general de Aretas y le explicaría el peligro potencial de permitirle a ese hombre seguir anunciando lo que llamaba buena nueva. ¡Estúpido, ya le haría saber con su propio cuchillo lo que era una buena nueva!

Pablo de Tarso vio la amenaza, en cambio, como una oportunidad para hacerse más cercano a los nazareos: tomó las palabras de Samuel como la necedad de un anciano y siguió con su prédica no solo esa tarde sino las siguientes.

Así pasaron los dos días de gracia que le fueran concedidos; el propio Ananías lo quiso convencer de que desistiera:

—Vete de Damasco, Pablo; lo que menos necesitamos es otro mártir. No me agradaría presenciar un derramamiento de sangre, y Samuel es un hombre violento, lo he visto hacer lo mismo que tú en Jerusalén: entregarnos a la gente de Aretas, que nos golpea y apresa para amedrentarnos. Pero al menos nosotros somos habitantes de esta ciudad y nadie puede expulsarnos.

—Déjalo hacer, Ananías: he recibido la palabra del Señor y es a él al único que obedezco. Sus órdenes fueron muy claras: «Saulo, ve a Damasco y sígueme». Ahora lo sé gracias a ti, mi misión en la Tierra es propagar la noticia de su nueva venida antes del juicio final.

—Al menos descansa por unos días, escóndete como si te hubieras ido.

—No, Ananías. No has entendido: no hay vuelta atrás. Soy un mensajero de Jesús y seré el más ardiente defensor de su mensaje, aunque pague con mi vida.

Por la tarde, en el pequeño huerto de Ananías, cocinaban un cordero a las brasas. El cielo estaba enrojecido por el viento que traía arena del desierto, la que se pegaba en la cara y a ratos ocultaba las distancias, hacía desaparecer el horizonte. Solo cinco hombres esperaban allí el cordero: Pablo, Ananías, Judas, un joven gentil, Lactancio, bautizado por el propio Pablo como Yohanan, y yo mismo.

Escuchamos los ruidos y las voces que venían acercándose por la calle, pero no supimos al principio de qué se trataba; intuí, sin embargo, que tanto alboroto no podía ser pregón de ninguna noticia agradable. Subí a una tapia para mirar qué sucedía. La casa de Ananías quedaba contigua a la muralla, cerca de la puerta este, *Bab esh Sharqui*, y seguramente antes de morada había sido un puesto de vigilancia romano, por lo que permitía contemplar la ciudad desde un punto más alto.

Era Samuel con sus hombres, que gritaban rabiosos como aquellos otros en Jerusalén:

—¡Te voltearemos los dientes a pedradas, Saulo de Tarso! ¡Maldito blasfemo, habrás de morir como los perros!

El grupo era numeroso y levantaba el polvo a su paso, anunciando su ira; a los judíos coléricos los acompañaba una pequeña cohorte de soldados árabes con sus largas espadas. Bajé del techo a contarles a los demás lo que acontecía.

—Te lo he dicho, Pablo —dijo Ananías—, vienen por ti. Muerto no le sirves de nada a Jesús, ¡escapa ahora que puedes, es tu última oportunidad!

A Pablo —me tomó mucho tiempo acostumbrarme al nuevo nombre— le cupo un poco de prudencia, o quizá lo tenía todo planeado.

—Creo que no tengo escapatoria alguna —me dijo—. Esta ciudad es un fortín. Me encontrarán de todas maneras.

—Hay una forma —dijo Ananías—: por aquel hueco del muro; puedes subir al techo y deslizarte desde allí.

—Imposible —objeté—. Moriríamos de todas formas al caer del otro lado.

—Tengo un enorme saco de heno; es fuerte y cabe un hombre en él de sobra. Nosotros, de este lado, podemos bajar a Pablo con tu ayuda, Timoteo; no sé si podremos hacer lo mismo contigo después, pero sobre ti no pesa, al menos, la amenaza de Samuel y sus hombres.

—Soy el acompañante de Pablo, eso lo saben. He de escapar con él como sea.

—Está bien, no perdamos más tiempo. Suban ustedes a la tapia, yo iré por el saco y una cuerda fuerte. Vamos, vamos, ¡andando!

Los gritos y las imprecaciones se escuchaban ahora más fuertes y cercanos. Una cosa, además, era oír el plan en boca de Ananías y otra muy distinta ejecutarlo.

Pablo se ovilló y fue envuelto en el saco: entre los cuatro hombres logramos bajarlo con gran esfuerzo. Al final, sin embargo, nos venció su peso y solo escuchamos el golpe sordo del cuerpo contra el suelo al caer y un ahogado grito de dolor. Traté de mejorar mi salida:

—Dejen allí la cuerda, hemos de amarrarla con fuerza de este lado: a esa madera que sostiene el techo, se ve suficientemente recia. Yo me deslizaré por ella. Córtenla o quítenla de inmediato, borren todo rastro de nuestra huida.

Así lo hicieron Judas, el nuevo nazareo Yohanan y Ananías.

Luego, agitados y sudorosos, regresaron al cordero, que se había chamuscado por un lado; le dieron la vuelta, quemándose casi con las brasas, pero sus maniobras al menos sirvieron para acabar de despistar a los perseguidores.

—¿Dónde están Saulo de Tarso y su compinche?

—Se han ido esta mañana.

—Mientes como siempre, Ananías: ningún centinela los ha visto abandonar la ciudad. No los escondas o recibirás su mismo castigo; tú también eres un blasfemo nazareo.

Ananías se dirigió entonces al comandante del ejército nabateo:

—Es tu deber protegerme como legítimo ciudadano de Damasco; este hombre me está amenazando y me imputa un delito que no he cometido. Busquen dentro de mi casa, tiren todo, déjenlo patas arriba, no me importa: no encontrarán a los hombres que buscan pues ha cabido en ellos la prudencia y regresaron por donde vinieron.

Hizo una pausa teatral:

—Te has salido con la tuya, Samuel: has logrado sacar de Damasco a un justo. Ahora vuelve a lo tuyo y déjanos a los demás vivir en paz.

Samuel hizo una seña a sus hombres, quienes, acompañados por los nabateos ocupantes de Damasco, gente de Aretas, entraron a la casa y no esperaron a recibir una orden para tirar todo a su paso; Ananías, sin chistar, escuchaba cómo las cosas se rompían adentro, pero los dejó hacer como si aquello fuese la rutina habitual. Era un pago menor, al fin y al cabo, frente a la amenaza de muerte.

Al cabo salieron de allí descorazonados, y vinieron a susurrarle algo al oído a Samuel.

—Has tenido suerte, nazareo. Buscaremos en todos lados, descuida; no dejaremos un lugar en todo Damasco sin revisar, y si los hallamos y es mentira lo que has dicho, serás juzgado con ellos dos. Ahora iremos a tu casa, zapatero —gritó Samuel a Judas—, y así haremos con cada morada de quienes profesan esa fe que llaman la verdad y la vida, blasfemos. Será para bien de todos ustedes que Saulo haya salido de esta ciudad.

La presencia en Damasco de Pablo, el nuevo apóstol, dejó una estela de cateos y destrucciones sin precedente. Con celo inusual Samuel y los suyos, apoyados por los nabateos, amedrentaron a los nazareos del lugar, obligándolos a callar por un tiempo.

Algunos se fueron de la ciudad y otros optaron por presentarse al siguiente sabbat en la sinagoga. No se trataba solo de sus vidas, sino también de sus negocios: la prosperidad de sus casas dependía de los judíos piadosos; si ellos dejaban de comprarles, empezaría su ruina.

Pablo se hallaba ya muy lejos, incluso de Galilea, la tierra de Jesús, cruzando Samaria. Pero no volvería a Jerusalén, ya tampoco allí estaba seguro.

En una posada del camino vinimos a descansar, fatigados por la huida acelerada. Nos había costado muchas monedas, además, apresurar a los barqueros del mar de Galilea para que nos trasladasen con tan mal viento hacia las montañas del Moab incierto, donde nos guarecimos al principio por seis días.

En Samaria, en cambio, dejamos de temer.

—¿Cómo he de llamarte ahora, Saulo? —bromeé.

—Acostúmbrate al Pablo que usaré en adelante; más nos vale a los dos aceptar nuestro nuevo disfraz.

—Está bien, Pablo de Tarso, el apóstol.

—He pensado mucho en el camino, Timoteo, sobre los nuevos movimientos que debemos hacer. Iré, como sugirió Ananías, a la Ciudad de la Sal.

—Tú mismo se lo sugeriste; le pediste, además, que te escribiera una carta. Esa será nuestra coartada perfecta, incluso para penetrar en un monasterio tan cerrado.

—No hables en plural, Timoteo. Deberemos separarnos.

—Eso ni lo sueñes, Pablo; no ahora que has sido amenazado. He de cuidarte hasta recibir nuevas órdenes de Roma. Vayamos a Cesarea, no a Jerusalén ni a tu segunda Damasco, que tanto añoras. Allí al menos tendrás calma y protección mientras pensamos nuestros próximos pasos.

—Yo ya sé los míos, y no pienso cambiarlos ahora: me ha costado mucho convencer a estos tercos nazareos de mi nueva fe.

Ahora debo aprender, desde adentro, quiénes son, en qué creen verdaderamente. Penetrar dentro del grupo más selecto de los discípulos.

—Es muy arriesgado.

—Ahora lo dices, cuando hemos podido morir unos días atrás en Damasco. Hace un buen tiempo que dejé de temer las amenazas contra mi vida. No tengo a nadie en este mundo; no me espera una mujer en casa, ni alimento a mis hijos. Nadie me extrañará.

—¡Duélete de tus sufrimientos, Saulo, a ver si así me compadezco! Yo tampoco tengo otra familia que el imperio. Te conmino a la prudencia; te pido calma. En unos meses a lo sumo sabremos qué hacer.

—Regresa tú a Cesarea. Yo entraré a la comunidad de la Ciudad de la Sal. Dicen que allí se oculta Santiago el Justo, el hermano de Jesús: él es ahora el líder de los nazareos. Con él deberé presentarme de parte de Ananías; debo hacerlo solo. Espérame, si quieres, con Agripa o vuelve con tu querido Cayo Calígula, me da lo mismo. Nadie creerá fácilmente que eres un nazareo, Timoteo: solo los ingenuos de Damasco. Ya nos veremos después. Eres un bautizado, pero eso no es suficiente; yo estoy muy cerca de ser un nazareo y eso me permitirá saber quiénes son en cada ciudad los seguidores de Jesús. En cada lugar del imperio, desde Cilicia hasta Hispania, los encontraré y sacaré a la luz pública; pero serán los hombres de Roma quienes los juzgarán por mí. No arriesgaré nuevamente el pellejo jugando un doble papel; me basta con ser desde ahora Pablo de Tarso, el apóstol de los gentiles.

—¿Qué dices? ¿Por qué solo de los gentiles? ¿Y lo que pasó en Damasco?

—Recuerda al profeta Isaías: «El espíritu de Yahvé el Señor está sobre mí, porque me ungió Yahvé y me ha enviado a predicar buenas nuevas a los abatidos, a vendar a los quebrantados de corazón, a publicar libertad a los cautivos, y a los presos apertura de la cárcel».

—No te sigo, aunque sé que sacas todas tus ideas de las Escrituras. El mensaje me parece peligroso, sedicioso: te he oído decir que el Hijo del Hombre es el verdadero rey, el heredero de David; es como si negaras la autoridad de Roma sobre estas tierras y estas gentes.

—¿No lo entiendes aún? Lograré que la lucha y el combate sean la marca de estos años, que ninguno pueda entender al otro, que la división reine entre los grupos de judíos, siempre dispuestos al conflicto; así será Roma la única que gane. Este es el año de la buena voluntad de Yahvé; este día, el de la venganza del Dios nuestro. El día de la ira; el día del juicio final.

Esa misma noche abandoné a Pablo, sabiendo que un día volvería a verlo. Nos dimos un fuerte abrazo y nos deseamos buena suerte en las próximas jornadas.

IX

En la Ciudad de la Sal, junto al mar Muerto, *circa* 38 y 39 d.C.

Como ves, Craso, aparezco y desaparezco de esta historia; no es del todo extraño. No hay una sola vida, ni un solo testimonio de la vida que pueda contarse de forma lineal: nació, vivió, murió. Esta es mi memoria, es cierto, pero mucho lo sé por los recuerdos de otros. Aquí salgo del relato, es Pablo de Tarso nuevamente el único protagonista. Lo ocurrido entre los muros del reducto esenio apenas él lo supo, y yo solo puedo dar testimonio de sus palabras a partir de lo que él me contó meses después de haber salido de allí, durante el tercer año del reinado de Calígula. Hace tanto tiempo.

Pablo entró al monasterio de los *Tovilé Shahrit*, los bautistas matinales, gracias a la breve misiva de Ananías. La había escrito días antes de la huida, cuando pensaba que convencería con facilidad al nuevo nazareo de la necesidad de su escape; el hombre estaba convencido del cambio repentino del de Tarso, pero confiaba mucho menos en su compañero. Algo en su cuerpo, el mío, excesivamente esculpido aunque viéndome ahora no te lo creas, le daba mala espina: era el físico, aunque él no lo supiera, de un hombre adiestrado en la Viminalia por el propio Sejano, de triste memoria. Era el cuerpo de un guerrero, no el de un judío piadoso. Pablo, en cambio, parecía un hombre débil: estaba enfermo y a sus ataques de *mal fulminante* o *divino* los seguían unos terribles dolores de cabeza que lo postraban por días.

Ananías, sin embargo, lo vio transformarse al hablar con la gente. Entonces era otro: se erguía por encima de sus propias fuerzas y parecía cobrar nueva vida; rejuvenecía al contacto con la palabra. Por eso, porque lo pensaba útil para predicar *el camino*, y porque el propio Jesús se le había aparecido en el monte Hermón, es que lo recomendó para ir al lugar de reclusión absoluta donde se formaban los esenios desde la época de la revuelta macabea.

Allí se había formado Juan, llamado el Bautista.

Allí se había formado Jesús, llamado el Hijo del Hombre.

Allí habían huido para protegerse algunos de sus apóstoles y discípulos.

Allí, en torno al Señor de Justicia, los hombres que hicieran un voto de castidad y abstinencia de la sangre de animales muertos vivían en comunidad, en *Yahad* perfecta, esperando la llegada del Mesías y preparando el camino de la vuelta del Señor.

Pablo de Tarso, quien cayera fulminado y cegado por el resplandor de Jesús, entró allí un día, cansado del camino y cubierto de polvo; un guardia lo hizo esperar por un tiempo que le pareció eterno. Dormitaba horas después cuando dos hombres lo llevaron a un baño donde le permitieron asearse; le dieron unas ropas pobres pero limpias que llevó durante los dos años que vivió allí.

A Santiago el Justo no lo vio durante los primeros meses, como si se escondiera de él o fuera un mito su presencia. Fue introducido en los ritos esenios poco a poco o, como él mismo decía, prueba a prueba; Pablo, sin embargo, demostró ser un conocedor sabio de las Escrituras, y además un hombre disciplinado y férreo.

Las reglas de la *Yahad* eran estrictas y le eran leídas al discípulo seguidor del *camino* una vez que la abstinencia lo había purificado.

Por cuarenta días y cuarenta noches.

El inspector, como se llamaba al de mayor rango en el consejo del lugar, era el encargado de leer las reglas, escritas en un rollo de papiro; así lo hizo frente al, ahora sí, nuevo Pablo: más delgado, menos sujeto a las enfermedades. Comía grano y hierba; había dejado el vino y la carne. Su enorme cabeza sobresalía entre las de los allí reunidos en un patio, bronceados por el sol y el trabajo del huerto. Esos hombres recios leían los rollos que contenían la *Mishná*, su Escritura, y se dedicaban a revisar los *Pasharim*, los comentarios de los más sabios de la comunidad a esas palabras de la ley de Moisés, cuya comprensión tenían como objeto último de sus días.

Aunque no porque les preocupara la paz, no: se preparaban para la guerra. Pero eso Pablo aún no lo sabía; estaba siendo *iniciado* en los misterios, le faltaban muchos meses para enterarse de la verdad.

El inspector leyó:

—Es nuestra principal regla respetar a Dios y a los hombres; vivir de acuerdo con los principios de nuestra comunidad. Buscar al Dios de nuestros padres y hacer lo bueno y recto ante sus ojos, tal como lo mandaron Moisés y sus siervos y profetas. Amar todo lo que él ha escogido y aborrecer todo lo que ha repudiado, alejarse de todo lo malo y aplicarse a toda buena obra. Practicar la verdad, la integridad y la justicia en nuestras tierras.

Pablo lo escuchaba, intentando memorizar cada uno de sus dichos, pero más aún, buscando allí —dentro de las palabras, en el corazón de las palabras— la obstinación esenia. El inspector dijo entonces lo que él deseaba escuchar:

—Aborrecer a todos los hijos de las tinieblas, a cada uno según su grado de culpabilidad; proceder a la vindicación de Dios.

Era un grito de guerra soterrado contra Roma: eran los ocupadores de Judea, los culpables de la crucifixión de Jesús, los hijos de las tinieblas. Y los sacerdotes del templo, los saduceos —con Caifás a la cabeza—, eran quienes habían corrompido la ley de Moisés sirviendo a los detestables romanos.

Todo estaba dicho.

Una tarde fue llamado a comparecer ante el inspector. Era un hombre colérico, delgado, como consumido por su propio celo; lleno de arrugas el rostro, y las manos pecosas y manchadas. Su nariz de buitre parecía olfatear a los impostores. Pablo temblaba, sudando; temeroso de lo que pudiese ocurrir, puso su mejor empeño en convencerlo.

—¿Quién eres realmente, Pablo? Algunos aquí te han reconocido. ¿Eres Saulo, el zelote de Tarso? ¿Nos vas a aprehender para llevarnos con los malditos del Sanedrín?

—Nunca he mentido, hermano. Ananías, en Damasco, supo mi identidad y me dio cobijo. Allí lo dice, en su epístola, y cuenta que yo también contemplé a Jesús resucitado de entre los muertos; fue él mismo quien me llamó a su lado, Él me apartó desde el vientre de mi madre para seguirlo. Reconozco mi error y mi culpa, y si he de ser castigado por ello, hermano, haz lo que mejor convenga.

—Las palabras salen de tu boca hermosas y llenas de fuerza, pero también fue una serpiente quien encantó con su voz a Eva. ¿Cómo puedo saber, Pablo o Saulo de Tarso, que eres sincero?

—No he venido armado, ni seguido de un ejército. Dejé en el monte Hermón a los hombres que me acompañaban cuando todavía era perseguidor de nazareos; los dispersé sin decirles adónde me dirigía para que no pudiesen seguirme. He dejado de existir como el que era y vine a nacer por el bautismo de Ananías, para entrar nuevo al Reino de los Cielos.

—Es cierto que te has purificado y lavado una y otra vez. Te hemos visto acoger nuestros mandamientos con celo y disciplina, pero aun así no me fío de ti. Jesús se apareció primero a sus apóstoles, luego a otros que lo conocieron. ¿Cómo es que tú, que no lo viste nunca en vida, sabías que era él?

—Fue él quien me lo dijo. Me increpó por haberlo perseguido, me avergonzó con su voz de trueno.

—Ya veremos, Pablo, ya veremos. No solo son tus fuerzas o tus conocimientos lo que esta comunidad necesita, también tus bienes. ¿Qué poseías allá afuera?

—Poco, a decir verdad; vivía en la casa de mi hermana. Mis padres son artesanos como yo mismo, y hemos fabricado tiendas y toldos desde que tenemos memoria. Pero mira, para que veas que es verdad lo que digo, aquí está todo mi dinero.

Pablo se desató debajo del vestido una bolsa de monedas y se la tendió al inspector en señal de buena voluntad.

—Agradezco tu ofrenda, hermano. Te prevengo que estarás a prueba, pero eso ya lo sabes. Todos los que desean entrar en nuestra comunidad deben pasar dos años encerrados aquí, hasta que sepamos si auténticamente están dispuestos a dejarlo todo.

—Todo habremos de abandonar, hermano inspector, más aún cuando sabemos que el día se acerca; en el final de los tiempos nada tendremos sino nuestras obras ante los ojos de Dios.

—Este es el pacto de Damasco, Pablo: has entrado en él y bendecirás al Dios de la salvación final y todos los hechos de su fidelidad. Y dirás después: *Amén.*

—Amén, hermano, amén.

—Menciona, Pablo, la verdad de tu nueva fe.

—He sido inicuo; me he rebelado. Y nuestros padres detrás de nosotros al conducirnos contra el pacto de la verdad y la rectitud. El Dios de la salvación ha ejecutado su juicio sobre nosotros y nuestros padres: siempre y para siempre nos ha otorgado la misericordia de su amorosa lealtad.

—Así sea. Dios te bendiga y te favorezca con el eterno conocimiento y con amorosa solicitud te otorgue perpetua paz.

—He de maldecir a todos los que pertenecen a la heredad de Belial y diré como responso: «Maldito seas por todos los hechos inicuos de que eres culpable. Dios haga de ti objeto de horror a manos de todos los ejecutores de la venganza, y te castigue enviando tras de ti exterminio a manos de todos los que dan en pago lo merecido. Maldito seas sin compasión alguna conforme a tus tenebrosos hechos y maldecido seas con la densa oscuridad del fuego eterno. No se compadezca Dios de ti cuando clames ni te perdone dando por no cometidas tus faltas. Levante su rostro airado para vengarse de ti y ni siquiera te salude deseándote paz ninguno de los que siguen fieles a nuestros antepasados».

Pablo todo lo sabía de memoria; lo dijo así, como si él mismo lo hubiese escrito, para estupor del inspector, que asentía con la cabeza ante las palabras del principiante.

El dominio de Belial, él lo sabía, no era otro que la ocupación de Roma. Había entrado al lugar en el que se formaban, ahora lo sabía con toda seguridad, los enemigos más obcecados del imperio: soldados de la fe nueva y de la antigua, del Dios de Israel y su Ángel de la Verdad.

Jesús, el Mesías recién crucificado por Pilatos.

Los meses siguientes fueron de duras pruebas físicas e intelectuales. Parecía que de lo que se trataba era de olvidar todo lo exterior, incluido el pasado, para volver a nacer. Eso era convertirse en esenio: purificarse del todo para el final.

Las interpretaciones sobre cómo sería ese final, en cambio, discrepaban unas de otras. Un buen día le dieron a leer un rollo en arameo que era claro: «Dios, en los arcanos de su inteligencia y de su gloriosa sabiduría, ha fijado un plazo a la existencia de la perversidad, y en el momento señalado de su visitación la destruirá para siempre. Hasta que llegue el tiempo señalado para el juicio que se ha decretado».

No se trataba de un documento de fe solamente: oculta tras el lenguaje del *Peshar* estaba una declaración de guerra inminente. Si tan solo supiera él cuándo llegaría ese tiempo del que tanto hablaban, podría hacer algo para evitarlo.

Era el primero en levantarse por las mañanas y el último en irse a dormir. Con sus compañeros de comunidad araba la tierra, recogía sus frutos y se acogía a las normas más estrictas. Limpiaba su cuerpo todas las mañanas, al amanecer, y sus ropas también.

Era ya un esenio, o al menos eso creía él, porque después de un tiempo en reclusión se borran las distancias y nada existe sino lo que entre esos muros ocurre. Se olvidaba él mismo, de pronto, de su propio empeño allí.

Dejaba de ser un infiltrado, un agente encubierto. Repetía las palabras de sus hermanos, cantaba sus himnos. Físicamente era otro, no solo por lo delgado, lo curtido por el sol o lo fuerte, sino que la abstinencia de la carne y de la sangre lo lavó también por dentro. Había evacuado no solo sus suciedades y detritos: al vaciar los intestinos de toda impureza gracias a los granos de cada día, escombró además sus entrañas, escobillándolas.

¿Cómo podían esos hombres, llenos de amor unos por otros, guardar tanta rabia y tanta maldad para con sus enemigos? Sus textos estaban llenos de imprecaciones, insultos y maldiciones; sin embargo vivían en completa paz y hermandad, ayudándose los unos a los otros.

«Debes amar a tu prójimo como a ti mismo», había proclamado Jesús, y en un hermoso himno ellos allí en la Ciudad de la Sal lo alababan y recordaban con infinito amor y paciencia.

Una paciencia que a él, con todo, de pronto se le acababa: hasta entonces no conocía allí a ninguno de los once apóstoles, ni al doceavo elegido por el consejo para sustituir a Judas, quien se colgara de un árbol después de entregar a Jesús a los captores del Sanedrín.

Hasta ahora había hecho méritos, pero a los ojos de ellos seguramente no era todavía un esenio.

Algunas mañanas lo asaltaba la duda. Se sabía un impostor y el término lo rondaba desde el amanecer: si era descubierto sería, entonces sí, su final.

Oraba para que nunca ocurriera. ¿A quién oraba, sin embargo? No al Yahvé de sus padres, ni al del Sanedrín; tampoco al dios de los nazareos. Oraba no solo por costumbre, sino para creer. Oraba para saber si así podía acabar su angustia. Eso lo entendí entonces: Pablo de Tarso era un hombre de fe que buscaba desesperadamente un dios.

Sin embargo, el plazo de su estancia estaba por terminar. Dos años de conocimientos y lecturas, de trabajos y paciencia. Dos años de ocultar al verdadero hombre que se escondía tras la máscara bautizada por Ananías. Dos años siendo él mismo Pablo de Tarso. Un hijo más de Sadoc, siguiendo en apariencia las palabras del Éxodo, «Aléjate de todo lo que sea falso»: él, que era en realidad la encarnación misma de la falsedad.

¿Qué habría pasado en todo este tiempo allá afuera?, se preguntaba con insistencia. Al amanecer, un hombre que nunca había visto vino a despertarlo y le dijo:

—Ahora eres un verdadero hijo de Aarón, Pablo de Tarso. Has obedecido a tus mayores y te has acogido a las reglas del pacto. Santiago el Justo te espera. Vamos a bañarnos juntos, purifiquémonos en el Señor, nuestro Dios.

—Amén, hermano.

X

En la Ciudad de la Sal, últimos días del año 39 d.C.

Santiago, llamado el Justo, era un hombre alto y corpulento; con la cerrada barba de los esenios, el cabello bien peinado pero también largo. Lo que más impresionó a Pablo, sin embargo, fue la mirada.

Eran los ojos de Santiago como dos lagos más que azules, transparentes, que a un tiempo atraían pero intentabas evitar. Te desnudaban con su frialdad: eran los ojos de quien ha visto todo, dicto, y veo a mi amanuense bastante impresionado.

La conferencia ocurrió en uno de los lugares más apartados de la terraza del monasterio en la Ciudad de la Sal, desde la que se veía el lago que algunos llaman Asfaltites, y otros simplemente mar Muerto. Pablo miró hacia el horizonte, como si quisiera escapar al escrutinio del hermano de Jesús.

—Me han dicho que eres un hombre metódico, Pablo; un adepto de hierro, disciplinado y dispuesto. Lograste impresionar a tus maestros.

—No intentaba impresionar a nadie, Santiago, sino es mi fe en la reencarnación de Jesús.

—Ah, es verdad; ya me han contado tu conversión, llena de dramatismo. ¿Me permites llamarla así, dramática? Tuvo que haber sido un momento muy difícil para ti encontrarte de golpe con mi hermano, escucharlo recriminarte por tu violencia persecutoria.

Pablo no sabía cómo interpretar esas palabras; notaba un matiz de burla en el tono, pero era apenas perceptible. Si algún rasgo podía intuir de Santiago era, precisamente, su infinita seriedad, su falta de humor. No contestó a la imprecación, si lo era; asintió con su silencio, lo que permitió al que llamaban el Justo proseguir:

—Todos teníamos nuestras dudas, eso lo sabes. No es fácil aceptar a tu antiguo enemigo. ¿Cómo pensar que un hombre que nos había diezmado, encarcelado e incluso enviado a la muerte por lapidación era ahora uno de los nuestros? Te hemos puesto a prueba, incluso de forma más dura que a cualquiera de nosotros. Estamos impresionados, sin embargo, de tu tesón, que nos muestra tu determinación para con nosotros, para seguir *el camino*.

—Así es, Santiago. Soy quizás el menos indicado para llamarse a sí mismo apóstol, pero fue él mismo, tu hermano, quien me indicó la senda y me enseñó que desde siempre fui apartado de los otros y elegido para esta misión; es para mí tremendamente doloroso por ello recordar mi pasado. Espero que cada una de mis acciones contribuya a limpiar mi culpa.

—Ya has buscado el perdón y el amor mediante la purificación y la castidad de la comunidad que te acogió con tanto aprecio. Y te has desprendido de todo lo tuyo, al menos en apariencia; ¿o posees algo que no hayas declarado ya?

—Bien lo saben mis hermanos, yo vivía en casa de una hermana en Jerusalén. Mis padres, en Tarso, poseen otra que han conseguido con la labor de sus manos; con el trabajo de nuestra familia, el único que hemos tenido desde siempre, fabricando tiendas y lonas para el desierto. Somos curtidores y tejedores. Esa es mi única posesión, que ya he puesto al servicio de mis nuevos hermanos.

—Eso creo que ya lo has entendido bien, Pablo: no tienes ya otros hermanos que los que te han acogido en la Ciudad de la Sal, ni más familia que la nuestra. Por eso no posees ya nada que no sea de todos nosotros; solo así podrás ser bueno a los ojos del Señor.

Siguieron hablando durante toda la tarde mientras bebían leche y comían un pan sin sabor, y una mezcla de hierbas y granos endulzada con miel. Al principio, muchos meses antes, la privación de carne había hecho sus estragos en el cuerpo de Pablo, pero ahora estaba muy acostumbrado a la alimentación y apreciaba el moderado lujo del ágape al que fuera invitado ese día.

Entonces habló Santiago:

—Es verdad que eres otro, Pablo de Tarso. Y es a ti a quien tenemos que encomendar una misión particular. Has conocido aquí a Bernabé, uno de los hombres más cercanos a mí; lo has de acompañar a proseguir la labor de predicar nuestro mensaje, nuestra buena nueva.

—No sé si estoy preparado —dijo Pablo, fingiendo modestia—, pero haré lo que se me indica.

—Por eso acompañarás a Bernabé. Él te ayudará, te permitirá disipar cualquier duda o conflicto. Pero lo que debías aprender en este santo lugar te ha sido, por ahora, ya enseñado. Debes aplicar en adelante esos saberes a tu vida cotidiana.

—Así sea, Santiago.

—Iremos juntos a Jerusalén y allí con Pedro, el hombre más cercano a Jesús, te indicaremos las ciudades en las que deberás predicar; hemos pensado en tu propia tierra, pero aún no estamos seguros. Prepárate para partir dentro de unos pocos días. ¿Conoces a Pedro, Pablo de Tarso?

Asintió y luego describió al pescador amigo de Jesús, a quien viera semanas antes de la lapidación de Esteban.

Santiago entonces le regaló unas ropas nuevas; salvo un par de sandalias, había tenido que sobrevivir todo ese tiempo con unas mismas prendas que estaban deshechas de tanto lavarse. Ahora tenía estos nuevos vestidos blancos, de lino, que le produjeron un especial placer al solo tocarlos. Agradeció el obsequio con humildad.

—Deberás jurar ante mí tu fidelidad absoluta a la comunidad. Al mentiroso aquí se le castiga, Pablo; y también al perezoso y al infiel. Debes jurar, como aprendiste, que serás el nuevo que has aceptado ser, para siempre jamás. ¿Estás dispuesto? ¿Quiénes somos? Dilo en voz alta.

—El origen de la verdad está en el Lago de la Luz y el de la perversidad se halla en la Fuente de la Oscuridad. Todo aquel que practica la justicia está bajo el dominio del Príncipe de la Luz y anda, como nosotros, por el camino de la luz.

Santiago asintió y agregó:

—Esta lucha nuestra es contra los hijos del Mal. Somos los hijos de la Luz y nos debemos a su poder. La nuestra es también una guerra, como has aprendido aquí; ahora te daremos otras armas, más fuertes aún que las palabras, para que nos ayudes a desterrar a los hijos de Belial de la tierra de Israel.

»¿Quiénes somos? —preguntó retóricamente el maestro de justicia.

—Somos hijos de Ezequiel —dijo Pablo—, y venimos a renovar la Alianza. Somos los elegidos, los justos. Estamos aquí para luchar con la generación de las víboras. ¡El día de la ira llegará! —gritó a los cuatro vientos el antiguo perseguidor.

Pablo —que nunca más sería Saulo el perseguidor— vino a hacer lo que los hombres le pedían, hincarse en el suelo; Santiago puso las manos sobre la calva de Pablo y dijo:

—He aquí a los testigos de tu juramento. Que sean ellos quienes castiguen cualquier pecado que cometas en esta nueva vida, que voluntariamente has elegido.

Bebieron más leche y pan; se dieron abrazos y besaron sus mejillas entre todos los presentes en señal de amor y fidelidad.

A Pablo la perspectiva no podía parecerle más halagüeña: al fin sus esfuerzos por introducirse entre los nazareos o esenios rendían fruto. Ahora, lo sabía desde ya, vendrían años difíciles, pero podía empezar a cumplir con las órdenes que le llegaran de Roma.

Debe haber pensado en mí aquella noche, en el emisario que le comunicó su misión. Necesitaba ayuda y existía amistad entre nosotros, pero debía hacerme saber de alguna forma que reemprendía el camino público; ahora yo era casi su único contacto fuera de aquel mundo.

La perspectiva de regresar a Jerusalén, así fuera escoltado por sus nuevos compañeros de fe, no le agradaba. El lugar había sido el escenario de sus más sonados empeños contra los seguidores de Jesús: ahora podía ser perseguido por sus antiguos compañeros en el Sanedrín o, lo que era peor, descubierto por sus viejos enemigos.

No se trataba de ocultar su anterior identidad: todos sabían que él, Pablo, no era otro que Saulo de Tarso, el fariseo. Algo se le ocurriría para permanecer oculto durante aquellos días en Jerusalén.

Por ahora debía despedirse de sus compañeros de ruta en la Ciudad de la Sal y parecer dolorido por dejarlos; hartos de luchar contra el mar de la vida, sus hermanos de oración le habían enseñado el poder enorme de la fe, aunque a él la de ellos aún ahora le pareciera equivocada. Fue a ver a Menahem, un anciano que le dio posada por muchos meses, pero se hallaba muy enfermo.

—Temo dejarte solo, hermano —le dijo después de contarle la encomienda de Santiago.

—Te tendré en mis pensamientos, Pablo. Nunca podré olvidarte: sé lo que vale la amistad de un hermano como tú. Lo único que siento es que moriré antes del juicio final; hace poco pensaba que vería con mis propios ojos ese día de amor y gracia, ahora sé que no estaré entre ustedes cuando ocurra. Me entregaré a la muerte con una sonrisa, como te he visto hacer ante el trabajo más pesado.

Menahem lo había hecho un esenio. Con él aprendió a levantarse antes del alba, cuando aún el cielo está oscuro, y a enfrentarse al misterio de un nuevo día en silencio absoluto. Con él supo del poder que tenía elevar una plegaria al amanecer como si se naciera otra vez.

Con Menahem supo que el trabajo no cansa. Veía salir el sol y trabajaba con él en el campo hasta la *hora quinta*, para volver a rezar y agradecer al Señor en la comida común después de lavarse y vestir de blanco, aunque su ropa de trabajo —la del anciano y la suya misma— fueran ya todo menos de ese color que alababan por puro. Con un hato viejo y deshecho volvían al trabajo. Con Menahem aprendió que la comida puede hacerse solo con los propios, pero eso no impide compartir la cena o cualquier otro alimento con aquellos que consideramos impuros: es un acto de bondad aún más importante. Pura era también la falta de vanidad y el dominio de las apetencias; lo que su viejo amigo Lucio

Anneo Séneca predicaba con la palabra, Menahem se lo enseñó con la práctica cotidiana. Día a día supo cómo controlar todas las emociones hasta desprenderse de ellas.

Tres días después, de madrugada, protegidos por la oscuridad, salieron Santiago, Bernabé y Pablo rumbo a Jerusalén y sus gentes. Dejaban atrás años de encierro preparándose para este día que ahora los llevaba, distinto y sin embargo igual a todos los anteriores, rumbo a sus verdaderas vidas y sus particulares misiones, llenas de transformaciones y vicisitudes. Porque la vida, Craso, después de todo, es siempre lo incierto; lo debe haber pensado Saulo, perdón, Pablo entonces, y lo sigo pensando yo ahora.

XI

Jerusalén, días finales del año 39 d.C.

El viaje duró unas pocas horas. Al caer la tarde estaban entrando a la ciudad por la puerta de las Ovejas, del lado del Monte de los Olivos.

Era un grupo embozado, que se dividiría para no despertar sospechas: en parejas se dispersarían por la ciudad y pernoctarían en distintas casas seguras. Por la mañana recibirían instrucciones acerca de cuál sería el primer lugar de reunión, una vez que Santiago evaluara la situación en la ciudad para el grupo. Recibió algunos mensajes de Pedro, el pescador, en el sentido de que la persecución amainaba, pero también corrían rumores de que una estatua del emperador Calígula recién había llegado a Cesarea y la intención del emperador era colocarla dentro del templo. La sola idea de que esto ocurriera asqueaba a Santiago y los suyos, pero podía ser el pretexto ideal para iniciar la nueva revuelta que Jesús intentara en los días del *Pésaj*. La necedad del emperador podía ser la mecha que los nazareos esperaban para lanzarse a la guerra y sacar al fin a los hijos de las tinieblas de Palestina. A Saulo le parecía también que el tiempo era propicio y solo le preocupaba si conseguiría informar a Timoteo y a la guardia a tiempo; por ahora su papel, así lo creía, consistía únicamente en identificar a cada uno de los nazareos —o al menos a los cabecillas— para poder cercenar de tajo el intento de revuelta.

Las instrucciones de Santiago eran claras: estaba previsto todo, en qué casas se quedarían, dónde se reunirían con los otros nazareos e incluso quiénes podían o debían ser vistos en el templo. A Pablo se le ordenó, en particular, no visitar a su hermana y no hacerse visible:

—Acompañarás a Bernabé día y noche, como si fueses su sombra; él sabrá qué hacer en caso de peligro. Lo que de verdad te digo es que no te apartes de su lado o todos tendremos problemas en la ciudad.

Era curioso, pensó Pablo, que tuviesen tantas precauciones. Ellos mismos habían calculado en cuatro mil los seguidores del *camino* en Jerusalén: suficientes adeptos para resolver cualquier conflicto. Demasiados, en todo caso, para perseguirlos uno por uno; lo que sí parecería factible era descabezarlos. Pero ese plan, como muchos otros, debería esperar a más tarde.

Poco después se hallaban ya en la casa donde los acogerían a él y a Bernabé. Se trataba del hogar de un hombre rico, comerciante en telas. Dijo llamarse Matías cuando los invitó a cenar en la parte de atrás de su vivienda, rodeados de olivos, al aire libre y fresco de la madrugada. La mujer de Matías preparó un pescado y pan con aceitunas. Tomaron vino; hablaron poco.

A Pablo le pareció que el hombre desconfiaba de él, pero no quiso conservar el pensamiento; no podía ir recelando de todos. Bernabé lo presentó como un discípulo de Santiago; eso bastó para que lo tratasen con respeto y le ofrecieran un aposento digno y cómodo.

A la mañana siguiente salió muy temprano con Bernabé a la calle de los mercaderes; se reunirían allí todos los apóstoles de Jesús en una casa segura. El momento y el lugar le parecían propicios; aun así se sentía nervioso por lo que pudiese ocurrir.

Quizá por eso se percató rápidamente de que dos hombres los seguían; un cierto temblor de ojo, un mucho de cefalea, fueron los signos inequívocos de su desconcierto. Volteó a la izquierda y allí estaban: altos, fornidos, intentando vanamente pasar desapercibidos. Se trataba, lo supo al primer vistazo, de guardias del Sanedrín, alertados por su presencia. A estas alturas Caifás sabría de su regreso.

Aguardaría dos o tres calles antes de confiarle a Bernabé su hallazgo; debía despistarlos antes de revelar su destino. Pero los perseguidores no eran muy aptos, seguían dejándose ver. Finalmente se lo comentó a Bernabé y convinieron en separarse para perderlos; a pesar de lo que Santiago le había pedido, era mayor temeridad no intentarlo. Se verían en la casa de Matías, Saulo conocía las señas.

Duró unas cuantas calles el juego del gato y el ratón entre los tres. Torpes, sus perseguidores intentaban esconderse tras los puestos de algunos mercaderes; Saulo preguntaba por el precio de una prenda y volteaba hacia ellos, como si no se hubiese percatado de su presencia. Así anduvieron con calma y lentitud: los hombres sin atreverse a otra acción que seguirlo y Saulo tratando de perderlos en el camino, hasta que reconoció un local apenas entrando a una callejuela y consiguió introducirse en él. Era la tienda de un piadoso teñidor que conocía desde muy joven, cuando llegó de Tarso a estudiar con Gamaliel, de quien era también uno de sus alumnos más queridos. El hombre, por supuesto, lo reconoció:

—Saulo, ¡cuánto tiempo!, me alegro de que estés de vuelta. Se dicen de ti las cosas más extrañas, ¿sabes? Que te has convertido a la secta de los nazareos… ¿te imaginas? Pero ahora que has vuelto podrás desmentirlo tú mismo con el sumo sacerdote.

Los rumores acerca de Pablo —el antiguo Saulo— eran cosa de todos los días entre los habitantes de Jerusalén. Los propios nazareos se ocupaban bien de propagarlos, era un odio que nacía al mismo tiempo que la aparente lealtad del nuevo apóstol a la secta.

Era cierto, el tiempo había pasado por los dos hombres. El teñidor era alto y delgado, las arrugas le surcaban el rostro y le faltaban varios dientes, con lo que su sonrisa no era precisamente hermosa; Pablo, por su parte, casi no tenía cabello. Su calva, sin embargo, no le proporcionaba más años sino que hacía pesada una cabeza desproporcionada para el tamaño del cuerpo o para el grosor del cuello, como si no correspondiera al que la portaba con inusual agobio. Una vez reconocidos los años y sus huellas en cada uno y tras un fuerte abrazo, fue Pablo quien habló, contestando a la pretensión del hombre de que desmintiera en el templo los rumores sobre su conversión:

—Me temo que no, Elías bar Simón, no podré desmentirlos porque es cierto. El Señor me detuvo en mi persecución equivocada y me señaló el camino: he estado en Damasco y Nabatea predicando a los judíos y a los temerosos de Dios la palabra de Jesús, la llegada del Mesías. No soy más Saulo el perseguidor, sino Pablo el apóstol.

—Me extraña oírte hablar así, blasfemando: tú eras un pilar de nuestra ley.

—Ahora no tengo otra ley que mi fe en la resurrección de Jesús —dijo Pablo mientras se asomaba por la puerta del local para ver si los hombres no lo seguían más.

—No deseo seguir oyéndote. Te prevengo, por el cariño que te tengo, que al sumo sacerdote y a tu maestro Gamaliel no les gustará nada verte así; te harás perseguir. Mejor vete de Jerusalén.

—Agradezco tu consejo, Elías. He de quedarme unos días en la ciudad, luego solo el Señor sabe cuál será mi destino.

Salió sin añadir cosa alguna, dejando al hombre con la palabra en la boca. Con cautela se dirigió a casa de Matías, lo aguardaban allí Bernabé y Santiago, quienes le presentaron a Pedro, el pescador; éste lo saludó con displicencia.

Estaban todos en el patio interior de la casa, disfrutando del sol, alrededor de una gran mesa rectangular; hablaban apasionadamente cuando Pablo entró, acompañado por Bernabé. Pedro apenas le tendió los brazos y luego volvió a sentarse, pesado y serio, en su lugar a la cabecera de la mesa. Santiago parecía tener menor jerarquía en Jerusalén, donde todos rendían pleitesía a Pedro.

—Sé que no crees en mi conversión —atajó Pablo, acostumbrado como estaba a la desconfianza inicial de los nazareos—, pero todo cuanto sabes de mí es cierto, Pedro. Perseguí con celo a los seguidores de Jesús, entonces él me habló y me mostró la senda; luego estuve con Bernabé en la Ciudad de la Sal aprendiendo a ser humilde, a reconocer mi papel.

—Entiendo, Pablo. ¿Y cuál es ese papel del que hablas? ¿Yo lo ignoro?

—Predicar *el camino* a los temerosos de Dios, como ya hice en Damasco.

—En Damasco te persiguieron los judíos, no los gentiles.

—Porque sentían que les quitaba prosélitos de su templo, o porque no han entendido que la palabra del Señor es la verdadera ley.

Pablo intentaba sonar convincente, usar todo lo aprendido en la *Yahad*, la comunidad esenia de la Ciudad de la Sal.

—Demasiada charla, creo yo —intervino Santiago—. No seamos groseros con nuestro invitado: compartamos con él el pan, como nos enseñó mi hermano antes de ser crucificado.

Así lo hicieron. Pablo escuchó un nuevo ritual ante la mesa, uno que ni siquiera habían utilizado allí: Pedro partió el pan sin levadura, lo fue repartiendo entre quienes estaban presentes y dijo:

—Este es Jesús, y este es su cuerpo que nos libera de los pecados. Tomemos este alimento en su recuerdo.

Luego hicieron lo mismo con un vino aguado y amargo. Lo pasaron de uno a otro diciendo que era la sangre de Jesús, derramada en la crucifixión, y que la bebían, también, en su memoria.

Bernabé, un poco después, terció:

—Pedro, he conocido bien a Pablo y puedo decirte que no hay muchos hombres con su fe y empeño. Es de verdad uno de nosotros y debemos tratarlo como hermano.

—Pues como hermano, entonces, te invito, Pablo de Tarso, a quedarte conmigo en casa. Deberás alojarte en mi aposento, yo te hospedaré.

Pablo aceptó. Se intercambiaron noticias sobre la situación en la ciudad; Pedro dijo que habían llegado a un pacto tácito con el Sanedrín: dejarían de ser perseguidos a cambio de no predicar en público.

—¿Entonces no tenemos ya nada que temer? —preguntó Bernabé.

—No vayamos tan rápido, hermano —dijo Pedro—; la convivencia no será fácil. Precisamente ha sido Gamaliel, el maestro de Pablo, quien más ha ayudado en este nuevo trato: somos tan judíos como ellos y tenemos derecho a orar en el templo y participar en sus fiestas, pero no debemos referirnos a Jesús.

—¿Cuántos adeptos tendremos, Pedro? Me refiero a seguidores reales, capaces de escondernos, defendernos e incluso luchar con nosotros si reunimos las fuerzas necesarias para alzarnos contra Roma y sus lacayos comandados por Caifás.

El que hablaba era, por supuesto, Santiago el Justo; nadie más tenía esa vehemencia.

—Cuatro mil o cinco mil cuando mucho. Por eso es mejor esperar a que regresen los dispersos, que vengan a la ciudad los convertidos en la diáspora —comentó Pedro.

—Lo mismo pensó Jesús, que en la Pascua lograríamos sumar a todos los visitantes del templo, y mira cómo terminó, traicionado por sus hermanos —intervino Bernabé.

—Esperaremos —dijo Santiago, y se volvió hacia Pablo—. ¿Sabes lo de la estatua de Cayo, el emperador? Intentan introducirla al templo, lo que provocaría la ira de todos; incluso Caifás tendría que ceder.

Saulo había oído del asunto, pero no creía que Agripa cometiera el error de hacer algo así. Un levantamiento en Palestina era lo último que deseaba para iniciar su reinado y continuar su amistad con Cayo; seguramente dilataría la decisión todo lo posible. Sin embargo, la temeridad de Calígula coincidía con las descripciones que yo mismo le hiciera de lo que viví en Capri con ellos. Agripa había, indudablemente, cambiado con el trono: era ahora un moderado. Pero lo que se decía de Calígula en Judea nos alarmaba. Saulo pensó en el nuevo césar sustituyendo con su imagen las estatuas de todo el imperio; finalmente ese sería el costo de terminar con la república, como bien pronosticaba Séneca en Alejandría en aquellas conversaciones que hoy le parecían tan lejanas: todos los césares intentarían inmortalizarse en vida, se sentirían divinos. «Hijos de Dios», había dicho el filósofo, «los césares serán capaces de cualquier cosa, nada podrá contenerlos», concluyó, provocando el estupor del aún joven Saulo. ¿Cómo podía ser que un hombre se llamara a sí mismo hijo de Dios? Mientras lo pensaba, sin embargo, se le ocurrió que la idea no era tan descabellada: todas las decisiones, incluidas las más alocadas, se le permiten al Divino. Para los judíos, en cambio, tal pretensión —llamarse uno mismo hijo de Dios— era una blasfemia inaceptable. Saulo siguió la conversación de los discípulos:

—¿Qué estatua? —preguntó Matías, tímido.

—Agripa recibió hace meses en Cesarea una efigie del emperador que Caifás deberá instalar en el templo.

—Caifás… Corren rumores serios sobre su futuro. Ha pactado con Agripa su salida del templo. Esta misma semana se nombrará un sustituto aprobado por el tetrarca y por Roma —dijo Pedro.

Así que Timoteo y Agripa siguen haciendo de las suyas, me dijo luego Pablo que pensó en aquel momento. Y me confesó entonces también que fue allí cuando empezó a extrañar de pronto, otra vez, al hedonista *frumentarius* romano que en aquel tiempo yo era.

XII

Quince días pasó Saulo en casa de Pedro, dicto ahora, y no puedo
evitar cierto cansancio al advertir en la mecánica sumisión de mi
amanuense cuán poco puede importarle lo que copia. Garabatea
letras en el pergamino, eso es todo; no puede interesarle lo que
ocurrió hace tantos años en tierras tan lejanas para él. ¡Pobrecito,
mi escriba! No deja de inspirarme, junto a mi acceso de desaliento,
cierta compasión. Le paso la mano por la cabeza como si se tratara
de un animalillo montaraz, y me mojo la garganta con un trago de
leche de cabra. Ánimo, me digo, y continúo el dictado:

Joseph bar Caifás se retiraba a sus tierras en Ganim y el templo era tierra de nadie. Los sacerdotes se juntaban todos los días,
pero a mirarse, a leer un poco, como para salir cada uno de su
aburrimiento. No había siquiera intriga política, o al menos no
era visible para ellos: las decisiones se tomaban en Cesarea, no en
Jerusalén.

Pablo y Pedro asistieron al templo al sábado siguiente. Se la-
varon, purificando sus cuerpos; se vistieron de blanco para no
negar que eran esenios, seguidores del Bautista y de Jesús. Los demás judíos asistían con sus ropas de fiesta a escuchar a los sacerdotes y a realizar ofrendas; al término de la lectura, un hombre
menudo reconoció a Saulo, el antiguo perseguidor, y se atrevió a
increparlo:

—¡Cómo es que osas venir a orar entre nosotros, se te enco-
mendó una labor y nos traicionaste, Saulo de Tarso! —Las mira-
das de todos los hombres se dirigieron entonces hacia él.

—Soy un judío piadoso y tengo el mismo derecho que cualquiera a orar en el templo de Salomón. No le hago daño a nadie con ello.

Se escuchaban voces, cuchicheos, pero nadie se atrevía a increpar en voz alta; solo el viejo, empecinado:

—No te ufanes de tu piedad: no has cumplido con la ley. Vienes a este lugar con uno de los hombres de Jesús, a mostrarte en público; dinos en realidad qué es lo que pretendes. ¿Crees tú también que ese hombre crucificado ha regresado de entre los muertos? —dijo riendo estruendosamente y lo siguió la mayoría burlándose de Saulo, quien entonces sintió que Pedro lo había llevado allí para probarlo, que esperaba una reacción ante la acusación pública de la que estaban siendo objeto.

Pablo no pensó dos veces la respuesta. Se levantó del asiento, se arregló un poco las ropas y alzó la voz, para que nadie allí quedase sin escucharlo:

—No solo creo en eso que tú no te atreves a pronunciar, que Jesús resucitó de entre los muertos y se apareció a los Doce, sus discípulos queridos, sino que después vino a verme y me mostró el camino; luego se mostró ante otros setecientos hombres. Creo también que Jesús es el Mesías y que el tiempo se acerca, hermanos, en que seremos enjuiciados por el Señor: es momento de que reconozcamos esa fe como nuestra única ley y obremos con justicia si queremos ser perdonados por nuestros pecados.

Antes de que terminase su perorata se iniciaron los gritos imprecándolo. Algunos incluso se atrevieron a alzar los brazos, amenazantes, y a pedir el castigo público por sus blasfemias; en ese mismo lugar se había cumplido tal destino para Esteban.

Pedro le dijo al oído que era suficiente, que debían irse. Mientras salían con prisa, el viejo que lo reconociera alcanzó a gritarle:

—No creas que tus insultos se quedarán así, Saulo de Tarso. ¡Pagarás cara tu insolencia!

A toda carrera salieron al patio exterior del templo. Varios hombres los siguieron, insultándolos, por lo que recorrieron muchas calles, a toda prisa si volvía a alcanzarles el aliento, más tranquilos cuando debían recuperar la respiración perdida; minutos más tarde cesaron los gritos y los ruidos, y se dieron cuenta de que ya nadie los acosaba. Se detuvieron aún asustados, mirando hacia todos lados como si no creyeran en su suerte, sintiéndose salvados.

—Vayamos pronto a ver a Santiago, Pablo; debemos prevenirlo de lo que puede ocurrir si te vuelven a ver en público. No perdamos tiempo.

—Ahora debo ir a casa de mi hermana, antes de que se entere por alguien más de que estoy en Jerusalén. Querrá que me quede con ella, al menos por unos días; quizá sea lo mejor, que no me vean más en esta ciudad donde se me odia. Le preguntaré a Santiago qué debo hacer, si te parece, pero más tarde o mañana. Debo esconderme, ¿no lo crees?

Pedro estuvo de acuerdo, probablemente convencido por vez primera de que tenía en Pablo a un verdadero defensor de Jesús y del *camino*; tal vez también temeroso de la ira que él mismo había desatado contra el antiguo zelote en el Sanedrín.

Esa tarde de sábado Pablo llamó a la puerta de Miriam, su hermana. Una niña, a la que no conocía y que luego sabría su sobrina, gritó a su madre diciéndole que la buscaba un viejo. Tres años ya sin entrar en esa casa, con la pequeña allí escrutándolo, asombrada de que un desconocido pidiera hablar con su madre en sábado.

—En nombre del Señor Yahvé, Saulo, ¿dónde te habías metido? —lloró su hermana, abrazándolo—. ¡Eres un ingrato, hermano, nos has tenido a todos preocupados, pensando que estabas muerto! —Miriam iba vestida de tosca lana blanca; levantó su pequeña mano y acarició la frente del hermano como si estuviese verdaderamente ante un difunto.

—Pues no soy un resucitado, eso es seguro. ¡Aquí estoy, vivo, Miriam! ¿Me dejarás pasar?

La mujer se hizo a un lado y cargó a la pequeña.

—¿Y esta niña?

—Ruth, mi hija. Ruth, como tu mujer.

Saulo —quien en esa casa no podía llamarse Pablo, por más conversiones que hubiese atravesado— recordó con tristeza a su mujer y a su hija muertas. Esta niña, en cambio, sonreía burlona desde el regazo de la madre. Atajó los malos pensamientos; adoraba a Miriam, lo único de verdad que tenía en la vida.

—¡Pasa, pasa! Tenemos tanto de que hablar.

Y así fue. Hablaron y hablaron: ella de la pobreza, del hambre, de las dificultades. Él dio rienda a su nuevo discurso, se refirió al pueblo sometido a Roma. Se contaron cómo habían cambiado sus vidas; él volvió a su diatriba contra los sacerdotes, los fariseos, aquellos que por seguir la fría letra de la ley dejaban de tener fe, aferrados a su Escritura, ignorantes de la verdadera palabra de Yahvé. Ponerse al día les tomó varias horas, aunque en realidad fue Miriam la que contó las vicisitudes de la familia, los trabajos de su esposo Isaac y el nacimiento de la pequeña Ruth; las malas nuevas, la enfermedad del padre en Tarso, postrado ya, sin poder levantarse.

—¿Y tú, Saulo? ¿No has vuelto a recaer? — No se refería a los ataques, sino a una enfermedad más antigua, contraída en Cilicia, que le provocaba terribles fiebres y era recurrente y pesada; él mintió no solo en relación a sus males sino también a lo ocurrido en todo el tiempo en que estuvo ausente.

—No me digas que en realidad creíste que había muerto, Miriam. ¿No oías los rumores sobre mí, que corren como agua de lluvia por esta ciudad?

—Al principio sí: decían que te volviste nazareo, que dejaste de perseguirlos. Un día estuvo aquí tu maestro, Gamaliel, contándonos historias sobre cómo traicionaste al sumo sacerdote. Pero luego nadie nos volvió a hablar de ti, no tuvimos noticia alguna. ¿Qué es cierto de todo eso?

Saulo le dijo que aquello lo que le contaran era verdad y volvió a referir, por enésima ocasión, los pormenores de su visión de Jesús; los años en la Ciudad de la Sal, sin embargo, los omitió por vez primera, o los modificó de golpe:

—Luego estuve todo este tiempo en Nabatea, predicando las enseñanzas de Jesús.

—No pretenderás convencernos ahora a nosotros, hermano. Si nuestro padre se enterara sería terrible: enfermaría aún más.

—No reniego de mi religión, Miriam. Es lo que nadie entiende: soy tan judío como cualquier otro. Solo que creo que el fin está por llegar y el Señor habrá de juzgarnos. ¿No dice el profeta Isaías: «Aunque nuestros pecados fueren como la grana, como la nieve serán blanqueados»?

—Aun así, ¿por qué pretender que Jesús era el Mesías?

—No era, Miriam. Es.

Jugando a convencer a su hermana, pensó Pablo, aprendería más que en mil años de encierro con los nazareos; si Miriam le creía, entonces podría persuadir a cualquiera. Sus otras misiones —las que tenían que ver con Roma, las verdaderas— siempre logró ocultarlas a su familia.

Ella le ofreció *matzot* y *beitza*, pan y huevos duros. «¡Si hubiese habido cordero!», pensó Pablo, harto ya de tantos años de privaciones, añorando el olor de la carne caliente en el plato.

Se hizo de noche; la mujer encendió la lamparilla de aceite y siguió conversando con su hermano reencontrado. Isaac, el esposo, estaba lejos, trabajando en el campo. Agripa había dado dinero para labrar todas las tierras de Judea y Galilea: Roma necesitaba grano en abundancia y el nuevo tetrarca requería dinero para sus ciudades, en especial para Cesarea, que seguía creciendo.

No pudo estar mucho tiempo con Miriam. Al día siguiente recibió a Bernabé con órdenes precisas de Santiago: debía huir de la ciudad. Se habían enterado de que un grupo de zelotes quería apresarlo y juzgarlo en el Sanedrín por su traición:

—Te lapidarán, es seguro. ¡Vete lejos! Ya te buscaremos nosotros.

—¿Y adónde he de ir?

—No lo sé —respondió Bernabé—. A algún lugar donde te sientas seguro, Pablo. ¿Tienes padres?

—Mi padre está muy enfermo. Lo cuida mi madre, en Tarso.

Hubo un silencio. Bernabé respetó el dolor de Pablo, sus recuerdos, pero al fin volvió a hablar:

—Ve allí, a casa; yo habré de buscarte cuando pase un tiempo. Es esencial que no perdamos a ninguno de nuestros hombres, no de manera tan tonta. No pierdas más tiempo.

—¿He de ir solo?

—Esas son las indicaciones. Hoy mismo, cuando lo consideres más prudente. Huye, Saulo.

Se despidió de Bernabé como de un amigo verdadero, con un largo abrazo; sintió conmovido al hombre. Sin embargo, algo no lo dejaba tranquilo. ¿Por qué la necesidad de deshacerse de él? ¿Sospecharían algo o solo lo hacían para no provocar más violencia? Fuera lo que fuese, estaría lejos cuando se iniciara la revuelta, si todo ocurría como Santiago esperaba. A Saulo le parecía que no eran ni los suficientes ni tenían el dinero necesario para encabezar una verdadera insurrección, pero debía prevenir a Agripa.

Solo había un camino y no era hacia Tarso sino a Cesarea. Tenía que delatar a los nazareos antes de que fuese demasiado tarde: una redada contra ellos, además, seguramente los intimidaría.

Se hizo de noche, la luna de Nisán lo protegía, tímida, detrás de unas nubes. Salió embozado, como una sombra, pensando que nunca habría de regresar mientras tuviese vida a Jerusalén, la ciudad que ahora lo odiaba.

Se despidió de su hermana entre lágrimas, prometiéndole que iría a Tarso a visitar a sus padres como le dijera también a Bernabé.

—Háblales de Ruth, su nieta. Diles, por el Señor, que estamos bien, que no nos falta nada. Y despídeme de mi padre: no alcanzaré a verlo con vida cuando pueda regresar a casa, lo sé de cierto, Saulo, hermano. Y ten cuidado. He escuchado lo que hablabas con ese hombre; ¡no sabía que tenías tantos enemigos!

¡Si tan solo hubiera sabido Miriam a qué se estaba de verdad enfrentando!

Le dio un beso en la frente. Dejó sus saludos para Isaac, que regresaría en unos meses de su trabajo en Galilea. Se despidió también de la niña.

Ahora sí estaba seguro: ¡eran tantas las cosas a las que decía adiós para siempre!

Volvía a huir, asustado. La amenaza era la única condición constante de su vida.

XIII

En Cesarea Marítima, *circa* 40 d.C.

Saulo llegó días después a la majestuosa Cesarea. El enorme puerto construido por Herodes el Grande permitía el atraque simultáneo de más de cincuenta embarcaciones grandes y otras tantas pequeñas. Tan pronto desembarcaba, el recién llegado se topaba con el templo de Augusto, a quien había sido dedicada la ciudad. Lo que más asombró a Pablo fue la atmósfera de novedad que emanaba de las calles: todo lo que en Jerusalén era antiguo, aquí estaba recién hecho, como si el mundo hubiese vuelto a nacer. De las montañas a la costa, todo era contacto, comunicación: podía uno irse a Siria o a Egipto, o embarcarse hacia Roma por el mar que los romanos llamaban *Nuestro* y los judíos, simplemente, *Gran Mar*.

Al adentrarse un poco, buscando el palacio de Agripa, Saulo se percató del ambiente festivo. En Jerusalén tuvo muchos problemas por el carácter profundamente religioso de la ciudad; en Cesarea todo olía a pagano y a superstición, aunque también a política. Las gentes caminaban con prisa, atropellándose por las calles, ensimismadas, como si sus vidas dependieran de llegar a tiempo Saulo no sabía a qué citas. La suya no había sido pactada ni anticipada: llegaría de sorpresa.

Caminó un buen rato, admirando el teatro a espaldas del hermoso mar, azulísimo; la enorme plaza, el acueducto que traía el agua del monte Carmelo a la pobladísima urbe. La pobreza de Palestina era riqueza, comercio, rapidez y caos en Cesarea. Carniceros y banqueros se disputaban las plazas y las calles mientras sus esclavos cruzaban cargados de mercancías; cualquier cosa, además, podía comprarse con suficientes monedas. Los agobiantes impuestos que todos los judíos y súbditos del imperio pagaban, venían a quedarse en estas metrópolis donde todo es pasajero, todo está por irse. Así me lo dijo un rato más tarde, cuando por fin nos encontramos: él mismo había utilizado unas monedas para sobornar al guardia y convencerlo de que yo lo esperaba.

El hombre que entró en el palacio del tetrarca Herodes Agripa no era el mismo que apenas tres años antes dejara a sus anchas en el desierto de Judea. El poco pelo que aún quedaba en su enorme cabeza había encanecido, pero ese era el único signo de su envejecimiento. En realidad parecía más joven que nunca, lleno de energía, de vitalidad.

Lo abracé y le besé las mejillas.

—¡Cuánto tiempo, amigo! Pensé que nunca volvería a verte.

—Qué poca confianza tienes en mí entonces, hermano. Hay misiones que conllevan mucha paciencia y tiempo, dos virtudes que parecen escasear en este lugar, si acaso es cierto de lo que me he enterado en el camino.

Agripa —quizás era a eso a lo que Pablo de Tarso se refería— se había casado con su propia hermana, Berenice, para mayor aborrecimiento de los judíos honestos y piadosos. Se comportaba con mayor holgura que su antecesor, pero no era precisamente lo que se llamaría benevolente.

—Alguien que se dedica a la propagación de rumores no puede dar tanta fe a ellos, Saulo. Pero ven, déjame verte: no podía creer cuando me dijeron que habías llegado y me esperabas en el jardín. Es hermoso, ¿verdad? Pues aún más lo es el palacio del procurador romano, que utiliza el antiguo y suntuoso de Herodes el Grande; ya iremos a conocerlo para que te presente con él y le narres la situación real en Jerusalén. Cuando sepan que estás aquí querrán conocer de viva voz tus impresiones. ¡Tenemos tanto de qué hablar!

Creo que solo entonces percibió el afecto que de veras le profesaba. No el de un hijo, pero tal vez sí el de un hermano menor; un afecto que estaba hecho, acaso, de las diferencias profundas entre nosotros, ya que al menos a primera vista nuestras afinidades eran escasas. Así me lo dijo tiempo después, y siempre recuerdo sus palabras con nostalgia. ¡Son tan pocos los amigos verdaderos, aquellos con los que se puede contar!

Toda la tarde caminamos por los jardines de Agripa tomados de los hombros, recostándonos en las bancas, comiendo y bebiendo las viandas que los esclavos nos traían. Necesitábamos estar solos, ponernos al día acerca de nuestras respectivas vidas. Al principio yo solo escuchaba: el relato de Pablo, aunque bastante pormenorizado, no estaba salpicado de los detalles que necesitaba para imaginar lo sucedido en esos años. Entonces empecé a interrumpir pidiendo más información, exigiendo ciertas precisiones.

Estos aspectos se me fueron aclarando después al anexársenos Agripa. Aunque participaba en todas sus actividades de la mano de su hermana y esposa Berenice, vino a vernos solo, consciente quizá de que se encontraría con dos espías. O tal vez sencillamente llevado por un sentimiento de amistad; esperaba un tiempo de paz y crecimiento para su región, y nuestra presencia en el palacio debía resultarle tranquilizante.

—Dime entonces, Saulo, ¿debo temer a los nazareos o son solo una banda de maleantes? ¿Es mejor llamarte Pablo? Sí, suena bien: Pablo, tu nuevo nombre.

También él había cambiado el suyo.

—Por supuesto que hay que temerles —dijo el rebautizado Pablo—. Son una mezcla: pescadores de Cafarnaúm y Galilea, sicarios dispuestos a morir por liberarse de Roma, esenios aún más radicales por su fuerza espiritual, zelotes resentidos. No son pocos, además; ellos mismos se calculan solo en Jerusalén en razón de cinco mil hombres.

—¿Debemos esperar otra revuelta entonces?

—Si la hubiera, sería de una escala mucho mayor, Marco Julio, ¿o debo llamarte Herodes? Sí, suena mejor que use el glorioso nombre de tu predecesor. ¿Qué hay de cierto de la estatua de Cayo?

Intervine:

—Me temo que todo lo que hayas oído es exacto. El bronce

ha llegado a Cesarea y Agripa tiene órdenes de colocarlo en el templo antes de las fiestas de *Pésaj.*

—Es el pretexto que están esperando. Todo judío digno de ese nombre estará de acuerdo en levantarse contra Roma si cometemos tal imprudencia.

—Descuida, por ahora le daremos largas al asunto, aunque he hablado con el legado Publio Petronio: asegura que deben cumplirse las órdenes, y me ha dado un tiempo perentorio.

—Este hombre es igual a Lucio Vitelio —Pablo se refería a su antecesor, legado imperial en Siria, quien también había ido a vivir a Cesarea después del regreso de Pilatos a Roma—, no conoce a los judíos lo suficiente; se deja influir por lo que le dicen sus informantes en Samaria o Siria. Ya iré yo a hablar con él pronto. Vitelio nombró a Jonatán, hijo de Anás, y unos meses después lo destituyó por su hermano Teófilo sin que supiéramos por qué.

—No dudes que mañana Publio Petronio pida tu presencia si ya sabe que te encuentras aquí. ¿Por dónde viniste de Jerusalén, por el camino militar?

—No, entré sin ser visto, no avisé en ninguna posta del *Cursus Publicus.*

El sistema de correos del imperio era eficiente y rápido; servía lo mismo para enviar noticias que para espiar. Los propios espías lo usábamos a menudo como medio de información. Por eso tenía razón Pablo: era mejor evitarlo si se quería pasar inadvertido.

—Descuida, aquí tiene tantos ojos como informantes; para esta hora ya sabe que has llegado a Cesarea. En fin, no está de más pensar en cómo convencerlo, sobre todo porque la discusión tiene ya meses. Algunos miembros del Sanedrín se presentaron ante él negándose a colocar la estatua dentro del templo; acaso por eso sustituyó a Jonatán, por no obedecerlo. Escribió a Cayo y recibió del emperador una respuesta tajante, de la que Agripa obtuvo copia: debe cumplir las órdenes cuanto antes o de lo contrario pide su suicidio por ineptitud.

—Así están las cosas en Roma. ¡Ya me lo temía!

—Me duele decirlo pues saben que profeso un gran amor a Cayo, pero el emperador se ha vuelto loco, nada lo detiene en sus caprichos. Se ha deificado: hay versos y monumentos por todo el imperio glorificándolo como un dios.

—Es absurdo: un dios viviente. Augusto y Julio lo fueron al morir —dijo Pablo—, no antes.

—Es una blasfemia que ningún judío tolerará, eso lo sabemos —siguió Agripa—, pero ¿cómo podrás convencer a Publio Petronio, si han pedido su cabeza?

—Hay formas dignas y menos radicales de no cumplir una orden; le pediré que se destierre él mismo.

Así fue; días después, el legado augusto abandonó Palestina. Agripa aplazó aún más la colocación de la estatua y fue dueño y señor de sus tierras y sus ciudadanos: Roma no parecía preocupada en sustituir a su último legado. Los hombres de Agripa eran instruidos por Pablo acerca de las coordenadas y direcciones, así como los nombres y oficios de los más importantes nazareos en Jerusalén. Habían decidido esperar hasta finales de año para proceder a una ofensiva importante contra los seguidores de Jesús: se trataba de descabezar el movimiento, por lo que los primeros en ser apresados debían ser Santiago y Pedro, los pilares de la secta. Un grupo selecto los seguiría en todos sus pasos para asegurarse de tenerlos en la mira cuando se tomase la decisión final.

Ante cualquier amenaza de los nazareos —o cualquier rumor, si fuera el caso— procederían de inmediato para impedir un nuevo levantamiento. La estatua seguía guardada y no sería empleada como mecha de la ira judía.

Mientras tanto, Pablo y yo conversábamos sobre lo que ocurriría finalmente con nosotros:

—¿Volverás a Tarso? —le pregunté después de una cena particularmente entretenida.

La diversión se había acabado ya, hasta las mujeres y los músicos tenían rato de haberse ido. En esa época, cuando se me antojaba me iba a la cama con una esclava tracia, pero ahora estaba demasiado borracho como para requerir esos servicios.

—Lo he pensado. Mi padre está muy enfermo, me gustaría

verlo por última vez o al menos me complacería acompañar a mi madre en el trance, pero los asuntos aquí me retienen. Y tú, ¿irás a Roma cuando esto termine?

—Sí. Mi padre ha muerto, nada me ata a Antioquía de Pisidia. Además debo regresar a pedir órdenes, ¿no recuerdas el lema de los pretorianos?

—«Juro ser fiel a Roma, no desertar jamás», bla, bla, bla… Lo que deseas es que te asciendan y dupliquen los sestercios. ¿Piensas llegar a principal? He oído que Cayo te elevó a inmune.

—Los servicios prestados por este hombre a Roma me podrían convertir en prefecto —bromeé tambaleándome—, pero no es el tiempo de cobrar esa deuda.

Esa noche Pablo quizá se haya preguntado lo que haría después de la curiosa misión de infiltrado que le habían encargado: una vez caídos Pedro y Santiago, era difícil que no atasen cabos y lo excluyeran de toda nueva participación. Sabía que yo tenía razón: por un tiempo era mejor que se ocultara en las montañas de Cilicia, que se fuera a casa.

¿Pero dónde estaba su hogar? En ningún lado ya. Era un paria, un desterrado, un vagabundo.

Es curioso, pienso ahora mientras dicto, cuando han pasado ya tantos años de aquello: ¿por qué nunca hablamos de lo que verdaderamente sentíamos? Los dos, muchas veces, deseábamos lamentarnos de nuestra perra suerte de espías, del destino, de la mala fortuna. Pero nos mostrábamos fuertes, callábamos, guardando así en secreto nuestras auténticas cavilaciones, que rumiamos como carne seca durante decenios.

Era la *hora tercia* del segundo día de las *calendas* de febrero; muy temprano fuimos llamados a la presencia de Agripa. Tanto Pablo como yo pensamos que se trataba de la noticia de la decisión tantas veces postergada, pues el tetrarca regresaba de un largo viaje a Roma al que partiera tiempo atrás. No era así: lo encontramos postrado. Una esclava le untaba aceite en los pies mientras él intentaba beber de una gran copa y se enjugaba las lágrimas.

—Al fin llegan, hay noticias funestas de Roma. Cayo ha muerto. Yo no podía creerlo.

—¿Un accidente? ¿Una enfermedad? ¿A él, que era tan sano y afortunado? —indagué.

—Asesinado por sus propios guardias; traicionado. Recostaos, amigos, compartid mi dolor —ordenó Agripa.

Unos esclavos nos descalzaron, nos proporcionaron copas y pusieron delante de nosotros bandejas de frutas.

—La versión que tengo es horrenda —continuó—. Cayo venía regresando del *Circus Maximus*; iba a darse un baño. Un tribuno, Querea, y el jefe de ustedes dos, Cornelio Sabino, lo emboscaron con el pretexto de preguntarle la contraseña para el día siguiente. *Júpiter*, parece que les dijo Cayo, o quizá ni siquiera alcanzó a proferir una palabra: Querea lo atacó con su corta espada pretoriana por detrás; se la enterró en la nuca, destrozándole la mandíbula.

Emperador y todo, Cayo había sido mi amigo y protector, un encuentro feliz en mi primera juventud; no podía evitar el disgusto ni la pena, fuera lo que fuese en que se hubiera convertido según tantos testimonios, por otra parte interesados.

—Aun así, Cayo no murió al instante —prosiguió Agripa—: quedó de pie, increpando a sus asesinos, pero Querea le hundió de nuevo la *gladius* en la espalda. Y otra vez, como si de verdad el emperador fuese inmortal, cayó al suelo aún vivo. Entonces Cornelio Sabino y los otros centuriones lo atravesaron una y otra vez, llenándole el cuerpo de agujeros.

—¿Y la Guardia Germánica no hizo nada por defenderlo, también se confabuló en su contra?

—No. Hubo asimismo una carnicería entre los pretorianos y la guardia de Cayo, pero cayeron los hombres equivocados, cónsules ancianos como Lucio Norbano Balbo o Publio Asprenas, o incluso senadores jóvenes como Publio Anteyo.

—No creo que hayan sido tan inocentes. En Roma, es bien sabido, todos están contra todos —dijo Pablo.

—Al menos se guardarán los días oficiales de luto antes de que tengamos un nuevo emperador —dije como si eso pudiera ser un consuelo para Agripa o para mí.

—En eso también te equivocas. La misma guardia ha nombrado emperador sin esperar al Senado: es el viejo tío cojo de Cayo, Claudio.

Esto sí me llenó de asombro.

—¡Pero si Claudio ni siquiera puede hablar! —dije—. ¡Tartamudea!

—Sí, pero es un Germánico, no lo olvides. Y Roma necesita recordar a sus verdaderos héroes —siguió Agripa, quien conocía mejor que nadie los tejemanejes de la vida imperial, en la que había nacido y crecido hasta regresar a Palestina.

—¿Cómo pudiste presenciar todo esto que nos cuentas? Admiro tu entereza de ánimo —dijo Pablo.

—Todavía os esperan sorpresas en mi relato. Yo mismo encontré el cuerpo sin vida de Cayo junto al baño; manchándome la ropa y las manos lo trasladé a su dormitorio. Allí Lupo, el tribuno, descubrió horas después a Milonia Cesonia, la mujer de Cayo, abrazada al cuerpo muerto: cuando vio entrar al hombre supo que era su hora y ella misma le ofreció el cuello al indeciso, incluso le espetó que terminara su labor. La cabeza de Milonia rodó hasta los pies de su hija que gritó, descubriéndose escondida tras una cortina. Ni siquiera usó la espada: estrelló la cabeza de la niña contra el muro, salpicándolo todo con la fuerza de su golpe. Esa misma tarde el Senado quiso convencer a Claudio de que desistiera de convertirse en el nuevo emperador. Yo volví a ser un espectador silencioso: me encontraba de visita en casa de Claudio. Desde niño viví en el *Palatium* con Druso el Joven, mi mejor amigo, y con Cayo y su tío; ahora Claudio estaba lleno de dudas. Personalmente lo convencí de que aceptase y me retiré a mis aposentos. Fue una tarde interminable: cuando pensaba ya descansar, unos emisarios del Senado llegaron a pedir mi intervención. Fui tajante, ya que yo mismo había convencido a Claudio de que se empeñase en reclamar el trono para sí. Los asusté un poco: las tropas que apoyan a Claudio son muy numerosas, más de trece mil pretorianos; nada podrían hacer los dos mil guardias germanos que permanecían leales al Senado. Me escucharon y de nueva cuenta fui el portavoz de un Senado dividido ante Claudio, quien aceptó compartir el poder con ellos a cambio de que le dejasen alcanzar el grado de *Pontifex Maximus*. Por supuesto, aconsejé a Claudio que ofreciese por medio de Rufio Polión ciento cincuenta sestercios a cada pretoriano como pago por su lealtad.

—¡Nada raro: un Senado que no puede ponerse de acuerdo! —observé mientras medía la capacidad política de Agripa, que aun devastado por la muerte de su amigo había sabido obrar con tino y frialdad—. Así que tenemos nuevo emperador y nuevo prefecto —retomé la conversación—. ¿Se trata de Rufio?

Acertar me procuró cierta vanidosa satisfacción.

—Sí. Digamos que también tuve que intervenir allí: Claudio necesitaba a alguien de entera confianza, y que además enviara un mensaje a los traidores. Se ordenó aprehender y asesinar a Querea y a Fabio Lupo; solo salvamos a Cornelio Sabino, pero de la muerte, no de la ignominia: volvió a ser gladiador. Su nuevo emperador, señores, se llama Tiberio Claudio César Augusto Germánico.

—¡Ave! —respondí con una risa amarga—. ¡Ave, hermano de Germánico!

TERCERA PARTE

El apóstol

XIV

En Tarso, año 42 d.C.

«No a todos gustan los vergeles y los tamarindos humildes», escribió Virgilio.

—A mí —me había dicho Pablo esa mañana última en el palacio de Agripa en Cesarea Marítima dos años antes— me son necesarias las calles, el ruido y la podredumbre de la política.

—Yo preferiría descansar en una rica villa, rodeado de esclavos, mujeres y buen vino. Así no me sería necesaria ninguna de esas vituallas que tú dices importantes para tu vida —le contesté, no sin cinismo.

Nos despedimos: yo me quedaría con Agripa como su consejero personal. «Órdenes del césar», le dije bromeando al referirle mi nuevo puesto; él, en cambio, tenía permiso para retirarse a Tarso por un tiempo, hasta que fuese necesaria su presencia. Agripa le dio una buena recompensa en metálico, suficiente para vivir con cierta holgura; además su paga mensual le llegaría puntualmente, según lo prometido por el tetrarca cuando le anunció, por otra parte, que ya estaban presos seis de los cabecillas nazareos y en breve serían trasladados a la prisión del puerto. Eso quería decir que su misión había sido exitosa.

Sin embargo, la perspectiva de regresar a Tarso y enfrentarse a la tranquila monotonía del oficio familiar, la pena por su madre, todo eso no le parecía halagüeño.

Llegó a Tarso a mediodía; cruzó la puerta de Cleopatra con una caravana de músicos que hacía su gira por la región. Recordaba el hermoso río Berdán; luego fue directo a los baños. En el enorme local cubierto de mármoles se lavó el cuerpo y pidió que le fuese cortado el escaso cabello. Había comprado ropa nueva en Cesarea, pero no se la puso hasta quedar limpio y presentable: nuevas sandalias, nueva ropa interior de lino —un *subligaculum* y una *subucula* muy suaves—, una fuerte túnica de lana y una hermosa toga que no llevaba desde hacía años, cuando dejó Tarso por Jerusalén y llegó vestido de judío y no de romano.

Hecho todo lo anterior —como si se quitara un molesto disfraz o una vieja máscara de actor—, sintiéndose cómodo, se dirigió a su casa. Su madre, Judith, fue quien lo recibió en la puerta, reconociéndolo de inmediato.

—¡Has llegado tarde, Saulo! ¡Tu padre deseaba hablar contigo antes de morir! Quizá por eso fue tan lenta su agonía. Pero hace ya tres meses que lo enterramos en su sudario; te echaba tanto de menos.

Esas y otras tantas frases compusieron una infinita recitación que se contradecía con los gestos de su cuerpo: mientras la voz reclamaba, sus manos acariciaban al hombre recién llegado, los labios besaban ora la frente, ora la calva o las mejillas del hijo. La anciana dolida por la injusta ausencia del hijo luchaba con la madre benevolente que aguardara tanto su regreso. Saulo —que así seguiría siendo llamado siempre en esa ciudad a la vez tan lejana y tan suya— se dejaba querer, necesitado también, a pesar de su edad, de algún contacto humano.

Luego de un tiempo cesó la voz de la madre y se detuvieron también sus manos y sus labios; se apartó de él unos pasos, como queriendo mirarlo completo.

—¡Pero si eres todo un ciudadano romano! ¡Mírate, qué porte!

Los días siguientes Judith lo puso al tanto de la situación en casa. Había suficiente dinero para unos meses más, pero como alguien no se hiciera pronto cargo del negocio, empezaría el hambre. Tiempo antes de la muerte del padre despidieron a los trabajadores y solo conservaron a un ayudante, Hiliel, para que vendiera las piezas ya confeccionadas o solicitadas. Desde entonces vivían de los ahorros.

Al principio siguió recibiendo misivas e información con regularidad desde Cesarea: yo mismo me encargaba de mantenerlo al día acerca de las cosas del pasado reciente. Supo así que Santiago y otros tres de menor monta habían sido ejecutados, pero Pedro logró escapar de prisión gracias a la ayuda de nazareos infiltrados en el puerto y entre los oficiales judíos de Agripa. Algunos de los cómplices fueron ajusticiados después, aunque Pedro volvió a hacerse invisible.

En Jerusalén aprehendieron a otros diez, pero a ninguno de los apóstoles, quienes también habían huido. Agripa desistió de seguir persiguiéndolos, al menos por el momento, ya que la amenaza de una revuelta judía se disipó entonces como el viento del desierto. La estatua de bronce de Cayo, *Caliguitas*, fue fundida y el metal se utilizó para acuñar moneda y en obras del nuevo anfiteatro. La verdad es que uno llegaba ya a aburrirse de tanta diversión: fiestas, camas distintas, lujos y dispendios eran nuestro día a día; en Tarso, en cambio, la vida apremiaba. Los días eran pocos para la cantidad de trabajo.

Saulo se encontró de nuevo con su viejo oficio y trabajó como un poseso. Hiliel resultó un joven emprendedor y competente con los dineros: pronto requirieron la ayuda de otros artesanos y la tienda volvió a prosperar. Judith envió dinero a la familia en Jerusalén, a instancias de Saulo; no quiso mentirle acerca de la precariedad de la vida de su nieta allí.

Un año con sus noches frías pasó Saulo en Tarso hasta el día en que Bernabé vino a buscarlo. No esperaba recibir más noticias de los seguidores de Jesús, nunca. Pero ahora recordaba que su *hermano* le prometió alcanzarlo en Tarso tan pronto se calmaran las aguas, y estas parecían mansas en este tiempo de paz, un año después de iniciado el reinado de Claudio: al menos en Palestina, lejos de las intrigas romanas, las cosas parecían haber vuelto a la tranquilidad. Repuesto de la sorpresa recibió a Bernabé en los baños de la ciudad; allí lo citó.

El amigo, quien ya se hallaba dentro, acompañado por Hiliel y atendido por un esclavo que Pablo comprara un mes antes, se sorprendió de las ropas de su antiguo compañero esenio. Luego del saludo de rigor, fue el propio Bernabé quien lo apartó del conciliábulo y le dijo en voz baja:

—¿Has olvidado tus votos?

—No. Los he ocultado para poder vivir sin ser perseguido —mintió—. En esta ciudad todos saben que somos judíos benjamitas, pero también ciudadanos romanos; así vestía mi padre y por mi rango no puedo hacer menos que él. Añoro los tiempos en que una sola muda de ropa me bastaba en el desierto, Bernabé, pero debo parecer quien siempre he sido. En fin, dejémonos de preámbulos, que laven tus ropas y bañémonos juntos; diré que eres un amigo fariseo, del grupo de Gamaliel, ¿te parece?

Así lo acordaron y Bernabé fue recibido como su huésped en la casa materna. Antes de despedirse esa noche, el nazareo le anunció tajante:

—Dejarás Tarso, hermano, se nos ha encomendado una misión impostergable: debemos predicar *el camino* de nuevo. Se nos ha asignado, además, un lugar: Antioquía. He venido a buscarte por encargo de Pedro. ¿Sabes lo que le ocurrió a Santiago?

Pablo fingió ignorancia y Bernabé le narró la persecución en Jerusalén y Galilea, el prendimiento de Pedro y la muerte de Santiago.

—No hubo un solo lugar, desde Damasco hasta Cafarnaúm, desde la Ciudad de la Sal hasta Jerusalén, donde pudiésemos escondernos; nos persiguieron con celo inusual por órdenes no de Roma, sino de Agripa.

—¿Cómo logró salvarse Pedro? ¿Pactó con el tetrarca por su vida?

—Bien sabes del celo de Pedro: no lo haría nunca. Se tramó su fuga y logramos sacarlo con éxito de prisión una madrugada.

—¿Dónde se encuentra? —probó Pablo.

—Ni yo mismo lo sé, hermano: sigue escondido, su cabeza tiene precio. Se comunica con nosotros siempre por intermedio de alguien más. Fue Matías quien me informó de nuestra encomienda, pero habla en nombre de Pedro.

—Matías no cayó preso.

—No estaba en Jerusalén cuando la primera redada, había ido a ver a una hermana en Belén, luego fue él quien planeó la fuga de Pedro.

—Menos mal, Bernabé, menos mal. Lo que no entiendo es por qué ahora. ¿Cómo pretende Pedro que volvamos a predicar en público sin ser perseguidos?

—No estamos seguros de nada. Pero tenemos una encomienda de Jesús y debemos proseguir con nuestra labor, aunque nos cueste la vida. ¿Acaso ya olvidaste tus votos en la Ciudad de la Sal?

¿Cuántas veces le habían preguntado en los últimos tiempos si se acordaba o no de las promesas hechas? Cada una era además, en su caso, una nueva mentira. Respondió que por supuesto tenía muy presente su compromiso como esenio.

—Otra cosa, Pablo: veo que aquí, además de conservar tus ropas y riquezas, guardas también tu nombre antiguo. No te culpo por querer salvar el pellejo, pero recuerda que debes renunciar a toda posesión.

—No es mía la tienda ni mío el dinero, Bernabé: es de mi madre y de mi hermana, ya lo sabes. He venido porque mi padre ha muerto y por esa misma razón me encargué de los negocios familiares, pero Hiliel, a quien has conocido esta mañana, ya puede hacerse cargo solo y mi madre no quedará desamparada.

—Aun así te debo pedir una parte de la ganancia como contribución a nuestra causa.

Pablo asintió; usaría algo de sus ahorros para hacer creer a Bernabé que se trataba de una cantidad importante, pero no estaba dispuesto a dejar a su madre desprotegida ahora que tenía que volver a salir de Tarso.

Así se lo hizo saber a Judith la mañana siguiente, le anunció incluso el plazo: dos semanas. Pocos días para poner en orden las cosas y despedirse en forma. Entonces se le ocurrió que podría hacer traer a su hermana y su cuñado para encargarse de la tienda: con la ayuda de Hiliel aprenderían los rudimentos del asunto. Mandó un correo con las instrucciones y dinero para el viaje; lo que le pagaban al cuñado en el campo era tan poco que podría dejarlo sin miramientos. Su madre, así, estaría acompañada durante los años que le restasen de vida.

Pablo se asombró de su propio pragmatismo y de su súbita capacidad para resolver problemas prácticos, algo que no se le había dado antes en la vida. Pero la partida no estuvo exenta de vicisitudes: tres días después de enviar la epístola a Jerusalén y dejar instrucciones a los banqueros y a Hiliel, regresó la terrible enfermedad que lo postraba con fiebres desde niño, que la humedad de Tarso siempre recrudecía.

El médico de casa fue llamado de emergencia para diagnosticar, de nuevo, lo que ya se sabía: el mal era incurable y debían esperar a que pasara la crisis.

—Es malaria, *Febris*, lo sabes desde hace mucho tiempo; su nombre tiene origen en Februus, el dios de la muerte y la putrefacción, Saulo —dijo el médico—, porque tu cuerpo se resiste a morir y entonces se calienta y le salen granos. No hay nada que hacer salvo calmar el dolor o el ardor; son diez días al menos que estarás postrado.

Y así fue, de nuevo. La garganta le abrasaba por dentro, impidiéndole hablar o comer; luego vino la diarrea, y al final —al noveno día, como pronosticara el médico— las horribles erupciones en la piel que ya casi no recordaba de su infancia: ronchas secas y ardientes que le llenaban el cuerpo de comezón. El esclavo le untaba los aceites recetados pero él apenas soportaba el roce, sobre todo porque en los brazos y las axilas las heridas no eran ronchas sino pústulas llenas de líquido, más molestas y dolorosas aún.

La piel se le fue llenando de llagas; parecía un leproso, tan asqueroso como los que se encontraban en las afueras de Jerusalén, apestados, proscritos.

Dos semanas después, aplazado el viaje con Bernabé, quien no permanecía oculto pues predicaba todos los días afuera de la sinagoga de Tarso, los síntomas empezaron a amainar, no así el debilitamiento ni el dolor.

Había sobrevivido de nuevo para sorpresa de todos, incluso del propio médico; éste recetó un mes más de descanso antes de levantarse de la cama.

Pablo adelgazó terriblemente, pues no había bocado alguno que no le produjese asco. Se alimentaba de pan mojado en agua, como los viejos.

Como yo ahora, tantas décadas después; mojo el pan hasta que se deshace casi antes de llegar a mi boca y me hace pensar en mi propio cuerpo, aferrado apenas a la vida por el hilo de este dictado.

Aferrado a la vida, como Pablo, que tantas veces resucitó desde las puertas mismas de la muerte o renació para asumir una nueva identidad. Aquella vez fueron dos los meses que debió esperar, pero un día se encontró al fin repuesto y ya no pudo dilatar más su salida sin despertar sospechas en Bernabé. Le alcanzó el tiempo, sin embargo, para enviarme un correo militar a Cesarea Marítima poniéndome al tanto de su suerte.

No puedo dejar de pensar en las dudas de Pablo. Algo debió habérsele pegado al cuerpo y a la sesera en esos años en la Ciudad de la Sal con los nazareos. Por mejor actor que fuese, muchos de los cambios que ocurrían en su comportamiento parecían verdaderos, y al preguntarse si debía o no seguir sirviendo a una Roma que cada vez entendía menos, la respuesta fue acaso como la mía: una cuestión de dinero. Ahora, pobre, con la difícil situación en casa por la muerte de su padre, era quien debía procurar por su familia, y eso solo podía ocurrir si seguía recibiendo sus sestercios mensuales, la paga cotidiana por sus mentiras. ¡Cuántas veces lo vi sufrir por dentro, sin atreverse a confesarme lo que lo abatía!

A mí, además del dinero, me atraía el peligro, la aventura; la incertidumbre.

«¡Prométeme, Timoteo —me pidió en una misiva—, que esta vez me alcanzarás en la encomienda y te harás pasar por temeroso de Dios, por gentil dispuesto a la conversión! Tengo que convencer a Bernabé de mis dotes apostólicas.»

XV

En Antioquía y Chipre, año 43 d.C.

Todo lo que conozco de este tiempo de Pablo en Tarso y su primer viaje con Bernabé vine a saberlo cuando al fin me encontré con ellos en mi ciudad natal, Antioquía de Pisidia, época a la que habré de referirme más tarde, cuando vuelva a entrar en la escena de este relato trashumante. Por ahora son ellos dos en la tercera ciudad más importante del Imperio romano: han llegado a Antioquía, a orillas del Orontes, a reunir a los nazareos y a conseguir más adeptos, algunos adinerados si es posible, para *el camino*.

Dicto esto y debo aclararme la voz; estoy cansado. Según me cuentan, esta mañana mi amanuense entró a la habitación y me encontró postrado en el lecho, quejándome de dolor en la cadera. No puedo recordar nada de todo esto, pero lo que me sorprende es todavía haber sentido algo. Me han conminado a quedarme en cama, lo que no cambia demasiado mi situación: los recuerdos antiguos, que apenas dejan sitio en mi memoria para los hechos más recientes, son los que me mantienen vivo —o al menos a mi lengua— y alimentan mi relato.

Las cosas se habían recompuesto en Judea desde la captura de los nazareos y la posterior fuga de Pedro. No estaban aún dispersos, seguían activos, pues el duro golpe, lejos de diezmarlos, les consiguió más adeptos a su causa. Crecía el odio al césar, crecía el amor a los nazareos; a mí me sentaba de maravilla el asunto, podía pedir a Roma más recursos después de mi informe preliminar. Necesitábamos más efectivo para construir nuestro propio ejército de contrainsurgencia.

No llegué primero a Antioquía, algunos asuntos me retuvieron todavía en Cesarea, pero envié como adelantado, con cartas especiales para Pablo, a un joven pagano, griego. Era un médico, Lucas: lo había reclutado meses antes, sabiendo que trabajó con Vitelio en Siria con tal discreción que nadie sería capaz de reconocerlo. Si bien no odiaba a los judíos, el punto a mi favor era que recelaba del monoteísmo: le parecía más justo un mundo donde muchos dioses dieran cuenta del destino de los hombres. Ahora había que convencerlo de convertirse a la fe nazarea, al menos públicamente, para conseguir su paga y proteger a Pablo de toda enfermedad.

Llegó Lucas aquel día con su caballo al lugar donde Pablo y Bernabé pernoctaban, la casa de un temeroso de Dios, Eleazar, contigua a una taberna. No quiso ir de otra forma que no fuese en su montura, *Tersites*, animal feo y mal educado, por cierto; de allí, quizá, el nombre.

Lucas era un hombre de cierta posición social; si pude reclutarlo no fue tanto por la paga ofrecida, en realidad, como por su necesidad de probar suerte en otros menesteres. No quiso ocultar su situación económica y no aceptó quitarse unos brazaletes de oro que llevaba en los brazos, los cuales, según decía, le proporcionaban tranquilidad y suerte, en ese orden.

—He venido a ver al enfermo —dijo al entrar a la casa, provocando la extrañeza del dueño; éste no sabía que hospedara a ningún convaleciente.

—Tal vez has equivocado la dirección, hermano —contestó Eleazar—. Aquí no hay nadie que padezca mal alguno.

—¿No vive aquí un tal Pablo de Tarso?

—Por supuesto, es mi amigo y mi huésped. Pero no está postrado ni enfermo, y mucho menos como para requerir la visita de un médico griego.

—He venido desde Cesarea Marítima —gritó Lucas a voz en cuello para que Pablo, dondequiera que estuviese, lo escuchara—. Me han dicho que el hombre es un santo y que requiere los servicios de un médico.

Bernabé escuchó la conversación y salió de sus aposentos, preocupado:

—¿Dices que has venido desde Cesarea? ¿Cómo saben allí que ese hombre necesita un médico y que se encuentra precisamente en esta casa?

—No es como dices. Me han informado que está en Antioquía y vine a buscarlo. En el templo me dieron sus señas —mintió.

—Entiendo. Lo que no puedo comprender es por qué ofreces así tus servicios. ¿No son los enfermos quienes buscan a sus médicos?

—Soy un hombre que busca, hermano. ¿Cómo he de llamarte?

—Bernabé.

—Pues bien, Bernabé, como te decía, soy un hombre que busca. He ido de un lado a otro intentando encontrar la senda correcta, y en Cesarea me hablaron de Pablo de Tarso, apóstol de Jesús y de su fe. Vine a buscarlo, sabiendo además que ha estado muchas veces enfermo. Convengamos entonces que ambos nos necesitamos: el apóstol requiere un médico del cuerpo, y yo alguien que me alivie el alma.

Pablo entró entonces a la casa. Escuchó toda la conversación y no le fue difícil atar cabos: este hombre era o bien un sicario perfectamente adiestrado o la respuesta que esperaba de Cesarea.

—Así que médico —dijo en griego—; llegas en buen momento. No preciso de tu ayuda, pero hay muchos que sí. Esta ciudad, quizá por ser tan poblada, está repleta de enfermos, me los encuentro por todas partes. Tal vez tú y yo hagamos una buena pareja. Soy Pablo de Tarso, ¿y tú?

—Lucas. Nací en Antioquía de Siria, pero he viajado por todas partes. Estudié en Atenas y en Chipre. Conozco todas las enfermedades de esta región, mi presencia puede serte de provecho.

—Eso lo veremos luego; por lo pronto necesitas aprender algunas cosas de quiénes somos y lo que aquí hacemos. Un gentil tiene cabida entre nosotros pero debe convertirse a nuestra fe, que es la de Jesús, el Mesías crucificado y vuelto a la vida al tercer día.

—Entiendo poco de lo que dices, pero sé lo que haces y deseo acompañarte. Pronto, espero, estaré listo para abrazar tu creencia.

—Cuando sea tiempo habrás de ser bautizado, Lucas. Pero dejémonos de pláticas, hay mucho por hacer.

De verdad cabía una cantidad enorme de actividades dentro de un día normal de Pablo en Antioquía. Muy temprano predicaba con Bernabé al lado del templo y luego visitaban algunas casas de temerosos de Dios, acompañados por gente de la localidad. Iban de un lado a otro hasta que en alguno de esos lugares les ofrecían comida; entonces compartían los alimentos con los gentiles en sus propias casas. Solo Bernabé salía a los huertos o los patios traseros y allí se alimentaba con sus propias viandas, traídas por él en un pequeño atado. No pocas veces, como le advirtiera Pablo, se encontraban con gente enferma y aplicaban sus medicamentos. Lucas ofrecía pociones o hierbas, Pablo aplicaba sus manos sobre los rostros de quienes sufrían, y la gente *milagrosamente* se curaba. «Milagrosamente», decían, sin darse cuenta de que la magia se debía al uso de la correcta medicina, el remedio más eficaz.

Cuando estuvieron solos la primera noche, Lucas tendió a Saulo una carta que yo le había escrito explicándole el papel que mi enviado debía cumplir a partir de su incorporación al grupo. Agregaba que pronto me añadiría personalmente al séquito, pero sobre todo insistía en que debía persuadir a Bernabé de la primera conversión, la de Lucas.

Esa misma noche el médico reveló a Pablo su verdadera vocación.

—Timoteo sabe que deseo ser poeta, que eso buscaba en el palacio de Agripa: la posibilidad de cantar las hazañas del tetrarca. Le enseñé mis versos sobre los héroes antiguos y me contrató para acompañarte. Algún día cumpliré mi aspiración de convertirme en bardo, como mis antepasados: un rapsoda de la historia y sus meandros.

—Por ahora te necesito como parte de esta historia, no como su historiador ni escribano. Tiene razón nuestro mutuo amigo Timoteo, tu papel como médico me es inestimable. Hay un mago aquí que goza de mucha fama; lo vienen a ver de muy lejos para que adivine el futuro, los cure y les diga una sarta de mentiras, las cuales, quienes hacen la peregrinación creen de inmediato. Si logro vencerlo, ganaré su fama y con ello conseguiré parte de mi encomienda: predicar a los gentiles, acercarlos a Jesús y dividir así la secta nazarea; Timoteo te lo habrá explicado.

— A grandes rasgos sé lo que se traen entre manos. Recibo una paga y me divierto; no puedo pensar en mejor suerte.

Con esa declaración Pablo comprendió, según me explicó luego, por qué yo había contratado a Lucas. «Es uno de los tuyos, Timoteo —dijo—: un cínico cuya única creencia cierta consiste en el goce de los placeres de la vida.» No quise contradecirlo. Lucas exudaba riqueza, mimos y una educación clásica que solo podía venir de la posición de su familia. A los tres nos unía un cierto apego al dinero que nos venía de Roma. Ahora que debíamos reiniciar nuestra misión, era esencial que compartiéramos la misma ambición.

—Vamos, debes ayudarme a curar a mi primer enfermo en Antioquía —le dijo.

Fueron a la orilla del Orontes, donde Bernabé bautizaba a un nuevo adepto, y allí encontraron a un hombre que padecía de la vista, una enfermedad más cercana a las infecciones que Lucas encontrara en Alejandría. Le aplicó unos óleos que le limpiarían los ojos de inmediato, pero pidió al hombre que los mantuviera cerrados. Entonces Pablo le puso las manos sobre los párpados y le dijo:

—Por la fe de Jesús y la proclamación de su resurrección, yo te curo.

Y el hombre vio y se puso a dar alaridos de felicidad, y a proclamar a los cuatro vientos la capacidad de Pablo para realizar milagros.

—¡Es un mago! —gritaba—: me ha sanado.

—No soy un mago. No se trata de ninguna hechicería. Es el Hijo del Hombre quien obra por mí.

El propio Bernabé y su discípulo y amigo Yohanan Marcos, con quien se encontrara al llegar a la ciudad, quedaron asombrados.

Tres o cuatro meses después, cuando ya la fama de Pablo y Bernabé había alcanzado las ciudades vecinas, tuvo el apóstol su preciada oportunidad en la ciudad de Pafos, en la isla de Chipre: enfrentarse a Elimás, el mago, quien se hacía llamar Bar Jesús para tener más adeptos. Bernabé no creía que fuese conveniente disputar con él.

—Es un hombre colérico, según me informan, y si pierde contigo te perseguirá. Es amigo del procurador, me han dicho; si gana, tendremos que irnos de aquí, derrotados.

—Debemos demostrar que es un mentiroso. No hay lugar para los impostores en tierra de Yahvé —dijo Pablo, mordiéndose los labios—. Con su nombre dice ser hijo de Jesús: hay que demostrar su mentira, dejarlo en ridículo, forzarlo a partir.

Y así lo hizo cuando hubo oportunidad: envió una comunicación al palacio del cónsul romano, Sergius Paulus, con quien convino la ocasión, ya que el funcionario no solo estaba al tanto de las actividades de Pablo en la región, sino que hacía poco había viajado a Cesarea donde nos conoció a Lucas y a mí; fingiéndose maravillado por la noticia de su visita, invitó a Bernabé y a Pablo a su casa, donde les convidó una cena a la usanza judía.

Entonces el cónsul —de acuerdo con Pablo— presentó a Elimás, a quien también había invitado, en secreto. Les dijo a los judíos que este hombre era un mago, quizá el mejor de la región, y que decía ser discípulo de Jesús como ellos mismos.

Elimás, o Bar Jesús, entonó un salmo y proclamó su fe en un galimatías en arameo y griego. Pablo se levantó y vino a él:

—Eres un impostor, Elimás. No solo no eres ningún mago, sino que vienes a hablar de un hombre que no has visto y que no te ha elegido como su mensajero. Puesto que afirmas ver, soy yo ahora quien te devuelve a la oscuridad.

Dicho lo anterior puso sus manos sobre la cabeza del hombre, quien empezó a temblar como un poseso; sacaba espuma de la boca y se retorcía en el suelo. Intentó abrir los ojos cuando unos hombres del cónsul lo asistían, y a diferencia del ciego del río Orontes, Elimás ya no pudo ver.

Bernabé quedó nuevamente sorprendido.

Los hombres de Sergius Paulus se llevaron al falso profeta, a quien ya habrás comprendido, muchacho, sobornaron para que fingiera su ceguera, y el cónsul estuvo interrogando con aparente interés a Pablo el resto de la noche sobre Jesús y su resurrección.

Aun a la distancia, logré mi cometido: mi amigo Pablo empezaba a ser reverenciado y querido, temido y buscado. Bernabé informaría a Pedro sobre las capacidades de su compañero, aunque éste ya tenía reputación de virtuoso entre muchos esenios.

Al día siguiente retornaron a Antioquía.

Algún tiempo después, con la barba crecida como corresponde a un judío, me presenté a la orilla del río, donde alrededor de Pablo un grupo de temerosos de Dios escuchaba la palabra; fui a sentarme junto a ellos en silencio. Más tarde, cuando acabó el sermón, fui a presentarme y pedí ser bautizado.

—¿Eres judío? —preguntó Bernabé.

—Hijo de madre judía y de padre gentil —mentí una vez más—. Nací en Antioquía de Pisidia. He hecho un largo camino para encontrarlos, hermanos, oí aquí y allá sobre Jesús y me he convertido a su fe: creo en *el camino*. Simeón, en el sur de Galacia, me enseñó lo que sé de bueno, pero lo aprehendieron antes de que yo fuese bautizado.

Pablo convino en que a la mañana siguiente me bautizaría; fui invitado a quedarme con el grupo en atención a que había viajado desde tan lejos. Al fin Pablo conseguía reunirse con su cómplice.

Yo obtuve permiso para dedicar mis esfuerzos a cuidar a Pablo, o más bien fue Agripa quien lo consiguió del propio Tiberio Claudio Germánico: el césar aceptó de buena gana que me vistiese, como Pablo, de nazareo. Nuestra labor apenas empezaba. Domiciano es ahora emperador y Roma ha sufrido toda suerte de infortunios, ni se diga la propia Palestina, pero esa es finalmente otra historia que no cabe en estos pergaminos, o al menos no por ahora.

XVI

En Listra, año 46 d.C

Llenos de miedo, salíamos de una ciudad e íbamos a otra. Nos quisieron matar en Iconio, pero no vale la pena entrar en detalles ya que este es solo un ejemplo de la ira que provocábamos en todos lados. Al fin y al cabo, esa era quizá nuestra labor y el mismo Pablo me lo dijo así: «Hacer unos cuantos amigos en distintos lugares y a cambio granjearnos múltiples enemigos, capaces de los más terribles extremos tanto nuestros fieles como nuestros adversarios».

De Iconio, apenas por piernas, corrimos hacia Listra, situada a unas veinticinco millas romanas; el polvo que levantábamos con nuestro paso veloz ocultaba la ruta y borraba toda huella.

Cuando nos sentimos a salvo amainamos el paso. En Listra tuvo lugar un suceso de lo más extraordinario, que no se repitió jamás en ningún otro de nuestros viajes: estando un día en el mercado, cerca de los puestos de los carniceros, se acercaron a Pablo dos hombres para pedirle que curase a un tullido.

—La fama de Pablo de Tarso ha llegado a nuestros oídos. Lo hemos visto predicar todos los sábados al lado del templo y en el río por las mañanas, y también podido comprobar que viene gente de muy lejos por consuelo o solo para escuchar su palabra. Ayúdanos a salvar a un pobre hombre que se encuentra postrado, sin poder caminar; solo tú puedes realizar este milagro. Debes acompañarnos, pues no logra moverse ni tenemos medios para hacerlo trasladar hasta tu lugar de predicación.

Con estas palabras convencieron a Pablo y nos dirigimos a la escalinata del templo de Zeus, a la entrada de la ciudad, donde el desdichado pedía limosna todas las mañanas para poder comer. Era un templo pequeño, de madera, con un altar reducido en el que se veneraba al dios tras un fuego; ante el altar un sacerdote recitaba sus plegarias en griego. Una turba considerable —la cual después supimos que fue pagada por nuestros enemigos, sacerdotes poderosos del templo— se arremolinaba al pie de la escalinata, casi pisando al cojo, que no alcanzaba a entender lo que allí ocurría.

El plan que nos habíamos trazado al reemprender nuestra misión cobraba sus primeros frutos, el hecho de que Pablo fuese reconocido como un nazareo importante, digno de tener seguidores y crearse enemigos, era la estrategia perfecta. Éramos al fin unos verdaderos infiltrados en el movimiento; desde dentro podríamos desmembrarlo, creíamos.

A primera vista podría parecer una multitud de paganos adorando a su dios, pero era tal la gritería que el sacerdote tuvo que pedir silencio y callarlos. Entre la gente había mujeres con sus hijos en brazos, enfermos apoyándose en muletas y bastones, pobres de todas las regiones.

Mientras el sacerdote realizaba sus abluciones, atendido por sus ayudantes, la flautista entonaba una canción agudísima y eterna. Le llevaron al sacerdote, entonces, un carnero con el cuello adornado de flores; el hombre salpicó con vino la cabeza del animal y cortó parte de la trenza de su cabeza con un cuchillo enorme para arrojarla al crepitante fuego del altar. Otro de los ayudantes golpeó con un mazo la frente del carnero y así le dio instantánea muerte. Le cortaron el cuello y dejaron que la sangre llenara un cuenco de plata.

Rezaban en voz alta mientras el sacerdote cortaba las entrañas del animal y removía las vísceras; se oían gritos y también los rezos y murmullos, pero todos atenuados por la flauta chirriante.

Al término de un largo tiempo cesó la ceremonia y el oficiante volvió a lavarse las manos y a secárselas, hablando en murmullos hacia el cielo.

Los hombres que nos conducían se acercaron al tullido y le murmuraron al oído. Pablo entonces se aproximó a él y lo alzó en vilo; luego, como había visto hacer a sus hermanos en la Ciudad de la Sal, abrazó con toda su fuerza al viejo y apretó la espalda y las caderas en un único movimiento.

El tullido gritó de dolor y sus huesos tronaron uno a uno, incluida la maltrecha cadera. Sin dejar de mantenerlo en vilo, Pablo pidió a los hombres que se colocaran a ambos lados del cojo y lo sostuvieran con cuidado, alejándose del hombre que aún dolorido vino a quedar curado; podía sostenerse él mismo en pie de nuevo.

—¡Levántate! —gritó Pablo—: *Anasthéti!*

Las personas allí reunidas habían visto día a día al cojo postrado en la escalinata: ahora, aunque fuese ligeramente ayudado por sus amigos, caminaba de nuevo y gritaba de júbilo.

La gente también gritaba, señalándonos:

—Han sido ellos, dioses enviados por Zeus, quienes han curado al cojo. ¡Alabados sean!

El mismo sacerdote del templo y sus oficiantes, quizá para granjearse el favor de la muchedumbre, nos confirieron dotes divinas:

—Pero si son Zeus y Hermes, el mensajero —afirmaban señalando a Pablo y a Bernabé—, venidos a Listra para el socorro de nuestros males. ¡Alabados sean!

Volvía el grito coreado por la muchedumbre, que luego vitoreaba:

—¡Zeus, Zeus, Zeus!

Los oficiantes vinieron a colocar entonces encima de Pablo y Bernabé unas hermosas y elegantes togas rojas en símbolo de su recién adquirida dignidad. Pablo intentaba disuadir a la multitud diciendo que él no era ningún dios sino un mensajero suyo, su apóstol. Con mayor razón el sacerdote dijo:

—¡Se trata de Hermes! Lo he dicho: acompaña a Zeus y vienen aquí para protegernos.

No le preocupaba invertir los papeles adjudicados antes. Procedió a seguir con su sacrificio en medio de la confusión reinante; sus ayudantes le trajeron un becerro.

—¡Lo ofrezco a tu salud, Hermes, y a la de tu compañero! ¡Por Zeus!

La muchedumbre se postró ante el nuevo gesto del sacerdote, quien procedió a sacrificar al becerro de la misma forma que al carnero. Pablo y Bernabé eran vistos por la muchedumbre de paganos como encarnaciones humanas de los dioses que veneraban.

Entonces Pablo, enfurecido, cometió el error de interrumpir el ritual quitándose la toga recién puesta, escupiéndola y pisándola, para luego gritarles en griego:

—Soy un hombre, igual que ustedes. No soy ningún dios, blasfemos.

Se arrancó la túnica y vino a quedar casi desnudo, mostrando su cuerpo enflaquecido por los viajes, y prosiguió:

—Esta es mi carne, soy una persona cualquiera. No soy un dios, no encarno a ninguna divinidad; soy una de sus criaturas. Pero sí que conozco a Dios y no es este que ustedes veneran aquí y al que realizan absurdos sacrificios. Dios es el creador del cielo y de la Tierra, el que dijo que se hiciera la luz, y la luz se hizo. Quien pobló la tierra de animales y humanos e hizo los océanos y las montañas; éste es a quien llamamos Señor y Padre.

La muchedumbre gritaba aún sin entenderlo, y la flauta era acompañada ahora por unos tambores. Pero el sacerdote de Zeus se había quedado petrificado.

—Nos llamas idólatras y supersticiosos y niegas a nuestro dios, pero tienes la arrogancia de decir que tú eres conocido por él, que eres su hijo. ¡Eres tú el supersticioso!

Pablo seguía enfurecido y lo increpó:

—Te equivocas. Dios no está en los animales que has sacrificado, ni en su sangre ni en su carne. Ciudadanos de Listra, no sigan adorando a un dios que no existe. El tiempo se acerca y el Señor nos ha enviado a su Mesías, Jesús, para anunciarnos el fin y prepararnos para el juicio final, en el que Él vendrá a separar a los justos de los pecadores. ¡Es tiempo de arrepentirse!

La muchedumbre comenzó a agredir al recién alabado Pablo: primero se contentó con insultarlo, pero luego pasó a apedrearlo sin contemplaciones a la desnudez en que había quedado.

Intentamos protegerlo con nuestros cuerpos y con las vestiduras arrojadas al suelo, pero los hombres y las mujeres seguían recogiendo pedruscos del lugar y arrojándolos a nuestro líder.

Uno de los proyectiles hizo contacto con la frente del falso

Hermes, descubierto por él mismo, y el sacerdote de Zeus le gritó:

—¡Eres tú, judío, el supersticioso!

—¡Mátenlo! ¡Acaben con él! —vociferaba la turba.

La cabeza de Pablo chorreaba sangre. No pude dejar de recordar la escena de Esteban, en la que él mismo participara años atrás: igualmente debe haber visto, en su memoria, el cuerpo encogido del nazareo y su rostro de perdón, y es posible que también haya pensado que la fe puede atemperarlo todo. Pero lo que al salir de allí me dijo fue que creyó que iba a morir.

Y así fingió estar, ya muerto; intentó no respirar mientras lo sacaban arrastrando de la ciudad junto con Bernabé que lo mismo hacía. Los demás ya habíamos huido sin que nos persiguieran los idólatras, satisfechos éstos con haber derribado a los dos que se veían como principales en nuestro grupo, o aliviados de no tener que responder por nuestros cuerpos. Como el templo de Zeus se encontraba en los alrededores, cerca de una de las puertas de la urbe, no necesitaron mucho esfuerzo para arrojar fuera a los que pensaban ya cadáveres y evitarse así cualquier persecución.

Un grupo de legionarios se abrió paso hasta el lugar, escoltado por la mujer que hospedaba a Pablo y Bernabé en la ciudad, Eunice.

Pablo no los vio y al principio se resistió, pensando que se trataba de alguno de sus agresores que poco convencido de su muerte buscaba herirlo aún más.

El grupo escoltó a los predicadores y los llevó a casa de Eunice. El dinero de la mujer, finalmente, había pagado el rescate: no se trataba de ningún reconocimiento por parte de las autoridades romanas de que alguno de los heridos fuera uno de sus *frumentarii*, encubierto.

La mujer y sus hermanas curaron las heridas de los hombres, doloridas por lo ocurrido.

—Pablo de Tarso, hermano, ¡mira lo que te han hecho!

Les quedó claro así a los dos apóstoles que debían salir de Listra cuanto antes. Los demás ya lo habíamos hecho y pronto nos siguieron rumbo a Derbe, donde reposaron del ataque despiadado de los adoradores de Zeus.

XVII

En Jerusalén, año 47 d.C.

Después de lo ocurrido en Listra, pasamos cuatro meses en Antioquía y en otros lugares de la región predicando y recaudando dinero de las nuevas *iglesias,* como se llamaba a los pequeños grupos de seguidores del *camino,* para sostener al movimiento en Jerusalén: Pablo, Lucas y yo por un lado, y Bernabé y Yohanan Marcos por el otro. Aunque nadie hubiera podido decir que se trataba de dos grupos, así de convincente era nuestra actividad. La prédica valía para dos cosas: mostrar el sendero espiritual a seguir de acuerdo con la tradición esenia —por lo que el bautismo purificador con agua era central— y encontrar adeptos valerosos y dispuestos para la lucha mayor, que traería la independencia de Roma.

El dinero era una manera de paliar la terrible hambruna que padecía todo el imperio. Habían sido dos años de penurias y falta de abasto: la sequía en Egipto y Palestina terminó, además, con las provisiones de granos de la voraz Roma; Claudio se encontraba diezmado y pobre también. Los nazareos necesitaban dinero no para proseguir su lucha, aplazada por falta de recursos, sino simplemente para sobrevivir con precariedad y poder seguir predicando. Por eso las órdenes para los apóstoles eran claras: volver a Jerusalén con la mayor recaudación posible para la iglesia principal a cargo de Pedro, el inapresable —como Pablo lo llamaba en las cartas que me dirigía, donde asimismo lo apodaba «el apestoso pescador» y otros insultos de esa guisa—, y de Matías.

Las cosas se complicaron aún más en las provincias por la decisión del emperador de expulsar a los egipcios y judíos de Roma, una medida tomada más para disminuir el costo de su presencia allí, que por razones religiosas. De hecho el decreto imperial prohibía cualquier culto egipcio, como los de Isis y Serapis, y ordenaba la quema de las vestiduras de sus sacerdotes y seguidores.

En Antioquía las noticias llegaban con lentitud y no alcancé a reunirme a tiempo con Bernabé y Pablo que, cuando hubieron acumulado suficientes recursos que transportar, partieron hacia Jerusalén. Llevaban el equivalente al salario de un año de diez centuriones: algo así como cincuenta mil denarios. Pablo había obtenido tal cantidad no solo de temerosos de Dios o gentiles, la mayoría muy pobres, sino también directamente de Roma gracias a los amigos ricos que encontraba en todas las localidades que visitaban y que decía conocer del comercio con las lonas y tiendas familiares. Bernabé nunca hubiera podido sospechar la verdad.

Saulo nunca pensó que regresaría a Jerusalén. Volvió a temer, como antes, por su vida. Mientras se acercaban a la puerta de Damasco, no podía dejar de pensar en la profecía de Ezequiel en que afirmaba que el Señor le había dicho: «Hijo de Hombre, este es el lugar de mi trono y el lugar de las plantas de mis pies, en el cual habitaré entre los hijos de Israel para siempre».

Esa puerta permanecería siempre cerrada salvo para el elegido —el Mesías—, a cuya llegada se abriría. No se había abierto, por supuesto, con Jesús, ni con ninguno de los otros dispuestos a inmolarse para ocupar el trono de David, y ni siquiera lo pretendió Herodes Agripa que tanto deseaba ser el hombre de la profecía esperada, el príncipe. Pablo la contempló a lo lejos, clausurada por los siglos de los siglos.

Tal vez se abriría pronto, si llegaban —como él mismo seguía pensando— el fin de los tiempos y el juicio final. De nada le había valido a Jesús referirse al salmo para proclamar su llegada en la Pascua de su muerte:

Alzad, oh puertas, vuestras cabezas
Y alzaos vosotras, puertas eternas
Y entrará el Rey de gloria.
¿Quién es este Rey de gloria?

Jehová el fuerte y valiente
Jehová el poderoso en batalla.
Alzad, oh puertas, vuestras cabezas
Y alzaos vosotras, puertas eternas
Y entrará el Rey de gloria.
¿Quién es este Rey de gloria?
Jehová de los ejércitos
Él es el Rey de la gloria.

Repitió el salmo para sus adentros, pensando que nadie podría entrar por la puerta oriental y liberar al pueblo judío del control extranjero.

Bernabé estaba acostumbrado a los extraños silencios de Pablo. Aunque no le tocó presenciar otra recaída de la malaria, había asistido a uno de sus ataques de epilepsia hacía poco más de un año. Siempre consideraba a su hermano como un hombre de fe y fuerza inquebrantables, pero sujeto a las vicisitudes de un destino terrible, preso de una enfermedad que de cualquier manera era mayor que su voluntad por más que hubiera probado su vigor en tantos otros menesteres: era el que se despertaba más temprano, el primero en acometer las labores domésticas o de sobrevivencia, y no había mostrado menos ánimo cuando tuvieron que comer lo que cazaban o recolectaban en el camino, que cuando predicaba sin descanso a los cuatro vientos la fe de Jesús.

No se detuvieron esta vez en casa de Matías. Quizá el lugar no era ya tan seguro como antes, porque fueron a quedarse en el hogar donde habitaban la madre de Jesús y uno de sus más jóvenes apóstoles, Juan. Corría el rumor de que María lo adoptó como hijo suyo por petición de Jesús en la cruz y desde entonces el discípulo la acompañó y ayudó con la misma devoción de un hijo verdadero. Se decía que no se aceptaban mujeres entre los esenios, pero esto era mentira: Pablo había convivido con muchas en la Ciudad de la Sal, y no todas eran viudas o muy mayores. Él haría como ellos, aceptaría a las mujeres como encargadas de las actividades más variadas e importantes de sus comunidades.

María era una mujer mayor, pequeña y enjuta, con el rostro

muy blanco, casi transparente, y una mirada que era todo menos pacífica; no parecía la de una anciana, sino eran aquellos los ojos escrutadores de una adivina. Les proporcionó ropa y unas cobijas para dormir, pero lo harían en el suelo. La pobreza del lugar era evidente. En la cocina apenas había comida y la compartieron entre los cuatro —Bernabé, Pablo, Juan y María—, con lo que le quedó a mi amigo apóstol un hueco en el estómago que ya venía haciéndole estragos desde que cruzaran el mar de Galilea y comieran el último pescado, asándolo a la orilla de las aguas.

—Pedro estará muy contento, nuestras necesidades son cada vez mayores —dijo Juan cuando Bernabé le refirió la cantidad que traían.

—Lo sabemos, por eso hicimos el viaje con prontitud. No podremos resolver todos los males de nuestros hermanos en Jerusalén, pero algo al menos aliviaremos su situación.

María fue la primera en disculparse; quedaron los tres hombres. Juan habló esta vez dirigiéndose a Pablo:

—Agradecemos tu celo. Bernabé nos ha escrito refiriéndonos los progresos de la iglesia en Antioquía. Pedro les comentará, sin embargo, que es tiempo de dejar allí alguien a cargo y continuar el viaje. En esta nueva etapa deberemos movernos más rápido; somos pocos y necesitamos abarcar la mayor cantidad de territorio.

—Podemos ir hacia Grecia y Macedonia, incluso a Roma —propuso Pablo—, siempre encontraremos judíos helenos, hermanos de la diáspora y temerosos de Dios dispuestos a convertirse.

—Ese es precisamente el problema, Pablo. Ya Pedro hablará contigo mañana. Hay una gran disputa aquí sobre los alcances de nuestra prédica: la mayoría está en desacuerdo con tu idea de predicar a los gentiles. Pero eso creo que ya lo sabes por Bernabé.

Por supuesto que lo sabía, pero sin los gentiles sería imposible lograr su nuevo cometido bajo la divisa *divide et impera,* tan cara a Roma. Dejó, de cualquier forma, hablar a Juan; mientras más le dijera, mejores argumentos tendría después frente a Pedro.

—El nuestro es esencialmente un movimiento judío, no gentil, es lógico que hayas provocado ira en los templos de Antioquía.

No podemos comer con los gentiles ni compartir sus prácticas impuras. Es la ley.

Bernabé intentó matizar el asunto:

—Yo mismo he prevenido a Pablo al respecto. Hemos pensado que si desean convertirse se circunciden y acepten nuestras costumbres. Dejarán de ser gentiles.

—Se nace judío, Bernabé, eso lo sabes —dijo Juan—, pero tu argumento es algo que debe escuchar Pedro. Quizá estará a favor con *esa* salvedad.

Entonces habló Pablo:

—No entiendo el conflicto. Esteban murió apedreado por insistir en que seguir a Jesús era superior a toda ley, que esa fe era la verdadera enseñanza de Moisés. Lo único que yo he explicado es lo que sabemos: Jesús fue crucificado y resucitó al tercer día. Quien quiera aceptar ese simple hecho estará salvado en el juicio final: el Señor lo llevará consigo. Todo lo demás es pura costumbre, comportamiento humano. No tiene nada que ver con Yahvé.

Juan discrepó:

—Yahvé convino una alianza con el pueblo judío, lo eligió. Y le impuso, por conducto de Moisés, una ley para sellar tal pacto. Romper la ley es romper la alianza.

—Suenas como un miembro del Sanedrín, Juan, no como un auténtico esenio. La verdadera purificación es más ardua; para eso nos preparamos algunos. Pero no podemos pedir a todos que sean como nosotros para asegurarles que van a salvarse; además olvidas que lo que necesitamos son seguidores de la causa. Cuando levantemos a toda Palestina en contra de Roma, ¿te importará quién asesine a un legionario o quién esté circuncidado?

—Dejemos tus argumentos para Pedro y los otros —dijo finalmente Juan, cansado—, mañana proseguiremos.

Pero las discusiones continuaron exactamente en el mismo tenor. Pablo insistía en su propuesta —sin la que todo su empeño personal dejaba de tener sentido—, Pedro dudaba y algunos otros ni siquiera se permitían ponerlo en cuestión: estaban por completo en contra de Pablo.

Entonces dijo a los apóstoles:

—Anunciar el evangelio es para mí una necesidad. Ay de mí si no anuncio la revelación que me fue concedida; yo no me avergüenzo de la buena nueva.

—Pero Jesús no te dijo en ningún momento que debías predicar a los gentiles —dijo Matías, quien hablaba por vez primera en ese concilio.

—No en la primera ocasión, pero me ha visitado otras veces: lo he visto y oído —improvisó Pablo, convincente—, y llevaré su mensaje a todo aquel que desee escucharlo. Por el evangelio he sido constituido mensajero, apóstol y maestro.

Los apóstoles originales no alcanzaban a proferir una opinión ante lo que salía de boca de Pablo. ¿Cómo se atrevía este hombre a asegurar que Jesús tenía una conversación constante con él? Aún más, ¿quién lo había nombrado apóstol y maestro, rangos reservados a quienes regresaron a la Ciudad de la Sal por otros años a perfeccionar su camino? Se escucharon murmullos de desaprobación, pero nadie se atrevió en público a increpar a quien hablara con tanta convicción. Matías se molestó tanto que salió de la habitación sin siquiera excusarse. La atmósfera se hizo pesada, como si sacos de plomo hubiesen remplazado al aire, que ahora sofocaba.

Pedro dijo, a manera de conclusión preliminar:

—Hagamos una concesión: creo, Pablo, en la posibilidad de que Jesús te haya visitado más de una vez. Ve a los gentiles entonces, pero no los mezcles, Pablo. No nos crees más problemas ahora que empezamos a ser tolerados. ¡Esta es una labor de paciencia, recuerda a Santiago! Si a los demás hermanos les parece, te dejaremos volver a Antioquía con Bernabé, pero deberás ir más lejos, predicando en tantas ciudades como puedas. Nos daremos un año, dos cuando más, antes de tomar una decisión final con respecto a los gentiles. Mientras tanto recuerda mis órdenes: nada de reunir gentiles y judíos.

Todas estas discusiones eran tomadas con absoluta seriedad, pues no se trataba de una mera cuestión de matices sino de considerar la verdadera comunidad a la que el mensaje debía llegar. Pero había otras cosas que verdaderamente tramaban, su ira contra Roma era muchas veces lo único que los unía.

Esa misma noche Pablo oyó a algunos de los apóstoles planeando su muerte, o al menos los escuchó decir que sería mejor que estuviese muerto, que era un hombre peligroso. Los nazareos podían ser, al mismo tiempo, tremendamente espirituales e implacablemente terrenales. Su reino también era de este mundo.

No pudo conciliar el sueño pensando en otra conspiración y tan pronto amaneció despertó a Bernabé:

—He tenido una visión. Él ha venido de nuevo: me ha dicho que debo marcharme a la brevedad de la ciudad, que mi vida peligra de nuevo.

—Esta vez no hay nada que lo indique, Pablo: ni siquiera hemos ido al templo ni te has mostrado a nadie.

—Yo solo te repito lo que escuché de su voz: «¡Sal de aquí cuanto antes, sálvate!» ¿Te parece poca indicación?

Con el permiso de Pedro, partieron esa misma tarde. Pablo todavía consiguió evadir por unas horas la vigilancia de los nazareos y alcanzó a enviarme una nueva misiva por el *Cursus Publicus*.

Y hasta le alcanzó el tiempo para incluir en ella una frase que su amigo Séneca le había escrito alguna vez en una epístola desde Roma: «En tres tiempos se divide la vida, querido Saulo, en presente, pasado y futuro. De estos, el presente es brevísimo, el futuro, dudoso; el pasado, cierto».

Como siempre, a él las certezas le eran esquivas.

XVIII

En Antioquía, año 49 d.C.

Partieron, pues, de regreso a Antioquía, en el quinto año del reinado de Tiberio Claudio —otros emperadores, la misma misión: aplacar Judea—, con el permiso de Pedro, a dejar las cosas allí lo suficientemente claras como para que alguno de los adeptos se hiciese cargo. No eran los únicos en el camino empedrado hacia la metrópoli. Era cierto: todos los caminos llevaban a Roma. Al menos los que desembocaban desde Palestina hasta Macedonia, en la Vía Egnatia, desde allí a la gran ciudad y después hasta la Galia, los caminos empedrados hacían más fácil la vida, particularmente ahora que el grupo bajaba de las montañas y se encontraba al fin con la imagen de la gran urbe a sus pies. Habían viajado con un grupo heterogéneo de mercaderes que venían de Bagdad cargados de especias y perfumes, dos filósofos griegos que buscaban fortuna en las disputas públicas sin obtener más que unos sestercios y en ocasiones alojamiento, pero también los acompañaban varios gladiadores y el proveedor de bestias del circo de Antioquía, con diez carruajes y sus jaulas llenas de fieras. Pablo incluso discutió con un sacerdote acerca de un rito pagano dedicado a la diosa Astarté, cuyas efigies transportaba éste en una tienda móvil. Era una entera muchedumbre de individuos que buscaban ganarse la vida.

A Pablo no le pareció raro que compartieran la ruta con ellos. Alguna vez me lo dijo:

—Nosotros somos también como estos comerciantes, vendemos nuestra religión y nuestra fe al mejor postor.

El Orontes serpenteante, camino al mar, les permitió refrescarse, haciendo un alto en el camino. Era bello el río, habrá pensado, pero no como el de Tarso. ¿Cómo estarían su madre y su hermana? Supongo que las imaginó tranquilas, prósperas. Al menos había podido hacer algo por ellas.

Entraron a la bella y dorada Antioquía; cruzaron el puente. En el viaje anterior pudimos visitar alguna vez las grutas de Dafne, incluso nos bañamos en sus cascadas. Un pequeño terremoto nos asustó, pero era la marca de esa región cuya tierra se mueve con frecuencia. Diez millas romanas de jardines desde la cascada de Dafne hasta la ciudad, donde sacerdotisas y esclavas se entregaban a sus ritos lujuriosos que Pablo censuró de inmediato entre los seguidores del *camino*. «¡A la casa de Dafne!», repetían los peregrinos que salían de Antioquía hacia Pafos, Chipre o Corinto, adorando a Venus porque en su templo había mil sacerdotisas a su servicio.

Pablo contempló por última vez el monte Silpio, que iba quedando a sus espaldas a medida que su grupo entraba a la población mezclado con los mercaderes y los luchadores del circo. Anochecía y las lámparas de las calles, una de las novedades del lugar, iluminaban los pasos de los peregrinos, borrando la diferencia entre el día y la noche. «Efestos y Afrodita —decían los griegos enterados de Antioquía— conviven aquí.» En este sitio, comentaban, no se hace de noche nunca.

Por eso venían a su lado bailarinas y bromistas: para alegrar las fiestas de los ricos romanos, griegos y antioqueños. Solo los judíos eran una caterva sombría y oscura en una ciudad llena de fiesta pagana. Vivían de la riqueza del comercio, pero estaban aislados de todo ese movimiento enloquecido: no asistían a ningún espectáculo público y tenían su propio barrio.

Era un gentío triste, pero próspero también y, como en Jerusalén, tenían su propio consejo, similar al Sanedrín. A esos sacerdotes Pablo se había ya enfrentado en dos ocasiones. No les temía; le gustaba provocarlos. Dieron vuelta en la calle de Herodes, pavimentada con mármol y con grandes arcadas del mismo material a los lados. El agua corriente abundaba por la ciudad y salía ingeniosamente de los dispensadores en algunas esquinas, y en los baños y casas.

Las pobladas cejas de Pablo eran casi los únicos pelos que le quedaban en la cabeza. Estaba ahora totalmente calvo, pero se había dejado crecer una barba que ya encanecía, como también el pelo que le enmarcaba los ojos.

Se hacía de noche, debían llegar a casa de Eleazar. En medio del camino iban los carruajes y los caballos; a los lados, enormes y hermosas arcadas permitían el paso a los peatones. Ni Alejandría se comparaba en belleza. Una fuente de mármol y oro mostraba a una cuadriga de la victoria, trompetas doradas la coronaban; el agua salpicaba las ropas, lo que provocó la disimulada alegría de Pablo.

Él no podría gozar de los placeres de la localidad: el teatro y las carreras ecuestres, los baños del tamaño de un río y las fuentes. Debía predicar con el ejemplo.

Se hallaba de nuevo en la tercera ciudad más grande del mundo.

Era claro que empezaría una nueva vida para él, llena de viajes y de vicisitudes como la que en el fondo, por otra parte, siempre había deseado. Con Lucas y Bernabé, pero sin Yohanan Marcos, que debía atender otras encomiendas, llegó a Antioquía justo a tiempo para la celebración del sabbat y se dirigió enseguida al templo, a pesar de las advertencias de Pedro.

—Nada hemos hecho para alertar a nuestros seguidores; ninguno sabe de nuestro retorno. Al menos por unos días tendremos que predicar allí con los gentiles y los temerosos de Dios.

Así lo hicieron.

Eleazar los reconoció de inmediato y dio el aviso a los otros: habían regresado los hermanos.

Por un buen tiempo convivieron con los gentiles; Bernabé seguía asombrado de la necedad de Pablo y envió una carta a Pedro poniéndolo al tanto de la situación en Antioquía, donde el nuevo apóstol —como él, con algo de sorna, lo llamaba siempre— se comportaba ya como uno de ellos, no solo porque comía en su mesa o dormía en sus casas, sino porque en ocasiones era difícil creer que se trataba de un judío.

Un buen día llegó Pedro a la ciudad y se hizo acompañar no solo por sus amigos esenios, sino por los mismos sacerdotes del consejo de Antioquía.

—He venido a ver los progresos de la iglesia en Antioquía. Voy de camino —dijo a manera de presentación. La sorpresa de todos los allí reunidos era mayúscula: los nuevos nazareos habían oído del pescador, de su cercanía con Jesús, y corrían además muchas historias acerca de su milagrosa fuga de Cesarea; para muchos era como ver al propio Jesús. Se le acercaban, tocaban sus vestiduras y querían ser acariciados en sus cabezas por el hombre, que los apartaba sin violencia pero también sin cariño.

Finalmente se trataba de impuros, por más convencidos que estuvieran de las prédicas de Pablo, pensaba Pedro. A pesar de que habían convenido en Jerusalén sobre la importancia de no mezclar a judíos y gentiles, Pablo no parecía hacer el menor caso; así lo increpó Pedro un día, cuando ambos estaban en el templo delante de todos:

—¡No podemos comer con los gentiles, es la ley de Moisés! Si lo sigues haciendo, Pablo, tú mismo dejarás de ser puro ante los ojos del Señor. Si no aceptan nuestra ley y se circuncidan y comen como nosotros, no pueden considerarse parte de nuestra comunidad ni pertenecen a la iglesia.

Pablo no pudo contenerse, atreviéndose a poner en duda la autoridad de Pedro:

—Si tú, siendo judío, vives como gentil y no como judío, ¿cómo quieres forzar a los gentiles a seguir nuestras costumbres? Es una cuestión de fe, no de ley. Ante los ojos del Señor es lo único que importa.

—No contestaré tus insultos, Pablo. Solo te advierto delante de esta asamblea que las obras de la ley son las que cuentan.

—Son solo las obras del amor en Jesús las que valen. Además, ¿quién eres tú para juzgar lo impuro? No, Pedro, te equivocas; nada creado por el Señor puede ser considerado impuro. Los gentiles que aceptan la resurrección de Jesús son nuestros hermanos, más que muchos judíos que no están dispuestos a escuchar el evangelio. Esa hermandad es la verdadera, no la de los alimentos.

Como en tantas otras ocasiones, los murmullos se volvieron gritos y una turba de judíos molestos sacó casi en vilo a Pablo del templo; Pedro se quedó hablando con los sacerdotes.

Quizá para no ser mal visto entre los saduceos, buscando protegerse, fue que el pescador obró de esa manera. Pero su acción provocó, sin embargo, que Pablo no pudiese nunca más acercarse al templo en Antioquía.

Aun así, separado de Pedro, que continuó en la ciudad, Pablo siguió predicando entre los gentiles, en casa de Eleazar, y lo venían a ver muchas personas.

Supo por el propio Bernabé que el de Cafarnaúm se había ido. No disculpaba al apóstol ni mucho menos, pero le pedía a Pablo comprensión para las palabras y las órdenes de Pedro.

Pablo no solo no estaba dispuesto a modificar sus ideas sino que se empeñó en que ese era *el camino* y esa, además, era su encomienda. Ya lo había dicho en Jerusalén al afirmar que se trataba de una visión del propio Jesús la que lo ponía en ese trance, a pesar de lo que dijeran los otros apóstoles.

Intenté disuadirlo:

—No tiene sentido separarse de Pedro. ¿Entiendes lo que estás haciendo, Pablo? No tendremos ya información directa de lo que hacen los nazareos. Nos verán como unos leprosos, unos apestados, y de esa forma difícilmente sabremos quiénes están implicados en el movimiento. ¿O ya se te olvidó cuál es nuestra verdadera misión? ¿Es que auténticamente te has convertido a la fe de Jesús?

Pablo soltó una carcajada:

—¿Una y otra vez preguntarás lo mismo? No creo. No se trata de eso: hay que pensar con más sutileza si queremos vencer. En algunos lugares somos mucho más famosos que Pedro y los suyos; en toda esta región se habla de Pablo, el apóstol. Hemos iniciado iglesias en Pafos, en Derbe, Listra, Iconio, y todas creen en mí y en mis palabras. Muchos más que hoy son nazareos se acercarán a nosotros si viajamos propagando la fe. Y será más fácil identificarlos incluso, que haciéndonos pasar por judíos piadosos; aun en aquellos lugares donde se nos persiga, sabremos por el celo de nuestros enemigos quiénes son los hombres cercanos a Pedro.

¿No lo has entendido? Nuestro papel no solo es encontrar a los sediciosos, consiste también en dividirlos, en confundirlos para el mejor provecho de Roma.

Estuve de acuerdo; una vez más, sus palabras me habían convencido. Hablé con Lucas para que le quedara claro que la encomienda duraría un buen lapso todavía. La paga no sería escasa, pero el periplo sí tremendamente incierto. Nuestro siguiente objetivo sería reconocer a los sediciosos en cada comunidad, y exponerlos a las autoridades romanas locales. Esto nos podría llevar más tiempo del esperado, años tal vez, pero era fundamental. Los nazareos se hallaban ya desperdigados más allá de Judea; una rebelión seguía siendo posible.

En uno de esos días fue que Pablo tuvo otra idea que compartió de inmediato con nosotros: escribiría cartas. Las epístolas serían una manera de dejar escritas sus diferencias con Pedro, de manera que lo ocurrido en el templo de Antioquía no fuese conocido apenas por unos cuantos; mostraría a todos los gentiles de qué se trataba *el camino*.

—Los espías lo somos, Pablo, precisamente porque no dejamos rastros; las cartas son una huella demasiado grande como para que pases desapercibido —objeté.

—De eso se trata, Timoteo; de propagar la división y sostenerla una y otra vez. Si escribo a cada una de las comunidades que hemos ido fundando, para insistirles en los principios de la fe en Jesús, la única manera de que se me rebata sería a través de documentos similares y dudo que el apestoso pescador de Cafarnaúm sea capaz de hacerlo. Lucas puede ayudar además, ya que tanto quería cantar las hazañas de Agripa. Puedo dictarle algunas epístolas para que él las salpique de retórica y poesía, ¿no te parece?

El nuevo amanuense estuvo de acuerdo conmigo en que, después de todo, no era una mala idea. Pablo iba descubriendo con los días una nueva estrategia con la que proseguir una misión que había adquirido tintes personales. Si bien sus órdenes fueron dictadas desde Roma, eso ocurrió en otro tiempo, con otro césar.

Ahora debía seguir su intuición para desbaratar lo que los nazareos pretendían.

Bernabé no podía sospechar nada. Acompañaba por las mañanas a Pablo en sus labores de bautismo y conversión, pero no compartía con los gentiles más que esos momentos, el resto del tiempo lo pasaba en el templo, con los suyos. Así ocurría en Antioquía y allí estuvimos un buen rato, hasta que fuimos relevados por Pedro de la encomienda; para sustituirnos, anunciado por una epístola, llegó Bar Sabás. La carta de Pedro, sin embargo, no solo nos relevaba de nuestra actividad en Antioquía, sino que separaba a los hermanos: Bernabé tenía que alcanzar a Yohanan Marcos en Chipre y Pablo debía ir a consolidar las iglesias ya formadas en Cilicia.

Yo me había vuelto a apersonar entre su comitiva después de acudir con Agripa por nuevas instrucciones, que en realidad seguían siendo las mismas: revelar la identidad de los nazareos, sacarlos a la luz pública.

Un nuevo emisario de Pedro nos acompañaría: Silas, cuya misión sería cuidar de que las acciones de Pablo hacia los gentiles contaran con aprobación, y si era necesario, contener sus arrebatos.

El tal Silas era un hombre ceñudo, de pocas palabras pero de gran corazón; se encariñó pronto con Pablo y dejó prácticamente de lado las órdenes de Pedro. Estaba convencido del papel milagroso del apóstol, ya que hasta Jerusalén llegaron las noticias de sus curaciones y del grupo ya numeroso de conversos que había ganado para *el camino*; a esto se agregaba el cuantioso donativo que enviara a la comunidad para aliviar el hambre.

Quedaban unos cuantos incrédulos entre los apóstoles iniciales, pero la fama de Pablo crecía y se fortalecía.

XIX

Hacia Macedonia, año 49 d.C.

La visión de Pablo una vez más nos alejaba del peligro por el momento. Esta ocasión nos había llevado, además, fuera de Palestina y lejos de la influencia y de los emisarios de Pedro.

—He oído la voz de un hombre que me ha dicho: «Tienes que venir a Macedonia. ¡Ven a ayudarnos!». Me lo ha repetido. Debemos partir nuevamente, aunque tengamos muchos seguidores aquí. La palabra tiene que ser predicada en otras tierras.

Era tiempo de propagar su evangelio más allá, entre los gentiles dispersos por toda la civilización. Lo repetía a quien quisiera escucharlo:

—Un día predicaré en Roma, incluso llegaré a Hispania, a los confines del imperio. No habrá ningún gentil dispuesto a convertirse que no oiga la palabra del Señor.

Navegamos primero hacia la isla de Samotracia, donde solo estuvimos una noche. Embarcamos allí mismo hacia Neápolis y caminamos después algo más de doce millas romanas que nos separaban de Filipos, colonia romana y ciudad importante de Macedonia; allí pasamos muchos días. En el primer sabbat salimos de las puertas y bordeamos el río, donde nos dijeron que había un lugar de oración. Nos sentamos en la hierba, cerca de varias mujeres que iban allí a escuchar; Pablo habló como lo hacía siempre, y esto dijo:

—He venido a bautizar en el nombre de nuestro Señor y de su Mesías, Jesús, quien fue crucificado y resucitó al tercer día para el perdón de los pecados. Arrepiéntanse y proclamen esta nueva fe. El tiempo se acerca. La sabiduría de este mundo es tontería ante los ojos del Señor. No trajimos nada a este mundo y nada nos llevaremos de él.

Así se estuvo dirigiendo a las mujeres por un buen tiempo, hasta que una de ellas, que lo mirara con gran atención, se levantó. Se trataba de Lidia, una comerciante de púrpura, temerosa de Dios. Preguntó muchas cosas y pidió bautizar a toda su familia, cosa que hizo Pablo sin dilación. El grupo del apóstol fue invitado después a permanecer en su casa: compartir su riqueza con los peregrinos era un modo de expresar su arrepentimiento.

Una o dos semanas después nos encontramos en el río bautismal con una esclava que, según decían, poseía dotes adivinatorias; sus dueños se habían enriquecido gracias a la capacidad de la joven para predecir el futuro. La muchacha quiso tocar a Pablo: se hincó, asiéndose fuertemente de la túnica del apóstol mientras gritaba:

—¡Sálvame, buen hombre! ¡Tú sí eres servidor verdadero de Dios! En su nombre, permíteme volver a la normalidad.

Lucas se aproximó a la muchacha, visiblemente trastornada, que seguía gritando y vociferando sin dejar de aferrarse a las ropas de Pablo; con dulzura la levantó del suelo y la apartó del lugar. Los ojos desorbitados de la joven miraban suplicantes al médico, y llorosos le imploraban ayuda. Pero aún no sabíamos nada de ella: la interrogamos y así supimos cómo era explotada por sus dueños a causa de sus dones.

No quise que nos enredara en sus historias.

—Poco podemos hacer por ti. Esta medicina que predicamos es una fe, no un brebaje que cure tu enfermedad. ¿Quieres dejar de ver e imaginar cosas? Sal de aquí. Escapa —le dije.

Pero nos estuvo siguiendo toda una semana hasta el siguiente sabbat, cuando se repitió la escena aunque esta vez con mayor dramatismo aún. Lucas preparaba con frecuencia un bálsamo que calmaba a Pablo, disminuyendo sus terribles dolores de cabeza; quizá por ello fue que a éste se le ocurrió ofrecer su botella a la esclava.

—Toma un poco de esto, mujer, y calla. ¡Asustas a todas estas personas que vienen a escucharme!

La joven hizo caso, bebió el líquido y vino a sentarse como los demás, en silencio. Pablo dijo su sermón y luego bautizó a quienes así lo desearon. Tocó el turno a la esclava, quien pidió el sacramento. Había vuelto a ella la tranquilidad; ya no temblaba ni profería gritos e insultos pidiendo la salvación de lo que fuese que la poseía. Pablo le pasó la mano por la frente diciéndole:

—Proclamo, en nombre de Jesús, en ti la fe en el Señor.

Esa tarde, sin embargo, vinieron a casa de Lidia unos hombres pidiendo hablar con Pablo. Se lo llevaron a rastras, y a Silas y mí con él, a la plaza del mercado, a comparecer ante los magistrados; eran judíos quienes nos ofrecían así a la autoridad romana. Nos acusaron en estos términos:

—Estos hombres son judíos, han venido a provocar disturbios en nuestra ciudad. Su fama los precede: fueron expulsados de Listra y de Iconio por las prácticas que allí también tuvieron. Son unos sediciosos que predican en contra de Roma y sus leyes.

La muchedumbre se había reunido en el lugar, complacida por una disputa pública. Se oían gritos y se proferían insultos, aunque no se supiese la causa de la querella.

Los magistrados, asustados ante la turba, sentenciaron de inmediato a los alborotadores a ser azotados. No me dieron tiempo a apelar a otras instancias; ni siquiera traía conmigo mis ordenanzas y salvoconductos imperiales, con los que hubiera podido demostrar, seguramente contra el deseo de Saulo, mi procedencia y nuestra verdadera actividad allí. La multitud pedía la expulsión de los acusados o su muerte. Unos lictores, sin ningún miramiento y con igual celeridad, nos arrancaron las ropas y procedieron a fustigarnos sin piedad. La muchedumbre ignorante tardó en satisfacerse; ni siquiera después, con la piel llena de verdugones, fuimos liberados: los magistrados ordenaron que, como precaución, permaneciéramos encarcelados.

Fuimos conducidos con violencia a la celda, donde nos pusieron grilletes en los pies. No nos dieron agua siquiera; así, maniatados, padecimos nuestras heridas. Silas gritaba como si aún estuviese siendo castigado en la plaza pública. Pablo y yo no podíamos hablar allí delante del nazareo, por lo que permanecimos callados hasta que Pablo comenzó a orar en voz baja, lo que convenció a Silas de hacer lo mismo. Yo no podía creer lo que escuchaba de boca del apóstol: la recitación perfecta, en arameo, de un antiguo salmo. Pero lo recuerdo con toda claridad.

Quiso la suerte, sin embargo, que el suelo se pusiese a temblar debajo de nuestros pies. Ninguno de nosotros presenció antes un terremoto semejante y durante los minutos que duró no sabíamos si acabaríamos tragados por la tierra o qué otra cosa ocurriría; las paredes crujían como heno seco y por fin los grilletes se soltaron. Como por arte de magia o por la intervención de algún dios, aunque a saber de cuál se trataba a esas alturas, pensé entonces que estábamos siendo liberados; así que nos sucedían milagros verdaderos y había otros fraguados por Pablo, pero ambos nos llenaban de adeptos y nos salvaban el pellejo a tiempo. «Un espía sin suerte no es espía», le dije una noche.

Escapamos por el techo de la celda, o lo que quedaba de él. Fue Silas el primero en trepar al maltrecho tejado de la prisión y salir; Pablo y yo lo seguimos. La ciudad se encontraba en un absoluto caos, lo que nos permitiría cruzar sus desguarnecidas puertas para perdernos rápidamente en el bosque.

Sin embargo, Pablo insistió en despedirse de Lidia.

—Es muy peligroso —dijo Silas, y estuve de acuerdo.

—No podemos dejar a nuestros adeptos así, como si fuésemos unos bandidos. Se nos ha acusado y castigado injustamente. Seremos cautelosos, pero iremos.

Silas se negó y accedió solamente a esperarnos fuera de la ciudad en un sitio convenido. Yo no quise dejar solo a Pablo, y además así podríamos por fin conversar.

—He pedido ir con Lidia porque tenemos que recoger nuestras cosas —me dijo, aunque no era de eso de lo que yo quería hablarle—. No podemos dejar nuestras cartas aquí porque nos delatan. Es buena enseñanza para el futuro: no tendremos nada que no podamos llevar cargando día a día. Un pequeño paquete con pertenencias, nada más. Nada que nos ate.

—Ese es el problema: tú sabías que seríamos perseguidos. No solo lo preveías, sino que lo buscabas como parte de tu misión divisoria, que comparto. No iremos, sin embargo, a ningún lugar sin avisar antes por medio del *Cursus Publicus* a las autoridades romanas. No quiero verme otra vez en esta situación; ni Sejano me castigaba de este modo cuando me entrenaba.

—Lo siento, Timoteo —me respondió—. No siempre podremos avisar. Ya lo veremos, porque además no tiene sentido discutir esto ahora. Iremos con Lidia y mientras me despido, recogerás todo. Planearemos nuestros siguientes pasos con más cuidado, en eso estoy de acuerdo. Pero recuerda que vivir encubiertos, aunque sea riesgoso, nos ofrece muchas ventajas; bastantes más que las que tu dolor te permite ver ahora. Fuiste formado como espía, no solo como pretoriano; ¡bien harías en desear ser invisible!

Hicimos lo que él quería y escapamos de Filipos rumbo a Anfípolis y Apolonia. Nos proponíamos llegar a Tesalónica, donde decidimos quedarnos un tiempo.

Con nuestras cartas y ropas recogimos también algo de dinero para hacer más llevadero el camino; suficiente para nuestras necesidades, pero no tanto que despertara las sospechas de Silas.

—Lo siento —anunció Pablo al llegar—, pero volveremos a empezar por el mismo lugar de siempre: el templo.

Esta vez, sin embargo, no utilizó el sitio para convertir a los temerosos de Dios ni para predicar a los gentiles. Algo en la experiencia dolorosa de Filipos lo hizo aún más combativo y resistente, así que decidió dedicarse a disputas teológicas con los sacerdotes. Tres sábados consecutivos fue al templo a discutir airadamente sobre la fe de Jesús con los asombrados teólogos que negaban que el Mesías hubiese llegado ya.

—El tiempo se acerca —volvía Pablo con su frase de batalla—, ya llega el día del juicio final. Quien tenga oídos, que escuche, y quien tenga ojos, que vea. Jesús no solo es el Mesías que anuncia el día del juicio final: es quien se ha inmolado para el perdón de los pecados. Por eso se ha levantado de entre los muertos, resucitando al tercer día.

Esta diatriba la escuchamos muchas veces, pero nunca oímos a Pablo decir lo que a continuación pronunció y que había estado pensando con detenimiento desde que viera la moneda acuñada por Julio César que un mercader le diera en Cesarea. Así habló Pablo de Tarso ante los sacerdotes de Tesalónica:

—Este Jesús que proclamo es el Mesías. Ha venido a redimirnos porque es el Hijo del Hombre. Es el hijo de Dios.

Los sacerdotes protestaron airadamente:

—Ningún hombre puede llamarse a sí mismo hijo de Dios, eso es una blasfemia intolerable. Venir a decir aquí que tu Jesús es un mesías ya es una insolencia grande, pero afirmar que es hijo de Dios me parece un ultraje. Una cosa es que sea enviado divino, pero qué locura pretender que se trata del hijo mismo del Señor. ¡Si no se trataba más que de un campesino de Galilea!

—Todos somos hijos de Dios —medió Pablo, quien seguramente estaba probando sus argumentos para el futuro—. Él nos ha creado y nada de lo que Él ha hecho es impuro o indeseable. Todos somos elegidos. Todos somos, de alguna manera, mesías.

Algunos —ese espectáculo también ya lo habíamos visto antes, en tantas otras ciudades— comenzaron a gritar e insultar a Pablo.

—¿Eres judío o no, Pablo de Tarso? ¿Crees en la ley de Moisés y en la Santa Alianza?

Silas era quien estaba más conmovido con lo ocurrido allí. Pablo, ante sus ojos, se elevaba como un verdadero apóstol: era capaz de defender a Jesús y a la fe en *el camino* con su propia vida. Debía regresar a Jerusalén a conferenciar con Pedro: nada había que sospechar en Pablo sino un infinito amor por todos los hombres. Era un poco impulsivo y rabioso, eso era cierto, pero también un nazareo de cepa. Esas fueron las palabras que utilizó más tarde para hablarme de nuestro febril compañero.

Uno de los sacerdotes del templo, judío helenizado, le propuso a Pablo una de esas mañanas en el templo —en lugar de perseguirlo o anatematizarlo, como hicieran en otros sitios— ir a Atenas a presentar sus argumentos en el Areópago.

—Si los filósofos no encuentran en tus palabras una argumentación ilógica no podrán rebatirte como hacemos nosotros, pues no tienen a la mano Escritura alguna para contrastar lo que tú dices. Regresa luego, que mientras tanto nosotros habremos de estudiar la ley y la palabra. Tendremos una respuesta a tus ideas para entonces. Mientras tanto, te pido que ninguno de los tuyos predique aquí ninguna buena nueva, ningún evangelio de Jesús, como lo llamas.

XX

Hacia Atenas, año 50 d.C.

Antes de viajar a Atenas, más por librarnos durante unos días de la persecución y el caos que por afán de predicar allí, en ausencia de judíos o temerosos de Dios que anexar a la causa, Pablo estuvo un tiempo en Berea con Silas y conmigo.

Allí permanecimos siempre en una posada, pagando nosotros mismos nuestra estancia, pero tuvimos también un pequeño grupo de seguidores. Pablo comenzó a predicar, como era su costumbre, en sábado, y muchos lo oían, pero como eran griegos no temerosos de Dios sino muy religiosos con sus propios dioses, se levantaban de los sermones y se retiraban sin despedirse ni preguntar o disputar. Era como si hubiesen ido al teatro o a escuchar a un músico tocar su instrumento.

Un buen día, sin embargo, uno de los más asiduos entre los que acudían a escuchar a Pablo pidió ser bautizado; dijo llamarse Sosípatros. Era un comerciante de ganado que tiempo después volvería a reunirse con nosotros. Por ahora, casi silencioso, pidió convertirse a la fe, se arrodilló en el río y recibió el agua bautismal.

Muchas veces nos invitó a su casa, donde departíamos con su familia. Policarpos, el hijo menor, agradaba a Saulo, que gustaba de cargarlo en sus piernas y jugar con él.

Pocas veces vi a Pablo jugar con algún niño; será por eso que me acuerdo de Policarpos con tanta claridad. Quizá se debía al recuerdo que le traían de su hija muerta al nacer, pero lo cierto es que no era afecto a la compañía de los menores: solo con Policarpos se transformaba. Cargaba al infante y lo llenaba de caricias. En ocasiones incluso lo subía a sus hombros e imitaba sonidos de animales que Policarpos debía identificar.

La familia del hombre y algunos de sus mejores amigos igualmente fueron bautizados; todos atendían al mensaje de Pablo y sus ideas sobre Jesús y la crucifixión. Fueron días calmos por primera vez en mucho tiempo. Pablo parecía utilizarlos en refinar sus palabras y adecuarlas con mayor cautela a las gentes que se atrevían a escucharlo. Berea se había convertido en un remanso pero también en un lugar de entrenamiento para el nuevo orador.

Si bien Pablo convino con Silas que no regresaría por un buen tiempo a la región de Galacia o incluso a Jerusalén, se percató de que era con gentes que hablaban su lengua y conocían a los filósofos griegos que se sentía más a sus anchas.

De manera natural se iba preparando para su cita en Atenas. Durante largas horas se encerraba con Lucas a escribir versiones de su discurso y entre los dos buscaban en sus recuerdos, a falta de libros de los autores que tanto leyeran, las frases de los filósofos que debían rebatir al anunciar el mensaje nazareo en tierras adonde jamás antes llegara tal pensamiento, antiguo y renovado, de origen esenio y que Pablo aprendiera en el monasterio del mar Muerto con los discípulos del ya fallecido Santiago.

Con todo, algunos de los enemigos de Pablo en Tesalónica se enteraron de que el apóstol no solo seguía predicando a los gentiles, sino también de que lo hacía en sábado, junto al templo, y vinieron a Berea a agitar las tranquilas aguas de su entrenamiento.

Incitaban a las muchedumbres como antes en otras ciudades, pagando a algunos y sembrando la duda en los creyentes. Silas propuso entonces que Pablo hiciera un paréntesis verdadero en sus prédicas públicas.

—Quizás sea lo mejor que algunos por aquí olviden tu nombre y tus ideas.

—No es para lo que me preparé en la Ciudad de la Sal, Silvanus, para callar. Antes bien hice votos de que propagaría la verdad y *el camino* aun a costa de mi salud o de mi vida. No te entiendo.

—No estás en una ciudad importante del imperio. No hemos recibido, además, nuevas encomiendas de Pedro o de la iglesia de Jerusalén. Merodeamos en algún lugar, huimos de allí y venimos a otro porque es el más cercano en la ruta; no tenemos un rumbo fijo. Errar no es bueno, Pablo. No te pido que olvides tus votos, solo que descanses durante un tiempo. Guarda silencio en público, prepara tu disputa en Atenas, que ya volverás con los sacerdotes del templo a decirles si obtuviste la victoria en el Areópago, pero no malgastes ni tu tiempo ni tu salud en estas cosas. Mejor adiestra bien a Sosípatros para fundar aquí una iglesia y nómbralo representante de la comunidad en tu ausencia. Encendidos como están los ánimos en este lugar, dudo mucho que puedas seguir predicando sin tener que salir corriendo de nuevo.

Y Pablo, cosa rara, accedió esta vez a aquel pedido. Tal vez estaba cansado y harto. El argumento de Silas era, en cierta medida, incontrovertible: si bien el lugar era una colonia romana, los griegos allí reunidos —algunos de origen judío como él mismo, otros simplemente temerosos de Dios, como los había en todo el imperio— parecían no entender qué sentido tenía la prédica paulina. Él, sin embargo, sofisticaba aún más su retórica, encendía sus argumentos, los salpicaba con citas de las Escrituras y los adornaba con los ejemplos y relatos que conociera de niño en Tarso y que compartía con Lucas, el otro griego entre nosotros. Yo aprovechaba esos ratos para deambular por la ciudad, enviar misivas a Agripa y beber vino acompañado de mujeres en un burdel que comencé a frecuentar sin decir nada a Pablo, ya que no ignoraba que censuraría mi conducta y no vacilaría en soltarme a la cara una de sus largas peroratas sobre el ejemplo que como nazareos debíamos dar a los posibles conversos.

Pablo tomó como discípulo a Sosípatros y pasó todos los días de las siguientes semanas, con excepción del sábado, en su casa, enseñándole el evangelio.

En el día de descanso tampoco iba a predicar, con lo que pronto cesaron las disputas contra el grupo avecindado en Berea.

Parecíamos veteranos de guerra derrotados. Todas las mañanas comíamos algo ligero en la posada y después íbamos a la plaza del mercado a conversar y comprar vituallas.

Era como si de verdad estuviésemos en calma.

En las noches, en cambio, las pesadillas no dejaban a Pablo en paz. Se hacían cada vez más molestas y vívidas; en ellas era siempre perseguido, herido, apresado, muerto.

Y siempre, además, con mucho dolor.

La semana anterior Silas había anunciado su intención de regresar con Pedro a informar de los progresos de la iglesia, como dijo para congraciarse con Pablo y porque de verdad lo respetaba, aunque Pablo tenía la costumbre de cambiarle el nombre, más por provocarlo que por otra cosa: Silvanus era unos días, o Silvius, incluso Silanus; nunca lo llamaba Silas, lo que jamás provocó una reacción por parte del nazareo, que lo dejaba hacer. Así que dijo Pablo:

—Es la despedida, Silvanus querido, regresa con bien y cuídate de los salteadores de caminos y de los falsos profetas —bromeó.

—¡Tú eres el que necesita cuidados especiales, Pablo! Deja de provocar y conserva la calma y la paciencia, que incluso los necios terminan por comprenderte y seguirte.

—Están en mi temperamento la discusión y la bulla, amigo Silanus. Y ahora comamos y bebamos, que mañana moriremos.

Esas frases con que un día salpicaba los sermones y otro las conversaciones informales nadie sabía si tomarlas en serio o en broma. Pero como ahora nos encontrábamos en la posada donde pagábamos nuestro alojamiento en Berea, teníamos derecho a dar rienda suelta a los deseos de gula o embriaguez, o al menos así lo interpreté para agravio de Silas que, como judío, aunque bebió cantidades considerables de vino, se negó a comer carne. No hizo sino masticar un viejo pan con aceite de oliva toda la noche, lo que lo emborrachó aún más.

—¡Es cansada la vida de profeta! —bromeó el médico, Lucas, que se había salvado de los azotes en Filipos al separarse de nosotros por un tiempo solo para alcanzarnos más tarde en Berea, cuando lo mandé llamar para curarnos las heridas. Y por suerte así lo hice ya que Pablo, aunque por supuesto no se dignaba emitir queja alguna, no volvía a sentirse bien desde la paliza y algunos de los verdugones no le sanaban del todo; antes bien supuraban y olían mal. Lucas llevaba varios días aplicando emplastos de hierbas sobre nuestras espaldas maltrechas, burlándose de vez en cuando a la usanza romana de nuestros dolores y aventuras, como ahora que volvía a proferir con voz ronca, mareado y achispado:

—¡Es dura la vida de profeta!

Ninguno le siguió el juego. Silas estaba allí y era mejor dejarle una buena impresión durante aquella última noche que pasaríamos juntos. El informe que Pedro esperaba de él era importante para que pudiéramos, a pesar de las antiguas disputas, seguir predicando en nombre de los nazareos entre los gentiles, labor que al menos en lo monetario seguía siendo considerablemente productiva para la secta. Silas llevaba junto con el informe suficientes denarios para aliviar la vida de los hermanos y financiar algunas de las armas de los sicarios para la insurrección final que, como siempre parecían creer, era inminente.

Habíamos vivido toda suerte de desventuras en los años pasados juntos, que entre los romanos Pablo llamaba «de apostolado» solo en broma. Silvanus o Sila, como se hacía llamar en Jerusalén, donde era un judío muy respetado, resultaba además, curiosamente, tan ciudadano romano como el resto del grupo, nacidos todos en distintas provincias de Galacia, Cilicia o Grecia misma. Gracias a esta condición, cualquiera de nosotros podía apelar a sus privilegios en caso de otro juicio injusto como el de Filipos, acogiéndose al *Ius Civile*. De todos modos nos habían apresado, desterrado, injuriado, intentado apedrear, hasta fuimos fustigados con el látigo de los lictores, y enfermado y vuelto a sanar, siempre juntos. Nos unía ya el sufrimiento compartido y eso cualquiera podía notarlo en nuestras chanzas, en nuestra conversación. Era una amistad que iba mucho más allá de la simple camaradería, que llegaba a convertirse en una complicidad esencial, y es la nostalgia por aquellos con quienes la compartí lo que quizá más me motiva a dictar estas memorias y no otras.

—Propongo que nos vayamos a dormir —dijo Pablo al fin—. Mañana Silvius parte de regreso a casa; yo en dos días embarco hacia Atenas, y Timoteo y Lucas tienen sus propias labores que realizar aquí en Berea, si los vientos se los permiten. Así que, hermanos, si no tienen inconveniente, iré a descansar.

Se levantó, menos borracho que nosotros, pero nos bendijo con el mismo ánimo festivo que mantuvo toda esa noche:

—Hermanos, dejemos que todas las cosas se hagan decentemente y en orden.

Silas y Lucas se fueron también a dormir.

Era una noche pagana, ¿lo entiendes?, interrogo a mi escriba, y su mirada no se atreve a pedirme las explicaciones que no me hago rogar para darle, aunque antes interponga una mínima precaución. No pongas esto en la página, pues es privado. ¡Estaba harto de la castidad impuesta por Pablo y los esenios!, así que esa noche no dormí en la posada. Salí a la ciudad en busca de una mujer con la que aliviar mi tristeza. Los burdeles de Berea estaban llenos de mujeres de Galacia, pero también de egipcias. Escogí a una de estas últimas, pagué la cantidad que me fue solicitada y nos adentramos en una habitación modesta, tan pequeña que solo cabían unas alfombras y cojines que habían puesto allí como decoración para los clientes que buscaban mujeres exóticas, no romanas. Nos desnudamos. Ella aplicó sus ungüentos, como es la usanza entre los suyos, a mi espalda y mis piernas.

Mi joven amanuense, como es de esperar, lejos de escandalizarse por el relato se encuentra fascinado por la inminente descripción de actividades sexuales. En sus ojos reconozco el mismo brillo que advertí mientras le dictaba aquellas páginas sobre la vida en Capri, con Tiberio y sus juegos eróticos, pero quiero guardarme para mí el sabor de la mujer evocada que tan nítido, para mi sorpresa, ha vuelto a mi mente. Así que después de fingir que, como un viejo —el viejo que soy, por otra parte—, he perdido el hilo de mi relato, velo mi recuerdo, como he hecho tantas veces con amigos y compañeros de parranda ante la descripción del espectáculo que esperan.

¿Qué te estaba contando, muchacho? Ah, claro. ¡Qué noche aquella, entre los inciensos y perfumes! Cubierto de mirra y sándalo vine por el cuerpo de la mujer como un barco ebrio que no encuentra dónde tirar el ancla, y es que estaba absolutamente borracho. Pero ella me guió, sabia, y supo calmar lo que en mí era solo absurdo brío. Nunca más me han besado así, sin otra intención que el placer puro, el goce perfecto. Ella sabía su negocio y se entregaba a él como si verdaderamente necesitase de ti. No había trucos, o eran tan viejos que no se notaban; todo parecía de verdad, ¿entiendes lo que quiero decir?

Su tímido silencio me exaspera un poco.

¡Qué vas a entender, lo provoco, si eres un mozalbete seguramente virgen! Mi mundo entero estaba hecho de mentiras; una encima de otra se acumulaban como las cosechas de un campo mal arado. Y era imposible —aún ahora lo es— encontrar una verdad, la que fuese, de la que asirse. Por eso me dejé llevar por el canto de esa sirena egipcia que me miraba con sus enormes ojos y no pedía nada de mí. Nada.

Suficiente por hoy, que se largue mi amanuense. Quiero dormirme con este recuerdo, el de la prostituta de Berea, más grato y más firme que tantos de los que he dictado en las últimas semanas. Me queda poco tiempo, creo; estoy cada vez más enfermo y más débil. Pero me parece que si no fuera por este empeño absurdo de contar *la verdad de las mentiras*, como me ha dado por titular este dictado con el que imito a tantos patricios que han querido agregar una gloria póstuma a su gloria mundana, haciendo la descripción del mundo que vieron o el relato de los hechos de sus mayores, hace semanas que hubiera muerto.

De modo que sigo a la mañana siguiente, milagrosa a pesar del malestar, torturando a mi joven amanuense con mi cascada voz. Continúo: los hechos de Pablo de Tarso, el impostor. Y retomo a partir de aquella egipcia que esta noche ha tenido a bien acompañarme como hizo en aquella otra, tan remota.

Desperté demasiado tarde como para enterarme de la partida final de Silas, sin imaginar que el judío romano de Jerusalén llegaría a ser el aliado extraordinario para los empeños de Pablo que fue. Cuando al fin amaneció en mi cuerpo estragado por la resaca, ni siquiera podía abrir los ojos sin que la luz del sol me hiriese. Lucas vino en mi ayuda:

—Hay que saber cuándo detenerse, Timoteo, mi señor —bromeó—. Ahora pareces un pez muerto.

Postrado en el suelo, sucio y sudoroso, todo el bienestar que me aportara la egipcia había desaparecido.

—Llévame a algún baño en esta ciudad, Lucas —supliqué—, y no hagas bromas que me estoy muriendo.

—No necesitas decirlo, se te huele por todos los poros el malestar, estás podrido —siguió en su chanza.

—¿No habrá algún brebaje tuyo que me haga sentir mejor?

—Un vomitivo, dirás. Mientras no evacues el estómago, tendrás dentro todos los humores de tu borrachera revueltos. ¿Procedemos?

Así lo hicimos, y durante todo ese día y la mitad del siguiente convalecí como un moribundo en la posada.

No fue oportuno. Mientras tanto, Pablo aprovechaba sus últimas horas en Berea para predicar. Vino él mismo a despedirse a la habitación que compartía con Lucas, donde apenas pude reunir fuerzas para desearle suerte en su viaje. Mi plan, que mantuve en secreto, era regresar por un tiempo a Cesarea para poner a Agripa al tanto de los movimientos de los nazareos. Lucas tenía asuntos familiares que resolver y me acompañaría: Pablo viajaría solo a Atenas.

Antes de partir, mi amigo ya no pudo contenerse:

—En ese estado no puede encontrarse un verdadero esenio, Timoteo. ¿Con qué impresión final se habrá ido nuestro hermano Silanus?

—Me importa un comino la opinión de ese desdichado, Pablo; además no me vio. Pero si me he portado tan bien durante todos estos meses ha sido precisamente para dar la impresión de ser un verdadero converso, un nazareo ejemplar, aunque tú sabes que la castidad no va conmigo. No entiendo cómo soportas estar sin mujer.

El ceño de Pablo se ensombreció. Ya lo había visto así antes.

—¡Qué sabes tú de lo que yo puedo o no necesitar!

—No te enfades de esa forma, Pablo. Pero me parece increíble, o imposible, la perfección de tu comportamiento esenio. Es ejemplar, de veras.

—Algún día te contaré de mi vida, la parte al menos en la que no estabas, y sabrás por qué no deseo otra mujer a mi lado. Y por cierto, le recomendaría esa tranquilidad a cualquier otro. El tiempo se acerca, para qué adquirir compromiso alguno. Si se es soltero, es mejor permanecer así.

—La soltería la entiendo, y la alabo. Pero célibe...

—Eso lo prescribe la doctrina de la comunidad y es algo con lo que debo cumplir si soy uno de sus pilares, o si pretendo parecer un apóstol. Es todo.

¿Cómo podía Pablo mantenerse célibe? No era solo un asunto de doctrina, como quería hacerme creer, sino de convicción íntima. Un dolor muy grande por la muerte de su mujer, pensaba entonces, pero ahora lo veo más claro: si para él era seguro que el tiempo se acercaba, que vendría el juicio final, no tenía caso buscar compañía en mujer alguna. Dejarse llevar por los días y sus horas mientras se terminaba el mundo, esa era su única fe clara.

Y su apego por el dinero que venía de Roma a sus bolsillos y que él distribuía de inmediato a su familia.

Sosípatros acompañó a Pablo en su salida de la ciudad. No es que siguieran persiguiéndolo las gentes de Filipos, pero muchos aún desearían darle muerte y decidimos que de esa manera nadie sabría, por un tiempo, cuál era su destino. La idea de salir de Macedonia por tierra hacia Tesalia fue desechada desde el principio. En cambio embarcaría con nombre falso en la villa costera de Eleuterocori después de pasar por Eginion, donde dormiría en casa de un hermano de Sosípatros. Salió de Berea esa misma tarde; yo no pude moverme en todo el día.

Varios años después, Pablo evocaría esas semanas en Berea como las más descansadas y alegres de su vida.

CUARTA PARTE

El orador

XXI

En Atenas, año 50 d.C.

Amanece muy tarde para mí esta mañana en Córdoba. He dejado de dictar por dos o tres días, aquejado de unos ataques de flemas y tos que me impedían hablar. El médico me ha mandado reposo y me prohibió pronunciar palabra, con lo que no me ha quedado otra opción que ponerme a leer las cartas de Pablo de Tarso que conservo aquí, en mis propios aposentos. Vivo en el que fue su cuarto, duermo en la cama que escuchó sus sueños y sus pesadillas, como en la mesa que fue su escritorio y pienso en el antiguo espía convertido en peregrino y nazareo.

He soñado que hacía el amor con la luna. ¡Y gozábamos tanto! Según Artemidoro, si uno es piloto, mercader o viajero, este sueño es aviso de buena suerte. Para los otros, como para mí, indica un futuro ataque de hidropesía.

Así hablo a mi amanuense, más por distraerme y llamar su atención que por otra cosa. Hoy se ha quedado con los útiles dentro del atado y solo me escucha. Lo que a mí me interesa es el archivo de mi viejo amigo, que he guardado siempre con especial celo. La añeja documentación —notas, epístolas, algunos libros— me ayuda a recuperar la fidelidad cuando la traicionera memoria me falla.

Aquí está la carta que me envió Pablo desde Atenas cuando yo me entretenía departiendo con Agripa y Lucas en Cesarea. En ella refiere, pormenorizadamente, sus actividades en Grecia y sus combates retóricos en el Aerópago. Me basta detenerme en las palabras unos instantes para volver a oír su voz y conmoverme. En fin, los viejos lloramos por cualquier tontería, me excuso ante mi amanuense enjugándome las lágrimas. Pero pronto la lectura me transporta a otro tiempo, otro mundo.

Los marineros que se acercan a Atenas avizoran desde sus embarcaciones, rodeando el golfo frente a las minas de Laurium, el templo de Poseidón en la parte sur del Ática. Es imposible no asombrarse ante el lugar: los navegantes antiguos temblaban de miedo frente a Poseidón. Incluso se cuenta el caso de Frontis, hijo de Onetorio, considerado el mejor marino de su tiempo, quien cayó fulminado en cubierta ante la sola vista del templo. Por allí mismo pasó Menelao de regreso de Troya.

Y por este lugar es que transita ahora, en el tiempo de mi memoria, el barco que lleva a mi querido Pablo de Tarso. Pronto se aleja de la vista el misterioso recinto y se pueden ver las montañas: signo de que se está, al fin, cerca de Atenas. La Acrópolis. La *Athena Promachos*, dorada y hermosa, se erige allí a la vista de todos. Quizá es lo único que queda de la gloria de Atenas, la estatua de su diosa tutelar, piensa el apóstol acodado en una barandilla de cubierta, salpicado por las olas del mar; el sol, atrás, señala las tierras en las que ha sido tantas veces perseguido. Puede que esta sea una prueba, pero también es un descanso, o al menos eso siente. Así lo quiero.

Cuando miran el destello dorado, Pablo y muchos otros que viajan por primera vez a Atenas gritan de asombro. Los últimos rayos del sol, con su calor, se están ocultando. Atardece en el Pireo.

El barco atraca y pronto los pasajeros desembarcan y se dispersan por las puertas del muelle, adentrándose en la hermosa ciudad. Pablo entra rodeando el muro de Temístocles y busca donde hospedarse. En una posada no muy lujosa conviene el precio finalmente y le dan una habitación con poca luz, húmeda, no muy limpia. No le importa ahora que viene cansado del viaje. Tal vez mañana, o en unos días, se cambie de lugar o pida que lo muden a otra habitación menos lúgubre. Por ahora deja las pertenencias a resguardo, cierra la puerta de su cuarto y sale de nuevo a la joven noche de Atenas.

Nadie lo conoce allí, por ahora. Es nuevamente Saulo, o puede ser también quien él desee. Puede cambiarse el nombre o el origen por unos días, en lo que conoce el terreno que pisa. Sin embargo no puede dejar de retornar a su identidad si quiere dejarse ver en el Areópago. Está seguro de que los que lo han enviado allí tienen informantes y querrán saber el resultado final de su disputa con los filósofos. «Hoy en día», seguramente habrá pensado entonces, «se trata de un oficio no muy distinto al mío: aman el saber, como siempre, pero dedican su tiempo a encontrar cómo mejorar la vida de los hombres.» Lo mismo le explicaba Lucio Anneo Séneca en sus días de Alejandría. No importa a cuál de las dos corrientes más socorridas de la filosofía se acoja el pensador, estoico o epicúreo, su más importante tarea consiste en conocer cómo puede hacerse más plena la existencia.

Como apóstol, no ha hecho otra cosa que transmitir un mensaje —el de Jesús, tal y como vino a aprenderlo en la Ciudad de la Sal— que dice cómo vivir en mayor paz y bondad antes del día final, el del juicio eterno, así que no es tan difícil imaginar que pronto lo considerarán uno —otro— de los suyos. Con esto cumple, además, la encomienda de Roma: divide y vencerás. Mientras más tipos distintos de nazareos existan, más fácil será reducirlos. El suyo es un mensaje para todos, para la comunidad entera.

La ciudad está llena de visitantes, de extranjeros, lo que le parece desde ya una ventaja: nadie se extrañará de su presencia, una más entre los recién llegados. Y está repleta, además, de templos a los más diversos dioses, lo que comprueba su teoría acerca de las supersticiones: ¡si incluso los baños o el culo pueden tener su propio dios!

Aún más: puede haber un *Templo para los Dioses Desconocidos*, como viene a leer en un letrero. Es un modesto lugar, a decir verdad, cerca del mercado —ha ido allí a comer algo, un pan con aceitunas, una taza de vino—, donde se adora a quien se ignora.

Pablo interroga al vendedor del lugar, quien viene a decirle que es bueno tener un altar para un dios ignoto:

—Así, en el caso de existir, no puede ofenderse ni mostrar su ira ante nosotros. Aquí hay un lugar donde se le adora, aun sin conocerlo.

Pablo ríe incrédulo, pero lo hace para sus adentros, incapaz de molestar al hombre que habla así, sinceramente. Y eso también lo sorprende: por vez primera en años no tiene necesidad de ser el apóstol de nada, y por ende, tampoco necesita convertir a nadie a su fe ni rebatir la de los otros. ¡Que se quede el idiota con sus charlatanerías! Se aleja de allí, buscando regresar a la posada. ¿Cuánto puede durar así? Poco tiempo, un parpadeo; siempre será un espía al servicio de otros.

En una esquina lo sorprenden dos hombres. Está tan distraído que al inicio no sabe cómo responder ante la amenazante proximidad, segundos preciosos que pierde puesto que lo interceptan, uno delante y el otro detrás, y le piden su dinero:

—Danos todo lo que traes, forastero. ¡Se ve que eres rico, así que no intentes timarnos!

El que habla está detrás de él y Pablo siente el filo del cuchillo en su espalda. El otro ha sacado también una pequeña daga con la que apunta al cuello del apóstol encubierto, quien les dice que no trae muchas monedas, pero que sin embargo les dará todas las que posee.

Al mismo tiempo que habla introduce la mano derecha en la túnica y saca de un solo movimiento su propia arma, con la que hiere a su agresor en el cuello, evitando a la vez su estocada. La sangre mana como una cascada y los salpica a ambos, a Pablo y al otro asaltante, quien primero no atina a reaccionar pero luego va tras su víctima que ya ha salido corriendo.

—No escaparás, asesino —le grita, pero pronto se da cuenta de lo absurdo de su gesto: hay un hombre herido, muriendo ahogado en su propia sangre a unos pasos de allí, y él está manchado y armado, con lo que resultaría el primer sospechoso, así que desiste de seguir a Pablo quien ya va muy lejos, decidido en cambio a perderse en la noche.

Debe encontrar una manera, también él, de entrar a la posada sin ser visto, pues sus ropas son una calamidad y lo delatan; además, esta sería la peor manera de empezar su vida en Atenas. Solo poseía una muda: su ropa romana de Tarso, que lo ha acompañado, inútil, por todos estos lugares, y se había quedado en casa de Lidia cuando fueron heridos y capturados.

Tiene suerte. Entra por detrás, por el establo, y nadie lo sorprende; mañana tirará la ropa sucia en algún lado.

Una nueva sorpresa, sin embargo, lo aguarda: la puerta de su cuarto está abierta: han estado buscando algo, no sabe bien qué, pero si no lo hallaron, en cambio destruyeron todo lo que sí encontraron, incluidas sus viejas ropas; ahora se alegra de haber guardado el dinero y las cartas con la vieja dueña de la posada. Como puede se amarra la vestimenta rota y va a un aljibe del establo a lavarse un poco las manos y la cara.

Cuando ha terminado se da cuenta de lo cansado que está, pero aun así monta un escándalo. La mujer y su hijo afirman no haber oído nada, lo acompañan a la habitación y fingen sorprenderse ante el estado de las pertenencias de Pablo, pero él sabe que han sido sobornados por quienquiera que estuvo allí, o bien intentando encontrar algo que le revelase quién era el hombre apenas llegado a Atenas, en el caso de haber sido un espía, o bien buscando hacerse con algo que enviar a sus amos, si se trataba de alguno de los enemigos recientes.

¿Y si se tratase de Pedro? ¿Y si fuera gente suya intentando amedrentarlo?

Espanta ese pensamiento y trata de olvidar que se le ha ocurrido. Al fin se acuesta a dormir.

A la tarde siguiente —no ha despertado en toda la mañana, exhausto como estaba— permanece en su relajado papel de visitante. Como si no tuviese nada que hacer allí, o como si no hubiera matado a un hombre la noche anterior, aunque fuese en defensa propia. Entra a la Acrópolis, sube la escalinata hacia los *Propilea* y viene a darse de bruces con el Partenón a causa de haber ascendido con la cabeza gacha, mirando el suelo, de acuerdo con la costumbre que adquiriera durante sus viajes por el desierto: contemplar la tierra como resignado o envejecido, un hábito que pensándolo bien puede tener su valor en el repertorio de un apóstol, ya que el gesto puede importar tanto como la palabra para convencer al otro. De cualquier modo, allí lo tenemos frente al edificio del que tanto se hablaba en Tarso: el Partenón.

Y estar allí significa rodearse de columnas. Las que al principio pueden parecer dos o tres, tan pronto se camina por el interior se vuelven infinitas, multiplicándose incansablemente: detrás, enfrente, a los lados, solo se está entre columnas.

Y gente, claro, peregrinos que como él visitan el lugar o buscan el consuelo de sus dioses. Porque por eso él mismo ha tenido tanta suerte con sus discípulos: se trata de necesitados, de enfermos del espíritu que buscan en la divinidad lo que les falta. Mira a quienes están allí, como él, perdidos.

Un comediante griego se burló cierta vez de los atenienses: «Solo viven encareciendo sus pocas posesiones, las mirtillas que comen, la miel que los embalsama, los *Propilea* que los redimen y los higos que los hartan». A Pablo ahora la descripción le parece exacta.

Encima del monte, erigido como para rivalizar con el cielo azul, allí tienen su Partenón. Lo primero que conmueve es que, ya dentro, parece suspendido en el aire, pues nada hay detrás de él que no sea ese cielo, como si saliera entre las nubes, ligero, aparentemente sin peso alguno. Lo pensaba Sócrates: un templo debe ser un lugar de difícil acceso para que la gente llegue allí purificada del corazón.

Lo mismo le ocurre a él ahora, ha *ascendido*, con todo lo que significa esa palabra que usará más tarde en sus cartas y sermones.

Y entonces se percata también de que este lugar ligero que lo rodea está hecho de mármol, pesado y pétreo, y ha sido decorado con oro. Un griego camina por allí y se da de bruces con Pablo que lo aparta, temiendo que se trate de otro asalto, pero no: este hombre simplemente se ha tropezado con él y pide perdón de manera ceremoniosa.

Es un viejo, pero se ha teñido el cabello de rojo y lleva una chirriante túnica verde. ¡Los griegos aman el color! Qué contraste con la monotonía de la arena en los muros del templo de Salomón, tan sombrío. Acepta las disculpas y camina un poco hacia la estatua de madera de Atenea con su casco y en la mano derecha una figura de la victoria alada.

La madera en que Fidias esculpiera su estatua ha sido recubierta: marfil en las manos y el rostro, los ojos de turquesa, el cabello de oro, emergiendo en rizos del propio casco dorado;

cientos de peregrinos a sus pies. Y muchas otras estatuas cubiertas de pedazos de tela, cortados de las vestiduras de los sumisos suplicantes que agradecen sus favores a la diosa: figurillas, lámparas votivas, pequeñas esculturas de miembros del cuerpo que han sido curados de sus enfermedades y son ofrecidos como votos a Atenea, la magnífica.

Contempla la devoción de los convocados por la estatua, los mira arrodillarse, cerrar los ojos, orar.

El lugar está lleno de ofrendas, algunas cubren ya incluso los pies de la enorme efigie. Para alguien nacido en tierras helenas pero aun así formado en el judaísmo, el espectáculo no deja de ser chocante. Pablo confirma lo que siempre ha pensado acerca de la superstición.

Pero la fe, se dice en esta tarde tan generosa en revelaciones, está hecha del mismo material que la superchería: de vacío. El propio Tales lo ha visto así: si no existiese el vacío, no habría posibilidad alguna de acumulación de átomos, de materia.

Estamos hechos solamente de vacío, leo yo ahora en Córdoba, y no puedo reprimir un grito: ¡Insensato!, le digo, pero ni él ni nadie me escucha. Estoy solo, tras dar la tarde libre a mi amanuense, demasiado cansado para seguir dictando. Mis palabras nada significan, nada dicen, están también huecas sin siquiera un testigo.

Debajo del Partenón, por una callejuela, se sale de la Acrópolis camino al Areópago, informo a mi amanuense al día siguiente, cuando ya la soledad y el tedio resultan peores que el cansancio, y retomo mi dictado. Ese es el lugar de la cita para Pablo, pero decide postergarla. Hasta que no crea conocer la manera de pensar de los que allí habitan no se atreverá a acercarse al lugar de su encuentro con la verdad. O mejor, con la exposición retórica de la verdad, porque esta no existe sino recubierta de palabras, que la ocultan como el marfil y el oro a Atenea.

Estoy mejor, prosigo. Prefiero los recuerdos al lento arrastrarse de este tiempo desocupado de mi vejez.

Mi amigo Pablo esperó dos días antes de emprender su primera aproximación al Areópago. Era un lugar de mezcla, como tantos otros que había encontrado ya en sus viajes. Sacerdotes, magos, banqueros, vendedores de vituallas y filósofos compartían la plaza del templo de Marte. Una muchedumbre iba y venía comprando por igual alimentos, ropas e ideas; era un mercado donde no faltaba nada.

Excepto judíos. Allí no había templo ni nada familiar o propio de la cultura hebrea, y quizá por eso Pablo lo encontraba más interesante. Esta vez no tendría que disputar con temerosos de Dios o judíos de la diáspora acostumbrados a la interpretación de las Escrituras por los sacerdotes.

La fama de Atenas, si bien declinante en política o en economía, atraía aún a mucha gente dispuesta a oír una buena disputa o deseosa de educarse con algunos de los mejores maestros del imperio. Ya ni siquiera era la capital de Acaya, y había cedido su preeminencia a Patras y Nicópolis y sobre todo a Corinto, la sede de los nuevos poderes y fortunas.

Su gloria pasada, como en muchos otros lugares, se respiraba a pesar de todo en sus calles. Y particularmente en el Areópago, donde Pablo pronto haría oír una palabra nunca antes escuchada allí.

XXII

Había llegado para Pablo el momento de dirigirse al poniente de la Acrópolis, al sitio que tantas veces frecuentara en forma anónima para ver y oír las discusiones que tenían lugar allí.

Esa mañana se puso unas nuevas ropas blancas de muy áspera lana que consiguió en el mercado y que bien podrían pasar por las que recibiera en la Ciudad de la Sal, y repasó los pergaminos escritos con Lucas, elaborando posibles argumentos a favor y en contra de los esgrimidos por los filósofos que había escuchado. Estudió sus palabras y sus gestos, y podía imitar a la perfección tanto sus ademanes como sus sofismas.

Estaba listo.

Muy temprano ató sus sandalias viejas y gastadas, a diferencia de sus vestimentas, y fue por un vaso de vino al mercado, para sentirse menos preocupado. Que ya decía Epicuro —según le recordó Lucas, el médico— que la filosofía es la mejor medicina, pues cura a los humanos de sus temores más terribles, a saber: el miedo a los dioses, el miedo a la muerte, el miedo al dolor y el miedo al fracaso en la búsqueda del bien. Entre esas ideas y las de los maestros estoicos de su amigo Séneca, quienes afirmaban que no existe el azar y uno es conducido sin más a su destino, cabalgarían seguramente las diatribas en su contra una vez que empezase a argumentar sobre la fe de Jesús y la creencia en el fin de los tiempos.

Se dio un baño el día anterior, para estar presentable, y con él le vinieron algunos otros pensamientos sobre la muerte y la putrefacción. Eso pensaba Séneca, de hecho, acerca de los afeites y cosméticos de las mujeres: ocultaban la putrefacción de la carne, haciéndonos pensar que la muerte puede, si no evitarse, al menos postergarse por un tiempo. Y es que solo cuando estuvo bien limpio y vestido con sus nuevas ropas se dio cuenta de lo sucio que había estado.

Porque antes de recibir un masaje, como solicitó a una mujer que allí laboraba, le ayudaron a quitarse las muchas costras de la piel: unas causadas por la vieja malaria recurrente y otras simplemente de la mugre acumulada en los caminos. Muy poco limpio se sentía para ser un esenio. Pero la suerte había querido que se convirtiera en un predicador peregrino y no en el sacerdote de un monasterio lleno de ayudantes o vestales.

Y luego un esclavo lo había espulgado para quitarle los piojos que le provocaban tanta comezón desde Salamina —¿o quizá antes?—, y le dijo que la piel estaba irritada por los insectos y que portaba incontables huevecillos de estos animales.

—La única forma de eliminarlos —le dijo mientras terminaba de pasarle un peine— es con vinagre.

Se dejó hacer. Le untaron uno o dos litros del líquido y luego lo envolvieron con unas gasas, como a un muerto. Escuchaba crepitar a los animales que morían intoxicados con el veneno del vinagre. Volvieron a lavarlo dos veces antes de rasurarlo. Lo mismo hicieron con la barba, que tenía pocos piojos y ningún huevecillo, pero que estaba amarillenta por las canas.

Le pusieron enfrente un azogue y vino a percatarse de algo que su lengua sabía, pero no sus ojos: había perdido dos de los dientes superiores. Estaba horrible, y ningún baño podría remediarlo.

Retiró el azogue de su vista y se ciñó la túnica, molesto.

Cuando al fin estuvo en el Areópago se dirigió a una de las esquinas, donde viera predicar a un epicúreo muy seguido por la gente, quien conminaba a sus escuchas a entregarse a la vida para evitar el dolor.

—No temamos a los dioses —decía esa mañana—, puesto que

están tan lejanos que no pueden pensar en nuestras miserias y vicisitudes cotidianas. ¡Qué sentido tendrá el miedo a los dioses si ellos están demasiado ocupados con sus cosas como para voltear hacia abajo a vernos a nosotros, vulgares mortales!

Entonces Pablo tomó mucho aire y gritó, a su lado:

—¡Hombre necio, que así predicas ante esta muchedumbre que te escucha atónita! Y digo necio porque esta ciudad está llena de templos y altares. Digo necio, entonces, porque los atenienses suelen ser muy religiosos y tendrán sus razones. Tan religiosos son, te digo, que han erigido incluso un templo al dios desconocido, porque no por ignoto es menos importante.

—¿A qué viene todo eso? ¿Quién eres, que así me importunas?

—Soy Pablo, de Tarso, en Cilicia. Y te reto pues no estoy de acuerdo con lo que dices en este lugar de saber.

—Me retas, dices. Pues habla, entonces, a ver qué tonterías salen de tu boca. No te conozco, ni nadie sabe de ti en este lugar. No sabemos quiénes son tus maestros, ni cuál es la filosofía que proclamas, pero te concedo la palabra. ¡Oigamos al de Tarso! —gritó a sus seguidores, estupefactos.

Así habló Pablo, entonces:

—Atenienses, percibo, como he dicho ante este hombre, que esta es ciudad de gente muy religiosa. Tanto, que son capaces de erigir un templo a ese dios que no conocen pero temen. Ese dios desconocido es aquel por el cual yo viajo por el mundo y predico. Ese es el Dios que conozco y del que les hablaré.

La gente se congregaba en decenas y venía a sentarse en el suelo, emocionada porque se produjera una verdadera disputa, lo que no ocurría a menudo ni siquiera en el Areópago.

—El Dios que ha creado el mundo y todo lo que hay en él, Señor del cielo y de la Tierra, no vive en las figurillas creadas con manos humanas —gritó Pablo para que todos lo escuchasen, pero de inmediato se alzaron voces en su contra:

—¡Charlatán, te crees que lo sabes todo!

—¡Mentiroso! ¡Hablador!

El epicúreo los calló y pidió que se le escuchase con cuidado para poder rebatirle:

—Nadie puede servir a ese Dios del que hablo, puesto que Él lo ha hecho todo y nada necesita. Él insufla la vida a todo lo creado: los ríos, las plantas y las personas. De un solo hombre, llamado Adán, ha hecho todas las naciones y a todos los que pueblan la tierra. Entiendo que busquemos a Dios pensando que lo encontraremos, pero Él es puro espíritu.

El epicúreo no estaba del todo en desacuerdo con esta primera argumentación de Pablo, pero aun así, para presionarlo, cuestionó:

—¡Pareces conocer muy bien a este dios del que hablas y sin embargo dices que no te necesita! ¡Explícate, hombre, que empiezas a enredarte en tus palabras!

—Somos criaturas de ese Dios que nos ha creado. Somos su descendencia, somos sus hijos. Por ello no podemos pensar que Dios es de oro o de piedra. Así lo imaginamos porque somos infinitamente pequeños frente a él.

Se acercó otro de los filósofos que tanto había estudiado Pablo, atraído por la multitud que escuchaba el debate, y terció sin dilación:

—Hablas de este, tu dios de la vida, pero no has dicho nada de la muerte, a la que todos vamos y ante la cual no hay acción que valga, ya que es inexorable.

—Ya que citas a la muerte, aquí he de decirte, hermano —así llamó a ese desconocido, que no dejó de asombrarse de la familiaridad con que era tratado—, que no hay que temer nada de ella. Todos los aquí presentes este día presenciaremos la venida de ese Dios del que hablo, ya que el tiempo se acerca, llegará el día final y habremos de ser juzgados según nuestro comportamiento, por lo que igualmente predico que debemos arrepentirnos de nuestros pecados.

Así hablaba Pablo, ahora —como hiciera antes con el epicúreo— dándole la razón al estoico, para quien la moral y el comportamiento eran esenciales. Pero entonces lo rebatió también, contundentemente a su juicio, diciéndole:

—Algunos de ustedes aquí buscan el placer, otros muchos la paz y la quietud. Pues he de decirles que comparados con el júbilo eterno de Dios, no hay placer ni calma que valgan.

—¿Dónde están las pruebas de ese final del que hablas? —lo

conminó el estoico—. Nada sabemos aún, ni hay nuevos signos ominosos que nos lo permitan pensar.

—En Jerusalén, en Palestina, un hombre murió crucificado por el cónsul romano allí, Poncio Pilatos, y resucitó al tercer día. Es el elegido, el Mesías, el Hijo del Hombre que ha venido a anunciarnos la proximidad del juicio final. ¡En verdad les digo: quien se arrepienta y crea, será salvado!

De esta guisa siguieron los argumentos, pero no había un territorio común en el que esos hombres se entendieran.

Iasis, decía en griego Pablo, hablando de la curación espiritual de Jesús, y el estoico lo confundía con *Ieso*, la diosa de las curaciones en jónico, por lo que reclamaba:

—¿Ieso? ¿Es esa la diosa que aquí nos presentas, una simple deidad sanadora de heridas pequeñas?

—No hablo de ninguna diosa ni de muchos dioses pues hay uno solo, el que proclamo con mi fe ante ustedes.

—Jesús entonces no estaba muerto como dices —dijo el epicúreo—, por lo que recuperó la salud después de tres días.

Y es que *anastasis*, que era el vocablo que Pablo usaba, era también curación de la enfermedad.

Pablo se daba cuenta de que las palabras que escogía —en el griego *koyné* que hablaba desde Tarso— eran insuficientes para sus propósitos en el Areópago. Eso tendría que estudiarlo con cuidado: los vocablos con los que predicaría en adelante.

—¡Eres un charlatán —gritó el epicúreo—, no un filósofo! ¡*Espermólogo, espermólogo*!

La multitud coreaba:

—¡*Espermólogo, espermólogo*! —lo que quería decir «el que anda entre las semillas»; como un gorrión callejero, el que recoge lo que encuentra; un hablador.

—¡Son tus ideas desechos y basura, no tenemos por qué oírte, Pablo de Tarso!

Podría haber ocurrido allí lo que tantas otras veces con las prédicas del apóstol de no ser por la intervención de Cratipo, maestro y filósofo viejo, quien gustaba de las disputas pero sobre todo de escuchar ideas nuevas. Habló así para tranquilidad de Pablo:

—Este judío de Cilicia ha hecho un largo viaje hasta Atenas para hacerse oír entre nosotros. No es un tonto, ni un charlatán. Antes bien, opino que conoce de lo que habla, aunque no estemos de acuerdo con sus ideas ni con su religión. ¡Habla, hombre, y pon cuidado en lo que dices! —ordenó el anciano.

Pablo se recompuso y dijo, casi gritando pues la multitud murmuraba y era difícil hacerse oír:

—Les hablo de un Dios único, éste que ya dije, creador de todas las cosas, del hombre, de los cielos. Este Dios quiere que lo busquemos, no como piensan muchos filósofos aquí, al afirmar que los dioses son indiferentes a lo que ocurre con nosotros. Pues no es el caso del Dios que yo venero. No es remoto. Es todo lo divino que tenemos nosotros mismos. Como dice Epiménides de Creta, un griego como ustedes: somos sus criaturas, hechas de su sustancia: todo lo que somos, cada uno de nuestros átomos es parte de ese Dios que es nuestro padre.

— Ahora sí te seguimos, Pablo de Tarso —dijo el estoico, complacido por lo que oía—, dinos más.

—Pues bien, en Palestina un hombre, Jesús, fue elegido por ese Dios para transmitirnos su fe y ayudarnos a mejorar y cambiar. *Anastasis*, he dicho, y me han confundido con curandero; pero yo hablo de resurrección, de vida después de la vida.

El epicúreo meneaba la cabeza, desaprobando, pero ya no se atrevía a interrumpir. Pablo continuó, con la plaza mucho más en silencio:

—En verdad les digo, ciudadanos de Atenas, que hemos de ser juzgados por nuestros pecados, pero podemos aún arrepentirnos y amar, que es el verdadero propósito de la vida. Más que la fe misma, es el amor lo que ese Dios nos pide.

Cáritas, decía en griego.

—¿Caridad, eso es todo lo que exige tu dios? ¿Esa es la única ofrenda que busca?

—No busca ofrendas, no pide templos. No está en los templos; está en todos lados. Tú estás hecho de la misma sustancia que el Padre, Nuestro Señor, Dios, ¡comoquiera que le llamemos!

—Esquilo, para citar a otro poeta —dijo entonces el estoico—, afirma que la resurrección, o como la has llamado, *anastasis*, no existe: el hombre muere, la tierra se bebe su sangre y no somos sino de los gusanos. Todos aquí hemos ido a alguna representación de *Las euménides*, Pablo de Tarso, por lo que no puedes engañarnos con tu retórica y tus palabras retorcidas.

—No pongas en mi boca palabras que no he dicho.

—¡Sí que has hablado de la resurrección, no mientas ahora! ¿Sabes quién habla en *Las euménides*? Apolo. Él dijo esas palabras cuando Atenea creó el Areópago en esta montaña de Ares, o Marte, como la llaman ahora los romanos.

El epicúreo rebatió, sin embargo, al estoico en esto:

—No estamos de acuerdo contigo, Diógenes, parece que a pesar de tu nombre no llevas ninguna lámpara encendida —bromeó—, porque los átomos que nos conforman son indestructibles, como son indestructibles todas las cosas que forman el universo.

—Ven, hermanos, que ni siquiera ustedes pueden ponerse de acuerdo. Yo he sido elegido por Jesús para traer su mensaje, su evangelio.

—¿Y lo viste morir y resucitar de entre los muertos, como dices? —preguntó el estoico.

—No. Pero viví entre quienes lo vieron morir y resucitar al tercer día. Y vino a mí en una visión y me dijo su verdad. Se me apareció y luego lo hizo con otros muchos en Palestina, que afirman que Jesús sigue vivo.

—Nada muerto puede volver a vivir, en eso sí que no podemos seguirte —sentenció el estoico, complacido de que las cosas hubiesen terminado con estos últimos argumentos, insostenibles para él.

Dionisio —que así se llamaba el epicúreo—, a quien llamaban el Areopagita por su presencia permanente en la plaza, dijo la última palabra:

—Pablo de Tarso, te seguiremos escuchando en otro momento, porque, como has dicho antes, no hay aún libros escritos sobre lo que nos informas y son solo tus palabras y las de los hombres que, afirmas, vieron al tal Jesús resucitar de entre los muertos las que testimonian tus ideas. Digo entonces aquí que nadie ha triunfado en este debate.

Los jueces del Areópago que habían llegado a presenciarlo estuvieron de acuerdo. No era aún cosa terminada.

Esa misma tarde Pablo estuvo invitado a cenar en casa de Dionisio el Areopagita, quien deseaba seguir hablando, en privado, acerca de las ideas de ese extraño hombre que decía venir de Tarso, en Cilicia, muy lejos de la verdad y la sabiduría de Atenas.

Ambos, en los siguientes días, trabaron una buena amistad y consintieron en escribirse en el futuro.

XXIII

Rumbo a Corinto, año 51 d.C.

Como ya venía siendo costumbre en su vida, Pablo salió de Atenas sin despedirse. Esta vez porque deseaba confundirse con los peregrinos a Eleusis, de camino a Corinto, donde esperaría una carta e instrucciones mías, y por ende de Agripa y de Roma.

Era una antigua práctica suya esa de hacerse invisible o procurar despistar a todos acerca de su verdadera identidad. Viajaría con la muchedumbre, nadie podría saber que se trataba del mismo hombre que intentara debatir con los filósofos en el Areópago, o más aún, que era quien acuchilló a su agresor una noche en una callejuela cerca del templo de Efestos. No, era uno más de los múltiples viajantes anónimos que hacían el camino a pie hacia el recinto de los misterios iniciáticos, a medio recorrido entre la ciudad que ahora dejaba y la que se disponía a visitar.

El Pablo que así se escabullía de Atenas era un hombre envejecido por los continuos sobresaltos y la vida errante, presa del nerviosismo y la enfermedad; un hombre de mediana edad —apenas pasaba los cuarenta y cinco años—, presto a los arrebatos y a la cólera intempestiva; calvo, con la barba entrecana recién arreglada, pero tupida como una mancha negra sobre el rostro; la cabeza monolítica encima del cuello, como de bronce o piedra, hacía que el cuerpo pareciera a punto de vencerse frente a su peso descomunal.

Iba envuelto en una ropa que quizá fuera blanca, pero estaba sucia y raída; parecía —si esa era su intención— un verdadero suplicante en su rito anual hacia Eleusis. Él mismo habría de escribir después que llegó a Corinto débil, temeroso y vacilante.

Pero no vayamos tan aprisa, digo a mi amanuense mientras reviso una copia que guardo de esa epístola escrita casi al final de su vida, en Roma, en el octavo año del reinado de Nerón, que apenas vamos sacándolo de Atenas; sucio y maltrecho, es cierto, pero ahí va en marcha, detrás de un grupo de danzantes que bailan y hacen música por el camino empedrado. Ha comprado una mula vieja para hacerse más soportable la distancia y ahora el animal es, curiosamente, otra fuente de preocupación, ya que se detiene a menudo y olisquea buscando hierba. Se ha desviado hasta ahora dos veces para darle de comer y beber a la bestia que, sin embargo, ahí lo lleva, lenta pero seguramente a su nuevo destino.

Estoy en forma. Imaginación y memoria se entrelazan en mi lengua mientras dicto y Craso copia con renovado ímpetu, como si mis recuperadas fuerzas lo nutrieran también a él. Sigo con Pablo.

Es de noche, por cierto, y se alumbran con antorchas unos a otros; se protegen de los asaltantes y del frío otoñal. La idea de partir con el gran contingente a Eleusis le surgió a última hora, cuando escuchó a los heraldos proclamar la celebración de los grandes misterios en el templo. Los sacerdotes de Eleusis habían ido a la Acrópolis el día catorce de Boedromion, primer mes del calendario ático, con la luna llena, y anunciaron la peregrinación, clamando que estaba prohibido a los asesinos y a los bárbaros formar parte de la iniciación.

Era otoño y hacía viento.

Después de que los sacerdotes anunciaron la ceremonia y se bañaron en el mar, se anunció el sacrificio de cientos de cerdos que chillaban enloquecidos por las calles de Atenas mientras eran llevados al altar.

Fue entonces cuando se le ocurrió que acompañaría la procesión. Cerca de Eleusis podría hacerse a un lado sin casi ser notado: todos los peregrinos estarían pensando en el templo, el único cerrado y secreto de toda Acaya. Lo que ocurría dentro de sus muros era absolutamente privado y nadie, nunca, había osado revelarlo; a Pablo tampoco le interesaba descubrirlo ahora, no estaba entre sus apremios. Lo urgente era confundirse con los devotos, hacerse anónimo para evitar ser perseguido por alguna mano vengadora del hombre con el que acabara días antes.

Así lo hizo cuando llegó al lugar de los misterios; abandonó al grupo y siguió la carretera, subiendo las montañas, para alejarse de Eleusis. Los cerros estaban cubiertos de olivares y podía vislumbrarse ya, al amanecer, la hermosa bahía que da hacia el golfo de Egina. Debía, sin embargo, cruzar aún Megara, el único pueblo en el camino.

Los colores eran desconcertantes, me dijo Pablo de ese viaje, manifestándose asombrado por la belleza del paisaje: las montañas azules y el mar verde. Su vista no podía detenerse en un solo punto: vagaba, deambulaba sin osar posarse en lugar alguno.

Puedo verlo. Baja de la mula y la obliga a caminar, casi a rastras, hacia el puerto de Lequeo. Ha llegado al Peloponeso; piensa en la guerra de Delos contra Esparta y se dice que aquí estará algún tiempo, en lo que también se equivoca, ya que no tardará en recibir otro mensaje mío que lo pondrá en marcha de nuevo.

Pero no nos anticipemos. Ha llovido la noche entera y las piedras que pavimentan las calles desde el puerto a la ciudad han sido lavadas por el agua del cielo. Minutos después estará ya en plena Corinto, frente a la fuente de Pirene, la ninfa. Todos los nombres de la urbe parecen salidos de Hesíodo. Bebe y da de beber al animal al que ha bautizado *Ceres*, nada más porque sí.

Preguntó a otros que como él se refrescaban allí por el templo y le indicaron cómo llegar. Con todo, lo que más lo impresionó fue la montaña, Morea; dejó a *Ceres* amarrada ante un árbol cerca de la puerta de la ciudad y fue escalando como si se tratase de una afrenta más. Una hora después estuvo en la cima, desde la que pudo contemplar la población entera y el golfo Sarónico.

Desde allí le pareció que podía ver el mundo, o casi: la costa de Italia, los bordes de Egipto; a sus espaldas Acaya y la entrada a Asia Menor. A sus pies, un puerto repleto de barcazas de todas partes a punto de cruzar al Adriático o al Gran Mar, ese que los romanos llamamos con soberbia *Mare Nostrum*.

Abajo contemplaba pues a cientos de personas, comerciantes casi todos, y sus ayudantes que alternativamente cargaban o descargaban las flotas con miles de mercancías. Imaginó que pudiese ser allí otro hombre: inventarse de nuevo, sin pasado alguno.

Bajó al fin a buscar un lugar donde quedarse y, de ser posible, vender a *Ceres*, que no serviría ya ni para los carniceros. Con frialdad Pablo se separaba así de todo lo que lo acompañaba.

El batiburrillo étnico le agradó. Le gustaban las metrópolis que eran de todos y de nadie. Sirios y judíos competían con fenicios y griegos por el control del comercio en Corinto. Era una ciudad joven, de menos de cien años, construida sobre las ruinas de la vieja localidad griega. Y por su novedad, quizá, era extraña, se dijo: hecha a la imagen y semejanza de sus pecados, los que la hacían famosa por doquier. Quizá eso era lo que le molestaba de estar allí: las noticias acerca de los vicios morales de Corinto, con su templo de Afrodita a la cabeza. Fuese lo que fuese, allí estaba él y necesitaba un lugar para descansar.

No se levantó durante dos días más que para hacer sus necesidades. Olía mal, era cierto, pero el baño tendría que esperar a su reposo. Dormía a pierna suelta por la noche, dormitaba por las mañanas y permanecía en estado de sonambulismo durante las tardes, con el cuerpo dolorido.

Otra vez, como tantas, el rito de adquirir nuevas ropas —después de cambiar unas letras con los banqueros locales—, de bañarse con placer, de volver a comer y beber como si no lo hubiese hecho nunca, hasta hartarse o caer.

Una semana después de su peculiar regreso a sí mismo, estuvo listo para salir del todo a la calle y enfrentarse a Corinto. Lo primero que hizo fue enviarme por el *Cursus Publicus* una larga epístola urgiéndome a que fuese ya a reunirme con él para regresar a Macedonia, donde creía tener asuntos pendientes, sobre todo después de su disputa no del todo perdida con los filósofos atenienses, o que le indicase la nueva dirección que su vida debía tomar. Estaba harto de jugar al apóstol, escribía allí, a no ser que su prédica tuviera un sentido para Roma. Mis cartas a Pablo reflejaban no un olvido de la misión, nunca, sino los apremios de Roma en otras tantas cosas. Así es siempre, lo que para unos es esencial y único, para otros es parte de una ristra enorme de problemas.

Luego escribió una pequeña esquela para el procónsul romano del lugar, Lucio Junio Galión, a quien informaba de su presencia en Corinto y le solicitaba una audiencia donde le explicaría la razón de su estancia y los diversos menesteres de su apostolado. «Soy un ciudadano romano al servicio de Claudio, quien me ha encomendado la difícil misión de infiltrarme entre los nazareos y así hacerlos visibles a las autoridades», escribía, y luego colocaba allí las contraseñas especiales que le permitirían saber al procónsul de quién se trataba en realidad. Al día siguiente escuchó al pregonero proclamar las noticias del imperio escritas en las *Acta Diurna*, solo para enterarse de que no había muchas novedades en Roma que fueran de su interés.

Durante la mañana visitaba el templo del lugar sin osar aún decir palabra alguna, solo para hacerse una composición mental del lugar y de quiénes eran importantes allí. El primer sábado pudo hacer un recuento: no más de quince familias formaban aquel grupo de fieles. Pocos para una ciudad tan próspera; suficientes, por su riqueza y preeminencia, para sus fines si debía finalmente predicar allí la fe en Jesús y en la reencarnación, tarea para la que se consideraba más que nunca apto después de su debate público.

Por las noches salía brevemente, apenas para comprobar lo que se decía de la ciudad: encontraba prostitutas en las calles, abrazos carnales desmedidos, borrachos. Y muchos lugares donde entrar y comer caliente, lo que no se veía en todas las ciudades del imperio. Regresaba temprano a su aposento con el estómago lleno, a veces un poco achispado, pero dispuesto a seguir durmiendo y descansando. Era víctima de la espera: aguardaba mis palabras como quien va a recibir el oráculo délfico, y reía de sí mismo y de sus curiosos apremios. Ciudad envilecida la de sus noches: no por nada *corintiar* —*Korinthazo*— había venido a significar por todo el imperio lo mismo que fornicar.

Una misiva del procónsul lo sacó de su letargo: lo presentaba a algunos de los comerciantes más prominentes del lugar. Por tratarse de un judío ciudadano de Roma, pensaba el funcionario, a quien quizá no debía dejar de visitar era a Aquila, un judío del

Ponto casado con una dama de la clase ecuestre romana. Otra carta lacrada que Pablo debía presentar a la pareja acompañaba el mensaje de Lucio Junio Galión.

A la mañana siguiente se presentó en la casa de Aquila, a las afueras de la ciudad, circundada por enormes y hermosos viñedos. Después de leer la carta del procónsul, el judío lo recibió con especial cortesía y le ofreció pasar a refrescarse.

—Te daré un buen vino de mis propias cosechas y te lavarán los pies y las manos algunos de mis siervos —dijo—. Considérate mi huésped más preciado.

Aquila comerciaba, como la familia del propio Pablo, con la fabricación de tiendas. El vino representaba más un pasatiempo que un ingreso. Después de la comida se entretuvo enseñándole los talleres donde unas veinte personas confeccionaban los pedidos que llegaban de todas partes. Así dijo Aquila: «Enviamos tiendas a todos los lugares». Pablo le comentó que era también su oficio familiar y que, si no le molestaba, él podría ayudar un poco con lo que sabía del asunto. Convinieron en que era un trato justo a cambio de la comida y la estancia. Aquila incluso ofreció que un liberto que trabajaba allí —de nombre Caleb, con quien Pablo trabaría una fuerte amistad y sería el primer bautizado de su iglesia en Corinto— trajera sus cosas del hostal para que él no tuviese que hacer el penoso camino de regreso esa misma tarde.

Así estuvieron los dos hombres, conversando un poco y conociéndose otro tanto. Pronto Pablo estuvo cierto de que Galión no había revelado su verdadera identidad —si acaso ya la conocía del todo— y que más bien lo presentaba como un hermano judío de viaje por Corinto, necesitado de ayuda y relaciones.

Pronto Pablo se convirtió en uno de los más conspicuos trabajadores de la casa de Aquila, pero aún no conocía a su mujer, Priscila, quien había viajado a Roma a visitar a sus hermanas. Esto apoyaba la hipótesis de Pablo: la familia había salido de la capital del imperio cuando Claudio decretó la expulsión de egipcios y judíos y vino a instalarse en Corinto, pero la mujer era suficientemente rica por su origen y debía velar por sus propios intereses y los de su familia romana.

Ya tendría tiempo de comprobarlo por él mismo.

Por lo pronto trabó estrecha amistad con Aquila, con quien compartía algunas diversiones además de la comida y el vino. Una vez a la semana, casi siempre los martes, bajaban al puerto acompañados de un gran séquito para despachar las tiendas recién fabricadas y luego ir a las termas públicas, a pesar del hermoso baño de casa de Aquila. Se habían vuelto inseparables y la presencia de Pablo era un remanso en la vida de Aquila, dedicada solo al trabajo en ausencia de su mujer. Iban juntos al templo durante el sabbat y cabalgaban por las montañas cercanas.

Era la primera vez que Pablo cabalgaba por placer, como diversión. Siempre lo hizo, como era natural, para trasladarse de un lugar a otro, no por simple ocio. Y de ocio estaban hechas muchas de las horas vespertinas en la casa de Aquila.

Al fin llegó la carta que esperaba, y debe haberla esperado con ansias, ya que la contestó de inmediato. En ella le decía que debía quedarse en Corinto, donde pronto lo alcanzaríamos Lucas y yo, y que había recibido un mensaje de Silas, quien estaba perfectamente al tanto, gracias a mí, de la ciudad en que él se encontraba, informándonos de que Pedro aceptaba que Pablo predicara en Corinto y fundase allí una nueva iglesia volcada a la fe del *camino*.

Pablo leyó la carta dos veces. No coincidía con su idea inicial, que era la de quedarse un tiempo en Corinto y luego desaparecer del todo. Debía pensar ahora cómo informar a su huésped y patrón, Aquila, quién era él en realidad: un apóstol judío.

Esa misma tarde repitió frente al hombre su historia. La de su pasado persecutor, la revelación camino a Damasco, los años de penuria y huidas, la cercanía con Pedro, Santiago y los apóstoles.

Aquila, incrédulo, le respondió:

—¿De verdad crees que el hijo de un soldado romano y una judía puede ser el Mesías? Te creía más astuto.

Se refería a un rumor muy escuchado después de la crucifixión de Jesús según el cual su madre, María, había sido tomada a la fuerza por un legionario.

—Jesús fue hijo de un carpintero de Galilea, no de un romano.

—Digas lo que digas, no puedes pertenecer a una secta de bandidos a quienes se persigue. ¿Sabe esto Galión, o cómo fue que te presentó conmigo?

—No lo sabía, necesariamente. No he cometido ningún crimen. Te pido tan solo tiempo para enseñarte la fe. Por la amistad que nos tenemos, te ruego solo que me escuches.

Aquila estuvo de acuerdo, aunque desde ese día fue mucho más cauteloso con su invitado.

Pablo nunca habría convencido a Aquila si su mujer no hubiese regresado de Roma.

XXIV

En Corinto, años 51 y 52 d.C.

Priscila —a quien Pablo, con su manía de cambiar los nombres y trastocar las identidades, quizá por su propia naturaleza doble de agente y apóstol, llamó siempre Prisca— trabó amistad de inmediato con él. Se trataba de una mujer madura, hermosa, llena de talentos y de manías, una de las cuales consistía en contradecir a su marido en materia de creencias. Siendo además no judía, la cosa era menos complicada para Pablo, quien así habló ante ella en alguna de las ocasiones en que se dirimía el asunto de la fe:

—Yo mismo, Prisca querida, he tenido múltiples confrontaciones con mis hermanos nazareos por causa de mi propia misión, que consiste en predicar la fe de Jesús entre los gentiles como tú, no entre los judíos. En muchos templos he sido atacado y vituperado, incluso herido y encarcelado por afirmar mi creencia en el elegido y en la prédica del reino.

La mujer lo interrumpió:

—Aceptarás conmigo que es muy difícil creer en la posibilidad de un final, lo que tú llamas la llegada del reino, el juicio final, el fin de los tiempos, si quien lo anunciaba ha sido crucificado y muerto.

—¡Es claro que tendrías razón si la cruz fuese el final mismo de la senda! ¡Eres muy perspicaz! —convino Pablo. Aquila escuchaba, un poco a regañadientes, en una de esas sobremesas que se prolongaban hasta bien entrada la tarde y en las cuales Pablo podía convencer a sus oyentes de abrazar *el camino*.

Prosiguió el apóstol entonces:

—El caso es que Jesús se levantó de entre los muertos y resucitó. Se apareció primero a los once y luego a mí mismo en el camino de Damasco, enseñándome cuán equivocado me hallaba en mi empeño persecutor, del que ya les he hablado tanto. Luego se reveló a setenta más, mostrando que seguía vivo.

Aquila no pudo dejar de intervenir:

—Si esto fuese cierto, ¿por qué él mismo no predica, por qué envía a sus apóstoles, como los llamas?

—Porque su reino ya no es de esta Tierra. Es el Señor, quien ahora vendrá a enjuiciarnos. Ese es todo el mensaje de la cruz, pero imagínenlo —se detuvo aquí, teatralmente—, no es poco: estamos hablando de la salvación misma. Estaremos reunidos con él después del fin de los tiempos. Y el fin está cerca.

—¿Cómo decías el otro día que llamas a este tiempo sin tiempo, esta espera? —preguntó Priscila, realmente interesada.

—*Parousia* —dijo en griego Pablo, pues hablaba casi siempre en latín con sus anfitriones—. Es lo que nos hermanará a Jesús, pues estaremos unidos a él en la espera de la llegada de Nuestro Señor, Yahvé.

Así poco a poco fue *convirtiendo* a Prisca, aunque el término no es del todo adecuado, ya que ésta no profesaba antes de conocer a Pablo ninguna fe que no fuera la del temor a la muerte, ni se encomendaba a deidad alguna de las suyas romanas, ni creía gran cosa de lo que le decía su esposo cada vez que regresaba de visitar el templo. Y Aquila fue aceptando poco a poco que lo que Pablo decía era verdad, pues coincidía punto por punto lo que él mismo había leído en los profetas de las Escrituras desde muy joven.

El trío era ya muy íntimo cuando llegué a Corinto acompañado solo por Lucas, sin hacerme preceder por ninguna epístola a mi amigo. Un día simplemente nos anunciamos en casa de Aquila y Pablo hubo de presentarnos como sus propios discípulos muy queridos a la pareja de esposos que lo acogía.

Estaba en el taller, cosiendo un toldo enorme que habían encargado en Tesalónica y debía despacharse sin dilación la semana siguiente, por lo que al inicio se sintió contrariado por la interrupción; luego vino, como era de esperarse, la alegría ante la llegada de sus amigos, el emisario de Roma y su *maestro de retórica,* como llamaba en broma a Lucas.

Los meses siguientes —puesto que Pablo llevaba ya en Corinto más de ocho—, para preocupación nuestra y alarma de sus anfitriones, inició sus prédicas cerca del templo. Iba allí más inflamado que de costumbre, como si el silencio público de tanto tiempo hubiese calentado en exceso sus humores, a pregonar en contra de los vicios de la ciudad y sus mujeres:

—¡Más de mil prostitutas venden sus servicios en las calles de la joven Corinto! ¡Se solazan a las afueras del templo de Afrodita en ofrecer placer por unas monedas! ¡Y no solo caen entre sus brazos los gentiles de todas las regiones que aquí moran y comercian: también los hermanos judíos han sido vistos a menudo requiriendo los servicios de las hetairas, fornicando con ellas sin hacer caso a los mandamientos! Es tiempo de reformar este lugar, de cambiar de costumbres y de arrepentirnos de nuestros pecados.

Y volvía a la carga:

—¡Pecadores de Corinto, arrepiéntanse en Jesús! ¡Solo él los salvará de sus faltas!

Uno de los más viejos del lugar, un comerciante de pasas de uva y de zarzaparrilla negra llamado Tito Justo, vino un día a verlo y pidió ser bautizado. Fue el tercero, puesto que Prisca ya lo había hecho. Lo siguió Aquila, quien los presentó, y luego el propio Crispo, prepósito y sacerdote del templo, quien así habló un sabbat a la propia congregación:

—¡Que el Señor nos cuide si hemos de seguir siendo necios y no abrazamos la fe en Jesús y en la resurrección!

Era la primera vez que alguien ajeno al grupo de Pablo acogía sus palabras y las repetía, magnificándolas ante los ojos de sus escuchas. Salió del templo diciendo a gritos:

—Son mis pies quienes por voluntad propia me sacan de aquí y me llevan con Pablo, el apóstol de los gentiles. No me importa ya comer con ellos, ni lavarme con ellos, ni vivir entre ellos pues he entendido la palabra: todos somos hermanos en Jesús y juntos debemos salvarnos de nuestros pecados.

La tarea parecía estar hecha, tan de repente para algunos pero al fin para el propio Pablo, quien veía de pronto coronado el trabajo de más de una década predicando por medio mundo. Yo mismo ya no era el joven que llegó a Judea en busca de un espía. El mundo había cambiado del todo: Pablo también. Sembró la discordia en forma de comunidad nazarea y ahora empezaba a recoger los frutos de su trabajo. La antigua amenaza de revuelta seguía latente, pero no era tan inminente aun a juicio de los romanos. Una y otra vez Pablo consiguió dividir, exponer y diezmar a los seguidores del *camino* mientras fingía ser uno de ellos. La sedición aún era un peligro, sin embargo, y era lo que lo retenía en esas tierras y en esa misión ya longeva.

Crispo comenzó a predicar con una fe inusitada no solo al lado del templo sino en las mismas calles de Corinto. Decía:

—La iglesia es la comunidad de la fe. Y esta es nuestra fe.

Y venían entonces a hablar de las cosas que escuchara en boca del apóstol y las salpicaba de referencias a las Escrituras. Un día Pablo, asombrado él mismo por la vehemencia del nuevo discípulo, lo oyó decir:

—Y lo mismo que predicó Jesús en Galilea ya lo había dicho el profeta Isaías: ¡el Mesías vencerá a los pueblos enemigos de Israel y nos liberará de su yugo!

Esos hombres y mujeres de Corinto podían ser los mejores aliados de su empeño, pues los escuchaban no solo judíos sino gentiles de toda ralea.

—Por cierto —le dije—, ¿sabes que Agripa está en Roma de nuevo, pues Agripina se ha casado con Claudio?

—¿Y Mesalina?

—Ejecutada. Planeaba una revuelta para asesinar a Claudio. Al menos eso según Narciso. Lo cierto es que se casó con Cayo Silio mientras el tartamudo estaba en Ostia, por lo que Narciso pudo convencer al emperador de la existencia de la conspiración y los amantes han caído.

—¡Ese Narciso posee el poder que no ha tenido nunca un liberto!

—Narciso decide ya los destinos de Roma. Un liberto es, en

realidad, el césar —afirmé convencido y hasta complacido por mi propia ironía. Pero algo había de cierto: el secretario de Claudio desempeñaba muchas funciones en Roma y el emperador confiaba ciegamente en él.

Pablo empezaba a sentirse satisfecho. Una tarde requirió la ayuda de Lucas y me anunció que había llegado la hora de escribir aquellas cartas que ideara en Macedonia, donde quedarían la huella y la memoria de sus palabras para uso de los seguidores cuando él no estuviera:

—Si alguien tan vehemente y perspicaz como Crispo tuviese en sus manos no solo la memoria de lo que he dicho, sino mis propias palabras, podría seguir incitando.

Lucas, escritor al fin, estuvo de acuerdo. Yo seguía dudando sobre la utilidad de las epístolas. Entonces Pablo esgrimió un nuevo argumento:

—Las cartas pueden tener no uno sino varios destinatarios explícitos, las iglesias que hemos fundado ya, por ejemplo, y esos nombres pueden servir a las autoridades locales como vehículos velados de delación. Una copia de las cartas, por ejemplo, en las manos correctas de un funcionario celoso de Roma, y empezarán a rodar cabezas por todos lados.

Tenía razón Pablo: la sedición era un peligro siempre inminente. Una y otra vez los judíos buscarían encontrar el pretexto para alzarse contra Roma, y por ende Roma misma volvería a perseguirlos. Se toleraba el culto unos años, se lo castigaba otros, según la naturaleza del peligro.

Debí aceptar sus razones. Al fin y al cabo, Lucas y yo habíamos atravesado Tesalónica y toda Macedonia para ver cómo estaban las cosas y enviar un informe a Roma. También teníamos información de primera mano para Pablo.

Decidimos entonces que la primera comunidad a la que habríamos de enviar sus cartas sería Macedonia, para que volviera a florecer la doctrina esenia allí donde enfrentó tanto conflicto. Al salir de Filipos, para salvar la vida, sus miembros fueron a Tesalónica, pero de allí también terminaron huyendo a Berea. Mencionaríamos los nombres de quienes se convirtieron en ese viaje.

Habló Pablo y dijo:

—*Pros Thessalonikéis* —y así lo escribió Lucas entonces.

Luego vinieron los destinatarios de la misiva, el saludo. Toda la forma se debió a Lucas, quien sabía bastante del asunto pues había estudiado retórica y gramática con los mejores profesores cuando su empeño era convertirse en poeta. Ahora estaba reducido a amanuense, pero se divertía y era lo único que le importaba: un poco más de aventura en una vida mimada pero aburrida.

Así que él impuso el esquema, el modelo a seguir. Pablo siguió dictando:

—Pablo, Silvanus y Timoteo, a la iglesia de los tesalonicenses en Dios Padre y en Jesús. A vosotros gracia y paz.

—¿Silvanus? —pregunté asombrado.

—Sí, impliquémoslo en la carta, tendrá más fuerza si llega a manos de Pedro. Lo hará pensar también sobre el hecho mismo de que la hayamos escrito y se preguntará cuándo.

Acepté pues la propuesta de que allí apareciese Silas, con el nombre romano para delatarlo.

—Escribe entonces, Lucas: Con respecto a la venida de nuestro Señor Jesucristo, y nuestra reunión con él, les rogamos, hermanos, que no se dejen apartar fácilmente de su modo de pensar, ni duden, ni por espíritu, ni por palabra, ni por carta como no sea nuestra, de que el día del Señor está cerca. Nadie se engañe de ninguna manera; porque no vendrá sin que antes venga la apostasía, y se manifieste el hombre de pecado, el hijo de perdición.

—¿De qué hablas, Pablo?

Nos contó entonces del Inicuo y de que Yahvé daría muerte a la encarnación del mal, idea que estaba en todas las Escrituras. Agregó que nada nos impedía sugerir esa encarnación del mal en el césar, lo que incitaría a la revuelta a los judíos. Era lo mismo que les decía allí, frente al templo: que el Señor se reuniría no solo con los que han muerto ya en él sino con quienes aceptaran la fe nueva en Jesús. Esto tal vez —siempre según Pablo— podría implicar una acción, lo que nos permitiría también intervenir por medio de las autoridades locales en contra de los sediciosos encubiertos.

Instigar la revuelta, aunque peligroso en apariencia, era la forma más rápida de encontrar a los conspiradores y acabar con ellos. Pablo sabía bien lo que estaba haciendo.

Lucas siguió el dictado:

—Nosotros, los vivos, que nos quedaremos hasta la venida del Señor…

Debo decir aquí que tanto a Lucas como a mí este plan nos parecía de una contundencia incomparable, por lo que nos pasamos dos tardes enteras escribiendo y reescribiendo la carta, refutando y aceptando solo cuando ya nos parecía irrebatible cada argumento y cada expresión. Éramos conscientes, y Pablo más que ninguno, de la importancia decisiva que esas primeras palabras escritas tendrían en la encomienda que debíamos llevar a cabo, aunque a cada uno de nosotros lo esperase un destino distinto por su causa.

De manera que allí quedó escrito: llegaría un engañoso haciéndose pasar por Dios, a quien habría que combatir porque se trataba de la señal tantas veces esperada del, ahora sí, irrevocable fin de los tiempos.

Al concluir la carta, para evitar cualquier duda, Lucas escribió por Pablo:

—El saludo es de mi mano, mía, la de Pablo. Así firmo yo cada carta: esta es mi letra.

Priscila y Pablo iban juntos a la ciudad. La mujer se hacía llevar, a pesar de estar casada con un judío, en una litera y dos lictores iban delante de ella limpiándole el paso. Pablo se incomodaba con la ostentosidad de su dinero y su poder, pero era feliz con ella. Lucas y yo hacíamos bromas a su costa, diciéndole que quizá la etapa de su terrible celibato ya tocaba a su término y que había encontrado al fin una mujer en la que depositar sus sueños.

—¡O la semilla de su descendencia! —agregué alguna vez, ya que Aquila no la tenía, y a pesar del gesto hosco de mi amigo continué—: Si Prisca se embaraza, el hijo será tuyo. Eso lo sabemos nosotros.

Lucas sonrió cómplice y fingió lamentarse:

—¡Pobre de su marido, que te brindó amistad y cobijo!

Quizá para evitar los rumores o porque realmente Prisca encendía sus ánimos, Pablo decidió cambiar de casa y aceptar la vieja invitación de Tito Justo a vivir con él: tan cerca estaba su morada del templo, que le sería más fácil predicar desde allí.

Tal vez ese fue su verdadero error, pues lo expuso aún más a la mirada reprobatoria de los sacerdotes, quienes perdieron a uno de los suyos, Crispo, con la prédica.

Dos hombres —como en Filipos— se presentaron a casa de Tito y pidieron hablar con Pablo para llevarlo con el procónsul Galión. De mala gana convino en acompañarlos; Lucas y yo lo seguimos.

Galión faltaba en Corinto desde hacía semanas, y justo ahora llegaba de Patras y aceptaba enjuiciar al blasfemo: en esos términos hablaban quienes fueron por él a casa de Tito y se lo llevaron, no sin cierta violencia.

Cuando estuvieron delante del procónsul, los acusantes así hablaron:

—Procónsul Galión, este es el tal Pablo, de quien te hemos escrito e informado verbalmente. ¡Está empeñado en convencer a los hombres de que adoren a un dios opuesto a la ley de Moisés y a quien llama Mesías, el elegido!

—¿Ha cometido algún crimen? ¿Ha insultado al césar? —inquirió el hombre.

Hasta allí habían llegado también Aquila y Prisca, que estaban sentados junto al procónsul pues eran invitados habituales suyos.

—No, pero blasfema frente al templo, perturba a nuestros fieles, incita a la sedición.

—*Religio licita* es la de ustedes; no veo por qué no pueda serlo la suya. A ver, Pablo, dime, ¿eres judío?

—Sí, lo soy. Judío de Tarso, circuncidado al tercer día y ciudadano de Roma también.

—¡Menudo lío! —repuso riendo—. No puedo juzgar a un ciudadano romano, querido Amoz, por atentar contra tu religión aunque él también la profese, si no ha incitado a nadie ni herido o matado tampoco. Creo que todos perdemos el tiempo aquí.

Se fueron de allí los demandantes pero no el acusado y su séquito, que iba en aumento. Galión quería hablar con Pablo en privado y los despidió a todos, incluidos Prisca y Aquila, sus amigos personales.

—¡Al fin he venido a conocerte, Pablo o Saulo de Tarso! ¡Tenía tantas ganas de conversar contigo!

Pablo estaba sorprendido del recibimiento.

—He sabido de ti desde hace tiempo, pues eres un buen amigo de mi hermano menor, quien gusta de escribir largas cartas. Seguramente a ti también te tiene entre sus caros corresponsales, ¿o no?

—¿Quién es tu hermano, procónsul?

—Lucio Anneo Séneca, ¡qué pequeño es este mundo!

—¿Y tu cognomen?

—Fui adoptado, hace tiempo, por un hombre muy rico y poderoso en Roma; acabé usando su apellido y su nombre. Heredé además su riqueza y, como ves, también alguno que otro puesto.

—¿Eres Novato, entonces? Séneca hablaba mucho de ti en Egipto. Hace tiempo que no sé nada de él, aunque no lo creas.

—Pues te tiene en gran estima. Dice que todo lo que sabe de los judíos te lo debe a ti. Ha regresado a Roma después de un largo exilio, pues Agripina ha casado con Claudio y adoptado a Enobarbo como su propio hijo.

Así que, después de todo, sí que había noticias de Roma.

XXV

Hacia Jerusalén, vía Éfeso, año 52 d.C.

La comitiva que partió hacia Éfeso incluyó a Priscila y Aquila, que no querían dejar a su amigo Pablo marchar solo con Lucas y conmigo. El apóstol había pasado más de año y medio en Corinto. Haciéndonos a la mar, contemplamos a la vez la colosal estatua de Poseidón, con su tridente apuntándonos. Yo fui el primero en apartar la vista, molesto con tantas amenazas de dioses de todo pelaje.

Embarcamos hacia Siria tras convenir el precio del pasaje con un capitán que partía a Asia Menor; llevábamos, por una vez, suficientes provisiones. Pablo estaba totalmente calvo, pues se había rapado la cabeza después de hacer un voto. En el puente contemplaba, a lo lejos, el Parnaso coronado de nieve. Lo vi atarse una tela a la cabeza para resistir el sol durante el viaje y me dije que más me valía ser paciente: cruzar el Egeo nos tomaría su tiempo.

En efecto, pasamos días y noches en el mar. Primero las Cícladas, luego las Espóradas, íbamos dejando las islas atrás como Ulises. La última en desaparecer fue Samos.

En Éfeso desembarcamos por tan solo unas horas, apenas las suficientes para que Pablo predicara en el templo.

Para cualquiera que se acercara por tierra o por mar era posible escuchar la ciudad antes que verla, por el ruido de la multitud que se congregaba alrededor del templo, en las escalinatas, abajo en la plaza y en las calles circundantes.

Nos adentramos en la poblada urbe, un enjambre de calles y callejuelas con casas de uno o dos pisos. A lo lejos se veía el templo de Diana y más allá, rodeando la población, los largos campos de trigo, casi listo para ser cosechado. Diana era representada como la reina de las abejas y sus sacerdotisas iban vestidas con túnicas de colores en imitación de los insectos. Se oía música de flautas y tambores entremezclada con rezos.

Pablo nos hizo algún comentario sobre las supercherías romanas y la urgente necesidad de propagar la palabra del Señor, la buena noticia de su nueva venida. Pablo creía en pocas cosas, eso me quedaba claro después de tantos años, pero con la vehemencia con la que estaba convencido de que este era el fin de los tiempos. Una y otra vez le escuché repetirlo: el tiempo se acerca, el juicio final está por llegar. Ante la inminencia de lo último, era lógico que no le importase ser temerario.

Cruzamos entonces por delante del enorme teatro, capaz de alojar a veinticuatro mil personas sentadas. Tal vez Pablo imaginara por un momento que algún día podría llenar el lugar con nazareos dispuestos a oírlo predicar, pero tenía demasiado poco tiempo en Éfeso como para perderlo fantaseando.

Caminó aprisa hasta llegar al templo de los judíos. Ya se había propagado la noticia de la llegada de aquel hombre al que muchos tenían por santo y milagroso. Fue acogido con reserva pero también, por vez primera, con respeto por los sacerdotes: lo invitaron a predicar dentro del templo y lo hizo con un sermón breve sobre el tema que lo ocupaba desde hacía meses, la *parusía*, la venida del Mesías, el tiempo que se acercaba, los vivos que serían juzgados junto a los muertos.

Le ofrecieron luego quedarse pero rehusó hacerlo pues su voto, al que también estaba sujeto Lucas, con la cabeza rapada a su vez de una manera que solo servía para hacer más prominente su nariz, le imponía llegar a Jerusalén en Pentecostés para asistir a la fiesta y, cómo no, llevar algo de dinero a los hermanos nazareos.

Lo habíamos pensado mucho, pero la decisión estaba tomada: Pablo tenía que hacerse presente a pesar del peligro que pudiera correr allí. Debía ir al centro de la iglesia, a la comunidad de los apóstoles, y hacer saber no solo que seguía predicando a los gentiles sino también que ya eran muchos cientos sus seguidores. Pedro tendría que aceptar públicamente que él era uno de los suyos.

Aquila y Priscila aceptaron de buena gana no solo quedarse en Éfeso, sino hacerlo en nombre de Pablo. Los que estábamos en el secreto continuamos en barco hasta Cesarea Marítima, donde tendríamos una conferencia con Agripa. Como en otras ocasiones, no estaba solo: Berenice lo acompañó durante todo el tiempo que estuvimos con él.

—Roma aguarda, nunca descansa; el ahora ya largo reinado de Claudio deberá terminar un día, Timoteo. Mientras tanto Agripina duerme ya en el lecho del *Pontifex Maximus* y su hijo Enobarbo ha sido adoptado; todo gracias a mis buenos oficios.

—Lo que quiere decir que hay dos enemigos esperando la muerte de Claudio: Enobarbo y Germánico. Volverán los tiempos de la disputa.

—No si Agripina sigue su propio plan y convence a Claudio de nombrar heredero a su hijo.

—¡Pero si es solo un niño! —protestó Pablo—. Además Narciso nunca dejará que eso ocurra, siempre ha pensado en Germánico como sucesor.

—Narciso es un liberto con suerte, al que Agripina ha sabido convertir en aliado. Han cambiado mucho las cosas con su nuevo mentor, queridos *frumentarii*, puesto que ahora ambos están a las órdenes de Narciso, secretario y prefecto de los pretorianos. He aquí las nuevas credenciales para evitar ser aprehendidos. ¿Lo ven? Allí está el sello todopoderoso de Narciso.

—¡Larga vida a Claudio y a su nueva esposa, Agripina! —dije entonces, sin ocultar la teatralidad de mi ademán.

Recibimos una buena cantidad de dinero, ropas y algunas letras de cambio para los próximos viajes. Nuestro amigo y mentor nos conminó a continuar nuestra labor con estas enfáticas palabras:

—¡La encomienda de Narciso es clara, no dejar que los judíos se levanten juntos contra Roma, hay que dividirlos y dispersarlos!

Y me ha confirmado además que no hay esfuerzo o dinero que escatimar en el empeño.

Por la carretera militar dejamos Cesarea, provistos de caballos que abandonaríamos en alguna posta del *Cursus Publicus* antes de llegar a Jerusalén. Viendo los paños sucios y polvorientos que llevaban Pablo y Lucas atados a la cabeza, me felicitaba de no haber sacrificado mi cabello a la causa.

Con ira había salido hacía años de Jerusalén; iracundo regresaba también ahora. Enfurecido como un león, pues Bernabé le había escrito diciéndole que Bar Sabás había sido nombrado por Pedro para predicar entre los gentiles de Galacia.

¡Esas eran sus iglesias! ¡Él las había fundado y protegido! No iba a dejar ahora que otro se abrogara el derecho de hablar con los gentiles, pues seguramente tergiversaría todo lo que él les dijera. Pero Bernabé era muy claro en las palabras escogidas para transmitirle la noticia: «Se te ha *relevado* de toda responsabilidad en Galacia».

¡Ya veríamos si lo iba a permitir! Había recorrido más de tres mil millas romanas en casi tres años, mil de ellas a pie; no iba a permitir ahora que todo fuera echado por la borda por la necedad del apestoso pescador de Cafarnaúm, como lo llamaba en sus raptos de furia. El triunfo de Pablo significaba, además, la división de los nazareos, a cuya ruptura él contribuyera tanto. No podía darse el lujo de verlos a todos de acuerdo, porque su enemigo común, Roma, era la razón de sus propios trabajos como espía.

—Nadie ara en mis campos, Pedro —dijo al fin Pablo cuando se encontró con el primer apóstol.

—¡No vas a venir aquí a dar órdenes, Pablo de Tarso! Está ya hecho. Búscate otra región. Nada de lo que hacemos es nuestro, no obramos para nosotros, sino para Él —señaló Pedro al cielo dramáticamente.

—No te escudes en el Señor para justificar tus patrañas. Bien sabes que se trata de un capricho personal: todo lo que huele a mí te molesta, ¿no es eso en realidad?

—No hemos estado de acuerdo en nada desde que nos conocimos. Admiro tu tesón y tu fe, no voy a negarlo; pero no estoy de acuerdo ni con tus métodos ni con tus ideas.

—Precisamente por eso no puedo permitir que alguien más predique en mis comunidades y les alborote la cabeza con ideas distintas a las que les he enseñado. Ideas que, por cierto, no son mías, sino de todos los hermanos; ideas que aprendí en la Ciudad de la Sal y con Santiago, a quien pareces haber olvidado.

Pedro se dio cuenta del golpe bajo de Pablo y lo retó:

—Dime dónde dejó escrito Santiago el Justo que tú debías predicar a los gentiles y no en los templos.

—Él lo supo y lo aprobó tácitamente. Además estuvo aquí mismo, participó en la discusión cuando se me permitió ampliar el mensaje a los gentiles.

—Pues él esta muerto y ahora yo mando. ¡Ruja el león enfurecido, nunca has podido ser humilde pese a tus años en la Ciudad de la Sal!

—¡Qué cómodo, Pedro! Propongo que lo decidan los demás. Todos han bajado para Pentecostés. Los puedes reunir y preguntarles, pero en mi presencia, sobre el tema. Te puedo asegurar que seguiré teniendo la encomienda y la región para mí. Es lo justo después de mi esfuerzo.

—¡Lo justo sería que obedecieras! —terminó Pedro, pero convocó al concilio que Pablo le pedía y allí el apóstol de Damasco, como en ocasiones lo llamaban, pudo exponer su caso. Al final de su discurso de defensa, sin restar patetismo a sus palabras, Pablo de Tarso les expresó, implorando:

—He sido perseguido en Antioquía y en Filipos, donde fui encarcelado. He sido amarrado y azotado en otros lugares. He predicado en Derbe y en Listra, en toda Galacia; he ido y venido por Macedonia y Acaya y a todos esos lugares he llevado el evangelio. ¡Me han escuchado a mí predicar la buena noticia! ¡Es a mí a quien creen!

—Precisamente por eso has comprometido nuestra causa. Comes entre gentiles, predicas que la circuncisión no es necesaria, que la ley es como el pecado y que solo la fe salva, ¿te parece poco?

—Digo lo que creo, lo mismo que hizo que Esteban fuera lapidado: que no hay templo que contenga al Señor, ni ley que le baste. Predico incluso que la fe y la caridad no son tan importantes como el amor.

—¿Ese es el reino que anuncias?

—Sí. Donde todos los que permanezcan vivos a la llegada del Señor serán salvados si se arrepienten y abrazan la fe.

Matías intervino:

—Pedro, creo que Pablo tiene razón. No veo nada de malo en sus palabras o en sus actos.

—¿Te parece poco? Aquí mismo se le conminó y fue Santiago el Justo, a quien ahora tanto alaba, el que se lo pidió, que no mezclara a gentiles con judíos.

—No los mezclo. Predico fuera del templo, con los temerosos de Dios, no con los fieles.

—¡Pero si hasta Crispo, el prepósito de Corinto, se ha mezclado con los gentiles! ¿Llamas a eso no mezclar?

—Ojalá ustedes hubiesen hecho algo así en Jerusalén con el sumo sacerdote. No sufriríamos aún persecuciones.

Guardaron silencio.

—De cualquier forma no apruebo tu ministerio —dijo Pedro—, ni podré estar nunca de acuerdo en comer con gentiles. ¿Es que no puedes controlarte?

—Solo la fe en el Señor y en Jesús me controlan. Es por su amor que estoy aquí y que he sido privado de la libertad. ¡He sido azotado en su nombre! —gritó Pablo, colérico, dando un puñetazo en la mesa.

Entonces Tomás preguntó:

—¿Y cómo piensas que un solo hombre puede estar en tantas comunidades a la vez?

—He dejado diáconos a cargo y he empezado recientemente a enviarles largas cartas sobre los preceptos de nuestra fe, para que no se desvíen del camino.

Los apóstoles convinieron en que Pablo tenía razón y convencieron a Pedro, o lo forzaron, a aceptar que fuera él quien regresara a las comunidades que había fundado.

—Bar Sabás puede quedarse en alguna, elegida de común acuerdo, o ir a fundar otras más allá de Macedonia —dijo al final Tomás, quien parecía ahora ser muy escuchado por sus hermanos. Solo entonces Pablo les entregó la nueva colecta, reservando un poco de dinero para ofrecer en el templo.

Con sus ropas blancas y después de lavarse en el primer precinto, entraron todos los apóstoles al templo a festejar Pentecostés: la fiesta del don de la alianza entre Yahvé y su pueblo elegido.

Era un día después de los *idus* de junio.

Mientras tanto, también yo trabajaba. Estaba en la Torre Antonia, escuchando los reportes del centurión a cargo de la situación en la ciudad. Le había enseñado las cartas de Agripa y el salvoconducto de Narciso, ya que no conocía al hombre. Habría llevado conmigo a Lucas, pero con esa cabeza rapada parecía judío y no griego; más valía entonces que se quedara en la calle de los mercaderes abasteciéndose de hierbas y remedios.

—Las cosas en Judea están tranquilas, pretoriano —me dijo condescendiente el centurión—. Lo mismo de siempre: uno que otro zelote causando disturbios.

—Me he enterado de la muerte de un legionario hace dos días, asesinado por la espalda. No me parece eso una señal de tranquilidad, ¿o sí?

—No estaba en servicio. Fue en una riña de borrachos. Digamos que fue su culpa.

—¿Dónde está el asesino? Porque supongo que lo has arrestado.

El centurión lo había llevado al calabozo, donde el hombre permanecía casi inconsciente después de los golpes de los legionarios.

—¡Déjame solo con él! —le pedí.

Se trataba de uno de los más cercanos a Pedro; lo llegué a ver muchas veces.

Intenté interrogarlo, necesitaba saber si acaso pensaban ya levantarse contra Roma, pero fue inútil.

Estaba casi muerto. Sin embargo, me reconoció y me vi obligado: le apreté el cuello hasta asfixiarlo, lo que no me requirió mucha fuerza ni largo tiempo. Los ojos desorbitados del judío pronto estuvieron tan muertos como su cuerpo.

Fue desagradable, de todos modos. Seré un agente, un espía, pero no un asesino.

—Se han pasado con la tortura —dije al centurión, volcando sobre él mi disgusto—. El hombre está muerto. Elevaré mi informe a Roma sobre lo ocurrido. Por cierto, ¿desde cuándo se resguardan en la Torre Antonia las ropas del sumo sacerdote? —pregunté señalando lo que vi en una vitrina.

—Una orden del procurador, para mantener controlados a los saduceos.

—Otra afrenta para los judíos, una más en la larga lista de insultos que un día no ya aguantarán —le dije al marcharme, complaciéndome en socavar un poco su insolente firmeza.

QUINTA PARTE

El peregrino

XXVI

En Éfeso, año 54 d.C.

Qué alegría no habrá sentido Pablo a su regreso. Aquila y Prisca han ido al puerto a recibirlo; le refieren, primero, los grandes éxitos de su negocio. Narran con lujo de detalle, casi quedándose sin respiración, cómo ha crecido el comercio de sus lonas, baldaquinos y tiendas, y le dicen que en Corinto el taller aún permanece abierto. No le comentan nada de la comunidad allí incipiente, ni de las otras, por lo que pierde la paciencia como le ocurre a menudo, aunque esta vez solo se abstrae, cual si no los escuchara. Lo he visto hacerlo muchas veces, incluso conmigo. Aquila y Prisca han traído una mula para cargar sus cosas: es una suerte, porque esta vez no viaja ligero.

Finalmente vuelve a la carga y pregunta por la iglesia, indaga el número de fieles que han conseguido. Sus amigos le dicen que aún son pocos, menos de diez, pero que se ha propagado la noticia de su llegada y que este sábado, seguramente, habría muchos más esperándolo.

Pablo de Tarso se ve cansado, envejecido. No ha venido directamente de Jerusalén; antes ha bajado a Antioquía, donde se ha quedado un largo tiempo, casi seis meses, hasta asegurarse de que Bar Sabás dejaría en paz a sus fieles, a los que ha vuelto a predicar la verdad de su fe, la de Jesús.

Luego pasó por Tarso, solo para enterarse de que su madre había muerto. Pero su hermana se hizo cargo del negocio con extrema facilidad y las cosas iban bien allí para los suyos, con lo que nada lo ataba ahora a la ciudad de la infancia.

Y por no dejar cabos sueltos, hizo de nuevo la peregrinación anterior: Derbe, Listra, Iconio. Cuatro veces ha estado allí desde que las visitó por vez primera, hace ya ocho años. ¡Ocho años! Demasiado tiempo para una sola misión que le pesa como si hubiese durado toda la vida. En cada una de las ciudades se queda al menos por un mes, supervisa el estado de su iglesia, que no es otra cosa que la pequeña comunidad de fieles y en algunas nombra un diácono, una especie de obispo o apóstol delegado para que se haga cargo.

Por donde va lo precede la fama de milagroso, algunos lo llaman santo y se arrodillan al verlo, lo que le perturba; los deja hacer, sin embargo. En algunos sitios reconoce a sus antiguos enemigos, o a secuaces suyos enviados a escucharlo. Pero al menos nadie se atreve a increparlo esta vez.

No va solo; hace tiempo que nunca está solo. Lo acompañamos de nuevo Lucas y yo, y desde Antioquía se nos ha unido Tito, ahora inseparable.

Hemos viajado en barco y a pie, a lomo de caballo y en carro; pernoctamos en posadas y en cuevas, incluso hemos dormido a mitad del camino. Ahuyentamos a las bestias en la noche y cocinamos pequeñas piezas de caza cuando no hubo provisiones cerca. Fuimos hacia el norte también, a Ancira y a la Galacia que recibió a Pablo cuando estuvo más enfermo. Ha predicado en Acroenus y en Cestrus y en Midas Sehri, en el oeste.

En todos esos lugares aprovechó para reencontrar a antiguos nazareos, predicar en el camino y establecer pequeñas comunidades nuevas. Ha intentado lo mismo en Hierápolis, Colosas y Laodicea.

Hasta por Pérgamo nos hemos dejado ver, el apóstol y sus discípulos.

Pero volvamos a ese momento sereno en que Pablo desembarca en Éfeso de nuevo, digo de pronto a mi amanuense, que ya no se sorprende de estas idas y venidas mías en una crónica que debería ser ordenada pero se ve alterada una y otra vez por el desorden de mi memoria, a esa tarde, cinco días antes de los *idus* de mayo.

Pablo preguntó de nuevo por la labor de Aquila y Priscila en Éfeso. Fue la mujer quien se atrevió a hablar:

—Ha llegado otro que se dice sabio y versado en las Escrituras y predica, como tú, fuera del templo.

—No puede ser. ¿Hasta aquí se ha atrevido a venir Bar Sabás sin mi consentimiento?

—No es él. Este se llama Apolo y es judío de Alejandría. Cuando predica, empieza siempre diciendo que ha sido informado en *el camino* del Señor.

—Y ustedes no lo han desmentido en público, no lo han puesto en ridículo —ahora sí Pablo estaba encolerizado—. No puedo creerlo. Ustedes debían desenmascarar al falso profeta.

—No teníamos noticias de ti. ¿Cómo íbamos a saber que este hombre era un falso profeta, como dices? Lo hemos tomado como hermano y le hemos dicho todo lo que oímos de ti, con lo que ha venido a mesurarse en sus comentarios y a entender de dónde vienen las palabras que predicas.

—¿Les ha dicho dónde se informó, como afirma, del *camino*?

—Fue bautizado por Juan, el primo de Jesús.

—Ha sido bautizado con agua, no con el Espíritu. Habrá que explicarle la diferencia, ya veré quién es en realidad el tal Apolo, como no me venga con que venera al Sol y a otras deidades egipcias por haber nacido en Alejandría.

—Nada de eso. Es un judío muy piadoso, Pablo. Espera a conocerlo.

Y es verdad lo que sus discípulos le han dicho. Apolo conoce bien las Escrituras, como comprobará Pablo al presentarse donde el siguiente sabbat el sospechoso se encuentra reunido con un grupo de seguidores. Después de un rato durante el que advierte el nerviosismo que su presencia allí les ha causado, el apóstol de los gentiles pregunta a Apolo y los suyos si saben que deben ser bautizados por él para recibir al Espíritu.

Entonces ya no utiliza agua. Les impone las manos y les dice que en el nombre del Padre, el Señor Yahvé, del Hijo, Jesús, y del Espíritu, serán salvados el día del juicio final.

Cada uno de los allí reunidos se pone a agradecer el bautismo y lo hace en su propia lengua, con lo que la confusión es mayúscula: los que se dan cuenta de que el apóstol no los entiende, traducen lo que oyen a las otras lenguas que conocen; se escucha entonces a la vez al menos una docena de idiomas distintos.

Asombrado el sumo sacerdote por lo que allí ha ocurrido, invita a Pablo al templo. Tres meses más tarde, sin que nadie venga esta vez a perseguirlo o a contradecir lo que afirma, Pablo hace oír su palabra entre los judíos; no los convierte, pero lo oyen cuando les habla del reino del Señor y de su nueva venida. Pocas veces menciona a Jesús.

Al término de esos meses decide que debe, como hacen los filósofos en Acaya, predicar en una escuela, más seriamente: se trata, eso piensa, de una doctrina, y debe ser escuchada con respeto, no solamente en el pasto, cerca de los ríos. Aquila ha tomado clases de retórica con uno de los maestros más reputados de Éfeso, Tyranos; después de negociar el precio, éste acepta rentarles su propia escuela de retórica para predicar *el camino*, pero solo durante las tardes, en que queda desocupada.

De la *hora quinta* hasta la *décima* Pablo predica allí. Trabaja en el nuevo taller de Prisca y Aquila por las mañanas desde muy temprano, ni bien amanece, y después de comer se encamina a la escuela de Tyranos, donde un grupo más grande de seguidores —casi cuarenta ya— diariamente escucha el evangelio.

Los sábados, sin embargo, sigue yendo a predicar al aire libre y hasta allí se dejan llegar gentes de muchos lugares que han oído de Pablo y lo tienen por un hombre milagroso. No solo lo escuchan quienes desean seguir la buena nueva de Jesús; sobre todo vienen a verlo tullidos y enfermos a los que han asegurado que el apóstol podría curarlos.

Lucas y él hacen lo que pueden para parecer efectivamente milagrosos, pero no siempre lo logran.

Por las noches, después de cenar en comunidad, duerme en casa de sus amigos. Prisca es siempre la última en abandonarlo; le preocupa —constantemente lo dice— la salud de Pablo. No parece ya una rica mujer romana: se viste y comporta como una peregrina esenia. De hecho, buena parte de sus ganancias han sido entregadas a la nueva iglesia de Éfeso, para que sus miembros puedan vivir y socorrer a los necesitados. A veces Pablo sueña con que esto no es una mentira; le gustaría que se tratara de un monasterio como el de la Ciudad de la Sal y que él fuese el maestro de justicia, como Santiago.

Una noche me confió al respecto:

—Me preguntaste alguna vez si yo creía en Jesús, si me había convertido de verdad. Pues he de decirte que de tanto repetirla, empiezo a estar convencido de la Palabra.

Me impacienté:

—Si ni siquiera conociste a Jesús: todo lo que sabes de él lo aprendiste con los esenios y con Santiago. No me vas a decir, por favor, que te crees esa patraña de la resurrección. ¿Y dónde se ha metido tu Mesías todo este tiempo, entonces?

Pablo me respondió con la serenidad que en el fondo siempre mantenía en este tipo de disputas, por apasionadas que fueran:

—Puede que no esté vivo como nosotros, pero ese no es el punto. Hemos discutido esto una y otra vez y es muy difícil para ti, puesto que no crees en nada, como mi amigo Séneca: si para ti no hay divinidad y somos solo materia, átomos sin una razón de ser, es lógico que no me sigas cuando te hablo de Yahvé. Yo soy un judío, ¿lo olvidas? Estudié las Escrituras durante años con uno de los mejores hombres, Gamaliel, y vine a aprender de él todo lo que sé del Señor, en el que sí creo. Así es, nunca lo he negado.

—Una cosa es creer en los dioses, o en Dios, en singular, aunque eso lo acepto aún menos, pero otra es que hayas terminado por admitir que un hombre, que por cierto dicen es el hijo de un rapto, sea el Mesías, el elegido, y que vino a predicar el reino, como lo llamas. Me asustas, Pablo; se supone que estamos aquí por otro motivo, no religioso sino político o militar, como quieras verlo.

—No niego mi misión, pero tampoco reniego de mi fe judía.

—Y si te dices tan piadoso, ¿por qué trabajas para Roma? ¿No sería mejor abandonarlo todo e irte entonces a la Ciudad de la Sal a vivir de hierbas y culebras?

—No entiendes nada.

—Por supuesto que entiendo. Nuestra profesión exige la desconfianza, la incredulidad. Somos artistas del disfraz, de la impostura, pero no creemos en nada ni en nadie.

—Discrepo nuevamente contigo. No soy un mercenario, como esos soldados que se alistan solo para cobrar unos sestercios y no morir de hambre. Yo sí tengo una encomienda más alta que cumplir.

—¡Quisiera entenderla, Pablo, para no decepcionarme!

—Anunciar el fin de los tiempos, la llegada de Yahvé, el juicio final. Sirvo a Roma en los días que le restan a mi vida, pero sé que seré juzgado en poco tiempo e iré con los justos.

—Suponiendo que todo eso de lo que hablas exista, que haya algo después de la muerte y que Yahvé esté preocupado por ti, en fin, concediendo que tu fe tenga algo de verdad, lo que sí te aseguro es que serás juzgado por tu servicio a Roma, no por tus buenas obras. Y no creo que te salves para la eternidad —bromeé entonces, pero Pablo parecía no escucharme.

Lo que vino después en esta curiosa aventura que es la vida, ninguno de los dos podíamos preverlo. Por favor, Craso, no copies lo que voy a decir ahora; pues Pablo, que en cuestión de instantes había pasado de la confiada serenidad con que habitualmente conversábamos a una cólera que solo contenía porque su interlocutor era yo, tuvo entonces una terrible recaída en su antigua enfermedad: a la mañana siguiente simplemente no pudo levantarse. Las fiebres lo consumían entero y su cuerpo sudoroso semejaba un pez recién sacado del río; mojaba las ropas y deliraba, diciendo estupideces. ¡Tan grandes que temí que en su insensatez nos delatara! Pero lo raro era que en su delirio hablaba de Afrodita: se decía oficiante de su rito. La alababa en latín, un idioma que dominaba pero usaba muy poco; ahora era la única lengua en que parecía pensar. Llamé a Lucas para que lo atendiera y exigí que nadie entrara a su cuarto; pretextamos que el apóstol necesitaba descanso. Aquila y Priscila, sin embargo, no podían dejar de escucharlo y además entender sus dichos a la perfección. Así estuvo por tres días, sudando y en pleno delirio, como un poseso. Lucas temía que esta vez no lo superara. Así me lo dijo:

—Está muy mal, Timoteo. Es una recaída terrible de su malaria. Temo que se mezcle con su antigua epilepsia, también, debido al calor de su cuerpo, y que ya no podamos controlar los ataques y la enfermedad. Tú sabes bien que Galeno ha utilizado a micos y a cerdos; los ha cortado en canal y estudiado sus órganos. He aprendido de los mejores maestros, pero no me atrevo a abrirle la cabeza para dejar escapar los humores espesos que allí aprisionados lo tienen al borde de la muerte.

—Haz todo lo posible por curarlo —dije a Lucas. Y me hubiera quedado allí junto a Pablo, hacia quien sentía que tenía ese deber, pero entonces llegó de Cesarea una carta urgente. Agripa me urgía a visitarlo, las cosas en Roma habían dado un vuelco gigantesco.

XXVII

En Éfeso, a fines del año 54 d.C.

No sería demasiado difícil para Craso, aunque no tome nota, memorizar todo esto que no sé aún por qué escrúpulo quiero excluir de mi dictado, y agregarlo cuando yo no lo vea. También le sería fácil hurtar esas páginas a mi examen y agregarlas más tarde al manuscrito. ¿Por qué preocuparme, en la situación en que estoy? Dejemos que sea este muchacho quien decida, así como solo del tiempo y el azar dependerá que estos papeles no se pierdan como tantos y hagan llegar a quienquiera que sepa leerlos la verdad de esta historia de mentiras.

—Claudio ha muerto —me sorprende Agripa tan pronto me besa y me abraza al recibirme en su palacio. Caminamos por el jardín y me refiere los detalles.

El recuerdo de estos pormenores me incita a dejar todo por escrito, así como por amistad hacia Pablo no quise que su palabra fuera puesta en duda a causa de los delirios producidos por su enfermedad.

¡Eres un holgazán de primera!, reprendo a mi escriba, que se sobresalta. Pon por escrito todo lo que te digo, no omitas palabra alguna. Estoy refiriendo un momento crucial de mi relato. El que modifica todo. A ver, escribe.

Lo que me ha despertado ha sido la misma indignación que sentí entonces. No podía creer el relato que Herodes Agripa hacía de lo ocurrido en Roma:

—Dicen que en realidad fue Agripina quien lo envenenó. Pero eso me lo ha referido Afranio Burro, el prefecto de la Guardia Pretoriana; tu amo, para no dar rodeos.

—¡No soy esclavo de nadie! —respondí, no del todo en broma.

—De tus propios caprichos, como lo somos quizá todos. Pero en fin, el caso es que Agripina, creo, se cansó de esperar a que Claudio muriese naturalmente, y lo envenenó con setas para seguir retozando en la cama con Palante, en ocasiones casi frente al tartamudo de Claudio, que consentía no sé cómo esos arrumacos. El emperador, además, se había sentido indispuesto por largo tiempo, así que casi fue obligado a participar del banquete: porque eso fue lo que organizó Agripina para tener más testigos de que el suceso fue un simple paro cardiaco. ¡Y por poco le salen mal las cosas, ya que Enobarbo regresó tarde al *Palatium* por estar en los suburbios dedicado a sus juegos eróticos, disfrazado de mendigo!

—¿Eso hace Enobarbo? Los suburbios son peligrosísimos. Pocos salen bien librados allí.

—Lo acompaña una guardia menor toda también disfrazada, descuida, y han jurado a Agripina que conservarán el secreto de los deslices del muchacho, aunque ahora quién sabe. Ya estaban degustando los alimentos Claudio, Agripina y Germánico cuando Enobarbo llegó sudoroso, disculpándose, y estuvo a punto de comerse las setas envenenadas que su madre reservaba para Claudio. Ésta tuvo que derramar el vino para evitarlo y por fin logró que su esposo, tartamudo y enfermo, comiera sus setas silvestres favoritas, lo suficientemente envenenadas como para matar al Minotauro —ríe Agripa, embelesado, y me informa que ha conservado la amistad de Agripina, con lo que sabe que seguirá siendo un favorito de Roma y que su tetrarquía no será tocada en forma alguna. Él mismo, además, convenció a Claudio años antes para que adoptase a Enobarbo, por lo que espera recibir una jugosa recompensa.

Interrumpí su relato:

—Pero el emperador no había nombrado heredero.

—Agripina y Palante aseguraron que antes de perecer lo hizo en Enobarbo, dejando a Germánico de lado. Burro y Séneca se apresuraron a convencer al resto del Senado y de los pretorianos, así que no se requirió mucho tiempo para que el nuevo emperador fuese proclamado sin violencia alguna.

—¡Pero es apenas un niño! ¿Qué edad tiene Enobarbo?

—Dieciséis años, y habrás de modificar su nombre desde ahora. Ya no es Enobarbo, ni Domicio: tu nuevo emperador se llama Nerón Claudio César Augusto Germánico.

—En pocos nombres cabe tanta nobleza, Agripa. ¿Cómo ha de cargar con tanto antepasado ilustre a sus espaldas? He sabido que le interesan el canto y la música, no precisamente la guerra ni la administración del Estado.

—Eso lo llevarán Agripina, Burro y Séneca, despreocúpate. ¡Dejemos que Nerón alabe en sus versos la caída de Troya!

Brindamos por el nuevo *Pontifex Maximus.* ¿Cuáles serían las nuevas órdenes de Roma?

—No habrá nuevas órdenes, sino las mismas. Burro sigue a cargo de todos los agentes del imperio y no creo que cambie su política hacia Palestina; mientras eso ocurra debemos seguir como hasta ahora. Tienes que decirle a Pablo que su misión es dividir a los nazareos y exponerlos a la luz pública. Hoy más que nunca hay que identificar a cualquiera que desafíe la autoridad de Roma en estas tierras. De una larga paz depende mi tranquilidad, Timoteo.

Pero no regresé entonces directamente a Éfeso: fui primero a Corinto, donde las cosas no parecían ir del todo bien. Para quitárselo de encima, Pablo había enviado a Apolo, el alejandrino, a predicar allí una vez que estuvo seguro de adoctrinarlo realmente en la palabra. Pero en Corinto se produjo la división, por lo que Pablo me escribió una carta urgente para que acudiera a zanjar las diferencias, de ser posible, o por lo menos a llevar de vuelta a Apolo a Éfeso aunque fuera de los pelos, así me lo pedía. Pues tras el paso de Apolo por el lugar, el templo de Corinto y los gentiles mismos habían formado bandos antagónicos: hablaban de la fe de Pedro, de la fe de Pablo, de la fe de Apolo y de la fe de Jesús como si se tratase de cuatro cosas totalmente distintas.

Al inicio no entendí la preocupación de Pablo. ¿No se trataba justamente de eso, de dividirlos a todos hasta que no encontraran manera de entenderse? Pero en una segunda carta me explicaba que si bien era posible debilitar cualquier posible insurrección, pues nadie iba a lograr entenderse, lo cierto era que también sería muy difícil que él pudiera sostenerse como guía espiritual por largo tiempo. «Como setas silvestres aparecerán por doquier magos y apóstoles y profetas, y esto será como un mercado de carniceros de la fe», me explicó, refiriendo además a modo de ilustración un suceso ocurrido en Éfeso durante mi ausencia.

En las *calendas* de agosto había llegado a la población un hombre con su familia, predicando la buena nueva; se anunciaba a los cuatro vientos, pregonando por las calles su capacidad milagrosa, aunque eran sus propios hijos, por supuesto, los heraldos de su palabra. Convocaba a los enfermos, a los tullidos y a los pobres del alma a acercarse a él. Pronto la noticia alcanzó a Pablo, quien supo además que el hombre cobraba por sus servicios, también a través de sus hijos; éstos solicitaban una ayuda para que el individuo pudiese sobrevivir en el camino viajando con su palabra, que llamaba sagrada y santa y quién sabe cuántas cosas más.

La gente iba a ver al exorcista, quien afirmaba además que conseguía sacar a los demonios de los cuerpos de los posesos, y abandonaba así la escuela de Tyranos, donde Pablo reunía a su iglesia. Esto lo enfurecía. «No deja de ser gracioso que la gente nos compare», me escribió a Cesarea, «porque a mí mismo me asombra que la gente me corte trozos de la túnica o la toga y se vaya corriendo a aplicárselos a sus enfermos, creyendo que sanarán.» Incrédulo o no, Pablo, encolerizado, fue al lugar donde el mago predicaba.

—¿Quién eres, hombre, para venir aquí y afirmar que puedes curarlo todo en nombre del Señor? —lo increpó.

Sceva, que así se llamaba el charlatán, contestó presto:

—Soy sumo sacerdote. Juro por mis siete hijos que lo que digo es cierto y que mis obras son más elocuentes que mis palabras.

—Eres solamente un embustero, no vale la pena discutir contigo. Serás sumo sacerdote de tu propio culto. ¡Deja de confundir a la gente!

Pablo insultó al hombre ferozmente, lo que encolerizó a tres de sus siete hijos quienes lo molieron y tundieron y abandonaron allí, dolorido, en el camino donde lo encontró Tito horas después; pobre Pablo y su ira.

Pero lo peor ocurrió el sábado siguiente, cuando el mago ya tenía una multitud de curiosos dispuestos a ser embaucados; no pocos de ellos eran miembros de la iglesia de Pablo. Así hablaba Sceva a los reunidos allí:

—¿Ven a esta mujer, que no puede estarse quieta pues los demonios han decidido habitarla? —dijo señalando a una joven que temblaba, sudaba y gritaba improperios—. Pues yo le extraeré todos los males del cuerpo y de su alma. Escucha, mujer, lo que he de decir a quienes han penetrado en tu cuerpo.

Hizo una pausa dramática, elevando los brazos al cielo; puso de pronto los ojos en blanco y gritó a las alturas:

—¡Los conjuro por ese Jesús al que Pablo proclama, a que salgan de inmediato de aquí y abandonen el espíritu de esta pobre desdichada!

Era el colmo, pensó Lucas, quien fuera enviado allí como espía. Regresó de inmediato a advertir a Pablo de que el tal Sceva ahora usaba su nombre, y Pablo lo envió de regreso. Entonces el médico verdadero increpó al exorcista en estos términos:

—¡Sceva, charlatán y embaucador de feria! A Jesús lo conozco y sé quién es Pablo, el apóstol de los gentiles. ¿Tú quién eres para hablar en su nombre y blasfemar de tal forma? ¡Mira cómo has engañado a estos hombres, contratando falsos enfermos y tullidos para luego decir que los curas, cuando estaban perfectamente sanos! Has venido a Éfeso solo para llenar tus bolsas de denarios.

El poseso de turno saltó entonces al cuello de Sceva, lo derribó, y hablando en un idioma extraño empezó a apretar el cogote del embustero; sus hijos tuvieron que quitárselo de encima por la fuerza, pues casi había logrado estrangularlo. La multitud se dispersó de inmediato, no sin antes arrojar piedras y palos a los falsos profetas.

Pablo, una vez que supo lo ocurrido por boca de Lucas, aprovechó la primera ocasión que tuvo para amonestar a sus seguidores. Fue esa misma tarde, en la escuela de Tyranos:

—¡Estúpidos y mil veces estúpidos! —gritó, escupiendo bilis por la boca—. ¿Cómo es posible que se hayan dejado engañar por un mentiroso de tan baja ralea? ¿Es que no han entendido nada acerca de la palabra del Señor?

Y así siguió durante un tiempo prolongado, descargando con puñetazos al aire sus ganas de golpearlos; finalmente imploró a Yahvé compasión para con aquellos que con tanta facilidad lo habían abandonado para creer en Sceva.

—Es lo mismo que pasa ahora en Corinto y en Galacia —les dijo ya más calmo—. La gente empieza a decir tonterías, como que si hay muchas palabras y muchos caminos, o que si hay más de una fe; hablan de la fe de Pedro o de la mía propia como si no fuésemos todos hijos del Señor, hermanos en Jesús, quien fuera enviado por su Padre para nuestra salvación. No existe más que un camino, y es el camino del amor.

Pero seguramente no transmitía amor con sus bramidos Pablo de Tarso, sino rabia; una rabia profundísima, lo adivino. Pues precisamente lo que no quería eran muchas iglesias distintas, incontrolables, en lugar de una única hermandad de gentiles y temerosos de Dios que creyeran en Jesús y en el fin de los tiempos; eso era todo lo que estaba dispuesto a aceptar. ¿Acaso era mucho pedir? Alguna vez me lo preguntó con estas mismas palabras, como si de veras le fuera la vida en ello. Se hallaba convencido, además, de que nada de eso obraba en contra de su misión como espía de Roma.

Con qué intensidad vivía en ese tiempo. Debo escribir, me decía, cuanto antes, cartas a las comunidades que he fundado, dejarles muy clara cuál es la buena nueva proclamada. Debo hablarles del Espíritu y de la fe, para que abandonen la tonta idea de que se trata simplemente de seguir la ley, que no es otra cosa que un conjunto de costumbres puestas por escrito. ¡Yo mismo pondré por escrito entonces esta nueva ley, que predico de viva voz cuando desean escucharme! Debo escribirla, repetía para mis oídos incrédulos, para que se disipen de una buena vez todas las dudas.

XXVIII

En Éfeso, año 55 d.C.

Apacigüé los ánimos en Corinto y regresé a Éfeso. Llevaba conmigo a Apolo aunque no de los cabellos, ya que no fue necesario: el pobre hombre se encontraba apenadísimo por la confusión que había desatado entre los fieles.

Después de escuchar mi informe, Pablo llamó a Lucas y le dictó de inmediato lo que tenía en la cabeza sin ninguna duda, puesto que ya había pensado cada palabra que quería transcribir al pergamino; Lucas le sugirió alguna metáfora, pero esta vez apenas opinó. El llamado a la cordura provenía exclusivamente de Pablo.

—Pablo, llamado a ser apóstol de Jesucristo por la voluntad de Dios, a la iglesia de Yahvé que está en Corinto; a los santificados en Jesús y llamados a ser santos con todos los que en cualquier lugar invocan el nombre de Nuestro Señor, Señor de ellos y nuestro. Gracia a vosotros y paz, de parte de Dios nuestro Padre y del Señor Jesús, su hijo y nuestro hermano —dictó saludando a sus fieles.

Después agradeció a Dios y elevó algunas oraciones que Lucas sin decir nada volcó al pergamino, aunque una vez hecho esto recordó al apóstol que ya había de mencionar el asunto de la carta. Allí fue cuando Pablo se lanzó, prudente al inicio pero luego casi amenazante:

—Les ruego, pues, hermanos, por el nombre de Nuestro Señor Jesús, que habléis todos una misma cosa, y que no haya entre ustedes divisiones, sino que estén perfectamente unidos en una misma mente y en un mismo parecer. Porque he sido informado acerca de vosotros, hermanos míos, por los de Cloé, que hay entre ustedes contiendas. Quiero decir, que cada uno de ustedes dice: Yo soy de Pablo; y yo de Apolos; y yo de Pedro; y yo de Jesús. ¿Acaso está dividido Jesús? ¿Fue crucificado Pablo por ustedes? ¿O fueron bautizados en el nombre de Pablo? Doy gracias a Dios de que a ninguno de ustedes he bautizado, sino a Crispo y a Gayo, para que ninguno diga que fue bautizado en mi nombre. También bauticé a la familia de Estéfanos; de los demás, no sé si he bautizado a algún otro. Pues no me envió Jesús a bautizar, sino a predicar el evangelio; no con sabiduría de palabras, para que no se haga vana la cruz de Jesús. Porque la palabra de la cruz es locura para los que se pierden; pero para los que se salvan, esto es, para nosotros, es poder de Dios.

»Pues está escrito: «Destruiré la sabiduría de los sabios, y desecharé el entendimiento de los entendidos». ¿Dónde está el sabio? ¿Dónde está el escriba? ¿Dónde está el disputador de este siglo? ¿No ha enloquecido Dios la sabiduría del mundo? Pues ya que en la sabiduría de Dios el mundo no conoció a Dios mediante la sabiduría, agradó a Dios salvar a los creyentes por la locura de la predicación. Porque los judíos piden señales y los griegos buscan sabiduría, pero nosotros predicamos a Jesús crucificado, para los judíos ciertamente tropezadero, y para los gentiles locura; mas para los llamados, así judíos como griegos, Mesías, poder de Dios y sabiduría de Dios. Porque lo insensato de Dios es más sabio que los hombres y lo débil de Dios es más fuerte que los hombres. Pues miren, hermanos, su vocación, que no son muchos sabios según la carne, ni muchos poderosos, ni muchos nobles, sino que lo necio del mundo escogió Dios para avergonzar a los sabios, y lo débil del mundo escogió Dios para avergonzar a lo fuerte, y lo vil del mundo y lo menospreciado escogió Dios, y lo que no es, para deshacer lo que es, a fin de que nadie se jacte en su presencia.

Lucas lo interrumpió para pedirle que dejara la enumeración y le recordó ejemplos ilustres de cartas de la antigüedad; le señaló fórmulas que podían ser útiles y leyeron de nuevo lo allí escrito. Pero Pablo decidió que no había nada que corregir sino que, muy al contrario, había que insistir. La carta rodaría de aquí para allá, leída una y otra vez; ¡que lo escucharan, entonces!

—Conforme a la gracia de Dios que me ha sido dada, yo como perito arquitecto puse el fundamento y otro edifica encima; pero cada uno mire cómo sobreedifica. Porque nadie puede poner otro fundamento que el que está puesto, el cual es Jesús. Y si sobre este fundamento alguno edificare oro, plata, piedras preciosas, madera, heno, hojarasca, la obra de cada uno se hará manifiesta; porque el día la declarará, pues por el fuego será revelada; y la obra de cada uno, cual sea, el fuego la probará. Si permaneciere la obra de alguno que sobreedificó, recibirá recompensa. Si la obra de alguno se quemare, él sufrirá pérdida, si bien él mismo será salvo, aunque así como por fuego. ¿No saben que son ya templo de Dios y que el Espíritu de Dios mora en ustedes? Si alguno destruyere el templo de Dios, Dios le destruirá a él; porque el templo de Dios, el cual son ustedes, santo es.

Debía dejar claro, además, que había sido él, Pablo, no Pedro, Apolo o Bar Sabás, quien convirtió a los creyentes a la palabra. Entonces se acordó de mí:

—Por esto mismo les he enviado a Timoteo, que es mi hijo amado y fiel en el Señor, el cual os recordará mi proceder en Jesús, de la manera que enseño en todas partes y en todas las iglesias. Mas algunos están envanecidos, como si yo nunca hubiese de ir a ustedes. Pero iré pronto a ustedes, si el Señor quiere, y conoceré, no las palabras, sino el poder de los que andan envanecidos. Porque el reino de Dios no consiste en palabras, sino en poder.

No tardó en pasar a la amenaza.

—¿Qué quieren? ¿Que vaya a ustedes con vara, o con amor y espíritu de mansedumbre?

Ahora era a un profeta de los de las Escrituras a lo que más se parecía.

— Ciertamente, se oye que hay entre ustedes fornicación, y tal fornicación cual ni aun se nombra entre los gentiles; tanto que alguno tiene la mujer de su padre. Y ustedes están envanecidos. ¿No deberían más bien haberse lamentado, para que fuese quitado de en medio de ustedes el que cometió tal acción? Ciertamente yo, como ausente en cuerpo, pero presente en espíritu, ya como presente he juzgado al que tal cosa ha hecho. En el nombre de Nuestro Señor Jesús, reunidos vosotros y mi espíritu, con el poder de Nuestro Señor, el tal sea entregado a Satanás para destrucción de la carne, a fin de que el espíritu sea salvo en el día del Señor Jesús. No es buena su jactancia. ¿No saben que un poco de levadura leuda toda la masa? Límpiense, pues, de la vieja levadura, para ser nueva masa, sin levadura como son; porque nuestro *Pésaj*, que es Jesús, ya fue sacrificado por nosotros.

Siguió así por un buen rato, dictando y rectificándose. Agregó algunas cosas luego y eliminó redundancias, para redactar a continuación su personal Deuteronomio, como lo llamaría yo burlándome más tarde, que le salía del alma o de la soledad:

—En cuanto a las cosas de que me han escrito en las cartas que me enviaron con Timoteo, mi hijo tan querido, bueno le sería al hombre no tocar mujer; pero a causa de las fornicaciones, cada uno tenga su propia mujer y cada una tenga su propio marido. El marido cumpla con la mujer el deber conyugal, y asimismo la mujer con el marido. La mujer no tiene potestad sobre su propio cuerpo, sino el marido; ni tampoco tiene el marido potestad sobre su propio cuerpo, sino la mujer. No se nieguen el uno al otro, a no ser por algún tiempo de mutuo consentimiento, para ocuparse sosegadamente en la oración; y vuelvan a juntarse en uno, para que no les tiente Satanás a causa de su incontinencia. Mas esto digo por vía de concesión, no por mandamiento. Quisiera más bien que todos los hombres fuesen como yo; pero cada uno tiene su propio don de Dios, uno a la verdad de un modo, y otro de otro. Digo, pues, a los solteros y a las viudas, que bueno les fuera quedarse como yo; pero si no tienen don de continencia, cásense, pues mejor es casarse que estarse quemando.

Sabía de lo que hablaba: había tenido que aprender a contenerse para no arder en las llamas de su propio deseo. Estas le habían jugado incluso alguna mala pasada en la misma Éfeso, de la que no salió indemne, pero al menos pudo escapar. Una noche, mientras estaba enfermo y con fiebres, izaron con cuerdas hasta su habitación en el segundo piso a una joven prostituta que desnuda fue a frotarse contra su cuerpo, el cual respondió de inmediato, y así Pablo tocó y besó esa carne, pensando que se trataba de un sueño.

La muchacha, que conocía todos los trucos de su oficio, lo acarició y respondió a sus embestidas para luego dejarlo allí, despierto del todo.

—¿Creías que yo era una pesadilla, Pablo? Soy de carne y hueso y tú no eres ningún santo —recitó la mujer a carcajadas como se le había enseñado, mientras se ponía una bata ligera y salía presurosa del cuarto; cansado y exhausto, Pablo arrojó su simiente sobre sus propias carnes y se quedó dormido.

Siguió dictando. Cambió de tema.

—Si yo hablase lenguas humanas y angélicas, y no tengo amor, vengo a ser como metal que resuena, o címbalo que retiñe. Y si tuviese profecía, y entendiese todos los misterios y toda ciencia, y si tuviese toda la fe, de tal manera que trasladase los montes, y no tengo amor, nada soy. Y si repartiese todos mis bienes para dar de comer a los pobres, y si entregase mi cuerpo para ser quemado, y no tengo amor, de nada me sirve. El amor es sufrido, es benigno; el amor no tiene envidia, el amor no es jactancioso, no se envanece; no hace nada indebido, no busca lo suyo, no se irrita, no guarda rencor; no se goza de la injusticia, mas se goza de la verdad. Todo lo sufre, todo lo cree, todo lo espera, todo lo soporta. El amor nunca deja de ser; pero las profecías se acabarán, y cesarán las lenguas, y la ciencia acabará. Porque en parte conocemos, y en parte profetizamos; mas cuando venga lo perfecto, entonces lo que es en parte se acabará. Cuando yo era niño, hablaba como niño, pensaba como niño, juzgaba como niño; mas cuando ya fui hombre, dejé lo que era de niño. Ahora vemos por espejo, oscuramente; mas entonces veremos cara a cara. Ahora conozco en parte; pero entonces conoceré como fui conocido. Y ahora permanecen la fe, la esperanza y el amor, estos tres; pero el mayor de ellos es el amor.

Hablaba a tal velocidad que Lucas tenía que interrumpirlo una y otra vez para preguntarle si era correcto lo que había transcrito. Pero a Pablo no le importaba, quería decirlo todo, de una buena vez y para siempre, y así siguió hasta finalizar:

—Además les declaro, hermanos, el evangelio que he predicado, el cual también recibieron, en el cual también perseveran; por el cual asimismo, si retienen la palabra que les he predicado, estarán salvos, si no creyeron en vano. Porque primeramente les he enseñado lo que asimismo recibí: que Jesús murió por nuestros pecados, conforme a las Escrituras; y que fue sepultado, y que resucitó al tercer día, conforme a las Escrituras; y que apareció a Cefas, y después a los Doce. Después apareció a más de quinientos hermanos a la vez, de los cuales muchos viven aún, y otros ya duermen. Después se apareció a Jacobo; después a todos los apóstoles; y al último de todos me apareció a mí. Porque yo soy el más pequeño de los apóstoles, y no soy digno de ser llamado apóstol, porque perseguí a la iglesia de Dios. Pero por la gracia de Dios soy lo que soy; y su gracia no ha sido en vano para conmigo, antes he trabajado más que todos ellos; pero no yo, sino la gracia de Dios conmigo. Porque o sea yo o sean ellos, así predicamos, y así habéis creído. Pero si se predica de Jesús que resucitó de los muertos, ¿cómo dicen algunos entre ustedes que no hay resurrección de los muertos? Porque si no hay resurrección de muertos, tampoco Jesús resucitó. Y si Jesús no resucitó, vana es entonces nuestra predicación, vana es también su fe. Y somos hallados falsos testigos de Dios; porque hemos testificado de Dios que él resucitó a Jesús, al cual no resucitó, si en verdad los muertos no resucitan. Porque si los muertos no resucitan, tampoco Jesús resucitó; y si Jesús no resucitó, nuestra fe es vana; aún somos pecadores. Entonces también los que durmieron en Jesús perecieron. Si en esta vida solamente esperamos en Jesús, somos los más dignos de conmiseración de todos los hombres. Mas ahora Jesús ha resucitado de los muertos; primicias de los que durmieron es hecho. Porque por cuanto la muerte entró por un hombre, también por un hombre la resurrección de los muertos. Porque así como en Adán todos mueren, también en Jesús todos serán vivificados. Pero cada uno en su debido orden: Jesús, las primicias; luego los que son de Jesús, en su venida. Luego el fin, cuando entregue el reino al Dios y Padre, cuando haya suprimido todo dominio, toda autoridad y potencia. Porque preciso es que él reine hasta que haya puesto a todos sus enemigos debajo de sus pies. Y el postrer enemigo que será destruido es la muerte.

Cuando releo la epístola, todavía hoy me asombra, aunque no tanto, que me haya llamado hijo. Yo mismo lo había reclutado diez años antes, yo mismo era quien le transmitía las órdenes de Roma; sin embargo él era el líder, aunque su liderazgo no era en principio sino una impostura, o el resultado de esta. Sus cartas serían leídas una y otra vez en todas partes, provocando aún mayores conflictos que antes. No eran mensajes de paz como él creía o decía creer, y ahora ninguna otra cosa me parece más clara.

¿Qué diría Pedro cuando un informe de lo dictado por Pablo, o directamente alguna de sus epístolas llegara a sus manos? ¿Cómo reaccionaría ante las palabras de su enemigo, a quien había llamado en más de una ocasión *el embustero*?

XXIX

Aún en Éfeso, año 57 d.C.

Dejemos pasar algo de tiempo. Situémonos tres años después, todavía en Éfeso. El trabajo ha rendido frutos: llegan a la ciudad emisarios de las comunidades fundadas por Pablo que lo mantienen informado de todo lo que pasa. Pablo organiza, decide, ordena. Yo apenas intervengo.

No ha necesitado mi presencia, mientras me encontraba en Corinto, para desembarazarse de una absurda acusación por deudas que lo tuvo en la cárcel durante algunas semanas. Tampoco ha podido contar con Aquila y Prisca, ya que éstos han vuelto a su querida Roma después de que Nerón permitiera el regreso de judíos y egipcios y restableciera el culto de Isis. Aprovechando su aparente soledad, Tyranos lo acusó de adeudarle una inmensa cantidad de dinero que se negaba a pagar, falsificó un contrato en el que todos creyeron y ninguno de sus seguidores en Éfeso tenía suficientes recursos para liberarlo de prisión. Pero los fieles de Filipos, sabedores de la triste situación de su apóstol, enviaron a Epafroditos, uno de los suyos, con la cantidad suficiente para pagar la fianza, las fraguadas deudas y liberarlo. Epafroditos volvió a Filipos con una carta llena de agradecimiento, escrita por Pablo de su propio puño en la misma celda.

Entre tanto, también yo he estado ocupado. Comisionado por Agripa, que a su vez obedecía a un mensaje secreto de Agripina, realicé con la ayuda de un esclavo, Helios, una cuidadosa operación encubierta. Había que deshacerse del procónsul romano en Asia, Marco Junio Silano, de quien Agripina temía que quisiera hacerse con el trono de Claudio una vez muerto, pues le correspondía al ser bisnieto de Augusto. Helios llegó de Roma con el arma preparada: *Fungi porcini*, el veneno de Locusta, la bruja de los *Subura*.

El problema era darle la comida al procónsul sin que sospechase del contenido. Debí prepararle una cena, repartiendo dinero por todos lados: a uno de los cocineros del palacio de Silano le ofrecí una fuerte suma por introducir las setas envenenadas en el menú. También me las arreglé para que Helios, que traía cartas importantes de Roma, aunque era un esclavo se le invitara al banquete, donde su misión sería rechazar las preciadas setas para en cambio ofrecerlas íntegras al procónsul como símbolo de gratitud por su hospitalidad. Yo haría lo mismo.

Estaba familiarizado con el sitio, ya que entraba siempre de incógnito utilizando salvoconductos de Agripa y del propio Claudio; así podía escudriñar con comodidad en la vida de los militares más conspicuos. Silano, como muchos otros, sabía que yo era un *frumentarius* y no ignoraba que mis informes iban y venían a Roma regularmente, así que siempre que podía me convidaba, aunque fuera en secreto, a sus banquetes con invitados especiales. Esta vez no fue la excepción.

Nadie más se intoxicó con las setas, pues Silano se puso enfermo tan pronto comió su plato y el convite tuvo que suspenderse. A la mañana siguiente el procónsul había muerto. Agripina recibió la noticia en el viaje de regreso de Helios, quien llevaba consigo a la doliente familia del procónsul. *Infusum delectabili cibo boleto venenum*, escribí en el parte a Agripa.

Éfeso era una ciudad de poderosos y ricos. El gobernador de la provincia de Asia vivía allí junto con muchos acaudalados ciudadanos romanos que tenían hermosas mansiones con baños privados e incluso con letrinas personales para que los señores no tuviesen que usar las públicas. No así la casa de Aquila y Prisca, pues la rentaron a un judío no muy rico, por lo que Pablo iba a las letrinas públicas y allí conversaba sobre Jesús mientras conseguía aliviar sus entrañas, algo que con los años se convirtió en toda una pesadilla; en ocasiones se estaba sentado más de una hora antes de poder pasarse la esponja de limpieza.

La mayor parte de la población, como Corinto, gozaba de iluminación nocturna y circulaban cantidades enormes de dinero debido a la cantidad de peregrinos paganos que venían al templo de Artemisa a pedir los más diversos favores, entre los cuales estaba el de lograr que las hijas vírgenes consiguiesen marido pronto.

La diosa de las mil mamas era reproducida miles de veces en estatuillas de plata. Y era ese oficio, el de orfebre, el más redituable en aquel lugar; ese gremio habría de ser, quién podría pensarlo, otro de los enemigos jurados de Pablo de Tarso.

Y es que el apóstol se apersonaba en las escalinatas del templo de Artemisa, una de las siete maravillas del mundo, el santuario más grande de la Tierra, del que tan orgullosos estaban los ricos del lugar, y desde allí predicaba la palabra. Ya no le bastaban el templo judío ni la escuela de Tyranos. Aprovechaba las fiestas más concurridas para interceptar gentiles y convertirlos.

Y no solo ocurría que esos gentiles dejaban de ir al templo, o se iban directamente a la escuela de Tyranos. ¡Muchos de ellos pedían incluso ser bautizados por Pablo! El negocio de Artemisa iba desplomándose poco a poco.

El líder de los orfebres era un tal Demetrios, quien escuchó decir un día al apóstol, frente al templo, rodeado de una multitud de peregrinos:

—¡Dios no está en los templos! ¡Está dentro de cada uno de nosotros, pues nos ha escogido como sus hijos! ¡Dios no está en las figurillas que hacemos con las manos para vanamente representarlo! ¡Dios no está en las imágenes que compramos buscando adquirir una fe, pues la fe no puede comprarse!

Era el colmo, ahora entendía mejor: este hombre era el causante directo de la situación que los numerosos orfebres del lugar padecían. Así que convocó a todos los artesanos y sus familias al teatro a la tarde siguiente para encontrar una solución definitiva al problema.

Más de cuatro mil personas asistieron. Después se derramaron por todas las calles, gritando y cantando: «¡Grande es Artemisa de Éfeso! ¡Poderosa es Artemisa de Éfeso! ¡Milagrosa es Artemisa de Éfeso!».

La multitud coreaba y vitoreaba de esa forma y la gritería se hizo un único murmullo que cubría la ciudad entera. Demetrios también había invitado al teatro a las autoridades romanas, para pedir una votación de sus agremiados acerca de las blasfemias del judío.

Esta vez sí, por suerte para Pablo, fui avisado de inmediato. Convoqué al cada vez más numeroso grupo de sus seguidores. Tito y Lucas llegaron allí junto con otro griego, Erasto; les fue explicada la gravedad de la situación.

—Sugiero que huyamos cuanto antes. ¡Cuatro mil personas no son cualquier cosa, no será como en Filipos! —dijo Lucas, asustado e imaginándose ya en fuga con su pequeña bolsa de remedios.

Nada más lejos de las ideas de Pablo.

—¡No! Dejemos de temer a nuestros enemigos. Propongo ir al teatro; es un buen pretexto para predicar la palabra de Jesús ante tanta gente reunida. Yo mismo iré y les explicaré que no se trata de estropearles su negocio con las estatuillas, sino de prepararse para el verdadero final.

—¡Estás loco! Ahora sí me queda claro que has perdido la cabeza, Pablo —le dije—. Te he oído proponer cosas temerarias; incluso he secundado algunas. ¡Pero ir a entregarte a la turba para que te asesinen! Nunca consentiré que eso ocurra.

No esperó mi consentimiento: se volvió hacia los demás y empezó a gritarles.

—¡Vístanse la armadura de Dios para poder resistir a los engaños del diablo! Porque no estamos luchando contra seres de carne y hueso, sino contra las autoridades, contra las potestades, contra los soberanos de estas tinieblas, contra las fuerzas espirituales del mal. Acompáñenme en esta difícil empresa y tomen las armas de Dios para poder resistir el día funesto y permanecer firmes a pesar de todo. Cíñanse con el cinturón de la verdad, vistan la coraza de la justicia, calcen las sandalias del celo para propagar la buena noticia de la paz. Tengan siempre en la mano el escudo de la fe, en el que se apagarán los dardos incendiarios del maligno. Pónganse el casco de la salvación y empuñen la espada del Espíritu, que es la Palabra de Dios. Vivan orando y suplicando, oren en toda ocasión animados por el Espíritu; permanezcan despiertos y oren con perseverancia por todos los consagrados; también por mí, para que cuando yo abra la boca se me conceda el don de la palabra y pueda exponer libremente el misterio de la buena nueva. Si hacen esto conmigo, no habrá gremio de orfebres ni enemigo que pueda combatirme.

Después de la larga perorata quedó callado. Esperaba una respuesta, pero nadie dijo nada. El silencio, como una comezón en la garganta, los hacía toser y carraspear.

—¿Alguien me acompaña?

Me puse ante la puerta.

—De aquí no sales, Pablo, como no sea para largarnos de Éfeso.

Vencido, el apóstol se arrodilló y comenzó un gemido lastimero que pronto se hizo llanto. Nunca antes lo vi llorar. Nunca más, tampoco, y por suerte: otra escena así y hubiera pensado que había enloquecido del todo. Esa tarde se le secaron para siempre las lágrimas.

Pero ninguno de los discípulos se atrevió, tampoco, a consolarlo.

Envié a Lucas al teatro por información.

—Anota todo lo que escuches, pues he de saber si se nos amenaza en realidad o todo termina en una amonestación pública o en la prohibición de predicar frente al templo de Artemisa, que es lo que espero.

Lucas obedeció y salió a toda prisa.

Lo que escuchábamos no era alentador: la turba seguía lanzando vítores a Artemisa y pidiendo el juicio público de Pablo.

—Amigos, los he reunido aquí porque nuestra situación es apremiante —decía Demetrios ante la multitud vociferante que poca atención prestaba a sus palabras, pues seguía emitiendo proclamas contra Pablo y alabanzas a su diosa—. Nuestros pocos ingresos se los debemos a Artemisa y a nuestras manos. Podemos ver sin embargo cómo este hombre llamado Pablo de Tarso no solo aquí en Éfeso, sino por doquier, en toda Asia, según se nos ha informado, va predicando que un dios formado con las manos del hombre no puede ser un dios. Hace poco ha conseguido que una familia de magos judíos como él, dejase de curar en nuestra ciudad alegando que se trataba también de un falso sacerdote de su propio dios. Muchos judíos van a la escuela de Tyranos, donde el tal Pablo enseña, llevan allí sus más preciados rollos y papiros, y aceptan quemarlos en una gran pira que arde todo el día y la noche; ha incinerado el saber de esos hombres pretextando, seguramente, que Dios tampoco está en las Escrituras que para muchos de ellos eran tan sagradas como para nuestros clientes las figurillas de Artemisa. ¡Ese hombre que les digo nos está haciendo un daño enorme y debemos detenerlo de una buena vez antes de que arruine nuestras vidas o las de nuestras familias! Se acerca la gran fiesta de nuestra diosa; es menester que antes de que eso ocurra consigamos la detención de este individuo y nos pague lo que injustamente hemos perdido en los años que lleva aquí ahuyentándonos los clientes y los fieles de Artemisa, la muy grande y milagrosa.

Varias veces fue interrumpido en su discurso por la muchedumbre allí reunida, dispuesta a todo. Se oían voces iracundas:

—¡Muerte a Pablo de Tarso, que nos quita el pan de las bocas!

Concluyó el orfebre entonces:

—¡Corremos gran riesgo de que nuestro oficio desaparezca e incluso la veneración a Artemisa deje de contar para quienes hacen hasta aquí el viaje! ¡Este es el templo más hermoso de la Tierra y ningún judío puede seguir acusándonos de supersticiosos y paganos!

—¡Que pague! ¡Que pague! —siguió la multitud.

—Propongo que pidamos su arresto. Nos acompañan hoy autoridades romanas a quienes hemos encomendado el caso.

Demetrios presentó entonces a los jueces, quienes habían estado dirimiendo en voz baja mientras el líder de los orfebres hablaba y la multitud coreaba.

Uno de ellos dictó la sentencia:

—Hemos escuchado con atención lo que el ciudadano Demetrios ha declarado aquí. Por la mañana se presentó ante nosotros y llevó documentos que prueban la veracidad de sus dichos: los libros de haber del gremio en los años anteriores a la llegada de Pablo de Tarso a Éfeso y los actuales. Pero además estamos asombrados de su poder de convocatoria. Que todas las familias de los agremiados estén aquí prueba también que Demetrios es un hombre querido y respetado. Y es precisamente por ese respeto que le pedimos no que retire los cargos contra un inocente, nada de eso; pero sí que atempere sus juicios. No todos los años han sido igual de buenos, y este último quizá aún peor. Pero faltan los meses más importantes y debemos esperar a que eso ocurra para emitir un juicio contundente sobre si ha sido la conducta de Pablo la causa verdadera de la disminución de sus ingresos.

La multitud protestó de la única manera en que lo hacen las masas, maldiciendo a Pablo y a los jueces.

Demetrios pidió paciencia a hombres y mujeres, enfurecidos por igual. El romano terminó su discurso:

—¡Hemos de prohibir, sin embargo, toda prédica de Pablo de Tarso en la ciudad para evitar futuras rencillas con los orfebres, y para permitir que los ingresos de este gremio sean los normales! ¡Se le hace saber que no puede volver a convocar públicamente a nadie, ni frente al templo ni en la escuela que renta al retórico Tyranos!

—¡Destierro para Pablo! —gritó alguien en el público y fue secundado de inmediato por los otros.

Demetrios concluyó:

—¡El juez ha hablado y hemos conseguido lo que deseábamos! Con todo, amigos, hemos de vigilar muy de cerca al que se llama apóstol para impedir que vuelva a hacer de las suyas.

—¡Grande es Artemisa de Éfeso! —concluyó la asamblea, sellando para siempre la suerte de Pablo en esa localidad.

SEXTA PARTE

El cautivo

XXX

Hacia Jerusalén, año 57 d.C.

Poco después de comenzado el año Pablo decidió salir de Éfeso, la ciudad que tanto había amado pero en la que ya no se sentía seguro. Pensaba quedarse hasta finales de mayo para aprovechar las fiestas dedicadas a Artemisa, durante las que llegarían al lugar, como otros años, cientos de miles de peregrinos que eran presa fácil para él y su voluntad de convertirlos; gente de todas las razas que buscaba consuelo en la divinidad, cualquiera que esta fuese, y a la que era fácil convencer de la buena nueva aunque al principio mostraran resistencia. Pero después de mucho pensarlo se decidió a ir a Jerusalén para entregar una nueva colecta en el templo. Era tiempo ya, según me dijo, de hablar de Jesús justo en el Sanedrín.

No viajamos sin embargo directamente a destino, ya que era mejor recolectar más dinero antes de llegar allí. Pablo propuso pasar por Corinto y Macedonia y así lo hicimos. El grupo salió de madrugada y caminamos hacia Tróade, en cuyo puerto habría seguramente algún navío que zarpara pronto hacia Neápolis.

Cuando nos quedamos solos en cubierta, de pie contra el viento y el mar que nos mojaba a ratos la cara, debajo de la alta vela que nos protegía del sol, Pablo me sorprendió:

—¿No será tiempo ya de irnos a Roma a descansar?

Me animó su buen humor y me burlé de él.

—¿Quién te dice que serás bien recibido allí, apóstol de los gentiles, agitador profesional, embustero de pacotilla?

—¡Es lo menos que se puede pedir! He dejado mi vida para servir al césar. ¿No sería lógico que Narciso me premie con una villa, muchos esclavos y años de placentero descanso?

—Lo dudo. ¿No te burlabas acaso de mis intenciones de ser también recompensado con un ascenso? Probablemente nadie se acuerde de nosotros en el *Palatium*; somos dos moscas molestas en la sopa del césar.

—Pues recurramos entonces a tu amigo Agripa, él sabrá recomendarnos ante Domicio, Enobarbo, Nerón o comoquiera que se llame el nuevo césar.

—¿Y si pruebas tú también con tu amigo Séneca? Es el preceptor del joven emperador y, dicen, amante de Agripina. ¡Sus recomendaciones serían aún más directas!

—Lo ves; no es tan difícil. Ya estoy viejo para estos trotes por el mundo, a pesar de tus buenos oficios para conseguirnos algo de dinero y hacer menos duras nuestras vidas. Pero tenemos que aparentar tantas cosas que ni siquiera me puedo dar un baño sin que los hermanos se enteren y fisgoneen en mis aposentos para ver si soy verdaderamente santo o milagroso.

—Me extraña oírte hablar así —le confesé—. Justo ahora que has conseguido lo que anhelabas. Has propagado por toda Asia y Acaya, entre gentiles, judíos y paganos de toda índole, tu evangelio, tu buena nueva. Y ha rendido frutos, a pesar de las persecuciones, los palos y los encierros. Has despertado ira, has dividido, y hemos identificado a todos los nazareos y agitadores en las ciudades del imperio.

—¡No estés tan seguro! Pero acepto algo, quizá hayamos logrado aplazar una revuelta contra Roma. No más. Los nazareos y otros radicales aguardan el tiempo propicio, y tarde o temprano saltarán al cuello del césar y buscarán hundir sus dientes en la vena hasta verlo sangrar. ¡Entonces no podremos hacer nada! Tú lo sabes bien, Timoteo. En todos los viajes hemos obtenido pruebas fehacientes de que los nazareos buscan liberarse del yugo de Roma; aunque no sepamos cuándo, sabemos que pronto. Necesitan dinero y unidad, y es nuestro papel que no tengan ni uno ni otra.

—Ahora resulta que hemos sido un paliativo, una extraña medicina, un calmante tan solo. ¿Recuerdas cómo dudabas cuando te pregunté en qué creías, Saulo? ¿O cómo debo llamarte, si te conocí cuando eras otro?

—No dudo de la parte religiosa que conversamos esa otra ocasión. Es mi única certeza. Seremos la última generación de vivos antes de la llegada de Yahvé.

—¿Y no tienes miedo entonces de que el Señor, como lo llamas, te juzgue por haber servido al césar?

—Los servía a los dos al mismo tiempo. No me arrepiento.

Siempre he pensando que hay distintos tipos de hombres. No cualquiera puede ser Pablo, como no cualquiera puede ser este Timoteo que escribe o el que fue antes. Matar, por ejemplo, no es un asunto con el que se pueda vivir tranquilo si no se tiene el temperamento y la templanza para ello. Pablo dudaba a ratos de su eficacia, pero no de su fe en el fin de los tiempos y en la amenaza de los nazareos.

De Neápolis, como ocho años atrás, fuimos directamente a Filipos. Allí teníamos mucho que agradecer: en particular a Lidia, nuestra amiga, que había mandado a su esclavo Epafroditos a Éfeso con dinero para la fianza de Pablo.

Ninguna iglesia fue tan generosa con él como la de Filipos, por eso estábamos seguros de que le darían buen dinero para llevar al templo; nunca nos habían decepcionado. Además, ya eran numerosos. Planeábamos quedarnos con ellos algún tiempo y así fue: desde el primer día siguieron a Pablo con fe y ahora se sentían felices de poder acogerlo y agasajarlo.

Meses después nos dirigimos a Tesalónica y luego a Berea, pues allí también teníamos bastante que agradecer y comprobar. Todos siguieron a Pablo a la casa de su hermano Sosípatros excepto Lucas y yo, que nos quedamos en la vieja posada. Tal vez tuviera suerte y encontrara otra vez a la joven que tanto alegrara mis últimos días de borracho en aquel lugar.

—Cada quien vuelve por lo suyo —dije bromeando a Lucas, más que dispuesto a acompañarme en mis fechorías. Seguía recibiendo una paga nada despreciable por los diversos trabajos que realizaba —médico, escriba, alcahuete, según el caso— y de vez en cuando, como ahora, tenía incluso ocasión de divertirse. Nos fuimos en secreto a buscar mujeres mientras los otros, con Pablo a la cabeza, predicaban y convivían con los demás seguidores del *camino*.

Sin embargo, llegaron noticias de Corinto. De nada sirvieron cartas ni visitas, pues los cuatro clanes hostiles aún afirmaban que cada uno tenía la verdad de la fe; se decían iglesias distintas. Yo continuaba viendo en esto un triunfo de Pablo, pero de todas maneras él quiso pasar por allí y recolectar, de paso, tanto dinero como pudiera. No se podía permitir el lujo de autorizar la división: dictó una segunda epístola a Lucas en la cual se mostró aún más enfático, llegando a decirles que al parecer su presencia era tan débil como nula su palabra.

—Dicen que estoy loco, hasta mí ha llegado la noticia —Lucas escribía tan aprisa como podía—, sí, lo reconozco. Pero loco por Yahvé y por Jesús y por la fe que predico.

Tres horas después la carta estaba terminada. Entre todas esas palabras había una frase en cuya verdad yo sí creía por entonces, pero hoy todavía me parece más cierta: «El mundo antiguo ha pasado y aquí ha aparecido una realidad nueva».

Todo se diluye entre las manos, todo lo sólido se desvanece en el aire. Esto he pensado siempre y a esto me he acomodado en medio de tantos cambios como he visto desde que nací y al servicio del imperio bajo tantos césares distintos. Sin embargo, a Pablo lo aterraba este pensamiento del que para mí, con todo, ha dependido siempre la felicidad. Es en la incertidumbre que he vivido mis días y por eso las certezas de los que creen no pueden sino molestarme. No es que sea un cínico, como Pablo insistía en repetirme: soy realista. Y no tengo la culpa de que las cosas se comporten siempre tan caprichosamente.

Todo el invierno de ese año lo pasamos en Corinto, donde fuimos finalmente a apaciguar los ánimos; no sin cierta dificultad logramos hacerlo. Tito Justo había regresado a la ciudad. Nosotros nos quedábamos a dormir en casa de Aquila y Prisca; aunque se hubieran ido a Roma, su taller seguía funcionando a toda marcha. Pablo, siempre tan capaz de atender varios asuntos a la vez, aprovechó para supervisar cómo iban las cosas e informar de primera mano a la pareja de amigos.

Hasta se entretuvo en fabricarse una capa de piel de cabra para resistir el frío. Se sentía viejo, achacoso, lo que no me sorprendía teniendo en cuenta su negativa a tomar la medicina que tanto Lucas como yo recomendábamos con actos y palabras: la ocasional compañía femenina que tanto insistía en rechazar. Así que le dolía todo, y decía sentirse como si las fuerzas lo quisieran abandonar de pronto.

Gayo, que al igual que Crispo, el sacerdote judío, era diácono de la comunidad en Corinto, lo invitó a quedarse en su propia casa, pero Pablo no pasó allí más que unas noches, seducido por la conversación larga y abundante como el vino.

A su regreso lo ayudaba a recostarse; en esos momentos sí que me sentía como un hijo ayudando a su padre borracho.

Hasta que un día salió de su modorra para anunciarnos, a Lucas y a mí, que escribiría una epístola para los hermanos en Jesús de Roma, donde nunca había estado.

—Es una carta para Aquila y Prisca, pero también para todos los que ellos han convertido allí y quienes los han alcanzado en la capital del imperio. Anunciaré mi llegada, o al menos mi intención de visitarlos.

—¿Y si nunca llegas a ir? ¿De qué habrá servido? —lo interrogó Lucas.

—Esclarecerá quiénes son los nazareos allí, lo que servirá al prefecto Burro. Pero me apetece muchísimo ir a Roma y es un buen pretexto para conseguir el dinero y los permisos para el viaje, labor que dejo a cargo de Timoteo y de sus protectores en Cesarea.

—No somos nosotros quienes damos las órdenes, eso lo sabes, pero algo tal vez pueda hacerse.

—No me queda mucho ya que hacer en Macedonia, ni en Acaya ni en Asia. En Jerusalén reina Pedro y no se me quiere. Podría retirarme a Tarso a ver cómo el inútil de mi cuñado estropea el negocio familiar y lo lleva a la bancarrota. O podría irme a Roma a cosechar algo de lo que he sembrado durante todos estos años. Prefiero lo último.

—Está bien, que Lucas escriba —acepté.

—¡Eres un aguafiestas! —me recriminó—. Con suerte no solo llego a Roma sino que conozco los confines del imperio. Podría irme a Córdoba, en Hispania; mi viejo amigo Séneca siempre pondera el benigno clima del lugar, apto para un viejo como yo. Ni mucho calor en el verano, como en el desierto, ni tanto frío durante el invierno, como en las montañas.

Ahora, mientras lo dicto, me da un ataque de risa: aquí estoy yo, completando el destino que Pablo anhelaba en Corinto, antes de que todo se volviera más incierto todavía. Si Pablo era un impostor, yo soy el que usurpa su suerte: duermo, como, me visto, utilizo y habito cosas y lugares que eran suyos, que lo esperaban. Pero Pablo se ha ido y todo lo que a mí me queda es la memoria, ese tesoro húmedo e inservible del que nos aferramos para no naufragar.

Vuelvo a Corinto. Regresan los colores y las voces:

—¡No hago el bien que deseo, cumplo el mal que no querría! —dijo Pablo, y dictó a Lucas esa larga y hermosa carta a sus hermanos en Roma.

Por fin terminó la espera y salimos todos hacia Jerusalén. Éramos muchos, pues nuestro séquito necesitaba una gran escolta para proteger el dinero de la colecta, más áureos que denarios, pocos sestercios sueltos: una fortuna. Iban Sosípatros, hijo de Pirro, de Berea; Aristarco y Secundo, de Tesalónica, Gayo, de Derbe, y Tíquico y Trófilo, de la provincia de Asia, escogidos con cuidado para que además atestiguaran, al regresar a sus comunidades, que se había entregado cada moneda y que nada se hubiera perdido en el camino. Después de algunos días de juerga en Berea y de cumplir nuestros deberes respectivos de amanuense y de acólito en Corinto, ni Lucas ni yo podíamos faltar en la partida.

—¡Soy un judío de verdad! —dijo Pablo a sus fieles al comenzar la travesía, sin que nadie se lo preguntara, por otra parte—.

Ese es mi pueblo, el elegido, al que pertenecen la adopción, la gloria, las alianzas, la ley, el culto, las promesas y los padres.

Pocos entendían de qué demonios hablaba y a mí me sorprende escuchar todavía su voz en mi oído.

En Aso una multitud salió a la playa a despedirnos. Allí embarcamos y después navegamos por el golfo de Edremit hacia Mitilene, al puerto de Lesbos. La vela dirigida al sur nos llevó a Quío; luego singlamos hacia Samos. Del otro lado, apenas a una milla de distancia, se divisaba la costa de la provincia de Asia. La tarde siguiente echamos el ancla en Mileto.

Desembarcamos en el que todavía llaman puerto de los Leones, uno de los cuatro de esa pequeña localidad marítima. Desde allí ya divisábamos el templo de Apolo, imponente y hermoso.

Nos adentramos en la ciudad, aunque Pablo estaba ansioso por volver a zarpar: quería llegar a Jerusalén para Pentecostés y aún faltaba mucho camino por recorrer. Vimos a un sacerdote maniático entrar en éxtasis y recitar sus profecías: era el oráculo de Dídimo, del que Pablo no tardó en burlarse, aunque en voz baja, con un mínimo de prudencia por una vez en la vida.

Llegaron desde Éfeso delegados de las comunidades de Asia, con más denarios y creyentes. Ninguno iba solo, peregrinaban en compañía de sus mujeres y sus hijos: nunca antes habían ido a Jerusalén ni conocían el templo. Era su oportunidad.

Volvimos a hacernos a la mar dos días después, cuando una pequeña embarcación salía hacia Patara. Allí cambiamos a un barco de carga que partía hacia Fenicia dejando Chipre a babor, lo que también traía recuerdos al apóstol errante. En Tiro hicimos escala, puesto que el barco debía dejar su carga. Pasamos una semana en tierra.

Allí había otra iglesia fundada por Pablo que ya parecía caminar sobre sus propias huellas; sus seguidores nos acogieron y partieron el pan con nosotros, como enseñaba Santiago el Justo. En el puerto más cercano, Tolemaida, acabó nuestro viaje naval. Desde allí, al fin, caminamos a Cesarea.

Nos quedamos en casa del apóstol Felipe, llamado también el Evangelista, como Pablo, por la gente que lo oía predicar. Se había casado y tenía cuatro hijas, todas con el curioso don de la profecía.

Lucas bromeaba:

—El evangelio atrae a las multitudes, y las hijas cartomancistas y adivinas se roban el dinero de los peregrinos: ¡negocio redondo!

Preferimos dejar que sus palabras cayeran al vacío.

Hasta la casa de Felipe, también de camino a Jerusalén para las fiestas, se dejó llegar un tal Ágabo, otro vidente y mago; fue recibido con besos y abrazos. El hombre tenía, en todo caso, el don del drama y el teatro: tan pronto entró, miró a Pablo, tomó la tela con que éste ceñía su túnica y se amarró con ella las manos gritando como poseso:

—¡El dueño de esta prenda será atado de esta forma en Jerusalén y entregado a los paganos!

Pasé una noche en el palacio de Agripa, volví con dinero, noticias y monturas; las tres, cosas esenciales para el resto del viaje.

Ninguno sabía que las cartas ya habían sido echadas: tal vez lo que balbuceaba Dídimo en el templo de Apolo era lo mismo que dijera; Ágabo el mago y repitieran las hijas vírgenes de Felipe.

—¡Que se haga la voluntad del Señor! —dijo Pablo a su séquito y de nuevo echamos a andar, con nuestro tesoro de denarios a cuestas y la gran preocupación de que los asaltantes de caminos nos sorprendieran como a tantos otros peregrinos en aquellos días tan productivos para los bandidos.

Nadie se asombrará si aquí confieso que en aquel grupo de seguidores de Jesús algunos íbamos armados hasta los dientes.

XXXI

En Jerusalén, año 58 d.C.

Otra vez en esa ciudad amada y temida por Pablo. ¡Si tan solo hubiese escuchado las voces proféticas de las vírgenes hijas del apóstol Felipe! O tal vez, harto de tanto ir y venir por ciudades y desiertos, prefería de una vez enfrentar su destino. Pablo estaba fatigado, cansado de seguir con aquella mentira impuesta por una misión que parecía que iba a durar toda su vida. Entregó la colecta en el templo, lo que daría a los nazareos la tranquilidad que necesitaban para seguir predicando en paz, autorizados por el Sanedrín. Como siempre, Pablo era importante para ellos por su capacidad para conseguir recursos: los proveía de adeptos ricos y de suficientes denarios como para financiar su expansión y desarrollo, además de no pocos de los viajes de los apóstoles. ¡Y aquella vez no era una simple ofrenda, era un tesoro lo que habíamos cargado hasta Jerusalén para Pedro y los suyos!

Mi memoria fluye, fresca como una fuente.

Hice pasar los caballos de Agripa como un donativo de un amable judío piadoso. Mientras cabalgábamos por fin cómodamente, pensé en la habilidad de Agripa para situarse: controlaba ahora su tetrarquía perfectamente al haber logrado casar al procurador romano, Marco Antonio Félix, con su hermana Drusila.

Unos legionarios de Siria, bien disfrazados de gentiles seguidores de Pablo, fueron también anexados al séquito del apóstol de Damasco, como Pedro —cuando estaba de buen humor— lo llamaba en lugar de embustero. Ahora el pescador lo esperaba, o más bien a la colecta que venía con Pablo, cuya presencia con los años parecía haberse vuelto un mal necesario.

Entramos por la puerta de Herodes a una ciudad abarrotada por cientos de peregrinos que venían de todos lados a celebrar el *Pésaj*, la fiesta de los ácimos, con sus hermanos en el templo. Las calles eran un hervidero de cabezas en un caluroso panal y apenas dejaban a su paso otra cosa que el polvo del camino que se desprendía de las viejas sandalias.

Nos quedamos en casa de Mnasón, un judío de Chipre que vivió en la Ciudad de la Sal en la misma época que Pablo, con el que éste se había carteado frecuentemente. Pero el chipriota debía avisar a Pedro, por supuesto, sin dilación, de la llegada de su hermano, y Cefas llamó a Pablo *a informar*. Así lo dijo Bernabé, que también vino al Pentecostés y a traer su colecta.

—Que es menester que te presentes cuanto antes ante los apóstoles, te esperan a primera hora de la mañana.

Lo que ocurrió en esa reunión no fue sino un nuevo capítulo en la ya larga serie de desencuentros de Pablo con Pedro y los otros, algo que no solo sabía que iba a ocurrir sino que secretamente deseaba. Era lo mejor a esas alturas, me dijo, que los delegados de las iglesias de Asia se dieran cuenta de que había incompatibilidades de origen con la postura de los apóstoles, encabezados por el apestoso pescador de Cafarnaúm, y por ende buscasen seguir con mayor vehemencia a Pablo y sus ideas. Ahora veía él también como providencial el tema de la división, con lo que por fin venía a estar de acuerdo conmigo.

Pablo presentó a cada uno de los hombres que formaban su numeroso séquito, muchos de ellos totalmente desconocidos para los de Jerusalén. Quince en total estábamos allí con él, fieles y dispuestos.

—Hemos sabido que continúas armando líos —dijo Pedro sin ninguna cortesía como preámbulo, y eso que sabía de lo cuantioso de la colecta que Pablo y los suyos cargábamos.

—Parece que los líos, como los llamas, se arman solos. El último incidente, en Éfeso, no fue tanto mi culpa como un malentendido con los orfebres, si a eso te refieres.

—No precisamente, aunque no desconozco el caso. Me refiero a tu insistencia en que no es necesaria la circuncisión entre gentiles. Lo que ahora ha llegado hasta nosotros es la queja, generalizada por cierto, de que muchos judíos que te han escuchado se niegan a circuncidar a sus hijos so pretexto de que la ley no es la fe, porque te citan en sus argumentos en los templos.

—Es mejor ser incircunciso del prepucio que del alma, ¿no crees, Pedro?

—¿Y qué dices acerca de que otros tantos judíos en Asia han optado por comer animales que no han sido propiamente desangrados, contraviniendo así la ley?

—Yo mismo me he esforzado por solo comer animales puros, así que eso que dices es una mentira. Los gentiles que me siguen son ahora expertos en preparar alimentos puros; en nada contradigo la ley.

—Si alguien habla de ti ahora, Pablo, es de un hombre que se ha desviado —dijo entonces Matías con cierta dulzura—. ¿No entiendes el mal que nos haces a todos con tu necedad? Afirman que estás en contra de nuestro padre Moisés, que eres un apóstata.

—¡Ustedes saben mejor que nadie que es mentira! Pocos hay tan fieles y celosos a su religión como yo, que he dado mi vida entera para predicar la fe. Pero es preciso que se entienda aquí que muchas veces para lograrlo en tierras no judías hay que enviar un mensaje más ecuménico, que incluya a todos. El día que el Señor venga, todos seremos juzgados por igual, pues todos somos sus hijos.

—¿Afirmas entonces que el pueblo judío no es el elegido? —cuestionó ahora Juan, quien había venido a la fiesta con la madre de Jesús.

—Afirmo que todos somos hijos de Dios en la fe de Jesús, que nos salvó de nuestros pecados. Pero entiendo que este no es tiempo de disputa, hermanos, sino de celebración. Hemos traído una cuantiosa colecta de todas las iglesias de Asia, Macedonia y Acaya, que muestra cuán piadosos son nuestros hermanos allí. Y he de realizar, entonces, mis ritos de purificación completos para mostrar a todos los asistentes al templo que no soy un apóstata como dicen, sino un seguidor fiel de la ley. Haré mi voto, mi *nazireato*, rapado de la cabeza nuevamente, para dar fe pública de mi apego a las Escrituras y a la ley de Moisés. ¡Creo que bastará para callar las bocas de los mentirosos!

Los apóstoles estuvieron de acuerdo, incluso Pedro aprobó la idea, pues parecía del todo sensata. Solo lo previno:

—Vienen contigo muchos gentiles, espero que no intentes violar la ley e introducirlos al templo.

—Es una advertencia que está de más, Pedro querido. Amo a mis hermanos, que me acompañan aquí y son como mis hijos, no los expondría jamás a esa suerte. Soy un conocedor de la ley, un antiguo zelote, se los recuerdo a todos aquí. Sé perfectamente lo que le harían los guardias del templo a un gentil que osara traspasar al patio interior.

Los hermanos partieron el pan con los recién llegados y hubo una larga y provechosa conversación entre todos los presentes que, al menos en apariencia, zanjaba las añejas disputas.

A la mañana siguiente Pablo se dirigió al templo acompañado por Lucas, un gentil llamado Trófimo y yo mismo, pero nos detuvimos en la explanada exterior, donde dieron comienzo los ritos de purificación para Pentecostés.

En un pequeño patio que hacía esquina junto al atrio de las mujeres, un espacio reservado habitualmente para los naziritas que se purifican cada año, oramos los cuatro. Una vez realizadas nuestras abluciones, Pablo no solo se cortó el cabello sino que se afeitó con *nashra*, obligándonos a los otros a hacer lo mismo: el ritual de los naziritas que marca el Talmud.

Pablo dijo a Trófimo:

—Si un gentil se purifica en el templo, el ritual deja de tener efectos ante la ley por el hecho solo de que sigue siendo gentil. Sin embargo, es bueno que esta gente vea y atestigüe tu fe y determinación. Los esclavos y las mujeres deben también no solo cortarse el cabello sino rasurarse, como los leprosos o aquellos que son sospechosos de seguir sucios. Por eso nos hemos afeitado el rostro y la cabeza, para indicar que cuatro veces hemos sido limpiados.

En ese rito pasamos toda la mañana. Practicamos también en

adelante la abstinencia de carne, pues el voto incluye no beber vino ni volverse *tameh*, es decir impuros, entre otras cosas por el contacto con los muertos. Recuerdo otras palabras de Pablo:

—Puesto que el cabello crece en la cabeza, limpiarla purifica los pensamientos impuros. Por otro lado, la voz debe estar limpia, por eso nos abstuvimos del vino; «Entra en el vino, sal del secreto», dice la Escritura. Y también nos hemos alejado del contacto con los muertos, pues debemos purificar nuestra acción. *Shabbat Shalom!*

—*Shabbat Shalom!* —respondimos.

Y cuantos estaban allí purificándose nos escucharon.

Un hombre, seguramente al servicio de los enemigos de Pablo, empezó el altercado, gritando a voz en cuello:

—¡Allí está el blasfemo! ¡Allí está, confundiéndose con los nuestros! —y señalaba a Pablo con mano acusadora.

Los primeros gritos provocaron desconcierto tan solo, pero el agitador venía acompañado; fueron al menos diez quienes nos rodearon. Instintivamente me llevé la mano a la cintura, solo para comprobar que por estar allí encubierto no portaba ningún arma con la que defenderme. Tuve que aguantar los siguientes gritos como anuncio de algo peor que pronto caería sobre nosotros.

—¡Socorro, hijos de Israel, que este apóstata nos amenaza!

Una muchedumbre empezó a congregarse, más por ánimo de diversión que porque supiera de qué se trataba la gritería.

—¡Éste es quien con su enseñanza lucha contra nuestro pueblo, la ley y el templo! ¡Ha metido aquí griegos, busca profanar nuestro lugar santo!

—¡Impuros! ¡Impuros! —coreaban otros.

Lucas, Trófimo y yo nos colocamos delante de Pablo para protegerlo. Alguien señaló a Trófimo.

—¡Ese es el griego circunciso que este blasfemo ha metido en el templo! ¡Mátenlos!

Ya no podíamos esperar más. Me lancé a la carrera, dando codazos entre la multitud, hacia la Torre Antonia en busca del centurión; a mis espaldas, el círculo se cerraba sobre Pablo.

Parecía, de hecho, algo planeado por el Sanedrín; ni siquiera Pedro con todo su odio hubiera podido provocar este alboroto. Más de doscientas personas insultaban juntas a Pablo.

Éste, sin embargo, se atrevió a alzar la voz; Trófimo mismo me refirió luego sus palabras, no sin emoción, pues Pablo había hablado en su defensa.

—Este que ven aquí, Trófimo, es un *goy*, es cierto. Y es griego, como bien dices, pero no ha osado entrar al templo. Se ha purificado como un nazirita aun a sabiendas de que su voto no tiene validez alguna, pero no se ha atrevido a ir más allá de este lugar. Sabemos leer, conocemos las palabras: *Prohibido para todo extranjero franquear la clausura y penetrar en el recinto del santuario. Cualquiera que sea sorprendido, él mismo será responsable de su consiguiente muerte.* No habríamos nunca atentado contra la ley; es por la ley que estamos aquí purificándonos.

—¡Mientes, blasfemo! ¡Te golpearemos!

—¡Hemos de darte muerte, Pablo de Tarso! ¡Blasfemo! ¡Traidor!

Los levitas que estaban allí de servicio escuchaban los gritos, pero ignoraban su causa. Finalmente, como indican sus reglas en estos casos, cerraron a toda prisa las puertas del templo. Lo que ocurriera fuera no debía afectar la celebración dentro.

Volví con los legionarios, quedándome detrás de ellos para que no me reconocieran aquellos que nos habían cercado al comienzo.

La cohorte dispersó a los manifestantes y llegó al centro del círculo cerrado en torno a Pablo; los vociferantes tomaban tierra del suelo y la arrojaban a la cara del apóstol. La entrada de los legionarios los hizo gritar más fuerte, amenazar con mayor énfasis si tal cosa era posible.

Pero se detuvieron ante la orden del decurión al mando de la cohorte. Y qué espectáculo apareció ante nuestros ojos: uno tenía a Pablo asido por el cuello, con el brazo doblado detrás de la espalda, como si temiera que escapase. El decurión le dio un puntapié, ordenándole soltar a su prisionero.

—¡Este es el templo de David! ¡Este es el templo restaurado por Herodes, llamado el Grande, para los judíos! ¡Es un lugar sagrado donde Roma nada tiene que hacer! —protestó el judío.

—Te equivocas. Estás en una zona protegida por el césar. Y él y su ley es lo único a lo que te debes. ¡Deja en paz a este hombre!

—¡Solo si prometes llevarlo a juicio! ¡Ha de morir!

El centurión afortunadamente decidió no escucharlo. Ordenó a la cohorte cerrar filas en torno a Pablo, lo que aprovecharon Trófimo y Lucas para escurrirse entre quienes no los consideraban presas dignas de atención. Les indiqué alejarse de allí con un simple ademán que interpretaron de inmediato. Pablo se quedó solo frente a sus agresores, apenas protegido por los guardias que lo escoltaban.

—¡No te lo lleves, decurión! ¡Es un judío y debe ser juzgado entre judíos!

La multitud siguió a los legionarios rumbo a la Torre Antonia. Los gritos subieron de tono, volviendo a pedir la muerte de Pablo.

Enfrente de la escalinata que llevaba a la fortificación romana estaba de pie el tribuno Claudio Lysias, quien salió a ver qué era lo que ocurría allí abajo. Interrogó a Pablo en cuanto lo tuvo enfrente pero la muchedumbre, que arrojaba tierra y piedras a los legionarios y al que llamaban blasfemo, le impidió oír la respuesta.

—¿Quién eres tú y qué has hecho? —insistió.

Solo se oía el eco de los insultos y las amenazas:

—¡A muerte! ¡A muerte!

Debimos cruzar las puertas de la fortaleza para que Pablo pudiera dirigirse al tribuno; éste, al escuchar al judío hablar en griego, su propio idioma materno, se extrañó ya del todo.

—¿Así que hablas griego?

—Por supuesto. Soy de Tarso, en Cilicia, una ciudad que como sabes no carece de fama.

—¡Y yo que pensé que eras el egipcio ese que estuvo aquí, ahora hace ya tres años, y que tiene en el desierto a más de cinco mil sediciosos que buscan expulsar a Roma de Judea! —dijo refiriéndose a otro de los tantos mesías que como Jesús se levantaron en esos años.

—No se dé quién hablas —mintió Pablo—, yo solo he venido a purificarme y a hacer mis ofrendas al templo.

—¿De qué se te acusa entonces?

—De introducir a un hombre impuro, a un gentil, en el recinto sagrado, algo que no he hecho. Me acompañan muchos gentiles, es cierto, pero se han quedado afuera orando y no han hecho mal alguno.

—Pues algo hemos de hacer para acallar a la muchedumbre que pide tu muerte, o echarán abajo las puertas.

—¡Déjame decirles unas palabras!

—Lo que menos deseo es una insurrección.

—Déjame hablar, tribuno, intentaré aplacarlos.

Tuve que asombrarme una vez más del poder de convencimiento de Pablo, a quien le bastó con pedir permiso para persuadir a Claudio Lysias. «¡Que los convenza o que lo lapiden!», habrá pensado el tribuno. Pablo volvió a salir ante el tumulto que cien ordenados legionarios procuraban reducir empujándolo escalinata abajo, y con toda la fuerza de sus pulmones alzó la voz en arameo:

—Hermanos y padres: ¡tengo derecho a hablar en mi defensa! ¡Deben escucharme!

Oír arameo los aplacó un poco. Pablo pudo continuar su discurso:

—¡Soy judío, como ustedes! Nací en Tarso, en Cilicia, hace ya muchos años. Pero fue aquí, en Jerusalén y en este templo sagrado, donde estudié las Escrituras bajo la protección del sabio Gamaliel. Él me enseñó con esmero la ley de nuestros padres, que he seguido desde entonces. Por esa ley fui un zelote y trabajé al servicio del sumo sacerdote Joseph bar Caifás. Perseguí nazareos, a los que entonces llamaba blasfemos igual que ustedes hacen ahora conmigo.

—¡Ve al grano, blasfemo, que nos haces perder la paciencia! —gritó el mismo que había empezado la trifulca.

—Pues bien, con las órdenes del Caifás fui a Damasco a encarcelar nazareos y recibí el mensaje de Jesús, quien me señaló el camino. Desde entonces he predicado en Asia y en Acaya, en Macedonia y en Damasco mismo la Palabra del Señor. He venido a esta ciudad muchas veces desde entonces, siempre piadosamente y a ofrendar al templo. ¡No otra cosa pretendía ahora, cuando fui interrumpido en mis votos de purificación por ustedes, que no me conocen y me juzgan a la ligera!

—¡Mentiroso! ¡Blasfemo! ¡Hay que voltearle los dientes!

—¡Déjenme hablar, hermanos! —vociferó aún más fuerte Pablo con las venas de la frente y el rostro a punto de estallar, el sol a plomo sobre su rostro dividido entre el desconcierto y la ira—. Es por Jesús y su palabra que he viajado todos estos años predicando. Él me ha dicho: «¡Vete, porque es lejos, hacia las naciones paganas, adonde te voy a enviar!»

Fue una imprudencia o un error. Así pensaba introducir la razón de la presencia de Trófimo y los otros gentiles en Jerusalén, según me dijo luego, pero erró el punto. Enseguida se oyeron las voces de sus antagonistas:

—¡Lo ves, tú mismo nos lo confirmas! ¡Traes gentiles aquí para que echen abajo el templo y pisoteen la ley de Moisés! ¡A muerte!

—¡A muerte! ¡A muerte!

La muchedumbre empezó a arrojar al suelo todo cuanto encontraba, incluso sus mantos según acostumbraba para expresar su furia.

Claudio Lysias ordenó que metieran de nuevo a Pablo en la fortaleza; no necesitaba saber arameo para entender que la muchedumbre estaba de nuevo a punto de linchar al detenido. Un buen interrogatorio le sacaría la verdad al griego de Tarso, se habrá dicho, con lo que dio la orden.

Los legionarios encargados de la tortura se apresuraron a cumplirla: arrastraron por los pasillos al apóstol que tanto trabajo acababa de darles y lo arrojaron a un patio desprovisto de toda ornamentación, reservado a los ejercicios matinales de los soldados. Los centinelas vigilaban desde la alta torre, de unos cien pies, lo que seguía ocurriendo en el templo. Claudio Lysias entró en su despacho a pensar con calma lo que haría con el agitador. Los legionarios desvistieron al detenido arrancándole la ropa y le ataron las manos con correas.

Solo entonces Pablo debe haberse dado cuenta de lo que ocurriría a continuación.

—¿Acaso es lícito azotar a un ciudadano romano? ¡Se arrepentirán de lo que están a punto de hacer, legionarios, se los advierto!

El decurión dio orden de detenerse a los torturadores y fue a consultar con el tribuno. Pronto estuvo de nuevo Claudio Lysias frente a Pablo:

—¿Eres verdaderamente ciudadano romano? Espero que no mientas, porque tu castigo sería ejemplar.

—Puedes comprobarlo tú mismo en los libros si solicitas la información a Tarso.

El tribuno confesó asombrado:

—¡Yo mismo tuve que pagar por el derecho a llamarme ciudadano!

—Yo lo soy desde mi nacimiento, tribuno.

—¿Y por qué no lo mencionaste antes? ¿Es que pretendes volvernos a todos locos este día? ¿Cuál de los que dices ser eres en realidad, Pablo de Tarso?

—Soy todos los que he dicho. Soy judío nacido en Cilicia y ciudadano romano.

—No sé qué hacer contigo. Por ahora lo mejor es que te quedes aquí dentro, mientras se apaciguan tus presuntos captores. Te llevarán a un lugar cómodo para que descanses y comas, pero deberás pasar aquí la noche. Lo hago para protegerte.

Sin querer ser descubierto, Pablo no dijo nada más al tribuno. No tenía ningún salvoconducto consigo que confirmara nada que argumentase acerca de su verdadera razón para encontrarse en la ciudad. Tras asegurar su ciudadanía solo hubiera quedado revelar su papel en la burocracia del césar, pero esto habría complicado aún más las cosas ya que Claudio Lysias quería congraciarse con Antonio Félix, el procurador: deseaba un ascenso y creía que si el Sanedrín exculpaba al acusado tras un juicio ejemplar auspiciado por él, sería condecorado. El procurador le había dicho una y otra vez que solo con la ley o con la fuerza podía controlarse a los judíos, y él prefería la ley.

A la mañana siguiente Pablo fue conducido al consejo del

templo. El *Bet din Hagadol,* el tribunal supremo, era el lugar idóneo para dictar sentencia, no la calle con sus agitadores y sus turbas ansiosas de sangre. La ley romana prohibía ya al Sanedrín pronunciar sentencias de muerte: ahora debía sesionar fuera del templo, donde pudiera ser visto por los romanos. Estaba en los confines de la ciudad, cerca del antiguo palacio de Herodes. Lysias se quedó afuera para respetar la sagrada clausura del patio judío.

Muchos de los allí presentes reconocieron de inmediato a Pablo, pues habían sido miembros del Sanedrín desde antes de Joseph bar Caifás; él, sin embargo, no los identificó a todos. No sabía, por ejemplo, quién era el sumo sacerdote.

—¿Qué tienes que declarar, Saulo de Tarso? —preguntó uno de ellos.

—Me llamo Pablo, señorías —dijo ante los setenta ancianos allí reunidos—. Y soy un judío piadoso al que no hay nada que reprochar.

Uno de los ayudantes de Ananías, el sumo sacerdote recién impuesto por Agripa, le cruzó el rostro con su mano llena de anillos; los labios rotos le llenaron la cara de sangre.

El gesto era inequívoco: significaba que el acusado había mentido y era castigado en consecuencia.

Pablo, enfurecido, gritó:

—¡Es a ti, muro blanqueado, a quien el Señor va a golpear más fuerte cuando llegue el día! ¡Tú te sientas aquí para juzgarme según la ley, y haces que me golpeen despreciando la ley y la Escritura que dices proteger!

La blasfemia era aún mayor. Todos los reunidos reconocieron el insulto, pues venía de las Escrituras: llamar a Ananías *muro blanqueado* era una afrenta grave. Murmuraron las palabras del profeta Ezequiel, aquellas a las que Pablo se había referido: «¡Yo derribaré el muro blanqueado que ustedes han enlucido y revocado!».

—¡Este hombre se empeña en insultar al templo y en amenazar con que piensa destruirlo! —dijo Ananías.

Otro desde atrás increpó:

—¡Has insultado al sumo sacerdote, acusándolo de impío! ¿Cómo te atreves siendo tú el sentenciado?

Pablo se dio cuenta de que era tarde para reparar el error; aun así, lo intentó.

—¡No sabía que eras el sumo sacerdote, Ananías! Me disculpo si osé insultarte con mis palabras. Está escrito: no insultarás al guía de tu pueblo. Lo sé y me disculpo. Déjenme terminar.

Una serie de reclamos se escucharon, pero Ananías consintió en que Pablo dijera su última palabra:

—Yo soy fariseo, hijo de fariseos y discípulo de Gamaliel, que se nos ha adelantado en el camino. Y mi único pecado es creer, como todo fariseo, en la resurrección. En este tribunal sagrado hay muchos saduceos que no creen en ella, lo sé pues he prestado mis servicios en él hace ya mucho tiempo. Yo soy testigo, pues Jesús se me apareció cuando iba a Damasco con órdenes de Joseph bar Caifás. Resucitó de entre los muertos y me enseñó el camino. Esa es mi fe y esa la palabra que predico.

Mientras esto ocurría en el recinto, afuera se congregó una multitud que arrojaba piedras a las paredes, pidiendo a gritos la muerte de Pablo.

Fue en ese momento cuando Claudio Lysias advirtió que se había equivocado: no era allí, entre esos manifestantes exaltados, donde se haría justicia. Al terminar la sesión sin sentencia alguna, tenía decidida la suerte del reo. Si al día siguiente los ancianos no llegaban a un veredicto, lo enviaría a Cesarea con el procurador. ¡Que Antonio Félix juzgara lo que había que hacer!

No toleraría una revuelta más en el templo; no mientras fuera él quien estuviera allí a cargo.

Dónde estaba yo cuando Pablo más me necesitaba es lo que ahora te estarás preguntando, ¿verdad, Craso? Es lo mismo que pensaba Pablo mientras lo llevaban nuevamente a la Torre Antonia. Dame un poco de agua, me he emocionado, ya saciaré tu curiosidad.

XXXII

Así son las cosas cuando un hombre como Pablo se encara con la muchedumbre. O peor aún, cuando decide increpar a alguien como Ananías, conocido entre los sacerdotes por su capacidad para el rencor y la venganza.

Permaneció, pese a su condición de ciudadano, encerrado en la fortaleza, al menos por unas horas liberado de la ira de los suyos que, exacerbados, seguían pidiendo justicia. Los conocía bien: no en vano había sido uno de ellos. Ocho años estudió con Gamaliel desde su regreso de Alejandría. Se infiltró dentro del Sanedrín como un topo y fue tan indispensable por un tiempo que Caifás se apoyó en él siempre, pero el entonces sumo sacerdote sabía bien de su doble papel como agente de Roma y zelote fariseo. Si ahora no decía nada, era porque temía así arruinar su trabajo de más de una década dentro de la secta de los nazareos. Pero tendría que pasar todavía muchas noches más en cautiverio.

Ananías se reunía en privado con sus hombres más fieles, dispuestos a todo como él. Eran sus propios sicarios, aunque no usaran daga ni llevaran ese nombre; se comportaban con la misma temeridad. Cuatro de ellos habían hecho ya votos frente a él y jurado no comer ni beber nada antes de dar muerte al blasfemo que decía llamarse Pablo, pero al que nombran Saulo, como se le conocía antes de que partiera a Damasco. Los escribas fariseos ya no estaban en la alta sala del consejo.

—Mañana —dijo Ananías—, después de ser escoltado al pretorio, el preso tiene que ser depositado en la antesala. Allí, durante el cambio de guardia entre romanos y judíos, deben apersonarse y ejecutarlo. Ni un momento antes, ni un momento después.

Los cuatro lo entendieron: la celeridad les daría su victoria, pero no sin la cautela. Se prepararon toda la noche, orando en el templo y en ayuno perfecto.

Nadie fuera de allí conocía sus planes. O eso creían ellos.

Pero yo tenía mis contactos. Un buen espía debe tenerlos, ¿verdad? Así pues, uno de los saduceos del Sanedrín trabajaba para mí desde hacía seis años, informando regularmente a Agripa de las decisiones allí tomadas. Era gracias a ese hombre, Menahem bar Elías, que ante cualquier intento de desobedecer las órdenes del tetrarca se hubiese podido actuar con antelación; lo que explicará a los futuros historiadores que se hayan sucedido seis sumos sacerdotes entre la entronización de Herodes Agripa y la época de la que hablo.

Me delaté ante el tribuno, pero protegí la identidad de Pablo.

—¿Entonces qué hacías tú en el séquito de este hombre?

—Informar con prontitud a Roma, con copia al tetrarca —admití con media verdad.

—¿Y es tan peligroso como parece, el tal Pablo?

—Lo más conveniente es deshacerte de él. No tanto por la amenaza inherente que pueda representarte, Lysias, como por lo que te he dicho: lo asesinarán por la espalda tan pronto lo lleves mañana al juicio. Tú dirás si quieres mancharte con la sangre de un ciudadano romano.

—Ya había pensado en ello. Incluso redacté una misiva para el procurador Antonio Félix en caso de que el Sanedrín no llegase a una sentencia. Pero ahora se tratará de sacar al predicador fanático de Jerusalén sin que sea notado. Necesitamos al menos seis o siete horas de ventaja si no queremos que lo intercepten en el camino a Cesarea. Daré la orden, pretoriano. ¡Ave!

No podía esperar. Salí con Lucas a caballo hacia Cesarea Marítima, confiando en que las cosas saldrían bien a falta de cualquier otra certeza. No podíamos ofrecer el menor indicio ante Pedro de lo que estaba por ocurrir; incluso lo sucedido me parecía que llevaba el sello del pescador de Cafarnaúm, aunque nada lo demostrara. Cabalgamos toda la noche, sin descanso.

Mientras tanto, Claudio Lysias preparó un pequeño ejército para el traslado de Pablo. Le causó un gran pánico saber que para Roma su prisionero era tan importante como para tener un pretoriano oculto en sus filas informando al emperador. Sus dos mejores centuriones salieron de madrugada con doscientos legionarios, setenta jinetes y doscientos auxiliares.

Pablo cabalgaba en su propia montura. Detrás de este súbito traslado había descubierto ya mi mano, por lo que se sentía casi libre.

La carta que lo acompañaba, en manos de los centuriones, decía más o menos lo siguiente:

Claudio Lysias a su excelencia el procurador Antonio Félix, salve. Los judíos se habían apoderado de este hombre y pensaban matarlo. Lo sustraje de la turba y a ti lo envío, pues se trata de un ciudadano romano. Lo acusaban de quebrantar la ley de Moisés y predicar las enseñanzas de Jesús, el galileo condenado a muerte por Pilatos y que, como bien sabes, tiene aquí muchísimos seguidores muy fieles que se llaman nazareos. Pablo de Tarso, el prisionero que te entrego, es uno de ellos y afirma haber predicado en Macedonia, Acaya y Asia. El Sanedrín, ante el que compareció también, no pudo dictar sentencia por lo que se le enjuiciaba, pero había amenazas de muerte contra el prisionero y he decidido que era mejor poner tierra de por medio. Hay al menos cien mil personas de visita en Jerusalén y una turba encendida y amotinada es peligrosa para los intereses de Roma en la región. Los acusadores no sabrán de mi decisión hasta mañana por la tarde, para dar oportunidad a las legiones de escoltarlo fuera de los muros de la ciudad. Pero con toda seguridad proseguirán la querella ante tu tribunal. Larga vida al procurador, Antonio Félix, y de mi parte mi lealtad y mi disposición. Salve.

Era la tercera vigilia de la noche cuando la tropa, aparentando realizar ejercicios de reconocimiento ante la ciudad abarrotada de peregrinos, salió del fuerte romano dividida en cohortes. Se reagrupó en el camino y desde allí escoltó al prisionero vestido de legionario, de modo que fuera difícil reconocerlo.

Los legionarios eran ruidosos, pero también meras sombras en la noche. Los campos cubiertos de rosas eran invisibles a esa hora, no así su aroma; Pablo percibía los sembradíos a la distancia y se sonreía pensando que el final de aquel largo y pesado episodio estaba cerca.

No así todavía el de su aún más larga y fatigosa aventura de apóstol. Sin embargo, durante todo el camino a Cesarea Marítima fue urdiendo su propio plan de escape de aquella vida que tantas veces lo pusiera al borde de la muerte.

Bordearon la costa durante toda la noche y parte de la mañana, pero iban de prisa gracias a las monturas; ya habían dejado atrás cualquier posible emboscada en el camino cuando avistaron su destino. Doce años necesitó Herodes el Grande para construir su ciudad y el enorme puerto con su rompeolas, haciendo trabajar día tras día a sus esclavos; transformó la antigua torre fenicia de Estratón en un paraíso, haciendo nacer de la nada una metrópoli hermosa y ordenada, una nueva Roma consagrada por su protector y amigo César Augusto.

Herodes Agripa continuó cercano a la dinastía Julia y se había hecho indispensable; desde la época de Calígula participaba activamente en las deposiciones y nombramientos de los nuevos césares. Un cansado Pablo anhelaba volver a verlo.

Sin embargo no fue conducido ante Agripa, sino a los cuarteles de los legionarios. El centurión le explicó que estaría allí detenido hasta que el procurador decidiera su suerte, y lo dejó a solas. ¿Pero quién era este procurador? Un antiguo liberto cuyo hermano, Palas, era ministro de Domicio Enorbarbo —léase Nerón— y aún más cruel que sus antecesores, lo que disgustaba a Agripa ya que había levantado más que aplacado los ánimos del pueblo. De hecho, el tetrarca mantenía informados a Burro y a Séneca de cada una de las que consideraba torpezas del procurador. Cuando se dio cuenta, sin embargo, de que era más difícil de controlar de lo que esperaba, consiguió que Drusila, su hermana menor, lo sedujera.

El escándalo fue mayúsculo: no porque un alto funcionario romano se casase con una judía, lo que era raro pero no imposible, sino porque la mujer estaba casada con el rey de Emesa, lo que lo enemistó con los sirios. No hubo divorcio ni separación: solo un rapto. Drusila no volvió del viaje a Cesarea, a ver a su hermano.

Pero basta de chismes; volvamos a Pablo. A la mañana siguiente lo llevaron al palacio de Herodes, mucho más hermoso y grande que la mansión de Agripa. Allí vivía y despachaba como un emperador Antonio Félix.

—¿De dónde dices ser originario? —le preguntó al prisionero una vez que los centuriones lo dejaron frente al procurador en su sala de audiencias. Félix continuó reclinado, comiendo dátiles que una esclava le ofrecía de vez en cuando.

—De Tarso, en Cilicia. Soy judío, hijo de judíos, pero ciudadano de Roma por nacimiento.

—He sabido de ti no solo por la carta de mi tribuno en Jerusalén. ¿No eres el que provocó el tumulto de los orfebres en Éfeso?

Pablo asintió.

—No puedo decir que serás mi invitado pues faltaría a toda prudencia, Pablo, pero no regresarás a las barracas de los legionarios. Te proporcionarán un cuarto y ropas y te prepararán un baño también, pues habré de enjuiciarte más pronto que tarde.

Al fin me permitieron entrar y saludé con la mano al procurador.

—¡Creo que se conocen este hábil soldado y tú, predicador!

Pablo y yo nos abrazamos, cómplices felices. Antonio Félix nos permitió retirarnos. Los legionarios y sus centuriones fueron avisados de regresar a la Torre Antonia de inmediato, con lo que solo la guardia personal del palacio tendría noticia de que el prisionero no lo era tanto.

Repasé con Pablo todo lo ocurrido y le comuniqué el plan de Agripa y Félix.

—Habrá un juicio para aplacar a Ananías. Mejor dicho, habrá una audiencia, puesto que el procurador se reservará dictar sentencia pretextando que es un asunto fuera de la competencia romana y él, además, debe presentarse con el emperador cuanto antes.

—¿Iremos con él a Roma entonces?

—No puede ser tan aprisa, Pablo; se alzaría aquí una protesta imposible de sofocar. Digamos que se aplazará la sentencia hasta la llegada del nuevo procurador. Mientras esto ocurre vivirás con Agripa o aquí, con toda comodidad.

—Pero sin salir a la calle. ¿Te parece eso comodidad?

—Es lo mejor. No podemos ahora echar a perder lo que hemos ganado. El tetrarca piensa que este es el mejor momento para terminar con los nazareos, sicarios e insurrectos, aprovechando el tiempo muerto sin procurador en el que tendrá todo el poder.

—¿Qué significa eso para mí?

—Que serás un preso de excepción, viviendo con todos los lujos de los que te has privado en estos años de viaje y prédica.

Dejó de protestar y se avino a mi razón. Lo mejor, dijo, era que nuevamente el tiempo dictara su sabia sentencia.

Porque la otra —dramatizada con gracia por Antonio Félix— ocurrió cinco días después. Ananías y diez de los ancianos habían llegado ya a Cesarea pidiendo al procurador que el preso les fuese devuelto.

Félix detestaba a su manera a los sacerdotes del templo. Quizá por eso, para molestarlos, pidió a su mujer, Drusila, que lo acompañara en la audiencia. La hermana de Agripa tomó de la mano a su marido y fue a reclinarse con él en sus respectivos asientos, ante la mirada reprobatoria de Ananías.

Un fiscal fue nombrado por el Sanedrín para llevar el caso de conformidad con las leyes romanas, un sacerdote llamado Tértulo. Una vez reunidos todos, Ananías debió extrañarse de ver a Saulo limpio y con vestimentas nuevas. Tendrá amigos en Cesarea, se habrá dicho; llevaba aún la cabeza rapada de los naziritas.

El acusador comenzó por alabar al procurador, llenándolo de elogios por su capacidad para discernir entre lo bueno y lo malo, para aplicar con mano justa la ley, y agradeciendo en nombre del

Sanedrín entero su presencia en Judea. Tras estos esfuerzos por captar su benevolencia, como es menester en estos asuntos, al fin pidió la intervención de Félix:

—Este hombre que aparenta tal tranquilidad y piedad es en realidad un sedicioso que levanta a sus hermanos judíos adondequiera que va. Ha sembrado la discordia y la división no solo en Judea, sino en Acaya y en Asia. Es un nazareo que provoca motines en todas las ciudades del imperio, como ha ido a hacer en días sagrados a Jerusalén, donde se atrevió a dejarse acompañar por gentiles, pretendiendo introducirlos por la fuerza al templo, el lugar puro por excelencia. ¡Pedimos justicia, sabio procurador Antonio Félix! ¡Este hombre debe morir según la ley de Moisés por haber profanado el templo!

—¿Has terminado, fiscal?

El querellante asintió. El procurador se dirigió entonces a Ananías.

—¿Y tú, venerable sumo sacerdote, deseas añadir algo a lo dicho por tu fiscal en contra de este hombre a quien tengo en este palacio, pues además de judío es legítimo ciudadano de Roma?

Los miembros del Sanedrín escuchaban por vez primera tal cosa. Murmuraron entre ellos, pero ninguno dijo nada.

—Tértulo ha dicho lo esencial, procurador —concluyó Ananías.

—¿Y tú, Pablo de Tarso? ¿Tienes algo que declarar?

Mi amigo había aprendido durante todos aquellos años, aun a costa de sus propios errores y arrebatos de ira, a hablar frente a tribunales como ese: juzgados creados de improviso para llevarlo al cadalso una y otra vez. Era su turno:

—Hace muchos años, lo sabemos todos los aquí presentes, que has aplicado con tino la justicia en nuestras tierras, ilustre Félix. Tengo confianza en tu veredicto. Hace apenas doce días subí a Jerusalén para honrar a mi Señor Yahvé y ofrendar en el templo. Llevé a mis seguidores de todas las comunidades que he fundado y juntos hicimos una contribución al templo. Quise, además, realizar un voto especial y me sometí a las purificaciones rituales de los naziritas, cuatro veces rapándome la cabeza y el rostro en señal de limpieza. No discutí con nadie ni amenacé a nadie en el templo, y no hay un solo testigo que pueda aseverar que introduje a un gentil en el recinto sagrado. Varios de los que me acompañaban deseaban purificarse y se acercaron solo al patio de las mujeres, como tantos otros peregrinos de lugares lejanos que no pueden asegurar su herencia judía. He predicado por diez años el mensaje de Jesús e intentado encender la luz a quienes desean seguir su camino. Ese es mi único pecado, por el que no puedo ser juzgado ante tribunal alguno. Los justos y los pecadores resucitarán de entre los muertos y aquellos que estemos aún vivos seremos también procesados en el tribunal final, cuando Nuestro Señor venga a salvarnos. Esa es mi única fe.

—¿Esa es tu única afrenta, asegurar ante estos hombres que los muertos han de resucitar?

Nadie se atrevió a cuestionar al procurador. Hasta Pablo estuvo prudente: apenas asintió con la cabeza.

Antonio Félix se puso solemne. Hizo una pausa teatral, tomó aire de manera estruendosa y solo después habló:

—He de decepcionar a todos los aquí presentes. A ti, venerable sumo sacerdote, pues no podré declarar a favor de tu petición de entregarte a este hombre. Y a ti, Pablo de Tarso, pues tampoco podré librarte sin que obre premura de mi parte. El próximo viernes parto a Roma, adonde he sido llamado por el césar. Dejaré que sea el nuevo procurador quien dicte sentencia en tu contra.

Lo previsto por mi viejo amigo Agripa y por mí. Dos legionarios, de la guardia personal de Félix, escoltaron al prisionero fuera del lugar. Una vez que salieron los acusadores, intentaron persuadir al procurador de que al menos les permitiera llevárselo con ellos y tenerlo prisionero en Jerusalén, para tranquilidad de los judíos, según decían. Pero debieron dejar Cesarea con las manos vacías.

Lo que ninguno preveía era que el nuevo nombramiento tardaría tanto; parecía que en Roma el destino de Judea no fuera importante. Un año después de la partida de Antonio Félix aún no había relevo. Ananías y los suyos solo en apariencia se habían desentendido de Pablo: el sumo sacerdote no olvidaría sin más la afrenta del nazareo; haberlo llamado *muro blanqueado* delante de los setenta miembros del consejo no podía quedar sin castigo.

Los días pasaban dentro del palacio de Agripa, adonde habíamos traído finalmente a Pablo. Debimos tomar el asunto en nuestras propias manos.

Agripa envió mensajes a Nerón, pero no obtuvo respuesta; tampoco de Burro. Pablo escribió a Séneca y el filósofo le devolvió una pequeña esquela, asegurando su intervención en el caso y la pronta respuesta del emperador, solicitando por parte del acusado paciencia y coraje. «Si la razón, amigo, no te da consuelo, la paciencia te proporcionará remedio», terminaba. En fin, no mucho más que una fina pieza literaria.

Yo me entretuve, según mi costumbre, con mujeres licenciosas; Pablo se dedicó a instruir a Berenice, esposa y la mayor de las hermanas de Agripa, en las Sagradas Escrituras. Ella misma le pidió tal cosa; deseaba conocer las costumbres del pueblo que gobernaba, así le dijo, pues vivió toda su infancia en Roma sin casi salir del palacio de Tiberio al igual que su hermano.

Al fin, después de dos años, llegaron las noticias: Nerón había nombrado a Porcio Festo, quien arribaría en menos de un mes a Cesarea.

—Festo: no me da buena espina —dijo Agripa. El último apelativo del nombre romano siempre es un apodo, aunque la fama pueda colocar allí un gentilicio—. Fiestero y alegre, tal para cual —consideró el tetrarca señalándome, y agregó—: Harán buenas migas.

XXXIII

En Cesarea, año 60 d.C.

Los apóstoles también sueñan, Craso. Lo que pasa es que no nos enteramos de lo que ocurre en esos sueños porque no hay escribas que duerman con ellos. Como tú mismo no lo haces, para mi tranquilidad, pues me dejas unas horas a solas con mi conciencia. Pero en aquellos días de Cesarea, después de la primera audiencia con Porcio Festo, Pablo tuvo un sueño muy particular que puedo referir ahora, ya que él lo recordaba perfectamente cuando volvimos a vernos en Roma.

Escribe, Craso. Este es el sueño del apóstol.

Pablo había recaído solo una vez en sus convulsiones; nunca más tuvo fiebres de malaria. Pero en el sueño volvía a estar con esos calores en el cuerpo. Sudaba frío, mojaba la ropa y daba vueltas en la cama, desesperado. Era curioso, porque en el sueño era él mismo dentro de su cuerpo y al mismo tiempo podía verse desde fuera, como si su alma contemplase al cuerpo desprendida de él, o al menos así lo recordaba. Una visión lo hacía temblar de miedo: era el fuego. Un fuego unánime que todo lo cubría, como si no hubiese otra cosa que ese concierto de llamas de todos los tamaños, produciendo no solo calor sino chispas y el crepitar ondulante de sus exhalaciones. Cuerpos desnudos caminaban, sin embargo, a través del fuego sin quemarse; eran mujeres hermosas, jóvenes entre las que pudo distinguir a la prostituta que le introdujeron en el cuarto en Corinto. Mientras se acercaba a Pablo, él se dio cuenta de por qué razón no se quemaban: esos cuerpos estaban hechos, ellos mismos, de fuego. La mujer intentó tocarlo, para acariciarlo, pero Pablo se alejó unos pasos, temeroso de ser incinerado. Entonces ella rio: su boca, absolutamente desdentada, era la boca del infierno mismo. De su estruendosa carcajada salió una llama que vino a dar contra el rostro del apóstol. Instintivamente se llevó las manos a la cara para protegerse, pero la piel le ardía. Pronto él mismo era una hoguera viviente: las vestiduras, el cuerpo, el escaso cabello y las largas barbas se consumían rápidamente. Dejó de sentir dolor. La mujer no paraba de reír y vino a abrazarlo con su cuerpo ígneo; en el abrazo se confundieron y vino a conocerla, pero durante todo el ayuntamiento la hembra no paró de reír con fuerza, como si la unión no le interesara en lo más mínimo.

Cuando despertó, Pablo estaba empapado en sudor; incrédulo, comprobó que su cuerpo no había sufrido ninguna quemadura.

Al terminar de contarme su pesadilla me preguntó:

—A ti que te encantan esas supercherías, ¿qué crees que signifique?

Hilvané una respuesta, mitad en serio, mitad en broma:

—Muy simple: ardes en deseos de tener una mujer entre tus brazos. Pero te consume la culpa, que es como el fuego. Ese absurdo voto nazareo te impide llevarte a la cama a alguien y gozar, eso es todo.

—¡Deja de decir idioteces, Timoteo! —me interrumpió—. No sé para qué te cuento todo esto.

Pero basta de sueños. Más le valía a Pablo no soñar demasiado en aquellas circunstancias.

Al ser llevado ante el nuevo procurador, quien no aceptó la audiencia hasta un mes después de su llegada a Judea, y ello apresurado por Agripa y por petición del propio emperador —esto lo obtuve yo mismo en Roma, adonde acudí a gestionar el término del largo encierro de Pablo—, mi amigo no podía saber aún que era la última vez que pisaría el suelo de la ciudad portuaria de Cesarea Marítima. Para entonces simplemente estaba harto; no tenía miedo del supuesto juicio pendiente y más bien creía que como tantas otras veces seríamos nosotros, sus aliados romanos, quienes lo salvaríamos de la persecución, las pedradas y el temido regreso a Jerusalén, donde el Sanedrín querría apresurar su lapidación pública.

Era curioso que ninguno de los hombres de Pedro hubiera intercedido por él, o eso se decía Pablo en su soledad. ¿No eran supuestamente sus hermanos? Sabía por mí que Lucas había ido a Corinto a continuar su obra y que a otros les fueron encomendadas similares labores, porque mientras las comunidades fundadas por el apóstol se mantuvieran sería posible seguirles el rastro. Pero de los mismos nazareos no recibía sino silencio, después de todo una de las formas más crueles del odio.

A la *hora sexta* del segundo día después de las *calendas* de julio dio inicio la tantas veces anticipada sesión. Dos años de prisión preventiva le parecían al nuevo procurador una idiotez, así que invitó al Sanedrín a un juicio probatorio en Cesarea después de su primera visita a Jerusalén, donde Ananías le recordó la necesidad de resolver la querella de una buena vez.

Las acusaciones fueron las mismas, repetidas con voz cansina por el nuevo fiscal y recordadas por Ananías, quien solo agregó:

—Como puedes ver, procurador, este hombre es un instigador del pueblo que merece doble castigo: el nuestro, como judío, por pretender convertir un lugar puro en un recinto sucio, y también el de Roma, porque ha levantado muchedumbres aquí y allá en contra del césar.

Esto último sí que era nuevo. No aparecía en las actas del anterior proceso, que su predecesor dejó suspendido. Ahora era menester, según el derecho romano, que escuchara atentamente también al acusado. Éste no le agradaba, por más que Agripa le hablara acerca de su verdadera identidad. Se resignó a interrogar al preso:

—¿Tienes algo que decir en tu defensa?

—Una y otra vez lo he repetido en este cautiverio que me encoleriza pues no tiene sentido alguno: no he cometido ningún delito, nada que no sea manifestar públicamente mi fe, que es la fe judía, religión lícita para Roma.

Esta vez cambiaba de estrategia. No hacía falta contarle al nuevo procurador quién era él, lo habría leído ya en el sumario del juicio previo.

Festo jugó entonces a complacer a sus clientes, los saduceos, y sabiendo de antemano la respuesta preguntó a Pablo:

—Si, como dices, eres inocente, ¿aceptarás subir conmigo a Jerusalén para ser juzgado entre los tuyos?

Pablo lo miró con desconfianza. Contuvo su cólera, respiró hondo y respondió:

—Estoy aquí, procurador, en Cesarea, territorio romano, como corresponde a mi condición de ciudadano del imperio. Lo hago en tu presencia que es como estar en el tribunal del césar, el único que me compete.

—Son estos hombres quienes te acusan, no Roma —insistió Festo, quizá para indicar a los acusadores que no sentía predilección alguna por el acusado—; deberías someterte al juicio de tu pueblo.

—Soy judío, lo sabes bien, pero no puedo renegar, ni deseo hacerlo, de mi derecho de romano. A los judíos no los he ofendido; si lo hubiese hecho, yo mismo aceptaría morir entre sus manos, con las piedras de la ley arrojadas contra mi cuerpo. Pero soy inocente y espero una respuesta justa.

Festo guardó silencio.

Ananías tomó la palabra:

—¡Procurador, te pido nos entregues de una buena vez a este blasfemo!

Festo respondió que requería tiempo aún dictar sentencia, pero que esto sería pronto; luego invitó a los acusadores a quedarse con él en el antiguo palacio de Herodes el Grande. Cuando los legionarios estaban a punto de llevárselo de nuevo, Pablo se valió de la argucia en la que pensó mientras era conducido a Cesarea dos años antes por los hombres de Claudio Lysias. Gritó:

—¡Debido a que en este lugar no encuentro justicia, apelo al césar, quien me juzgará con mayor clemencia!

Festo revocó de inmediato la orden de encerrarlo. Conocía la ley y sabía que debía responder al instante:

—Apelas al césar, irás ante el césar entonces —dijo ante el estupor de los sacerdotes.

Ananías no había esperado tanto tiempo para esta respuesta repentina.

—Porcio Festo, sabio procurador, no empañes tu nueva presencia en Judea con una decisión que será mal vista por el pueblo al que gobiernas. Habrá motines, probablemente levantamientos, cuando se sepa que este hombre escapa a Roma sin ser juzgado por sus delitos.

—No acepto amenaza alguna, Ananías. Ni de ti ni de nadie. He hecho lo que corresponde y a lo que el acusado tiene derecho por su ciudadanía. Irá a Roma. Es mi última palabra.

El propio Pablo había sellado su suerte, más por hartazgo, creo, que porque estuviera seguro de lo que ocurriría en el *Palatium*. Sus cartas a Séneca y a mí mismo rogándome que le consiguiera un lugar decente donde vivir no se harían esperar.

Pero como otras tantas veces, su impaciencia lo hizo apresurarse. No terminaba aún su tiempo en Cesarea, pues era época de celebración y Agripa pidió al procurador romano intervenir en el caso.

Festo no entendía la gravedad de las acusaciones. Incluso dijo a Agripa:

—Todo el lío consiste en que el tal Pablo asegura que Jesús, quien fue crucificado por Pilatos, sigue vivo y esto enfurece a Ananías. Además del asunto de los gentiles, que suena a una vil patraña: nadie en su sano juicio buscaría la muerte al introducir a un impuro dentro del templo.

—Tienes razón en lo segundo, Festo. No hubo tal ofensa, sino viejas rencillas con el acusado que ahora quieren dirimir con este pretexto. Pero el primer asunto es más complejo, ya tendremos tiempo de discutirlo.

Era prerrogativa del tetrarca recibir al acusado en audiencia pública antes de autorizar, junto con el procurador, su traslado a Roma. De modo que lo recibió con Berenice, quien tanto quería a Pablo pues aprendió de él mucho más que los rudimentos de la ley y las Escrituras aunque nadie allí lo supiese; también asistieron Festo y una guardia personal.

La reunión fue planeada por Agripa con sumo cuidado. Participarían los notables de Cesarea, tanto ciudadanos romanos y judíos como acaudalados comerciantes sirios y griegos; lo rodearía su corte personal, con sus músicos y bailarinas. Se celebrarían juegos en toda Cesarea y habría combates en el circo y carreras de cuadrigas, como en Roma. Fue en ese alegre ambiente que tuvo lugar la velada fiesta de despedida, más que audiencia, de Pablo de Tarso, quien tanto ayudara a Agripa en la pacificación de Judea. Agripa estaba seguro: cuantos más grupos de nazareos divididos, más firme la paz, más duradero el tiempo romano en Judea, que también era su tiempo.

Pablo, sin embargo, llevaba cadenas en la audiencia, como en todas las otras ocasiones, para no contravenir la ley.

Habló Festo. Lo que dijo había sido casi ensayado en privado con el tetrarca:

—Presento ante ti, rey Agripa, al prisionero Pablo de Tarso, judío de Cilicia y ciudadano de Roma, pues siendo que su caso ha sido aplazado una y otra vez y no recibe sentencia, ha optado por apelar al césar y ser juzgado en Roma.

—Se te permite defender tu causa, Pablo —dijo Agripa, quien afirmó delante de todos que enviaría él mismo una misiva al césar con su impresión del caso.

Otra vez el acusado debía hablar. Pero esta vez cambió de argumento, pues estaba ante el supuesto monarca de los judíos, aunque todos supieran muy bien que se trataba de un cliente del césar impuesto desde Roma y aborrecido por los zelotes e incluso por los saduceos, aunque habían recibido de la familia de Agripa toda clase de favores y riquezas.

—Si he sido entregado a la justicia es solo por la esperanza, virtud enseñada por nuestros padres: esperanza en la promesa que el Señor hizo cuando selló su alianza con nuestro pueblo; esperanza cuyo cumplimiento las doce tribus de Israel añoran. He predicado por casi todo el orbe esa esperanza y esa fe que tú conoces y también profesas como judío. Si por eso se me acusa, soy culpable. Creo en el Señor y en su hijo Jesús, que fue enviado por Él y resucitó al tercer día de entre los muertos y vino a contarlo entre los vivos que lo conocieron, primero, y a algunos otros más humildes como yo que tuvimos la suerte de recibir su visita.

La sala empezó a murmurar. Pablo no tardó en increparlos:

—¿Qué les sucede? ¿Acaso para ustedes es también imposible creer que nuestro Señor Yahvé puede resucitar a los muertos? Entonces no tienen fe alguna y no serán salvados.

Después de la amenaza Pablo se detuvo, sintiendo que estaba nuevamente a punto de cruzar una línea demasiado peligrosa; la boca lo había traicionado tantas otras veces. Volvió a narrar su formación con Gamaliel y su creencia de fariseo en la resurrección. Refirió su papel como zelote con Caifás, y narró con lujo de detalles su viaje a Damasco y la visión de Jesús que lo postró en el suelo y lo cegó temporalmente.

—He viajado y sufrido. He sido flagelado y encarcelado. No he claudicado en mi empeño de propagar la fe, pues estoy convencido de que el tiempo se acerca y el Señor vendrá de nuevo a juzgar a los vivos y a los muertos. ¡No hay nada de lo que pueda acusárseme! Jesús no hizo otra cosa que predicar por su parte que las profecías están por cumplirse. Esa es la palabra de Moisés, dicha en el Deuteronomio: «Un profeta de en medio de ti, de tus hermanos, como yo, te levantará el Señor tu Dios; a él oiréis. Esto es conforme a todo lo que pediste al Señor tu Dios en Horeb el día de la asamblea, diciendo: "No vuelva yo a oír la voz del Señor mi Dios, no vuelva a ver este gran fuego, no sea que muera". Y el Señor me dijo: "Bien han hablado en lo que han dicho. Un profeta como tú levantaré de entre sus hermanos, y pondré mis palabras en su boca, y él les hablará todo lo que yo le mande. Y sucederá que a cualquiera que no oiga las palabras que él ha de hablar en mi nombre, yo mismo le pediré cuenta"».

Así habló Moisés por boca de Pablo y así se defendió el acusado. Durante un buen rato todos permanecieron mudos frente a sus palabras.

Agripa iba a hablar pero Festo se adelantó:

—¡Estás loco, Pablo! No solo crees que los muertos vuelven a la vida, sino que valoras como verdad el poder de las profecías. ¿Y tú, rey Agripa, crees como este hombre en el valor de las predicciones, así sean de hombres santos?

—Creo y entiendo la ley de Moisés, como este hombre. No estoy seguro, sin embargo, como él, de que Jesús fuese el Mesías anunciado por la profecía —se apresuró Agripa a responder.

—¿No dice acaso la misma ley que citas que será maldito todo aquel que haya sido colgado de un madero, como ha muerto Jesús, de modo que niegas la palabra escrita?

Pablo quiso responder a Festo, pero un ademán de Agripa lo detuvo. Luego el tetrarca se levantó, se acomodó la túnica azul y señaló con el brazo a Pablo diciendo:

—Por lo que a mí respecta, he de decir que este hombre no ha hecho nada que merezca las cadenas con que ha sido atado por dos años. ¡Menos aún la muerte!

—Puesto que has apelado al césar —dijo Festo—, no podemos dejarte en libertad, pues no nos corresponde ya tu juicio. Pero irás acompañado de mi recomendación y la de Agripa para que este penoso asunto quede de una vez por todas sobreseído.

Festo hizo una seña y los legionarios se llevaron nuevamente al detenido. En el palacio de Herodes continuó la fiesta.

Ya en casa de Agripa, fue Berenice quien interrumpió el sueño de Pablo. Le habían quitado, por supuesto, las dramáticas cadenas que solo usara en los juicios públicos y pudo darse un largo baño caliente antes de quedarse dormido. Berenice, sin embargo, entró en sus aposentos y se sentó a su lado, colocando una mano jovencísima —tenía apenas veintisiete años— en la frente del apóstol.

—Siento importunarte, Pablo.

—¡Hija mía! —se sorprendió él, y se compuso un poco la ropa—, ¿qué es lo que te trae hasta aquí a esta hora?

Berenice no estaba sola: la acompañaba una esclava que le acomodaba la ropa insistentemente después de cada gesto, como si su ama estuviese en público y no en esa habitación oscura. Por fin ella le ordenó detenerse, dejarla en paz; la esclava dio un paso atrás e intentó disculparse con su ama abanicándola con su propia túnica.

—¿No puedes acaso quedarte quieta, mujer?

—Berenice, me asustas —dijo Pablo—. ¿Pasa algo? ¿Se han arrepentido de llevarme a Roma? ¿Se amotinan en mi contra?

Nada de eso. Lo que Berenice quería era que el apóstol la bautizara, aunque fuera en secreto.

—¿Sabes lo que dices? ¿Está de acuerdo Agripa? —preguntó Pablo.

—No me importa lo que opine mi hermano. ¿Sabes que él afirma que tú no crees en lo que predicas?

—No sé de qué habla. Creo en lo que he dicho en el pretorio como en todo lo que te he contado en las tantas horas que hemos pasado estudiando la ley. Pero abrazar la fe nazarea es otra cosa. Implica renuncias que por tu misma situación no puedes cumplir: eres la tetrarca de Galilea, Samaria, Judea y Calcis.

—No me importa a lo que tenga que renunciar. Creo en lo que me has enseñado y deseo ser bautizada, algo que no me puedes negar.

—Pero vives en pecado, cohabitas con tu propio hermano, ¿has pensado en esto?

—No dejaré que me vuelva a tocar. Él tiene sus propios juegos, que tú conoces bien, pues tu amigo Timoteo te los habrá contado. Así que no me echará en falta.

Lo último que hizo Pablo en Cesarea fue bautizar a Berenice, hermana y esposa de Herodes Agripa. Lucas regresó de Corinto a pedido mío para acompañar a Pablo a Roma, pero a mi amigo las conversaciones con el médico y escriba no lo entretenían ya; lo único que lo consolaba era la idea de partir, escapar al fin de allí.

Hacerse a la mar.

XXXIV

Hacia Roma, año 60 d.C.

A pesar de que Lucas le dijo que yo no aprobaba la idea de haber apelado al césar, pues todo el asunto retrasaba la verdadera libertad, Pablo pensaba que fue oportuna, pues lo sacaba de una vez por todas de Judea. Estaba harto de aguardar. Las víctimas que más sufren son las víctimas de la espera, solía decir con impaciencia.

La oportunidad llegó, sin embargo, con un convoy de prisioneros y esclavos a cargo del centurión de la Cohorte Augusta que debía ser enviado a Roma acompañado por un destacamento especial de sus legionarios; era la manera ideal de embarcar a Pablo hacia su nuevo juicio. Como ciudadano romano tenía privilegios de los que los otros carecían: llevar dos acompañantes o viajar en su propio compartimento, por ejemplo. Los pobres desdichados de los otros reos serían casi todos carne de cañón en el circo: pasto de las bestias y presa de los gladiadores.

Para el viaje el centurión alquiló un barco procedente de Adramitis, cerca de Lesbos, que también llevaba carga. La estación marítima se hallaba ya bien avanzada y pocas embarcaciones deseaban hacerse a la mar con esos tiempos. El día sexto después de las *calendas* de octubre, en un barco al que bien le habría caído un buen calafateo, se harían a la mar. El capitán era un griego que gritaba a su tripulación en tres o cuatro idiomas a la vez, sin saber en cuál de ellos responderían a sus órdenes.

Berenice salió a despedirlo cargada en litera y rodeada por su séquito, pese a la amonestación de Agripa. Deseaba ver a Pablo por última vez. Le dijo:

—Seguramente verás Roma pronto.

—Este viaje será lento. Haremos escala en quién sabe cuántos puertos, cargando y descargando mercancías.

—¡Te deseo suerte! —le dijo la muchacha, besándole la frente.

Lucas había traído a otro soldado para cuidar de Pablo: un hombre que estaba a mis órdenes, llamado Aristarco. El centurión, de nombre Julio, dio orden de subir a los presos pero Pablo, en su calidad de apelante, entró al final sin cadena alguna.

Izaron velas; los cables crujían al viento. Zarparon al fin bajo un sol abrasador del que Pablo no dejaba de cubrirse con un paño de lino. Berenice le había dado otra vez ropas nuevas de ciudadano romano, lo que hacía que los soldados, incluido el centurión, lo tratasen con especial deferencia.

—Estamos advertidos de que esta es temporada de tormentas, Pablo. Iremos bordeando la costa, aunque nos lleve más tiempo; tuviste suerte, sin embargo, de que saliera un barco. En Roma aguardan a estos prisioneros para las fiestas neronianas, así que debemos darnos prisa —le dijo Julio.

—¡Ya sabré yo librarme de las fiestas, centurión, y de más latigazos y encierros! Pienso ir, tan pronto llegue a Roma, a casa de unos viejos amigos: Aquila y Prisca, en el Aventino.

—Deberás ir acompañado de un legionario, pues sigues en detención preventiva, digamos, hasta que se resuelva el caso; pero habré de conseguir a alguien que lo haga con esmero y sin importunarte. Descuida, que lo sé todo. Timoteo me ha pedido personalmente que te escolte. Soy un *frumentarius* también, pero llevo ya dos años en Siria. ¡Este también es mi regreso! —comentó el centurión.

Pablo debía reconocer que mis buenos oficios empezaban a rendirle frutos. En poco tiempo alcanzaron Sidón, en la antigua Fenicia, aunque a Lucas, que había hecho ya ese viaje con anterioridad, le asombraba que la ruta fuese tan distinta, pues pasaba por el este de Chipre. Llevaban grano que descargar allí y se detuvieron unas horas para reparar una vela rota. Estaban en el puerto de Laodicea, donde bajaron a tierra para descansar.

La noticia del viaje de Pablo alertó a los nazareos del lugar, que corrieron al pequeño muelle para colocar sus manos sobre su apóstol y comprobar que de verdad estaba vivo, pues lo tenían por muerto. Pablo les habló sobre su cautiverio y el dolor de su martirio. Usó efectivamente esa palabra, me doy cuenta ahora: *martirio*, como si hubiese sido ajusticiado por los graznadores cuervos del Sanedrín.

Partieron de allí a luchar contra el mar y los vientos: por quince días fueron y vinieron navegando cerca de la costa, entre Chipre y Panfilia, pero los vientos del poniente se hacían cada vez más inclementes, lo que los obligaba a mantenerse resguardados por la isla, sin atreverse a dejarla del todo. Pablo se había mareado con el mal tiempo y las olas, de modo que viajaba postrado en la litera.

El capitán decidió dejarse arrastrar hacia el norte, utilizando los vientos hasta poder echar el ancla en algún lugar seguro. Lograron hacerlo en Mira, adonde fueron a parar otros tantos barcos y barcazas como el suyo sorteando el temporal.

Permitieron a los prisioneros bajar a tierra y estirar las piernas. Una profusión de cadenas golpeó la calzada; algunos legionarios borrachos habían sido acuartelados en cubierta pero Julio, el centurión, y otros seis obligaban a los encadenados a marchar mientras tomaban el sol.

Debían cambiar de embarcación en Mira a un navío más grande. El centurión consiguió sitio en un barco granero que zarparía a la mañana siguiente si hacía buen tiempo.

Lucas y Aristarco acompañaron a Pablo y sus cosas a la nueva embarcación, que estaba siendo cargada aún por varios hombres que le llenaban la cala de grano, chipriotas la mayoría, quienes hablaban en el cerrado griego de su isla, un griego que el apóstol se había obligado a entender en otro tiempo.

Ya en su litera Pablo comió ligero, pan, aceitunas y vino diluido, pues Lucas temía que volviese a ponerse mal.

—Espero que Timoteo haya arreglado todo en Roma, estoy cansado de este ir y venir para cumplir mi misión.

—Descuida, habrá ya conseguido que descanses en un lugar tranquilo, y no como prisionero. O quizá incluso para cuando lleguemos tu caso haya sido sobreseído por el césar, lo que sería mejor aún.

—¡Que el Señor te escuche, Lucas! —clamó el apóstol, que tendía de vez en cuando a esas profusiones de fe en forma de interjección.

Aristarco se acercó a los dos hombres, avisándoles que se quedaría otro rato en tierra, intentando enviar un correo a Roma. Según el espía, que era de Salónica, en aquellos días no se sabía quién era informante y quién no.

—Tigelino ha venido a remplazar a Burro en la confianza del emperador y ha contratado a cientos, dicen, de espías.

—¿Sabes tú quién es el tal Tigelino? —preguntó Pablo a Lucas.

—Ofonio Tigelino; es el nuevo amo y señor del *Palatium*. Dicen que incluso ha podido desplazar a tu amigo Séneca. No tiene aún un nombramiento pretoriano, pero pronto vendrá a recibirlo, pues acompaña a Nerón a todos lados; por ahora se mantiene como jefe de las Cohortes Vigiles. Lo conoció cuando Agripina lo trajo para comerciar caballos a Roma. Es quien ha conseguido todos los animales para las cuadrigas de Nerón, pues compite en privado en su propio circo. Incluso Timoteo le teme.

—Timoteo no le tiene miedo a nada —me defendió Aristarco ingenuamente.

—Solo hay alguien más peligroso que un espía —dijo Pablo, que algo sabía del caso— y es el jefe de todos los espías. Al amparo de la noche, con las Vigiles, finge cuidar la ciudad y en realidad se entera de todo. Ya tendré tiempo de seguirle la pista a Tigelino.

—Lo dudo —interrumpió Lucas—. Será él con todo su poder quien seguirá cada uno de tus pasos, oliendo incluso tu respiración si lo desea. Dicen que no hay nada de lo que no se entere.

—Ya veremos, ya veremos.

Volvieron a hacerse a la mar y regresaron los vómitos recurrentes del apóstol. De nuevo echaron anclas en Cnido, frente a Halicarnaso; por los vientos de levante, el puerto estaba lleno de enormes embarcaciones egipcias. El capitán del barco granero dijo, tajante, que esperaría a que virase la corriente.

—¿Cuántos días habrá que esperar que eso ocurra? —inquirió Julio, el centurión que contrató sus servicios.

—Una semana, a lo sumo.

—No puedo esperar una semana, ofrezco el doble.

—Ni por el triple voy a poner en riesgo mi tripulación y mi carga.

—Pues por el doble vas a zarpar, te guste o no, si no quieres ser juzgado en Roma por desacato. Lo siento, pero mi urgencia me obliga a esta determinación.

—Ni lo sueñes. Solo podremos alcanzar cabo Salmona, en Creta. El poniente nos puede levantar por los aires y hacernos crujir como a una nuez.

—Pues prefiero que nos destroce el viento a la ira del emperador. Estos prisioneros son para el circo, para los juegos neronianos. No pueden llegar tarde. Nuestras cabezas dependen de ello.

El capitán imaginó al viento implacable estrellándolo contra las rocas, pero esa muerte le pareció más plácida que su alternativa entre las fauces de los leones.

Habían comprado agua fresca, guardada en pellejos de cabra, también vino y otras provisiones que los marineros subían al barco.

Era el mes de Tishrei, el inicio del otoño. Nada haría cambiar el mal tiempo. Estaba escrito: «Y reposó el arca el mes séptimo, a los diecisiete días del mes, sobre los montes de Ararat», lo que recordó Pablo sabiendo que debería celebrar el Día del Perdón con los suyos aún dentro de la barca. Reunió a cuantos quisieron escucharlo y pronunció un sermón en cubierta mientras se hacían los últimos preparativos para zarpar a pesar del clima.

—No te acuerdes de los pecados de mi juventud, ni de mis rebeliones. Conforme a tu misericordia acuérdate de mí por tu bondad, oh Yahvé. Bueno y recto es Yahvé, por eso Él enseñará a los pecadores el camino. Encaminará a los humildes en la justicia y enseñará a los humildes su camino. Todas las sendas de Yahvé son misericordia y verdad para con los que guardan su pacto y sus testimonios. ¡Por amor a tu nombre, oh Yahvé, perdona mi iniquidad! —dijo a quienes quisieron escucharlo.

Y estos no fueron pocos, pues a los que sabían quién era se sumaron muchos marineros dispuestos a cualquier superstición nueva o vieja si podían contar al menos con la ilusión de su protección, dado que el necio centurión los obligaba a echarse al mar con aquel vendaval.

Pablo repartió el pan entre esos hombres, aunque no entendieran el gesto y solo lo comiesen de prisa, con hambre. De Salmona, a la mañana siguiente zarparon rumbo a Phineka, al poniente de la isla.

El viento hacía ondear el barco como si fuese una hoja de parra. Pablo oraba y los marineros, en cambio, cantaban en sus lenguas a los dioses del mar y se encomendaban a Poseidón y sus hijos. Cantaban también al viento, al que llamaban con nombre de mujer: *Euraquilón*.

Tres días después, el viento dejó de hacer caso a las plegarias: comenzó la tempestad. Los marineros gritaban como locos, sabiendo que se trataba del fin.

—¡A sotavento! Si tan solo pudiésemos llegar allí —pedía el capitán, quien culpaba al centurión de la suerte de su navío.

Quitaron la vela anterior, bajaron la cebadera y amarraron las cuerdas al casco, como si quisiesen conservarlo unido. Los marineros solicitaban ayuda a los legionarios, pues no se daban abasto con las maniobras, incluida la difícil de izar el aparejo contra el temporal; con la fuerza del viento, se necesitaron diez hombres para lograrlo.

Pablo seguía rezando. ¿Y si este fuese su anhelado juicio final, el ciclo cerrado de su tiempo?

Tuvieron que arrojar el grano al mar para hacer más ligero el navío; hasta Lucas y Aristarco participaban en las maniobras mientras Pablo se protegía del agua y el viento con la toga blanca de lana suave que le regalara Berenice: se había encapuchado con ella.

Por la noche se dieron cuenta de que la lucha era imposible: el mástil anterior se rompió con un solo crujido. La verga era tan larga como el propio navío granero ahora vacío. Trajeron a los presos a cubierta para ayudar a arrojar el enorme mástil por la borda; uno de los marineros cayó tras él, perdiéndose de inmediato entre las olas y la espuma.

Era como si las enormes columnas del templo de mármol de Afrodita se disolvieran en el agua embravecida. Entraron como pudieron en la camareta de cubierta, por temor a seguir la suerte del infortunado compañero.

El centurión inquirió sobre las posibles consecuencias del temporal:

—O nos destruye o nos arroja contra el acantilado de alguna isla, pero no tengo idea de a qué distancia estamos de la orilla; no podemos ver nada en medio de la tormenta. Debí haberme negado a zarpar. Lo sabía, centurión: seremos cadáveres antes de que amanezca.

—Ten esperanza, capitán —dijo Pablo, que escuchaba la conversación en latín entre los dos hombres.

—¿Sabes lo que significa que el mar está cerrado? Nunca debimos haber zarpado.

—Ahora estamos aquí en medio, sin otra cosa que encomendarnos a Nuestro Señor y pedir su misericordia —dijo Pablo, pero el comentario solo irritó al capitán, que tenía cosas más urgentes y prácticas que hacer, de manera que se alejó del apóstol tan pronto como pudo. Sus marineros entraban y volvían a salir, en pequeños grupos, a realizar nuevas maniobras; el viento, que los legionarios llamaban Aquilón y los marineros griegos Bóreas, soplaba con toda su fuerza y aun con ira contra la pequeña embarcación y sus desdichados tripulantes y pasajeros.

Habían llegado al golfo de Cirenaica, donde el capitán esperaba poder encallar en algún banco de arena. No bastaba entonces con haber echado el grano por la borda: ahora tocaba arrojar todas las cajas y vasijas, los maderos e incluso algunas jarcias humedecidas que no servirían de nada a esas alturas.

El mar furioso los zarandeó toda la noche y aun después del alba; apenas aclaró entre las nubes cerradas y plomizas. Nadie probó bocado; se había acabado hasta el pan ácimo de Pablo.

Los marineros perdieron toda esperanza e incluso Julio, el centurión, estaba sentado en una esquina aguardando el desenlace. Pablo todavía encontró ánimo para intentar calmarlos:

—He tenido una revelación ayer por la noche, mientras éramos arrastrados sin piedad por las olas. Se me ha aparecido un mensajero de mi Señor Yahvé, el Dios al que sirvo, y me ha dicho que no pereceremos en este trance. «¡Es preciso que comparezcas ante el césar!», me dijo. «El Señor concederá la vida a todos los que te acompañan en la dura travesía y premiará su esfuerzo salvándolos de sus pecados». —Pablo, el hombre sin fe, podía engendrar en los otros no solo esa fe, sino trasmitirles su misma fuerza, quizá con la esperanza imposible de que ese esfuerzo le devolviese aquello de que carecía.

Lucas no podía creer lo que escuchaba. ¿Hasta cuándo seguiría inventando Pablo esas *visiones*? Sin embargo observó cómo sus palabras surtían efecto entre los hombres, que renovaban su voluntad de no rendirse aún y se aferraban a la secreta esperanza de al menos encallar en alguna isla.

La tempestad no amainaba, pero tampoco acababa con ellos. Por dos largas semanas fueron arrastrados entre Creta y Sicilia. Al decimocuarto día el capitán, a quien todos se refieren como Filo pero al que Pablo, con su manía de cambiar los nombres, llamaba Filón, pidió a su segundo que echara la sonda pues sentía, a pesar de la borrasca, que estaban cerca de tierra, lo que podía ser su salvación o su perdición total. «¡Veinte brazas!», gritó el segundo. Poco después, sin embargo, la lectura cambió radicalmente: ocho brazas.

—Hay que fondear cuatro anclas en la popa —gritó Filo y su segundo, con tres ayudantes, así lo hizo. Luego los cuatro se dirigieron a proa para repetir la maniobra, pero se trataba de una artimaña: su verdadera intención era abandonar el barco, sin embargo tanto el capitán como Pablo advirtieron su propósito.

También el centurión, que decidió cortar las cuerdas de la barca salvavidas mientras gritaba a todos los presentes:

—¡O nos salvamos todos o perecemos todos! ¡No es momento de cobardías ni de traiciones!

Uno de los marineros más viejos ofreció a Poseidón, de acuerdo con la costumbre, su propia cabellera y después de cortársela la arrojó al mar. Pablo no condenó ese gesto pagano: mientras todos ayudaran a mantener a flote la embarcación, que cada cual creyera en lo que pudiera.

Lucas había encontrado una tinaja de aceitunas, que llevó en un cuenco a los marineros; algunos comieron.

El casco del navío quedó prácticamente desmantelado entre lo que arrojaron por la borda y lo que se había llevado el mar; los viajeros se aferraban a las cuerdas para no caer ellos mismos a las olas.

Allá, a lo lejos, Filon avistó tierra. No sabía dónde estaban, pero la diminuta bahía era una esperanza. Ahora sí soltaron todas las anclas y abandonaron la nave en el mar. Los presos fueron desencadenados por órdenes del centurión a pesar de la reticencia de los mismos marineros, que pedían a los legionarios ejecutar a los hombres como si fuesen otra pesada carga.

—¡El que sepa nadar, que se arroje por su vida! —gritó entonces el segundo de a bordo. Doscientos setenta y seis hombres abandonaron el barco ilesos; solo uno pereció en la tormenta. Aristarco ayudó a Pablo a llegar a la orilla, arrastrándolo de los brazos.

Como una manada de tortugas que han ido a la playa a desovar, así iba apareciendo irregularmente, en grupos, el conjunto de náufragos. Algunos salían del mar andando, pero tras unos pasos, en cuanto lograban alejarse del agua, todos se dejaban caer en la arena, vencidos por el cansancio.

Como era de mañana, algunos habitantes del lugar, la mayoría pescadores, corrían con sus mujeres a ayudar a los náufragos. Habían visto parte de la peripecia desde el promontorio en que se alzaban sus modestas casas. Por ellos supieron que habían llegado a la isla de Malta, sanos y salvos aunque sin embarcación.

—*Rari nantes in gurgite vasto* —dijo Pablo pensando en voz alta, mientras los marineros hacían una fogata con la madera que encontraban en la playa, pues tiritaban de frío y deseaban secarse las ropas. Solo Lucas entendió la cita de Virgilio: «Vense algunos pocos nadando por el inmenso piélago…».

Los legionarios ataron con una larga cuerda a los prisioneros, que se dejaron hacer sin oponer resistencia.

Entonces ocurrió algo extraño. Con una vara Pablo atizaba el fuego, cuando de la tierra salió una serpiente que primero se le enroscó en el azadón y luego en el brazo. Los marineros se apartaron, temerosos del animal que quizá había picado al extraño predicador con el que viajaban y al que unos tenían por loco y otros por mago.

En esa ocasión se comportó como mago: sin inmutarse, arrojó la víbora al fuego y contempló sereno cómo el animal se achicharraba. Nada le ocurrió a él: ni se hinchó ni vomitó, ni cayó postrado por la picadura, si es que esta llegó a producirse, de lo que seguramente estaban convencidos los pescadores que señalándolo se postraron gritando: «¡Milagro, milagro!».

Luego uno de ellos fue por Publio, el gobernador romano, quien poco después se apersonó con su guardia. El centurión le presentó sus respetos y le explicó en un aparte la causa del viaje.

Pasaron unos días en su casa, descansando. Filon fue invitado también gracias a la intervención de Pablo; los otros se quedaron en los barracones de los legionarios, a un lado de la casa del cónsul.

Y fue Lucas, providencial, quien curó a Publio de unas fiebres a la segunda noche de pernoctar en su pequeño palacio, como éste llamaba con sorna al conjunto de habitaciones que le servían de hogar: una semana después estaba sanado. La tormenta también se había despejado.

Un barco alejandrino con los *Dioscuri* —los gemelos celestiales— en el mascarón de proa arribó también durante esos días en Malta. En él prosiguieron el viaje diciéndose que la isla merecía su nombre, pues quería decir refugio.

Pablo ya era tratado no solo como espía, sino como alto funcionario del césar, pues Publio sabía del fin último de su viaje a Roma: informar al emperador de la situación en Judea. Así le explicó el centurión las cosas.

Todos sin excepción se dirigieron a Siracusa, pues el capitán y los suyos pretendían recibir no solo una indemnización sino alguna recompensa por sus servicios al llegar a Roma. Ahora brillaba el sol y los naranjos estaban llenos de fruta madura que se cortaba, mondaba y saboreaba como si se tratase del más elaborado de los manjares.

Una semana después llegaron a Regio, penúltima escala antes del puerto de Puteoli, desde donde irían andando a la capital del imperio. El barco donde viajaban, otro granero como el perdido en el naufragio, llevaba derecho de paso a causa de su preciada carga, de modo que fondeó antes que otras embarcaciones que habían entrado primero pero que debieron sin embargo arriar sus gavias.

Dejaron atrás al *Cástor y Pólux*, que descargaba su pesada mercancía.

Pablo, Lucas, Aristarco y los legionarios con su cargamento de prisioneros enfilaron por la Vía Apia; la hermosa calzada, limpia y fresca por la lluvia, le pareció al apóstol un camino celestial.

Pero no se trataba de llegar de inmediato a Roma. Julio debía reportarse en el fuerte del puerto y entregar allí a sus prisioneros. Una carta mía los aguardaba en la posta del *Cursus Publicus* con nuevas instrucciones.

La epístola, lacrada, había arribado allí dos semanas antes según informaron a Aristarco, quien llevaba consigo los salvoconductos de los tres hombres; de haber previsto las vicisitudes de ese viaje, hubiera podido ganarme la vida como adivino.

—Nos hemos salvado —concluyó Pablo cuando descansaban ya en el fuerte, esperando poder salir hacia Roma.

—«¿Tal soberbia les infunde su linaje? ¡Oh viento que osa sin contar con mi numen mezclar el cielo con la tierra y levantar tamañas moles! Es menester sosegar las olas. Luego me pagarán el desacato con igual castigo» —recita Lucas, quien también tiene su dosis de poeta y se sabe de memoria la *Eneida*.

SÉPTIMA PARTE

El ciudadano

XXXV

En Roma, años 61 y 62 d.C.

Después de semejante viaje, la felicidad de Pablo al llegar por fin a Roma no podía ser mayor: hacía que olvidara los sinsabores no solo de la travesía sino también de los últimos años. Toda la amargura acumulada durante su interminable misión parecía desvanecerse ahora ante el espectáculo que la anhelada capital del imperio ofrecía a sus ojos.

Recibí a Pablo ya al día siguiente de su llegada a Puteoli. Ahora cabalgaba hacia el Aventino, donde tendría su morada. En *custodia libera*: ese era el término que habían convenido para acallar cualquier sospecha, un arresto, por supuesto, temporal. El espía encargado de la vigilancia era Sabino, que estaba en realidad a mi servicio. Ya pronto nos desembarazaríamos de aquel asunto; era cuestión ante todo de que pudiese hablar con su amigo Séneca, quien le respondió cada una de las dos veces que le escribió como prisionero desde Cesarea Marítima.

«Soy el embajador encadenado del evangelio», diría con excesivo dramatismo en su carta a los Efesios, la primera que escribió en Roma a sus iglesias. Decidimos que no perdiera contacto con sus fieles y sus comunidades, ya que toda comunicación podía ser fundamental en el futuro próximo: permitiría conocer de primera mano qué se traían entre manos los nazareos.

Pero los días de Roma al inicio fueron lentos y le habrán parecido casi eternos. En la Urbe, en la Ciudad, como la llamamos con mayúscula, cabe, sin embargo, el universo entero. Eran los *idus* de febrero, hacía ya una semana que Pablo había cruzado la *Porta Appia* para irse a vivir al pequeño apartamento, en un segundo piso, que renté para todos ellos en el Aventino, de frente al *Circus Maximus.*

Habíamos estado yendo y viniendo para arreglar el caso de Pablo. A mi amigo le asombró, desde el primer día, la facilidad con que yo entraba y salía de las más diversas oficinas, hablando en latín todo el tiempo, como si en lugar de haber estado fuera de Roma durante años, en realidad fuese uno de sus más conspicuos ciudadanos. Debo confesar que me halagaba asombrarlo así, pero los espías en la Urbe nos contábamos por cientos y compartíamos en general estas habilidades; nuestra clase inició su labor como un grupo de mensajeros de las legiones, a las que llevaba trigo y municiones, pero llegó a ser un servicio secreto en regla a las órdenes de la Guardia Pretoriana y del propio emperador. Mi rango ahora, obtenido gracias a la mediación de Agripa, era el de *Inmuni,* o *Speculator.* No había que sorprenderse entonces tanto de que pudiera abrir todas las puertas.

El centurión a cargo del viaje, Julio, solo nos acompañó en la primera visita al *príncipe peregrino,* Marco Quadratus, jefe de la plaza.

—No es sino el jefe de los correos imperiales —dije a Pablo antes de entrar en su despacho, por cierto uno de los lugares más desordenados y sucios que había visto en mi vida.

—Dudo que con este hombre las cartas lleguen a tiempo o a destino —dijo Pablo sin sorprenderme.

Pero se equivocaba, como yo la primera vez.

—Es eficientísimo —tuve el placer de corregirlo—. El emperador lo tiene en gran estima; no lo han cambiado por cierto desde tiempos de Claudio. Digamos para abreviar que este hombre lo sabe todo.

Lo saludé con gran respeto, a la manera militar, al igual que Julio, quien le entregó la misiva de Porcio Festo explicando la índole del prisionero y su apelación al césar —*Dominis invocatio*—, junto con el largo informe de la acusación sin delito.

El hombre soltó una carcajada y preguntó al centurión:

—¿Crees tú que el césar, con todos los asuntos que lo ocupan, va a encargarse de un caso tan enrevesado? Nunca oí que se pudiera procesar a un acusado que no cometió delito alguno, o cuyo delito es imposible de probar. Festo debió haberlo absuelto.

—Yo cumplí las órdenes de enviarlo a Roma; ha terminado mi custodia, estimado *princeps* —dijo Julio.

—Lo único que puedo hacer es encargar a uno de mis *frumentarii* que lo vigile mientras el tribunal encuentra si debe procesarlo, y por ende la apelación al césar se aplica, o si el caso queda del todo sobreseído, como creo que ocurrirá —me explicó Quadratus.

—Con el tino que te caracteriza, creo que estos otros documentos guiarán aún más tu proceder —dije, no sin exagerar mi respeto.

Quadratus quedó impresionado al ver el sello de Epafrodito, el secretario personal del césar. Se trataba de un solo folio que ya había tenido el cuidado de leer y resellar antes de entregarlo. Era un amplio salvoconducto que pedía al estratopedarca que aplazase cualquier audiencia hasta que el caso, por olvidado, pudiera sobreseerse.

Redactó entonces él mismo los papeles para dar —o mejor, para que no se diese— curso jurídico al caso. Debíamos llevarlos hasta el *Vicus Longus* y el mismo Quadratus encargó al custodio que escogí, Sabino, ocuparse de la encomienda, solo que al salir de allí ya estaba oscureciendo.

—Es tarde para continuar hoy el trámite —dije—. Para cuando lleguemos allí no habrá nadie que pueda recibirnos.

Lucas estaba junto a mí.

—Esperaremos para ir al *Vicus Longus,* Lucas —le dije—. Tengo una cita esta noche en el *Vicus Tuscus* a la que estás invitado, por supuesto. Digamos que es para celebrar nuestro primer triunfo en la liberación de Pablo.

Vicus Tuscus, la calle toscana, era donde se reunían las prostitutas. Yo era ya asiduo cliente de una de las mejores casas de la ciudad. Lo que no me esperaba era lo que le oí decir entonces a Pablo:

—¡Llévenme con ustedes de fiesta, hace tiempo que no tomo un buen vino y me divierto!

Lucas y yo nos miramos sorprendidos, y muy pronto complacidos al igual que Sabino: al menos la primera noche de su nueva misión sería entretenida.

—Mañana —concluí antes de dar por terminado el día de servicio—, antes de seguir con nuestros trámites, iremos de visita a lo de Aquila y Priscila. Su casa queda en el camino, está en la *Clivus Suburanus*, o los suburbios, como se la llama —expliqué a Pablo reasumiendo mis funciones de guía romano.

Rato más tarde, ya marchábamos todos juntos en la noche: Lucas y yo delante, y detrás Pablo con su guardia, Sabino. El lugar que yo frecuentaba y al que llevaba ahora a mis amigos era una pequeña taberna donde las mujeres se sentaban a tu mesa y bebían contigo; si alguna de ellas era de tu agrado, te la llevabas a la cama. Había unos pequeños cuartitos en el segundo piso del establecimiento para, digamos, *charlar* en privado; todavía debe funcionar, era un lugar próspero, Craso. Pero tú no eres de ese ambiente. ¿Te asustan acaso, amigo Craso, las actividades a las que se dedica un hombre soltero y joven en la libertina Roma? No tengo nada de lo que arrepentirme. Una que otra polución por aquí o por allá fueron mis únicos vicios.

Pablo, como ya sabes, era diferente. Gustaba del vino, amaba la música y ahora ya no tenía por qué aparentar nada, pero poseía a pesar de todo otra mentalidad. Su hermosa toga de lana blanca, regalo de Berenice, le daba un aspecto señorial. Había algunas muchachas en el establecimiento, pero la mayoría eran mujeres maduras, curtidas en el duro oficio de vender su cuerpo, que no estaban de humor para dilaciones; pronto se dieron cuenta de que el viejo que venía conmigo sería un cliente difícil, por lo que dejaron de acercársele, para su tranquilidad.

Uno por uno los demás fuimos encontrando nuestras respectivas compañías. Nos perdimos entre risas por un rato, para salir de allí borrachos y con muy malas trazas.

Regresamos muy de madrugada, sorteando ladrones, otros borrachos y alguno que otro noble distraído. Previne a mis compañeros:

—¡Cualquiera de estos puede ser el emperador disfrazado!

Se cuenta que Nerón desde hace muchos años viene por aquí en busca de mujeres, así que tengan cuidado con lo que dicen y dónde pisan.

Esa noche, con un terrible dolor de cabeza y sin poder conciliar el sueño mientras nosotros dormíamos a pierna suelta, Pablo recordó una carta de su amigo Séneca en la que le describía el vértigo de la Urbe: «En Roma, el hombre pobre no puede ni meditar ni descansar. ¿Cómo vivir con los maestros de escuela por la mañana, los panaderos de noche y el martillo de los caldereros todo el día? En todo momento del día se oye gritar a los sacerdotes fanáticos de Bellonio, o al náufrago charlatán con el dorso todo cubierto de vendas, o al judío al que su madre enseñó a mendigar, o al legañoso vendedor de cerillas de azufre. ¿Quién puede contar las horas perdidas para el sueño en Roma? Los estallidos de risa de los que pasan me despiertan; Roma entera está a mi cabecera».

Séneca podía irse al campo cuando quería dormir, por eso Pablo no lo había visto aún. En cambio el apóstol debía soportar el ruido, que no desaparecía ni siquiera bajo los pequeños tapones de cera de abeja que le fabricara Lucas.

Pronto estuvo claro que el *Liberetur* le sería entregado en menos de un mes, sin necesidad de audiencia alguna. Aquila y Prisca habían resentido un poco que Pablo se abstuviese de vivir con ellos, ya que su casa era suficientemente espaciosa como para recibirlo junto con unos cuantos discípulos, pero su amistad por otra parte seguía siendo tan devota como siempre.

¿Cuánto más debía Pablo seguir representando en Roma el papel de apóstol y nazareo? Lo discutimos mucho antes de tomar una decisión. Iría los sábados a predicar en un recodo del Tíber, cerca de casa de sus amigos, pero no participaría en ninguna otra reunión pública. Epafrodito discutió con Burro el asunto antes de que el prefecto de la Guardia Pretoriana cayera gravemente enfermo, lo que impidió no solo que recibiera a Pablo alguna vez, sino que siquiera pudiese conocerlo. Burro murió al año siguiente, pero se había retirado del todo de su oficina y el césar decidió dividir el puesto entre dos de sus hombres favoritos: Cayo Ofonio Tigelino, el jefe de las Vigiles, y el pretoriano Faenio Rufo, lo que sellaría nuestra suerte, aunque eso aún no podíamos saberlo.

Decidimos complementar las órdenes de Burro con una nueva serie de cartas a las comunidades de Acaya, Asia, Macedonia, Siria e incluso, si fuese necesario, Jerusalén. Agripa se había comprometido, por su parte, a mantenernos informados acerca de la situación imperante en esas ciudades tan importantes para Pablo, ya fuese por carta o durante cualquiera de sus largas estadías en Roma.

El primer sábado que salió a predicar fue planeado hasta el mínimo detalle con Aquila y Prisca. Estarían invitadas a su casa muchas familias judías que vivían desperdigadas entre el Campo de Marte, la *Puerta Capena*, el Trastevere y los *Subura*. El éxito de esa reunión sería clave para que Lucas y yo tomásemos nota de cada uno de ellos y, con el tiempo, pudiéramos definir qué hacían en Roma y cuáles eran sus relaciones, si las tenían, con el Sanedrín o con otros judíos importantes en Palestina. Si se trataba de una red de dinero, influencias y apoyos pensábamos que lo mejor sería desenmascararla, pero debíamos ir con tiento.

Aquila declaró que algunos de los invitados deseaban ser bautizados por Pablo desde que sabían que estaba en Roma. Propuso que después de la prédica, la cual tendría lugar en el huerto de atrás de la casa, fueran al Tíber con quienes así lo desearan. Pablo, reasumido su rol de apóstol, aceptó aunque no dejaba de parecerle algo prematuro realizar ese sacramento.

—Hemos leído una y otra vez la epístola que nos enviaste —dijo Prisca—, en la que hablabas del linaje davídico de Jesús, con lo que dejabas claro que se trataba del Mesías, lo que algunos desde aquí siguen dudando, por lo que es tan importante tu palabra. Lo que más nos ha costado explicarles y que tú nos has dicho una y otra vez es ese fragmento, ¿recuerdas?, que dice: «Pues no es judío el que lo es exteriormente, ni es la circuncisión la que se hace exteriormente en la carne; sino que es judío el que lo es en lo interior, y la circuncisión es la del corazón, en espíritu, no en letra».

—Es curioso, Prisca, que aún no sepas que en eso de lo que hablo y en la resurrección de Jesús se concentra toda nuestra fe. Pues fue por su muerte que nos salvó de nuestros pecados y es en esa fe que nos purificamos. ¡El bautismo más importante no es con agua, es espiritual! —la amonestó, gritando casi colérico, y vi allí regresar al Pablo que más temía. Ya había aguantado bastante mi liderazgo desde que nos instaláramos en Roma, por otra parte, y no me sorprendió demasiado volver a oír ese viejo rugido de león. Pero era cierto que su vehemencia era su gracia, su carisma, lo más necesario para convencer a los judíos de Roma de seguirlo. No había gentiles entre sus nuevos discípulos, por lo que al menos el asunto de la comida y la circuncisión no tendrían por qué ventilarse; qué alivio.

Ese sábado, pues, se congregaron más de treinta familias de judíos en el huerto de Aquila a escuchar la primera prédica en Roma de Pablo de Tarso, quien así les habló:

—Como bien saben, hermanos, he llegado a Roma condenado y encadenado. Soy un esclavo del evangelio, sin embargo, y no me arrepiento de estar aquí al fin predicando la buena nueva entre ustedes, pues he aprendido a amarlos por las cartas que Aquila y mi querida Prisca me han enviado durante todo este tiempo. Antes de hablar he de decirles que no deben creer en nada de lo que escuchen sobre mí. No he hecho nada en contra de la ley de Moisés, ni contra los sacerdotes y los escribas. No he cometido ningún delito que no sea el de predicar el camino y la luz, tal y como lo aprendí de Jesús camino de Damasco. Soy un nazareo, creo en la resurrección y les reitero que el día del juicio final está por llegar.

Como no todos los allí presentes eran nazareos ni oyeron antes hablar del grupo, pues eran simples judíos de la diáspora que no habían ido nunca a Jerusalén, tuvo que explicarles en qué consistía su fe. Pero les advirtió:

—Ya Aquila les ha explicado muchas veces en qué consiste *el camino* y por qué debemos dejar de pecar y salvarnos. Ustedes deben, como yo, convertirse en siervos de Jesús. Yo lo he sido más que nadie, por los trabajos, las heridas, las prisiones; por la muerte, que tantas veces he visto. De mis propios hermanos judíos recibí cinco veces los treinta y nueve golpes. Tres veces fui flagelado, una vez lapidado; tres veces he naufragado. He pasado un día y una noche en medio del abismo. He resistido y triunfado de todos los peligros de los bandidos, de los gentiles y de mis hermanos en Moisés; en las ciudades y los desiertos, en el mar y con las traiciones de los que se decían mis hermanos. He sentido el hambre, la sed, el frío, los ayunos y he padecido la desnudez y la humillación como ninguno de los aquí presentes. Y todo esto lo he hecho convencido de una sola cosa, de que el Señor está por venir y el tiempo de su juicio se acerca. ¡Quien se arrepienta y acepte a Jesús será salvado!

Quienes lo escuchaban allí iban aumentando su asombro: nunca nadie les habló con tal ímpetu. Muchos de ellos confirmaron simplemente lo que Aquila o Prisca les contaron de su apóstol. Otros deseaban algo más que un discurso; esperaban uno de los tan sonados milagros que contaban aquel hombre era capaz de hacer. Pero no había en esa primera reunión ningún enfermo que curar, ni tampoco ningún peligro que afrontar.

Por la tarde tres mujeres y un anciano lo acompañaron al Tíber. Deseaban, como le dijeron sus amigos, bautizarse.

Antes de iniciar el rito les dijo, citando al profeta Isaías, que tan bien conocía: «Yo los curaré de su ceguera con esta agua, para que se vuelvan al fin hacia Dios y ya no sean ni duros de oídos ni tengan tapados los ojos».

Desde la mañana, Lucas se dedicó a anotar los nombres y los barrios donde vivían los nuevos congregados: Apeles, Epéneto, Trifena y Trifosa —dos de las bautizadas esa tarde—, Narciso y toda su familia, Julia, Urbano, Rufo, Aristóbulo, Andrónico, Junias y María, como la madre de Jesús. Había dos libertos casados con judías: Hermes y Patrobas. En el Aventino vivían Filólogo, Nereo y su hermana, Olimpas y Ampliado. La tercera mujer en bautizarse sería muy cercana a Pablo en esos años: su nombre era Pérsida. Estaquis fue el único hombre en someterse al sacramento del agua ese primer día.

Rufo era el más versado en los asuntos de que hablaba Pablo. Su padre fue Simón de Cirene, uno de los que ayudaron a Jesús a llevar su cruz hasta el Gólgota. Todos ellos serían en adelante sus colaboradores.

Unos meses después, casi al final de ese año, Pablo de Tarso, ciudadano del imperio, súbdito del césar, salía por primera vez de la eterna Roma ya como persona libre. Recibió el oficio con la conclusión de su caso esa misma semana. Lucio Anneo Séneca lo invitó a una cena en su villa del sur de Italia. Desde hacía tiempo pensaba retirarse de la vida pública ya que el césar había optado por otros consejeros, desembarazándose de su influencia. Empezó a caer en desgracia desde antes, cuando se corrió el rumor de que fue amante de Agripina, y para protegerse de la acusación él mismo justificó ante el Senado la ejecución de la antigua esposa de Claudio, acusándola de urdir un complot para asesinar a Nerón. Pero Tigelino y Rufo —Faenio Rufo, no el seguidor de Pablo— no cesarían en sus esfuerzos por acabar de una buena vez con el filósofo.

Ahora casi no estaba en Roma. Así explicó a Pablo la razón de su tardanza en recibirlo: «Tantos años después, podemos volver a charlar toda una noche», prometió en la misiva de invitación. «La amistad es siempre provechosa», decía, «el amor a veces hiere. Te espero, querido Saulo de Tarso, viejo amigo», terminaba.

Como en todas las cenas importantes de Roma, había no más de nueve invitados: Paulina, la joven mujer de Séneca; Lucilo, un sobrino muy querido; este Timoteo que ahora dicta, Lucas y Pablo; el propio filósofo; un senador muy cercano a Séneca, Décimo Junio Silano Torcuato, que vacacionaba en la villa del filósofo, y un aprendiz de poeta, Marco Valerio Marcialus, amigo de Lucilo, proveniente de Hispania, como toda la familia de Séneca, y buscador de fortuna, como lo presentó en broma el sobrino ante los otros comensales.

En el amplio salón los ocho nos acomodamos en los triclinios con las copas de vino ya en la mano, mientras los sirvientes comenzaban a servirnos un fastuoso banquete con al menos veinte distintos guisos y platos de donde escoger. Un grupo de músicos y bailarinas de Córdoba amenizaban la reunión. Durante los bailes, por educación, dejaban de hablar y aplaudían la ejecución si los había complacido.

La conversación giraba en torno a las preocupaciones de siempre del filósofo, quien cedía la palabra solo para que los otros reforzaran lo que él afirmara antes. Ni Pablo ni yo dejamos de advertir que antes de ceder la voz a algún comensal, pedía siempre que le sirvieran más bebida:

—¡Beban, mis amigos, beban! —decía, postergando todo estoicismo.

Sin embargo, el filósofo comía poco. No ingería carne y se sustentaba de frutas que tampoco permitía que le sirvieran sus esclavos; él mismo las tomaba de una bandeja que tenía enfrente. Sí que era frugal con sus alimentos, pero más tarde le confesaría a Pablo que se trataba más de una precaución que de un mandamiento filosófico: temía desde hacía años que los de su casa lo envenenaran por órdenes de Tigelino o del propio Nerón, así que él mismo supervisaba todo lo que ingería.

—Si hubieses venido a Roma hace unos años habrías encontrado a un viejo gordo y con papada. ¡Mírame ahora, ligero como una pluma por culpa de mis enemigos!

Un rato más tarde, tuvo ganas de filosofar un poco.

—Nuestro buen amigo Saulo, oriundo de Tarso, como ya les he dicho, a quien he conocido hace ya muchos años en Egipto, se ha vuelto un predicador ambulante, una especie de filósofo sin paga —bromeó— que desea convencer a sus seguidores de que existe un dios que detesta el mal y pide a sus criaturas que hagan el bien.

Lucilo emitió una carcajada:

—¿Cómo puede ser eso? ¿Un dios temeroso? Nunca oí tal cosa. Los dioses son criaturas despreocupadas, inmortales.

Marcialus le hizo coro:

—¡Te equivocas, Lucilo! Solo les preocupa una cosa: no poder morirse.

Todos rieron, menos Pablo que intentó explicarse:

—¡No existen múltiples dioses, eso lo he discutido hasta el cansancio con Lucio cuando éramos jóvenes! Solo hay un Dios que hizo todas las cosas, incluido al hombre. Por eso desea que este sea bueno y puro, y no peque. A quien así obre lo llevará consigo cuando venga y nos enjuicie, y se acabe el mundo.

Séneca, divertidísimo con la confusión que él mismo había provocado azuzando a Pablo, intervino entonces:

—Este ser infinitamente bueno que es tu dios, Saulo, predica una bondad imposible de entender, por lo menos para mí, por más veces que me lo hayas explicado. Entiendo por *summum bonum* la razón de ser de cada cosa viva en la Tierra, pero el bien mayúsculo de unos puede herir a los otros sin que sea maligno. Un tigre, por ejemplo, ¿qué otra razón de ser puede poseer que la de alimentarse? Ataca a la presa que le viene en gana, y le causa mal, pero sin intención de hacerlo. ¿Dirías tú que peca?

—Confundes, Séneca, a pesar de tus muchas luces, bueno con bondadoso. Pero si eso fuera cierto, bueno sería lo mismo que amarillo: un atributo arbitrario de las cosas, no una característica propia. El bien, en cambio, es algo real, a lo que no podemos sustraernos sin pecar.

—Enredas más tus argumentos con tus palabras. Como he escrito alguna vez, quien corre en un laberinto puede perderse con más facilidad que quien solo camina en él; te has metido en un embrollo, Saulo. ¡Beban, mis amigos, pues dudo que el dios de este hombre se preocupe por nuestra borrachera de esta noche cuando él mismo puede estar copulando con Vesta!

Pablo entendió desde esa tarde que su evangelio no tendría mucho sentido entre romanos, y a esas alturas —Séneca seguramente sabía gracias a Novato, su hermano, de la secreta encomienda que su amigo desempeñaba para el césar— no tenía caso discutirlo con su amigo.

Paulina concluyó esa discusión, más sensata:

—Creo que el bien, queridos amigos, no es una cosa. No es nada físico. Es una cuestión moral, a eso debe estarse refiriendo Saulo. Y la moral es una elección estrictamente personal, o un deseo. Solamente eso: una apetencia.

—Pues lo único que apetezco es más vino, ¿es de Córdoba, tío? —dijo Lucilo poniendo fin a la conversación.

—No, es *tarraconensis* —contestó Paulina.

Roma era inagotable. Pablo había encontrado una *caupona* donde comer en el Quirinal que le fascinaba pues desangraban bien a los animales antes de cocinarlos, por lo que pocas veces guisábamos en casa. Presenció, además, su primera carrera de cuadrigas, asombrado ante los gritos de los cientos de espectadores del *Circus Maximus* que desde jóvenes solo seguían a un partido. Yo era de los azules, por ejemplo, y por eso nos habíamos sentado entre ellos, pero los otros tres colores tenían también numerosos seguidores, lo que significaba incontables gargantas apoyándolos. Le gustó el espectáculo, pero a lo que se negó a ir fue a las luchas de gladiadores: había predicado demasiado el amor como para entregarse así a la violencia animal por la que la muchedumbre se dejaba confundir y exaltar. De tanto adoctrinar parecía creerlo: sus palabras terminaban por convencerlo, como hicieran con tantos. En Corinto asistió por una única vez a un combate entre hombres y bestias; no le quedaron ganas de repetir la experiencia.

Así, entre los sermones de los sábados, la redacción de largas epístolas a sus comunidades y las largas conversaciones con los viejos amigos, parecía que iban a transcurrir en una bien ganada calma sus últimos años. Epafrodito, además, consiguió que le duplicaran el salario. Pero nada permanece en este mundo; es mi vieja superstición, que año tras año me parece más cercana a la verdad.

XXXVI

En Roma, año 64 d.C.

Nadie sabe quién empezó el incendio. Todavía hoy todos tienen una hipótesis y varias siguen sonando imposibles. El emperador, sin embargo, no estaba en ese momento para investigaciones sino para terminar de limpiar la ciudad, que se había convertido en un enorme océano de cenizas.

Todas las imágenes que puedas tener del infierno, Craso, palidecen frente a la desolación de Roma después del terrible cataclismo. Pablo y yo regresábamos de la casa solariega de Séneca cuando vimos por primera vez lo que había sucedido. Todo parecía sepultado por sus propias cenizas: Roma era un inmenso sepulcro a cielo abierto. Sorteamos montones de cadáveres para poder caminar y tuvimos que taparnos las narices porque nada quedaba que no oliera a chamuscado y a podrido. Muchas millas antes de llegar a la Urbe ya se percibía esa pestilencia inconfundible que dejan el fuego y la muerte. «A esto», me decía Pablo, «debe oler el infierno: al hedor de almas doloridas. Polvo somos y en polvo habremos de convertirnos», concluía.

Cuatro días después de los *idus* de julio, un día antes de los juegos y las fiestas —*Ludi Victoriae Caesaris*, instituidas, como tantas cosas buenas en Roma, por Augusto—, la ciudad hervía a causa del calor sofocante del verano y del gentío que iba y venía del *Circus Maximus*. Pablo decidió, harto de la algarabía y de la imposibilidad de dormir, aceptar una renovada invitación de Séneca para abandonar Roma y visitarlo. Lucas había regresado a Siria, a casa de sus padres, por lo que acompañó al apóstol un secretario, Aristóbulo, que conocía muy bien el griego y al que dictaba ahora sus largas epístolas a Éfeso, a Colosas, a Tesalónica. Se hallaba a la mitad de una carta a Corinto, pero no podía concentrarse con la locura de la metrópoli, y además un poco de mar y fresco le caerían muy bien. Había tanta gente en la Ciudad que muchos tenían que dormir en los pórticos y debajo de las gradas del circo, pues se habían llenado las posadas y en las casas mismas nadie tenía ya espacio para recibir a los parientes y visitantes.

El estadio se preparaba para los eventos de los próximos días, juegos que el césar deseaba que rivalizaran con los de la antigüedad, aunque él mismo se encontraba disputando sus propios concursos en Neápolis y en el Antium, pues aún no se atrevía a aparecer en escena ante los petulantes romanos; desde hacía tiempo Nerón abrigaba el sueño de un triunfo en la música y en la declamación ya que sus asesores lo disuadieron de conducir cuadrigas, siendo su verdadera pasión la velocidad.

Esa noche que ya te he dicho, Craso, cuatro días después de los *idus* de julio, las llamas empezaron en una pequeña fonda detrás del *Circus Maximus*; a tres calles de distancia, por cierto, del apartamento que rentábamos. Luego se dijo que se trató de un fuego de cocina que no se pudo controlar, demasiada leña, el descuido de la cocinera, el exceso de clientela de la mísera *caupona* repleta de borrachos vociferantes, váyase a saber qué provocó el descuido. Pero esa es la versión que prefiero.

La multitud salió corriendo del lugar, asustada por el fuego mientras los dueños intentaban en vano apagarlo. Pronto las llamas alcanzaron las vigas del techo y se propagaron con iracunda rapidez por las otras techumbres de las casas y negocios adyacentes; el aceite reservado para las lámparas, que debían estar encendidas toda la noche debido a la cantidad de clientes de los juegos, hizo el resto. Pronto varias calles ardían y la gente salía despavorida sin rumbo fijo, huyendo tan solo, como bestias en estampida; quien osaba quedarse buscando papeles o joyas para resguardarlos en la fuga, perecía en el intento, consumido por las llamas.

El norte de la ciudad fue de súbito un único grito y una única llama resplandeciente en la noche sin estrellas donde solo brillaba Sirio, perro fiel del firmamento.

Hago una pausa después de este esfuerzo lírico que lego a la posteridad. Recuerdo sin embargo demasiado bien cómo escapé por la ventana del apartamento, llevándome solo el cartapacio de piel con los salvoconductos que siempre tenía preparado, como para un intempestivo viaje. Toda la onceava región ardía, pero también el *Circus Maximus*, cuyas gradas eran todas de madera, cubiertas por largas telas festivas que indicaban los partidos y los nombres de los corredores y gladiadores más famosos del imperio, cuyo poder rivalizaba con el de algunos senadores: un infierno ovalado cuyo estallido comenzaba a ser imposible de extinguir pues cruzaba ya la Vía Triumphalis.

Las Cohortes Vigiles, a cargo de Cayo Nimfidio Sabino, no se daban abasto arrojando agua en distintos lugares de la *Regio* XII y la XIII. El siniestro, en menos de dos horas, ya había alcanzado casi todos los edificios y casas. Nada podía hacerse sino tomar precauciones, apartando los materiales inflamables, y avisar al césar que su ciudad se reducía a cenizas mientras él actuaba en Antium ante militares retirados y aburridos que lo ovacionaban desmedidamente.

Pero Nerón al inicio no hizo caso, pensando que se trataba simplemente de un fuego localizado y que Nimfidio sabría qué hacer. Se equivocaba: al prefecto y sus guardias pronto les quedó claro que los cubos de agua eran inútiles. Quizá la única manera de controlar la conflagración sería derribar algunas de las casas evacuadas para construir en su lugar un muro que contuviese las llamas.

El viento no ayudaba a los legionarios ni a los muchos civiles que comenzaron a colaborar con los Vigiles y los destacamentos militares; yo mismo me había incorporado a un grupo de hombres desesperados en su intento de extinguir el desastre.

Luchamos sin descanso toda la noche y parte de la mañana. Escuchábamos cómo se derrumbaban los techos de las casas, y de cuando en cuando veíamos a algún vecino salir envuelto en llamas y revolcarse en mitad de la calle; otros lograban saltar al Tíber antes de ser chamuscados completamente, pero las quemaduras los escocían y les arrancaban gritos escalofriantes.

Por aquí y por allá se iniciaban nuevas deflagraciones, provocadas por no se sabía qué caprichosas chispas, lo que hizo a muchos decir que no se trataba de un siniestro involuntario. ¡Tantas cosas se han escrito y dicho del incendio de Roma! Yo estuve ahí, Craso, y supe desde el principio que ninguna fuerza humana había sido capaz de iniciar o continuar ese infierno. Al propio césar se le atribuyó el desastre una y otra vez, pero los rumores fueron desatados por sus detractores, buscando deshacerse de Nerón. La mayoría de quienes propagaron tales mentiras, como Galba u Otón, ni siquiera vivían en Italia cuando ocurrieron los hechos, pero en esos momentos a nadie se le ocurría pensar razonablemente.

Al tercer día de iniciado la devastación Nerón regresó a Roma con su flotilla, Tíber arriba: las llamas eran visibles desde muchas millas antes de que el séquito del césar arribara a la Ciudad, por lo que el horrendo espectáculo los previno del tamaño de la catástrofe. El cielo era pardusco, las nubes de ceniza velaban un sol anaranjado.

Porque el fuego, lejos de ser sofocado, se había propagado aún más. Los puentes se derrumbaron sobre el Tíber y era imposible seguir navegando más allá de la *Regio* XIII, por lo que desembarcaron y se trasladaron al Campo de Marte. Nerón fue llevado en litera; Nimfidio Sabino lo había recibido a las puertas de la ciudad:

—¡Salve! Estamos a merced del fuego; nada podemos hacer, césar.

Cruzaron las Paredes Servias, treparon el Esquilino, dejando atrás el palacio de Tiberio mientras el agotado prefecto narraba los inútiles esfuerzos. La fila de literas, sirvientes, esclavos y soldados trepó hasta entrar a los jardines de Mecenas.

En lo alto de la colina Esquilina, Nerón se apeó de la litera y contempló atónito el atroz espectáculo de su ciudad destruida por la lumbre.

—¡Que se abran las puertas de los jardines de Agripa y de Salustio, los del césar y el *Campus Martius* para recibir a los desdichados que han perdido sus viviendas! —ordenó con tino y se puso a dirigir él mismo, desde su improvisado cuartel en los jardines de Mecenas, la operación.

¡Por eso es absurdo lo que se ha escrito, que el césar se dedicó a tocar la lira en el techo del *Palatium*! ¡Estos ojos míos lo vieron todo, pues me puse a las órdenes de Epafrodito desde que el séquito de Nerón llegó al Tíber y fui incorporado al grupo más cercano de pretorianos y guardias germanos que escoltaban al emperador!

Nerón mandó traer víveres desde Ostia y decretó que todos los pueblos de la región enviaran cargamentos de grano, pues él mismo alimentaría a la muchedumbre desesperada y hambrienta que se arremolinaba en los improvisados refugios y jardines imperiales a los que nunca había soñado entrar.

Nada detenía la quema. Toda la *Regio* IV ardió tres días después e incluso se inició un nuevo fuego, o al menos eso pareció al principio, en las tiendas de la basílica Emilia.

Los templos más sagrados de Roma se incendiaron: el templo de Júpiter, el templo de Luna, el templo de Hércules. Ya no era solo que ardiera la Ciudad, ardía el mundo entero, calcinándose sin piedad.

Una semana después de iniciarse y con la Urbe casi entera destruida, la hecatombe al fin se detuvo. De las catorce regiones, tres fueron consumidas enteramente por el fuego: no quedaban de ellas sino brasas. En otras siete, decía el parte final de Nimfidio, el destrozo era grande pero no total. Solo cuatro precintos se habían mantenido a salvo de las llamas: las aguas del Tíber protegieron la *Regio* XIV, y los muros de la ciudad así como el Campo de Marte evitaron que la *Regio* VI y la colina Quirinal, donde tenían sus residencias los senadores y los ricos, fueran siquiera tocadas por la debacle.

Seis días y siete noches duró el infierno.

Dos días antes de los *idus* de agosto, Pablo de Tarso entró en la ciudad buscando a su amigo Timoteo, de quien no tuviera noticia alguna. Me encontró esa misma tarde gracias a la información de los *frumentarii* que conocía y nos abrazamos con toda la fuerza que aún nos quedaba tras esas jornadas agotadoras.

Los tiempos de la investigación y la culpa sucedieron a los del dolor y la pérdida. En medio de los escombros, Nimfidio y Tigelino necesitaban encontrar a los responsables cuanto antes para exculpar al césar, quien era el causante, según los rumores, del incendio. Nada más falso, pero nada más útil que decir que Nerón cantaba en Antium la destrucción de Troya solo para anunciar la de Roma; había que actuar deprisa. El decreto inicial de Nerón hacía correr con todos los gastos de la remoción de cadáveres al propio césar, pero impedía que las personas regresasen por cuenta propia a revisar sus casas; las Cohortes Pretorianas eran las únicas encargadas del rescate de cuerpos.

Cientos de barcazas se llenaron de ceniza y escombros, y se las envió río abajo, a los pantanos de Ostia.

Mientras los interrogatorios de los prefectos proseguían buscando por toda la Ciudad a quiénes acusar, de boca en boca la única versión creíble era que Nerón deseaba edificar una nueva y magnífica ciudad, y él mismo había provocado la ruina de la que ahora podía llamarse sin temor antigua Roma.

Lo cierto es que los planes del césar nada harían para acallar al populacho, pues comenzó pronto a reconstruir la Urbe, impulsado por el sueño juvenil de ser el nuevo Augusto. Todo debía ser definido de nuevo: el estilo, las calles, los jardines y las fuentes.

«Esto lo hizo Nerón», aseguraba que dirían de él, como antes del divino Augusto.

Pero además, aconsejado por Popea, aceptó que debía ofrecer una explicación divina de lo ocurrido, mientras sus prefectos encontraban hombres de carne y hueso a los que pudiese juzgar. Se consultaron los sagrados libros de las Sibilas, en custodia de los *Quindecimviri*, para saber a qué deidades debían realizarse las ofrendas.

Y los libros respondieron: a Vulcano, a Juno, a Ceres y a Proserpina. Ellos protegerían a la nueva Roma.

El primer festival, los *Vulcannia*, se realizaría pronto, ocho días después de los *idus* de agosto, como marcaba el calendario. Y luego el gran sacrificio a Ceres, en octubre, como el que se hacía siempre después de un entierro, ahora simbólicamente a nombre de todos los muertos y de la Ciudad misma que debía prosperar.

Pero a pesar de los esfuerzos por aplacar los rumores, la maledicencia seguía señalando al césar.

«Deben ser los dioses locales los que nos salven», dijo Tigelino al césar. «¡Los culpables serán los egipcios!»

Y así fue, a pesar de que el propio césar un año antes, por el dolor de la pérdida de su hija, había abrazado el culto de Isis, la diosa madre. En solo tres días se arrestó a cientos de seguidores del culto, la mayoría extranjeros, aunque no necesariamente egipcios.

Tigelino empezó por los sacerdotes, quienes llevaban la cabeza rapada como símbolo de pureza. Ninguno resistió la tortura y pronto tuvo información suficiente de los nombres y las casas donde se alojaban los devotos. Un decreto prohibió de inmediato la *religio* de Isis.

Prácticamente ninguno de los detenidos era ciudadano romano, por lo que no pudieron apelar o solicitar ser decapitados, y permanecieron en cambio presos en las barracas, hambrientos y enfermos.

En el *Circus Flaminius*, aún en pie, durante los juegos plebeyos de noviembre perecieron la mayoría, arrojados a la arena casi muertos para luchar con gladiadores o bestias que rápidamente los echaban al aire o les arrancaban los miembros antes de machacar y destrozar sus cuerpos a dentelladas. Para burlarse de ellos se los lanzó a hordas de perros salvajes pues era sabido que Anubis, el dios consorte de Isis, tenía cabeza de can.

A muchos se los vistió con pieles de animales antes de soltarlos a la arena. Algunos de ellos sobrevivieron al desigual combate, solo para morir poco más tarde amarrados a cruces de madera levantadas en los jardines imperiales: cada tarde de juegos, cien egipcios eran crucificados para alumbrar la noche.

Yo mismo amarré a uno que otro, por lo que puedo decir que es del todo falso que se crucificaran judíos, como ha escrito ese tal Joseph bar Mathias, con su nombre romano de Flavio Josefo. ¡Es terrible llegar a esta edad, Craso, solo para darte cuenta de las mentiras que se dicen y escriben! Por eso te he dictado durante todos estos meses, para decir la verdad de las mentiras, y las de este Josefo son peores: ni siquiera habrá estado en Roma ese año, pero afirma que cientos de judíos y seguidores de Cresto, como llamó a Jesús, según él un esclavo de Galilea crucificado por Pilatos, murieron de esa forma, como su maestro en Palestina. ¡Qué absurdo, si en Roma antes de la llegada de Pablo y de mi propio regreso ni siquiera había seguidores del nazareo, que no era por cierto un esclavo! Quienes murieron allí eran extranjeros, es cierto, seguidores de Isis; si entre ellos hubo algún antiguo judío, no lo supe, pero lo dudo pues los interrogatorios que usábamos eran muy efectivos.

Dos días antes de los *idus* de noviembre empezaron las iluminaciones humanas en los jardines; los cuerpos servían como antorchas al caer la tarde.

Un mes después el césar, Claudio Nerón, cumplió veintisiete años.

Sin embargo, Craso, no fue el fuego el que acabó con nuestra época sino el anuncio de una nueva conspiración contra el césar descubierta por el inefable Tigelino, en la que varios senadores involucraron a Lucio Anneo Séneca, protector, como sabes, de Pablo y sus amigos, yo entre ellos.

La desgracia de un hombre importante arrastra a sus clientes, no importa su rango. En mi caso, de poco valieron mi carácter ni mis servicios, ni siquiera que Epafrodito intercediera por mí ante el prefecto Tigelino. En los informes simplemente se nos mencionaba como «de la casa de Séneca», callando nuestros años anteriores al servicio de Roma.

Pablo, sin embargo, no sufría por él mismo —no al menos en ese momento— sino por lo que el césar, no tan veladamente, ordenó a su antiguo mentor: debía quitarse la vida. Una salida digna para alguien de su clase, pues la mayoría de los que intentaron hacer a un lado a Nerón fueron ejecutados. Se delataban unos a otros: importantes senadores, procónsules, antiguos amigos y compañeros de juego de Nerón estaban implicados; incluso Petronio, su árbitro de la elegancia, conspiraba contra él. Y de hecho, su mejor puñalada fue póstuma: me refiero, por supuesto, al largo testamento que dictó antes de cortarse las venas, en el que no omitió detalle alguno acerca las correrías nocturnas compartidas con el joven césar y no solo revelaba los hábitos sexuales de todos sus compañeros, sino también hacía reiterada mofa de los escarceos eróticos de cada uno, todo lo cual no le habría quizá importado nada a Nerón si no hubiera sido apenas el preámbulo a la irónica condena de sus empeños artísticos y veleidades poéticas.

La lista era larga, los traidores aparecían en todas las esquinas —o al menos así los fabricaba Tigelino—, por lo que llegó el turno también para Décimo Junio Silano Torcuato y su liberto, quien implicó al propio prefecto Rufo en sus declaraciones bajo tortura.

Fueron días arduos. Pablo se había ido a la villa de Séneca, adonde le llegaría la noticia, y yo mismo estaba a cargo de un amplio grupo de informantes y *frumentarii* que traían y llevaban a Tigelino los nombres faltantes de la fallida conspiración; los descubrimos, pues nadie resiste una serie de latigazos sin hablar. Y cuando alguien callaba, Tigelino introducía el apellido de algún otro entre sus enemigos para cerrar el hueco.

Anicius Cerealis, Rufrius Crispinus; Lucano —sobrino de Séneca y Novato—, todos fueron cayendo, aun inocentes como Mela, padre de Lucano, que poco o nada había tenido que ver. Y es que cuando alguien es torturado, puede introducir el nombre de un inocente, por venganza o para quitarse de encima a un acreedor: Publius Thrasea Paetus, el antiguo cónsul Barea Soranus, viejo gobernador de Asia; podría seguir agregando nombres hasta acabar incluso con tu paciencia, querido Craso.

Hemos salido a caminar con el perro que me regalaron para entretenerme. Nos sentamos a la vera del río Betis, nueva costumbre que me alegra y complace, pues me permite estirar las piernas y tomar un poco de sol y de fresco. Craso carga con sus utensilios de escritura y los utiliza cada vez que por mi entonación percibe que continúo con mi relato.

La ristra de sentenciados tuvo unos días de descanso solo porque Nerón recibió y coronó a Tiridates. La humillación pública de un antiguo enemigo de Roma debía granjear aplausos y fama para el césar, quien comenzó a llamarse a sí mismo el nuevo Alejandro pues sus conquistas, decía, iban más allá de las antiguas fronteras del imperio. Nerón consiguió que los temerosos senadores restantes firmaran los edictos de ejecución de todos sus enemigos; pronto no iba a quedar nadie de importancia en Roma. «Tigelino y Nerón deberán rodearse de plebeyos para gobernar», decía Paulina, la viuda de Séneca, alguna tarde antes de que partiésemos hacia Córdoba, temerosos también de nuestro destino. ¡Pero ya me he saltado tantos meses, o años!

Soy un viejo imbécil, Craso, y tú no me detienes. Deja ya de escribir, insensato. Mañana deberemos regresar a la villa de Séneca en Campania. O mejor, a la de su amigo Novius Priscus, cerca de Roma. ¿Cuándo fue? No lo recuerdo.

Y no consigo hacerlo. Debo resignarme a otro hueco en mi memoria y seguir de todos modos.

Cuatro días después de los *idus* de abril, ¡exacto!, exclamo al fin con satisfacción, Pablo y yo éramos parte de la comitiva, pues como ya he dicho habíamos perdido la gracia del emperador, o en palabras de Epafrodito antes de darme una cuantiosa indemnización que sospecho salió de su propio bolsillo, ya no éramos del ánimo del césar. «¡Tan pronto puedan, abandonen Roma si no quieren seguir la suerte del filósofo!», fue su consejo. Mañana contaré esa última cena con Séneca. Estoy muy cansado y hay que volver atrás en las fechas, Craso. Anda, ayúdame a ponerme en pie.

XXXVII

En las afueras de Roma, años 65 a 68 d.C.

—No hay nada que duela más que la muerte de un amigo, quizá porque nos coloca en el espejo de lo que será nuestro propio final —me dijo Pablo mientras se llevaban el cuerpo adormilado de la mujer de Lucio Anneo. El centurión había sido claro: el emperador no deseaba que ella muriera, solo pedía que el filósofo se quitara la vida antes de que cayera sobre él toda la ira de quien cree que ha sido traicionado por su antiguo mentor. Tigelino fue muy hábil al implicar a todos sus propios enemigos en el complot para asesinar a Nerón, y Séneca fue mencionado varias veces como un posible sucesor al trono en la confesión de los conspiradores. Ahora el filósofo realizaba su único acto verdaderamente estoico en años: se dejaba morir con las venas abiertas en una bañera de plata.

Tal vez te alivie saber, querido Craso, que este relato ya se acerca a su fin, pues ese año aciago selló para siempre el final de nuestras vidas, la de Pablo no más que la mía. Ayer me fui por las ramas con el relato de la inclemente purga de Tigelino y olvidé referir el suceso más importante de esa operación de limpieza; para entonces, de quienes fueron sus amigos y aliados, solo le quedaba al césar, aparte de Tigelino, la fidelidad infinita de Epafrodito, su jefe de correspondencia.

Séneca, junto con Afranio —su médico personal—, Paulina y sus invitados, salió de su villa en la costa para regresar a Roma; pretendía al menos explicar al emperador en persona que él se negó a participar o siquiera a negociar con los senadores instigadores, en el caso de que Nerón estuviese vivo; de lo contrario aguardaba, casi con seguridad, su proclamación por el Senado como nuevo *Pontifex Maximus* e *Imperator* de Roma, nada mal para coronar la suerte de un filósofo. Se habían detenido en la villa de Priscus, a pocas millas de la Ciudad, una Roma que se encontraba en medio de su propio renacimiento arquitectónico, pues Nerón había usado incluso el oro de las antiguas estatuas asiáticas, después de mandarlo fundir, para sus nuevos aposentos, conocidos como *Domus Aurea*, y para algunos templos remodelados por sus arquitectos favoritos, Severo y Céler.

El filósofo discutía con Pablo, como siempre, sus asuntos poco terrenos con intervenciones aisladas de Pompeia Paulina mientras en la Urbe se le condenaba, tácitamente, a muerte. Ahora pienso que quizá no descartaba esa posibilidad, pero prefería entretenerse con su amigo a preocuparse frente a lo inevitable.

Apenas iniciada la cena una cohorte de legionarios, presidida por el tribuno Silvanus, se apersonó en la villa de Novius Priscus, tan convenientemente situada a tiro de piedra de Roma. Pero las noticias del tribuno no eran halagüeñas —él mismo, delante de sus legionarios, no podía aceptar que era parte del complot—, por lo que se limitó simplemente a informar a Séneca que el emperador buscaba su declaración personal acerca de las acusaciones que se le imputaban.

—Es cierto, valiente Gaius Silvanus —se dirigió así Séneca al tribuno sin cambiar de postura, reclinado a espaldas de su esposa mientras comían ambos ostras y almejas, pues la costumbre recientemente las había retirado del postre para ofrecerlas a la entrada, y otros comensales degustaban sus *puls punicas*—, que Natalis vino a verme a mi villa de Campania, de parte de Piso y otros senadores que bien conoces. Pero me negué a recibirlo y también, por intermediación de Paulina, me rehusé a escuchar a Piso.

—¿Con qué pretexto, Lucio Anneo, te negaste a recibir al senador Piso?

—Con el mismo que he usado estos años para que no me importune nadie, ni siquiera el mismo Nerón: pretexté estar gravemente enfermo. Lo que puedes comprobar preguntando a Afranio, que no se ha despegado de mí desde entonces —hizo un gesto hacia el médico, que asintió con su cabeza cubierta por una peluca rubia.

—¿Eso es lo que deseas que informe al césar, Lucio Anneo? ¿Sabes que Piso ha sido sentenciado a muerte por el Senado y que a ti se te está juzgando en este momento por tu intervención en su conspiración?

—Aún más, Silvanus —continuó Séneca como si no hubiera sido interrumpido—, puedes decirle que no tuve razón alguna para preferir el interés privado de ningún ciudadano, por más encumbrado que éste se hallase, a mi propio bienestar, aunque suene egoísta. Es algo que he descubierto con los años. No deseo seguir involucrado en asuntos públicos, eso lo saben todos; aun el lacayo ese, Tigelino. Sabes que no tengo aptitud para la zalamería y caro me ha costado decir lo que pienso en lugar de callarme.

El tribuno hizo como si no hubiera escuchado el insulto al prefecto; anunció que transmitiría el mensaje al césar y volvería con el veredicto. Lucio Anneo Séneca, una vez que se fue Silvanus, cambió por completo de semblante: claro estaba que la conspiración había fallado y que difícilmente conseguiría el perdón o la benevolencia de su antiguo discípulo. Aun así no quiso suspender el convite, ni huir de allí:

—Lo único que me resta —anunció sin ningún triunfalismo— es morir con dignidad.

El anfitrión negó que algo así fuera a ocurrir. Habló de la magnanimidad del césar; Nerón era débil de carácter, argumentó, difícilmente atentaría contra su viejo maestro.

—Ya olvidaste cómo se deshizo de su medio hermano y de su propia madre, Priscus. Ahora comamos y bebamos, que Silvanus tardará al menos un par de horas en llegar a los jardines de Nerón y otro tanto en regresar, suponiendo que el césar dicte su última palabra hoy mismo.

Los amigos continuaron entreteniéndolo con su conversación y sus guisos, lo mismo lentejas con castañas que caracoles y nabos con mostaza. Cuando llegaron a los *prima mensa*, vinieron las carnes y el queso endulzado en miel. Lucio Anneo Séneca, fiel a su costumbre última, no probó ninguno de esos guisos y vino a alimentarse solo con nueces y dátiles que traía consigo. Aun al borde de ser sentenciado a muerte temía morir a traición, envenenado, en lugar de por su propia mano.

Bebían al solaz de unos danzantes y de música cuando regresó Silvanus, pero no se atrevió a dar él mismo la orden. Mandó a su centurión a avisar a Séneca:

—El césar ha enviado tu sentencia de muerte al Senado. Lo más honroso sería que tú mismo…

—Calla, centurión. No me des órdenes, que bien sé mis deberes de ciudadano noble. ¿Se me permitirán unas tabletas de cera para dictar mi última voluntad?

—Me temo que eso es imposible. Debo volver hoy mismo a Roma con la noticia de tu muerte.

—Entonces debo continuar con el patrón que ha sido mi vida.

Pompeia Paulina comenzó a llorar y se abrazó a su marido, pero alcanzó a tener fuerzas, también, para solicitar:

—Deseo acompañar a mi esposo en su triste suerte, centurión, córtame el cuello —y se arrodilló con la nuca descubierta para la *gladius* del soldado.

—Me temo, noble Pompeia, que no tengo órdenes al respecto y no podré cumplir por ende tu deseo.

Lucio Anneo intervino, aunque no insistió en disuadirla:

—Mucho he conseguido en estos años mostrarte, hermosa, los placeres de la vida. Pero si aun así deseas acompañarme en este viaje final, que así sea.

El filósofo sacó una pequeña daga, que llevaba desde hacía tiempo escondida debajo de su túnica. En Roma estaba prohibido portar armas pero no así fuera de la Urbe, donde se consideraba del todo lícito para defensa propia.

¿Dónde estaban entonces todas tus máximas filosóficas, Séneca? El estudio y la preparación de tantos años, ¿de qué te habían servido si no pudiste anticipar la crueldad del emperador? ¿No era el césar asesino, capaz de quitar de en medio a su propia madre, el mismo que pedía la muerte para su fiel guardián y tutor?

El centurión desenvainó su espada e impaciente la blandió frente al filósofo lenguaraz.

—¡Descuida, soldado, yo mismo me quitaré del camino!

A Pablo y a otros amigos había dicho recientemente que quien se quita la vida y no deja que esta siga su curso, por más cruel o despiadado que sea, es también un hombre débil, indulgente consigo mismo, que no merece respeto alguno. Ahora, ante la sentencia de Nerón, como tantas otras veces, hacía caso omiso de sus propios escritos y sentencias.

En un cuarto aledaño, bajo la mirada del centurión, comenzó el rito del suicidio. Séneca cortó las venas de una de sus muñecas y luego las dos de su mujer, para después terminar con su brazo izquierdo.

La sangre manaba al principio con rapidez, luego lentamente. El centurión informó al tribuno de lo que ocurría adentro, para que pudiese avisar a Roma; Silvanus galopó a toda prisa de regreso para dar la esperada noticia a Nerón.

—¡Está loca! —dijo éste de Pompeia Paulina—, no tengo nada contra ella. Es más, le prohíbo morir: ve y díselo. Haz lo posible por evitar semejante tragedia. Lleva un médico si es necesario.

Silvanus notificó al emperador que el médico de Séneca se hallaba en la villa y volvió con los diez hombres que lo escoltaban de vuelta a la casa de Priscus; un ir y venir del demonio que, al menos, tuvo su resultado.

Mientras el médico y un soldado, por órdenes de Nerón, sacaban a rastras a la mujer inconsciente y le vendaban las manos, al viejo dejó de brotarle la sangre de los brazos, por lo que se cortó las venas de las piernas delante del tribuno.

—Eres un cobarde, Gaius Silvanus, espero que eso lo recuerdes siempre, ¡pudiste poner fin a esta locura!

Nada contestó el tribuno, ni el centurión se dio por enterado de la acusación de Séneca a su oficial.

Pablo se convirtió en el improvisado secretario del filósofo que resistiendo a la muerte, aunque muy débil, dictaba un rollo entero. No salía de su boca un nuevo testamento como prometiera, sino un recuento pormenorizado de su final.

—La posteridad habrá de verme en todo mi estoicismo, Saulo. ¿A ti no te preocupa cómo te miren en unos años?

—No, Lucio. Lo único que me importa es el juicio de Dios, ya lo sabes.

—Para lo que tú le incumbes a dios, Saulo. ¡Es la inmortalidad literaria la única que me interesa, porque es la única alcanzable para un hombre! Ayúdame y escribe, que se me van las fuerzas.

Durante dos horas más de agonía Séneca dictó sus últimos y *edificantes* dichos, como él mismo los calificaba.

—Puesto que no tengo nada ya que dejar sino mis palabras; ni siquiera me ha faltado tiempo, viejo amigo. Pídele a Afranio un poco de veneno, que no logro morir del todo.

La poción le fue administrada sin dilación por su médico: polvo de cicuta diluido en agua y vino que el filósofo apuró de un trago.

Priscus había mandado preparar una piscina de agua caliente donde introducir a su amigo para que durante los últimos minutos de su agonía sufriese menos. Entre varios sirvientes cargaron el cuerpo delgado y casi exánime del filósofo y lo introdujeron en ella.

Estas fueron sus últimas palabras; según Pablo, un ejercicio de superstición:

—Ofrezco a Júpiter, el entregador, este líquido como libación en su honor.

Y con sus manos salpicó de manera demente, aunque casi sin fuerzas, a los esclavos y siervos que lo atendían con esa agua que así bendijera en honor al dios.

En una habitación del fondo me correspondió, junto con la mujer de Priscus y el propio Silvanus, atender a Pompeia Paulina, la hermosa. Por nuestra dedicación y por los cuidados que le proporcionamos durante los días siguientes, Paulina se mostró siempre muy agradecida.

De hecho estuvo colgada de mi brazo durante todo el ceremonial posterior. El cuerpo de Lucio Anneo Séneca fue posteriormente cremado en la misma villa de Priscus.

Pablo no sabía cuál sería su destino ni podía imaginárselo. Hablaba de regresar a Asia, de volver a predicar; a mi juicio desvariaba, pero me limitaba a pedirle paciencia.

—Hemos sido identificados, me lo ha dicho claramente Epafrodito, como clientes de Séneca y de seguro correremos suerte parecida. Nerón ha confiscado todas las propiedades de su viejo mentor, salvo la villa de Campania y sus tierras en Córdoba. Debemos aguardar a saber qué hará Pompeia Paulina.

—Dudo que seamos invitados a unirnos a ella.

—Entonces dudas también de mi capacidad para reponerme de las desgracias. La mujer me tiene en buena estima, igual que a ti, pues aprecia tu amistad con su marido muerto de tan triste manera. Cualquier paso que demos debe contar con el consentimiento de Paulina.

—Preferiría regresar a Cesarea. Quizá con Agripa podamos servir de algo, volver a predicar.

Lo detuve:

—Todas las creencias extranjeras dejaron de ser *religio licita*. ¿Deseas el mismo destino que los egipcios, que te conviertan en antorcha humana? Perdóname, pero esta vez no puedo seguirte la corriente.

—No se trata de predicar en Roma, sino en Palestina.

—Territorio romano. Podrás predicar pero serás perseguido una y otra vez, como antes. Ya estamos muy viejos para esos maltratos, Pablo. No resistiríamos la primera ronda de azotes.

No me faltaba razón. Pero el tiempo no parecía transcurrir por la mente de Pompeia Paulina, quien buscaba poner en orden sus asuntos en Roma antes de tomar una decisión final para su vida y la de su *domus*.

Recuerdo la Roma que fue desplegándose ante mis ojos, aún vista desde la lejana Campania, donde nos instalamos durante ese tiempo. Recuerdo de nuevo las fiestas de coronación de Tiridates, a las que fui invitado pues Agripa mismo vino de Cesarea a la ceremonia, invitado por Nerón.

Esos días de celebración me permitieron olvidar la aburrida calma de Campania y pedir a mi amigo que intercediera por mí frente al césar, que hablase bien de Pablo.

—Nerón no desea saber nada de los judíos. Hemos intentado aplacar algunos nuevos levantamientos, pero estoy seguro de que la guerra es cuestión solo de tiempo. Los zelotes y sicarios invadieron incluso el Sanedrín y controlan ya Jerusalén. He explicado al sumo sacerdote lo complicado del asunto; el césar los aplastará como moscas si continúan con sus insurrecciones.

—Insurrecciones menores, si se me permite, pues gracias a Pablo no solo hemos tenido vigilados e identificados a los sediciosos, sino divididos. Además, extender el culto de los nazareos, predicar el amor que enseñó Jesús, ha pacificado la región por un tiempo.

—Al menos lo que él y los otros nazareos han repetido hasta el cansancio de Jesús, que es ya un mero pretexto. Todo mundo se llama mesías ahora en Palestina y está dispuesto a inmolarse por la libertad. No sueñan sino con despedir a los romanos de su tierra.

—Los tienes, al menos, muy identificados.

—Todos los nombres, en todas las ciudades. Pero son los cabecillas: el problema vendrá cuando los demás se les anexionen, al grito de «¡Muera Roma!». Entonces sí será el final.

—En Roma, precisamente, se encuentra un sacerdote del Sanedrín, Joseph bar Mathias; lleva dos años rondando el *Palatium*. Te he enviado informes detallados de su actividad.

—No me creo que su presencia en Roma obedezca solo a su encomienda de sacar a algunos judíos de la cárcel: quizá busca recursos para una insurrección masiva. Los judíos de Roma son acaudalados, como los de Corinto y Éfeso que extorsionaban ustedes tan bien —bromeó Agripa.

—Descuida, lo sabrás todo de él. Puedo estar casi desterrado, pero mantengo mi red de informantes en Roma; con tirar una hebra aquí o allá nos enteraremos de lo que se trae entre manos.

—La vida es como el pancracio, Timoteo, alguien tiene que morir para que los otros salgan victoriosos. No hay más ley que esa.

Joseph bar Mathias resultó, como pensaba Agripa, un soldado disfrazado de sacerdote. Si bien era cierto que logró sacar libres a sus correligionarios, embarcándolos desde el año anterior fuera de Roma, lo que continuaba haciendo era de una gran inteligencia: su amistad con Epafrodito lo había convertido, pese a su origen extranjero, en un regular del *Palatium*, acercándolo incluso a Popea Sabina, esposa de Nerón. Los recursos fluían entre sus manos con el pretexto de renovar el templo de Herodes y aplacar a uno que otro de los saduceos, dispuestos a recibir compensaciones monetarias por su lealtad a Roma. Iba y venía con los banqueros sirios del Foro, comprando papeles a cambio de las monedas que recibía de todos lados.

Los judíos de la localidad también le daban dinero a manos llenas; Aquila y Priscila entre ellos. Fue esa la hebra que primero jalé durante un breve viaje a la ciudad.

También visité a Epafrodito, el jefe de correspondencia de Nerón, en nombre de nuestra vieja amistad: quería prevenirlo acerca de las intenciones de Joseph bar Mathias.

Me encaminé a los jardines imperiales donde el viejo liberto despachaba algunos días, sobre todo aquellos en que Nerón se encontraba fuera de la Ciudad preparándose para otros concursos de canto: anhelaba triunfar como aedo en la misma Grecia.

Pero me esperaba una sorpresa. El sacerdote ya estaba allí cuando llegué, departiendo con el antiguo esclavo, después de todo un liberto más, encumbrado a la sombra de los césares: me presentó a Joseph bar Mathias como un *soldado* muy leal a Roma y a Nerón, aunque con el nombre de Flavio Josefo.

Y sentí de inmediato que el sacerdote me reconocía.

¿Habría estado en el Sanedrín cuando aprehendieron a Pablo? Era muy joven para formar parte de los setenta, pero quizá sería entonces uno de los guardias al servicio de Ananías.

Escruté la mirada del hombre sin desviar la mía, como había aprendido en tantos años de enfrentarme a mentirosos e impostores.

—¿No te conozco, pretoriano? —acabó preguntando él.

—Lo dudo mucho. He prestado mis servicios a Roma en tierras palestinas, pero nunca en Jerusalén —dije mirándolo a los ojos. Necesitaba saber si había al menos un atisbo de duda en la expresión del saduceo, pero nada: ni un parpadeo, ni una muestra de duda.

—Pues entonces no me queda sino saludarte como un nuevo amigo. Los amigos de Epafrodito pueden considerarse de inmediato también míos.

Percibí algo de sorna. Le seguí el juego.

—¡Que así sea! —respondí—. ¡Salve!

Epafrodito preguntó la razón de mi visita, pero no hizo ningún ademán de buscar privacidad. Referí entonces del modo menos interesante posible mis últimos meses en Campania e hice al secretario un informe oral igualmente blanco de la situación en casa de Séneca. Pensaba que tal vez mostrándome leal, conseguiría algo de la antigua consideración de mi protector en el *Palatium*.

Epafrodito se limitó a anotar los asuntos que le parecieron más relevantes de mi discurso y luego abrió el cajón de su escritorio. Delante de Joseph bar Mathias, como si no significara nada, me tendió una bolsa de monedas.

—No busco tu dinero, Epafrodito, sino tu amistad —me atreví a decir.

—Pero no te caen mal unas cuantas monedas en este turbio momento de tu vida, Timoteo. ¡Descuida, que seguiré sabiendo recompensar tu lealtad!

Me guardé las monedas debajo de la túnica y salió de allí enfadadísimo: para Epafrodito ya no era un espía, sino un simple mercenario. Sentí la humillación de haber perdido definitivamente el estatus que alcanzara como ciudadano romano.

Nunca más volvería a ver a Epafrodito. Pronto, y con el sentimiento de que tampoco volvería a contemplarla jamás, saldría para siempre de Roma. Me marchaba en compañía de Paulina y de Pablo, que al fin llegaría a su anhelada Hispania. Ninguno de los dos sabía que ese último viaje era también el de la muerte.

OCTAVA PARTE

El desterrado

XXXVIII

En Córdoba, provincia Bética, año 69 d.C.

Las noticias que llegaban a Córdoba no eran alentadoras para el viejo. Pablo casi no podía moverse ya: lo trasladaban en una silla para que tomara el sol y lo volvían a cargar antes de que cayera la tarde y refrescara, por temor a que enfermase. Esas horas de solaz las utilizaba para recibir una correspondencia que se había hecho escasa con el tiempo, pero que de todas maneras le recordaba que existía un mundo afuera de esa casa donde esperaba solo a morir. Una carta de Lucas le describía la guerra en Jerusalén, llena de odio y rencor acumulado. «El final», le decía nuestro médico, «se ve próximo, pero también devastador.» Yo mismo le leía esas cartas, y me había vuelto a mi vez un hombre ausente, que conversaba poco. Describía mi situación como un retiro forzoso, pero eso apenas mitigaba el dolor que sentía por ser olvidado en Roma, a la que dedicara mi vida.

—El mundo se ha puesto de cabeza, Timoteo —me decía Pablo, hablando como en todas las épocas suelen hacer los viejos—. Los saduceos se han unido con los sicarios y con los zelotes y nazareos para hacerle la guerra a Roma. Un judío, antiguo amigo mío de Alejandría, hijo de uno de los hombres más acaudalados del lugar, es el segundo de Tito y pelea en contra de su pueblo, en el lado romano. Y el tal Joseph bar Mathias ha resultado un general de cuidado en algunas de las batallas más sangrientas contra los romanos.

—Obra tuya, Pablo. Enteramente tuya —le decía yo, sin dejar que lo olvidase—. Puedes considerar que tu vida ha tenido sentido.

Lograste la división que tanto anhelabas, solo para que se uniesen al final todos en contra del césar. Pero descuida, esta guerra no puede durar mucho: Tito tiene a varias de las mejores legiones consigo y puede sitiar Jerusalén hasta que los judíos mueran de inanición.

Pablo, sin embargo, no compartía mi rencorosa alegría. No era, según él, para esa guerra que trabajara en realidad, aunque Roma le pagase por ello, sino para anunciar otro reino, uno que no es de este mundo sino el del juicio final, en el que aún creía aunque ya nunca hablara de eso. No tenía, salvo a mí, a quien aleccionar en esos parajes lejanos de la Bética, y mi incredulidad ya la conocía bien.

—Lucas no es tan optimista como tú en sus cartas —observaba.

—Quizá porque extraña nuestro salario, hermano Pablo —respondía yo en broma, aunque el pobre apóstol retirado no estaba para chanzas—. Ustedes deberían hacer como el césar, que cuando enviuda se vuelve a casar sin dolor. ¡Larga vida a Estatilia Mesalina! —dije refiriéndome a la nueva mujer de Nerón, con la que casara ni bien murió, embarazada, Popea Sabina.

—¡Deja tu cinismo para otro momento, Timoteo! Las noticias de Palestina, te lo digo, no son alentadoras.

La verdad era que la última carta escrita por Lucas estaba llena de miedo: «A Pablo, hermano en Jesús, Lucas, el médico, con mis saludos. Tiempos difíciles para aquellos a quienes toca presenciar lo que ocurre en estas tierras, hermano Pablo. Quién hubiera dicho que lo que presenciaríamos no sería el Apocalipsis, o el juicio final, sino una guerra sin cuartel contra el que llaman invasor y ocupante, Roma». Así iniciaba su epístola Lucas, desde Corinto.

«Los judíos, al mando de Joseph bar Mathias y de una cohorte de sicarios, masacraron las guarniciones de Jerusalén, Masada y Chipre. En manos de los rebeldes se encuentra parte de Judea, Idumea y Galilea. El ejército de Cestio Galo tuvo que retirarse, diezmado y humillado. Desde Antioquía ha venido Tito Flavio Vespasiano al rescate del honor de Roma, pero ni siquiera el viejo soldado de Nerón ha podido aplastar a los insurrectos.»

Lucas continuaba su larga epístola haciendo referencia a las comunidades de nazareos y su participación en la resistencia contra la ocupación romana, pues se habían alzado también desde el inicio y luchaban contra Tito.

A Córdoba llegaban, lentas y esporádicas, las noticias de la guerra de Judea, la única nueva que Pablo deseaba escuchar. Pasaba las mañanas recostado, leyendo o escribiendo, y por las tardes dormitaba bajo un olivo. Pompeia Paulina se quejaba de la falta de ánimo del apóstol, pero compensaba sus ausencias amorosamente, llevándole pequeñas viandas o enviándole algo de vino para refrescarse de cuando en cuando.

Ella misma, muchas veces, acompañada por una esclava, iba al caer la tarde a ofrecerle una manta para acompañarlo de regreso a sus habitaciones.

—Hay muchos dolores, Timoteo, algunos de ellos insoportables. Se hacen más cruentos con la edad. Pero el peor consiste en saber que todos tus pasos en la tierra han sido inútiles —me dijo un día, en una de sus confidencias cada vez más raras—. Prométeme una sola cosa.

—La que quieras, Pablo; al menos eso te debo después de tantos años de amistad.

—Que recopilarás mis cartas y las harás públicas. Lucas puede ayudarte en el empeño, pues está allá, y puede conseguir copias o él mismo hacerlas. ¡Escribe a Aquila y Prisca, pídeles que te envíen las que recibieron de mí en todos estos años!

—¿Qué ganarás con todo ese trabajo inútil, si nadie conoce ya a tus destinatarios ni está al corriente de los temas que les preocupaban? Tus pleitos menores con los gálatas, a los que gritabas *estúpidos* una y otra vez, ¿crees que a alguien puedan serle de provecho? Tu influencia ha sido bastante para hablar por sí sola de tu grandeza.

—No logré influir del todo, o al menos eso parece por la guerra en Judea.

—Tú mismo decías que no hay nada que hacer, que el tiempo se acerca. ¿Por qué te importa el juicio de los hombres, si tienes el de tu Dios?

—Tal vez porque el de Dios será implacable, me consuelo con que los hombres no me olviden ni me tengan por impío.

Era inútil discutir ya con él. Prometí hacer lo que me pedía.

Y aquí me tienes, Craso, sin poder yo mismo irme a la tumba por cumplir tal juramento. En esta misma habitación me arrancó la palabra a la que, como auténtico romano al fin y al cabo, no puedo faltar.

Tuve razón, además. Cuatro años después de iniciada la guerra en Judea, Tito intentaba aplastar de una vez por todas a los judíos: que muriesen de hambre o desertaran.

La misiva de Lucas era clara: se acercaba el fin de Jerusalén, Tito saldría vencedor. Si tan solo Roma e Israel pudiesen haber seguido juntas por siempre, en paz, con las religiones de cada cual, como Pablo anhelaba…

Aunque las noticias tardasen en llegar a Córdoba, el sistema de correos imperial seguía siendo impecable. Pablo se enteró entonces de que dentro de los muros de la ciudad que tanto daño le hiciera, los cadáveres de los hambrientos apestaban en las calles. Los bandidos, disfrazados de sicarios, robaban las tiendas de los mercaderes y las ropas y anillos de los muertos, cortando sin piedad los dedos y aun los brazos. Enjambres de moscas sobrevolaban la ciudad como una nube siniestra. Tito había construido su propia muralla en tres días, para que nadie pudiese entrar ni salir ya del demencial sitio. El calor era insoportable. Entre los desertores, tal como adiviné desde que empecé a leer la carta en voz alta para Pablo, estaba Joseph bar Mathias, quien se hacía llamar con el nombre que Epafrodito le diera: Flavio Josefo.

No solo se había cambiado de bando, sino que para salvar el pellejo entregó información táctica esencial a Tito: dónde se hallaban las guarniciones importantes, cuántos hombres quedaban, quiénes eran los cabecillas; Eleazar, Simón bar Gioras, Yohanan de Gischala, uno tras otro iba delatando a los rebeldes. Tito mandaba crucificar a todos los prisioneros que tomaba. Se contaban ya por cientos las cruces levantadas a lo largo del camino de salida hacia Getsemaní; los buitres picoteaban sin piedad los cuerpos de los ejecutados.

Dos días después de los *idus* de agosto, por órdenes de Tito, Joseph bar Mathias se acercó a los pies de la Torre Antonia, intentando que sus antiguos compañeros se rindiesen. Decía, entre súplicas, que era la única forma de que se detuvieran los sufrimientos de quienes aún quedaban vivos.

—¡Es nuestra última oportunidad de acogernos a la benevolencia de Tito, sacerdotes! Es la única forma de salvar el templo. Las llamas empiezan a consumir sus paredes.

Era además el Día del Sacrificio Perpetuo y no había allí corderos ni ofrendas expiatorias.

—¡Esta ciudad pertenece a Yahvé y no a Tito! Él nos dirá qué hacer hasta el final. ¡Retírate, traidor!

Era inútil.Una mujer había matado a su hijo recién nacido con sus propias manos y luego lo asó para darlo a comer a sus hermanos. Nada ni nadie conservaba la cordura ni la piedad.

El sitio continuó y pronto Tito pudo tomar la Torre Antonia, que mandó derribar. En las noches la lucha era cuerpo a cuerpo: grupos de cuarenta legionarios iban avanzando tanto como les permitían los rebeldes, y tomaban calles y casas; todo el que era aprehendido iba a ampliar el número ya imposible de calcular de crucificados.

Las milicias de Roma quemaban las casas y las tiendas vacías de víveres o de utensilios; clavaban sus lanzas y espadas en mujeres, niños y ancianos sin clemencia alguna.

Cuando la parte central de la ciudad estuvo bajo su dominio, los soldados del emperador incendiaron el templo. Los últimos patios ardieron también, después de tres días en que las llamas avanzaron destruyendo techos y puertas e incluso llegaban a fundir el oro y el metal de los altares.

Algunos judíos escondidos allí salían envueltos en fuego para caer encima de los otros cadáveres que abarrotaban las plazas; los sótanos del templo fueron saqueados por los legionarios, que llenaban sacos y sacos de monedas de las ofrendas y de la usura de los saduceos.

La orden era clara: todo judío debía ser degollado, todo domicilio arrasado, reducido a nada.

La ciudad entera comenzó a desaparecer ante la furia de las huestes que habían roto la resistencia de cuatro años de guerra y veían, ebrios, cercana la victoria.

Y no solo eran los soldados romanos, sino los mercenarios sirios y los auxiliares nabateos, los germanos y galos, y todos los ejércitos provenientes de las provincias, que buscaban su propio botín de guerra, cobrándose así años de privaciones y sufrimientos. Tito no hizo nada al principio para detener el pillaje, pues reconocía como natural esta manera de cobrarse el triunfo; ya habría tiempo de poner orden. ¡Estaba tan complacido por la victoria! Un grupo de judíos, aprovechando el desconcierto, huyó hacia Masada, planeando reagruparse en un ejército.

Pero el final era inminente. De lo que antes fuera el templo, solo quedaba un montón de ruinas y madera crepitando. La destrucción era tan grande que incluso en muchos barrios habían desaparecido las calles como tales; solo quedaban restos de antiguos edificios y hogares. Pero era tal la cantidad de escombros y de cadáveres, que resultaba imposible andar sin pisar los cuerpos de los judíos inmolados en el sacrificio por su libertad.

Uno de los sacerdotes salió al final, clamando piedad.

—¡Ya pasó el tiempo del perdón, anciano! —gritó Tito, y él mismo hundió su *gladius* en el vientre del hombre.

—¡*Titus Imperator*! ¡*Titus Imperator*! —coreaban los legionarios, henchidos.

Y es que nada sabe como el éxito. Lo he probado, lo he visto.

Tito reunió a sus tribunos y centuriones y planeó con esmero el final de esa guerra, con las ordenanzas necesarias para frenar, por fin, el pillaje. Pronto pasaría revista a esos soldados rebosantes de codicia.

—¡Que se reparta todo lo que se confisque, pero justamente y según el rango! No vinimos a robar, pero nos llevaremos lo que por derecho ahora nos pertenece. Antes debemos reducir esta ciudad a nada; no quiero que quede una sola casa en pie.

Un millón de judíos había muerto en cuatro años de guerra.

En su regreso triunfal a Roma, Tito llevaría cien mil nuevos esclavos. Era una forma de piedad: por lo menos les perdonaban la vida.

Solo dos judíos iban en su comitiva: el apóstata Flavio Alejandro y el traidor Flavio Josefo.

Si los anteriores meses fueron de una gran tristeza y desazón, esta última carta de Lucas postró para siempre a Pablo. Dejó de escribir del todo; ni siquiera tuvo ánimos para responder a nuestro amigo. Me dijo apenas que de nada servían ya las palabras, y por mucho tiempo se escondió en su propio silencio; en el mutismo de un muerto en vida.

XXXIX

En Córdoba, provincia Bética, año 72 d.C.

Córdoba, aunque presuma de largo linaje y antigüedad, en realidad fue fundada por el primer procónsul romano de la península, Marcelo. Es hermosa, a su manera; las casas de adobe con techos de paja y teja, los pocos edificios altos, las villas de los ricos comerciantes de aceite de oliva y de los senadores retirados se hallan río arriba, hacia la colina, pero todo el pueblo descansa a la orilla izquierda del Betis. Es la ciudad a la que van a morir los soldados retirados y los políticos que han perdido el poder, decía Séneca de sus propios antepasados y del lugar que lo vio nacer, pero tenía razón: el sitio era, por un lado, una especie de asilo de ancianos al aire libre, y por el otro, puerto seguro para traficantes y juerguistas, comerciantes poco escrupulosos y especuladores inmobiliarios. Se hablaba latín en todos lados y las tabernas tenían mercancías de todas las latitudes, ofrecidas al mejor postor. Ya instalado, no tardé en encontrar pronto una *caupona* donde retirarme cuando no deseaba comer en casa de Pompeia Paulina, ni cuidar las formas de los nobles.

La suma que me proporcionara Epafrodito como primera indemnización —no las monedas humillantes que me entregó delante de Joseph bar Mathias— me serviría para tener una vejez sosegada y ocasionalmente entretenida por algunos placeres que hicieran menos difíciles las duras condiciones del destierro: porque eso era, finalmente, a lo que la ira o la conveniencia de Nerón nos había condenado a todos.

Alguna vez discutí con Pablo el asunto, pues me enfadaba sobremanera que los años de servicio no contaran aparentemente para nada a la hora decisiva.

—Serví al césar y ahora el césar me desprecia.

—Serviste a muchos césares, lo que complica aún más las cosas. Cuando Sejano te sumó a su red de informantes y espías eras un muchacho, estabas al servicio de Tiberio. ¡Cuéntalos! Pocos pueden darse el lujo de afirmar que han estado a las órdenes de cuatro emperadores distintos. No te quejes, Timoteo, digamos que duraste mucho, y solo porque estabas lejos de Roma. Nadie te identificó con uno solo de los prefectos a quienes rendías informes. O quizá durante alguna época habrás sido asociado al nombre de Agripa, de quien afirmas conservar la amistad.

—No la pongo en duda, a pesar de que no ha respondido a mis cartas. Él sí fue cercano a muchos césares. Pero Nerón lo asocia a Agripina, como hacía también con Séneca, y quizá por eso no pudo tener al final la menor influencia en cuanto a mi remoción del servicio.

—Ellos te olvidan y tú, en cambio, estás obligado a guardarles el secreto.

—No cuesta trabajo en esta tierra donde nadie nos conoce.

—¿Y Agripa? ¿No recibió recompensa alguna por su participación en la destrucción de su propio pueblo? Prestó parte de su ejército, según dice Lucas, desde el inicio, y a Tito le ofreció todos sus hombres más una importante suma para su manutención. Me extraña no escuchar referencia alguna al tetrarca en lo último que nos escribió nuestro médico poeta.

—No se ha destruido todo el territorio, solo Jerusalén; allí sí no ha quedado piedra sobre piedra. Tendrá ocupaciones de sobra con las demás regiones, además de tratar de sofocar cualquier nuevo intento de revuelta. Se han quedado en Palestina tres legiones completas.

—A Nerón no le bastaron los problemas en Palestina: debió enfrentar los levantamientos de sus gobernadores y una nueva guerra en Galia. Pero lo que nunca creíste, nos tocó presenciarlo: ¡cuatro césares en un mismo año!

—Medios césares, diría yo, si hablamos del anciano Galba y el inepto Vitelio. ¡Larga vida a Vespasiano, destructor de Jerusalén! Igual y podemos decir que en buena parte debe a ti, Pablo, la fortuna de su puesto; sin las revueltas no hubiese sido el héroe que hoy aclama Roma.

—Exageras, Timoteo, como siempre. Yo no inventé el odio hacia el imperio, tampoco formé grupos de sicarios armados ni entrené soldados en el desierto como los nazareos de la Ciudad de la Sal.

—No, Pablo, hiciste algo más duradero: les diste una razón para expulsar a Roma. Una razón divina: ¿cómo iba a ser ese el pueblo elegido a la llegada de Yahvé para el juicio final, si se había dejado sojuzgar y aplastar por una nación invasora? ¿Te parece poco?

—¡El mismo Señor les dará la señal! Está escrito.

—Tú les indicaste cuál era: Jesús, un pobre diablo al que elevaste a Mesías.

—Yo no lo llamé así primero. Fueron sus hermanos, quienes aseguraban que con él reinaría el heredero de David, el Hijo del Hombre. Todos esos términos yo solo los volví a usar cuando fue necesario, para apoyar mis argumentos. Además no era mi intención, lo sabes, sino mantenerlos en paz adorando el reino celestial, no el de este mundo.

—Te lo pregunté hace mucho, Pablo, y lo vuelvo a hacer ahora, ¿en verdad crees todo lo que predicaste?

—No lo sé ya más; no después de lo que ocurrió con Jerusalén. Yo no prediqué el odio, sino el amor. Eso te lo recuerdo.

—Tú dijiste que la justicia perfecta solo se lograría con la llegada del Mesías.

—Otra vez citaba al profeta, eso también lo aprendí con Gamaliel. Y lo acepto, sí creo en la resurrección, Timoteo. No tendría sentido alguno mi vida sin esa fe. ¿Me estás sometiendo a juicio?

—Te cito a ti mismo, Pablo: juzgar y perdonar son la misma cosa. Pero sufres porque tú mismo no te perdonas; me atrevo a decir, después de tantos años, que te arrepientes.

—¿Y quién no se arrepiente de su vida, Timoteo? ¿Eres tú perfecto, acaso? ¿No lamentas tantas malas decisiones, tantas estupideces, tantas vueltas sin encontrar una dirección apropiada?

—No hablamos de mí, pero si quieres puedo decirte, por supuesto, que aunque lamento muchas cosas, no me arrepiento. He vivido y he dejado vivir a quienes no se interpusieron en mi camino. No pido más, ni exijo nada a cambio.

—Juegas tu papel de cínico con muy buenos resultados, no lo niego. Yo no soy así, lo sabes bien; no podría dejar de rumiar mis pensamientos hasta roerlos. Estos años en Córdoba he repasado cada momento de mi vida, cada caída, si así las quieres llamar.

—Lo único que puede quedar después de una caída es un rasponazo, y levantarse con el cuerpo dolorido aún; eso me lo enseñó Sejano.

—¡Cuántas otras cosas terribles aprendiste también con él! Yo tuve mejores maestros, eso he de reconocerlo; sobre todo Gamaliel.

—Una cosa te digo: es imposible saber qué se está haciendo en la vida. Apenas la vivimos. Podrías empezar por allí si quisieras poner en orden tu mente o tus asuntos; la vida solo la vivimos, te lo repito.

—No es tan fácil. Si me duermo y despierto escuchando la misma frase: «Eso no debió suceder», ¿cómo puedo alegar ignorancia de lo vivido?

—Porque mientras lo vivías eras ignorante de lo que ocurriría después. No podías prever que se destruiría el templo de Salomón, que tanto vituperaste en tus sermones y escritos, pues decías que Dios no está en ningún templo ni en ninguna figurilla hecha con las manos. Pues ya está: no hay más templo, entonces Dios puede andar libremente por todos lados como pregonabas. De verdad, Pablo, busca ya el perdón de los que llamas tus crímenes.

—No se perdona el crimen, sino a la persona que lo ha cometido. La falta sigue siendo sancionable. El mal sigue siendo el mal.

—No me enredes con tus sofismas. No se perdona lo hecho porque ya ha sido realizado, es irrevocable. ¿Recuerdas al hombre que asesinaste en Atenas? Te iba a robar; te defendiste. Es todo. No puede tener más consecuencias.

—Le quité la vida.

—O él te la hubiera quitado para robarte.

—Hablas del perdón; pues yo lo habría perdonado.

—No te hubiese dado tiempo; nadie perdona mientras se ahoga en su propia sangre.

Esas conversaciones se repetían, con distintas palabras pero idénticas ideas, casi todas las mañanas. Era a esa hora cuando Pablo hablaba; después de comer dejaba este mundo y se dedicaba, como él mismo decía, a *rumiar* el pasado. No escribió una sola carta a partir del mandato de Galba. Recibió algunas, es cierto, aunque su correspondencia dejó de correr por falta de respuestas.

Una carta de Lucas, quizá la última que escuchó —puesto que ya no leía tampoco—, lo volvió a postrar, totalmente enfermo: lo referido por nuestro médico le provocó lágrimas de ira y no me ocultó ninguno de sus sentimientos.

Esta era la carta, digo ahora que la he reencontrado entre tantos papeles, y la leo en voz alta a mi amanuense, como antes a mi amigo.

A Pablo, apóstol en Jesús, de Lucas, médico y seguidor del Señor. ¡Salve, Pablo, y Nuestro Señor Yahvé te conceda una larga vida! Los sucesos después de la caída de Jerusalén no pudieron ser más atroces. Te he hablado antes de la hilera de cientos de cruces en las que fueron ejecutados muchos de los defensores de la ciudad; he referido también la suerte de los cientos de degollados y pasados por las armas, niños, mujeres, ancianos y quienquiera que respirase. Judío era sinónimo de enemigo. Mi suerte de griego me ha permitido sobrevivir; mi nuevo empleo es al servicio de un cuestor en Antioquía a cuya familia atiendo como médico y a quien sirvo también como escriba y traductor. Este hombre me ha llevado hace dos días a la arena en el anfiteatro de la ciudad para, en sus palabras, divertirnos un poco. Los prisioneros judíos han sido no solo en Siria, sino en todo el imperio, especialmente en Roma, la carne de que se han alimentado las bestias de los circos o las víctimas de los mejores gladiadores; mofarse de un judío empieza a ser un deporte típicamente romano. El espectáculo que tuve que presenciar, sin embargo, fue atroz, ya que se obligó a los prisioneros a enfrentarse entre sí.

Habremos estado allí unos treinta mil espectadores vitoreando y comiendo: cordero, pan, frutas de Damasco.

«¡Mátalo, judío, acaba con él!», gritaba una mitad, a la que otra coreaba: «¡Huye, judío. Salva tu vida! Corre, viejo, antes de que te destroce.»

Porque además el organizador de los juegos, para mayor escarnio, buscó parejas absolutamente inverosímiles: hombres enormes compitiendo contra enanos, jóvenes fuertes contra ancianos, hermanos contra hermanos e incluso algún padre contra su hijo, pero esa lucha resultó poco divertida para los romanos, pues el padre se dejó matar casi al inicio en lugar de herir a su hijo. Los esclavos levantaban los cuerpos de los caídos con sus ganchos y se los cargaban rápidamente a la espalda. Los judíos más fuertes fueron reservados para los combates contra los leones; sé cómo aborreces el circo y por ello te ahorro los pormenores del destino final de esos pobres desdichados. Uno tras de otro estos supuestos combates se sucedían sin más fin que el de complacer a las masas vociferantes, a los soldados triunfadores y a las familias de algunos de los mercenarios contratados para la guerra, que todavía no es, Pablo querido, cosa del pasado, porque los fortificados de Masada resisten y han reclutado a mucha gente, según parece, con el fin de volver a combatir. El líder de los sicarios, Eleazar ben Yahir, tiene al menos a diez mil con él, según se dice, y el nuevo procurador Lucio Flavio Silva ha enviado a la Legio X y a cuatro cohortes auxiliares a enfrentarlos. Será otra carnicería.

Lucas tuvo razón, pienso ahora, sin por eso hacer de él un profeta: Masada cayó el día quince de Nisán, el primer día de *Pésaj*, al quinto año de la rebelión judía, en el año 3833 de su calendario.

La muerte de un viejo amigo, aunque esperada, cuando al fin llega siempre sorprende y es desconsoladora. No imaginábamos el mundo sin su presencia. ¡Cómo lloré la desaparición de Pablo! Yo también era viejo ya y sabía que el final estaba cerca, pero aun así conservaba la esperanza de amanecer cada mañana con mi amigo aún vivo.

Apenas aclaraba cuando me dieron la noticia: Pablo de Tarso dejó de respirar a la *hora prima*. Un esclavo me trajo una palangana de agua caliente, con la que me aseé un poco antes de dejar mi habitación; la casa entera estaba alborotada con la noticia. Yo, a pesar de mi edad, había pasado casi toda la noche fuera en una fiesta con bailarinas, como dije a Paulina para ocultar el verdadero trabajo de mis acompañantes. Era aficionado a un burdel de la parte de abajo de la ciudad, al que un legionario local me invitara dos meses atrás.

Me dolían el cuerpo y la cabeza por la juerga, pero no pude negarme cuando Pompeia Paulina me hizo un pedido:

—Estarán yendo y viniendo sirvientes por este cuarto; te ruego que recojas todos los papeles de Pablo. Sé cuánto atesoraba sus escritos y me daría mucha pena que se perdieran.

Dediqué la mañana a ordenar los papeles para guardarlos conmigo. Me llevé varios rollos con sus libros favoritos a mi propia habitación y hasta sus viejas ropas, pues Paulina prometió traer nuevas vestimentas para el funeral.

¿Cómo habríamos de honrarlo? ¿Como romano o como judío? Nunca antes se me ocurrió esa pregunta, por lo que cuando Paulina me la hizo opté por la respuesta que más lo acercaba a mí; teníamos una historia en común y quería que su final le hiciera justicia.

—Era un ciudadano romano y se enorgullecía de serlo —afirmé—. Habremos de incinerarlo.

Paulina se encargó de todo. Sus gastados vestidos fueron finalmente quemados en la pira funeraria con su cuerpo; en la tumba los sirvientes colocaron ofrendas de huevo, lentejas y vino, pero a petición mía el oficiante no sacrificó ningún animal. Si no me imaginaba a Pablo envuelto en un sudario, menos aún podía aceptar para él un rito al que consideraba tan poco puro.

El cementerio en Córdoba se encontraba al otro lado del río y había que trasladarse a él cruzando un puente o en barca, lo que daba un efecto de gran dignidad pero requería más tiempo y también más dinero. Las pompas fúnebres de Pablo estuvieron lejos de ser suntuosas, pero Pompeia obligó a todos sus sirvientes y esclavos a asistir, y avanzaron con solemnidad por la calzada.

También músicos tocaban flautas y trompetas entre cuatro portadores de antorchas; Paulina contrató incluso a un par de plañideras para que llorasen con suficiente ruido y moviesen así a los demás a la pena. Seis bailarines y dos mimos acompañaban a la comitiva realizando sus actos, lo que provocó que algunos curiosos se anexaran a la procesión.

De acuerdo con el ritual, me correspondía a mí subir a la tribuna y ponderar la vida del difunto. A mitad del discurso se me quebró la voz.

No sabía cuánto lo quería, Craso, hasta ese momento en que me vi privado de él. Ante la muerte somos egoístas, no nos importa el difunto, sino quiénes somos ahora ya sin él, y en quiénes nos convertiremos cuando su recuerdo se haya también ido.

Fue Pompeia Paulina, por el rango que le correspondía en la casa, quien encendió la pira adornada con flores y perfumes. Consumidos el fuego y la carne de Pablo, los enterradores removieron las cenizas para recoger los huesos y cubrirlos con ungüentos; luego serían colocados en la urna funeraria de plata que escogí de común acuerdo con Paulina.

Una sola inscripción, sin nombre, se mandó hacer después en la tumba: *Sit Tibi Terra Levis*. Que la tierra, al menos, le fuese leve, pedía a sus propios dioses la dueña de la casa en que Pablo de Tarso vino a morir, ya muy viejo, en Hispania, donde siempre había querido llegar.

Cuando ya me quedé solo, sin plañideras ni músicos ni romanos, recordé lo que mi amigo el apóstol me enseñó y con mis propios gestos y palabras, encomendando el alma y el descanso de Pablo a Yahvé, por primera vez en mi vida oré de verdad.

EPÍLOGO

El juicio final

XL

Córdoba, provincia Bética, *circa* 94 d.C.

He pedido ser llamado Timoteo en esta historia, dejando mi nombre romano para los anales de los espías más ilustres. Aguardo la muerte, pues ya no se puede esperar otra cosa de una vida que ha sido demasiado larga y llena de aventuras, aunque no todas sean gratas de recordar. Hace trece años que empezó el reinado de Domiciano, quien a la sombra de su hermano Tito combatió también en la guerra judía. El emperador tiene, según dicen, los dedos de los pies muy cortos, por lo que ahora, con los años y ya calvo, su prominente vientre apenas le permite caminar sin ayuda. Es un hombre cruel, pero su maldad apenas llega a la hermosa Bética, esta provincia de la Hispania Ulterior en la que descanso, escribo y maldigo; como te habrás dado cuenta, nunca en el mismo orden. O nos alcanza, a los humildes como yo, de otras maneras, porque el horror de Domiciano sí se impuso en la persona de Baebius Massa, el procónsul, acusado de concusión y después impune.

Estoy desdentado pero me niego a usar una falsa dentadura hecha de dientes de perro, como hacía el ya fallecido sobrino de Séneca. Me parecen absurdos esos inventos con que la gente trata de ocultar sus años, como los calvos senadores romanos con sus pelucas de cabello verdadero, a las cuales dedicaban más tiempo peinando que a preparar sus intervenciones en el Foro.

Mi amanuense viene ahora cada tres días a tomar dictado; acabada la historia de Pablo, me hallo lo suficientemente cansado y sin ganas como para no precisar de sus servicios a diario;

además, en algunas ocasiones son más achaques y gritos que palabras coherentes lo que sale de mi boca. Es lo malo de llegar a viejo: todo, hasta el más mínimo movimiento, duele. Qué lejanos los tiempos que narré en estos pergaminos, donde ninguna noche parecía la última y a cada aventura seguía otra amenaza y luego la acompañaba otra hazaña más; nunca me detuve a pensar entonces en nada que no fuera vivir al día. Quizá por eso no fui como otros, no tuve una mujer o unos hijos, ni siquiera una casa que pudiese decir mía. Tal vez fue también esa la causa por la que mis posesiones nunca han sido otra cosa que metálico. ¡De qué me sirve ahora toda esa cantidad de áureos cuando no preciso nada que no sea una buena estufa para el frío y algo de pan mojado en leche, ya que todo lo demás me causa una terrible diarrea! La última vez que comí cerdo estuve a punto de morir y el pellejo se me pegó aún más a las piernas, tan flacas ahora que han perdido toda la musculatura que las protegió por décadas.

«¡No sé si soy un viejo o un fantasma!», grito a los cuatro vientos, pero nadie me escucha en la mañana gélida de este invierno, tal vez el último para mí. Tengo que esperar a que venga mi buen Craso para encontrar algo parecido a un semejante con quien hablar, o a quien hablarle, ya que no puede llamarse conversación a lo que de él recibo.

Unos postreros comentarios históricos. A Vespasiano lo siguió su hijo Tito y ahora el césar es su hermano menor, Domiciano. Ya se habla de la dinastía Flavia como antes se ponderaba a la Julia, que dejó el poder con el último de sus vástagos, Domicio Enobarbo, Nerón.

Los césares seguirán asesinándose entre sí mediante los más intrincados métodos. No tienen remedio: habrá más envenenados, asfixiados u obligados a suicidarse. Hay quien asegura que el propio Domiciano se deshizo de su hermano para llegar a ser nombrado *Pontifex Maximus*. Es la ley del poder: la traición. El poderoso no conoce familia alguna y su apetito no se sacia nunca. La ambición solo conoce el aumento, nunca termina de cumplirse. Es como la avaricia; mientras más se tiene, más se cree que se carece de todo.

A su servicio he dedicado mi vida. Lo sé y los conozco bien. Mis informes han servido para venganzas, delaciones, capturas y ejecuciones. Mi vida no ha servido para mucho más que hacer sufrir a otros a causa del conocimiento que poseí sobre ellos en tal o cual ocasión. Ya me lo había advertido Sejano, hace tanto tiempo que ahora su voz me suena como la de un impasible dios del Olimpo: «Aprenderás a guardar el secreto, porque sabrás demasiado, y alguien que sabe un poco de más es ya peligroso. Serás temido y aborrecido, pero nunca nadie te querrá. Ese es el destino de un buen espía y tú tienes madera para la empresa, *probatus*».

Nunca dejó de llamarme así. Aprendiz de pretoriano era todo lo que yo podía ser para él.

Ahora los recuerdos se me enredan. Mi formación en la época de Tiberio se confunde con mis días en el palacio de *Caliguitas* o con las primeras aventuras en Cesarea junto a Herodes Agripa. Lo único que no se me pierde nunca es lo ocurrido al lado de Pablo, el apóstol de los temerosos de Dios, como lo llamaban muchos a mi alrededor en aquellos tiempos.

Me ha costado mucho vivir desde su deceso. Ha dejado de tener sentido incluso recordar. Quizá por eso comencé a redactar esta *Paulíada*, como la llamaba jugando al poeta, no sin cierta ilusión acerca del valor literario de mis memorias. Luego pensé en otros títulos menos sonoros o solemnes, pues me di cuenta de que estos rollos dictados al final de mi vida serán mi verdadero legado, si es que consigo dejar uno: el develamiento de todas las mentiras de Pablo así como las mías. La verdadera historia de cómo todo aquello se fraguó para el servicio de Roma; la misión de Pablo, primero, de infiltrarse entre los nazareos, luego dividirlos y después predicar la palabra para pacificar la región, y fomentar la fe y las cosas del espíritu en lugar de la sedición y la revuelta, y el éxito que significó. Años enteros dedicados a esa misión de misiones, mantener Judea en manos de Roma, no podían ser en vano.

Pues, ¿quién era el Galileo antes de Pablo? Un mesías acabado, como tantos otros, por la imposibilidad de su propia profecía. Nunca sucedió el milagro esperado en el Monte de los Olivos, nunca se convirtió en nuevo rey de los judíos, hijo de David y portador de su trono. Sus seguidores quizá fueron más prácticos en el objetivo de su lucha: en lugar de esperar un milagro divino, organizaron un ejército de liberación que buscó acabar con la ocupación romana, de forma igualmente inútil y aún más trágica. Todo lo demás fue invento de Pablo: la resurrección, el poder de la cruz, la divinización de ese hombre mortal que algunos aseguran fue el hijo ilegítimo de un legionario, Pantera, y una desdichada mujer de Galilea, María, entre muchas otras versiones, antes de que miles lo creyeran el elegido. Lo cierto es que fue un esenio piadoso, nada más.

¡Cuán efectivo resultó el anuncio de la que Pablo llamó *buena nueva* entre los judíos y los gentiles, los temerosos de Dios postrados a la vera de todos los templos del imperio, pues les hizo creer que el final era inminente y el juicio celestial habría de llegar mientras ellos estuviesen vivos!

Quien quiere creer, cree en lo que sea, por eso Pablo tuvo tal influencia en sus iglesias, produciendo lo mismo seguidores fanáticos que enemigos acérrimos.

Incluso inventó la transmisión de la gracia, que sus seguidores llaman *eucaristía*, al convertir el pan ácimo y el vino en el cuerpo y la sangre de Jesús, víctima propiciatoria y salvadora. Así escribió a los corintios, afirmando que había necesidad de un ritual que las comunidades repitieran sin incurrir en ofrendas de animales. Jesús como cordero propiciatorio, ¡qué feliz ocurrencia!

Impostor de impostores, Pablo. Máscara de su propio personaje. A sus queridos hermanos, como los llamaba, en Corinto, también estuvo a punto de decirles quién era en realidad: una sombra, una nada. Cito: «Entre los judíos me volví judío, a fin de ganarlos a ellos. Entre los que viven bajo la ley me volví como los que están sometidos a ella (aunque yo mismo no vivo bajo la ley), a fin de ganar a éstos. Entre los que no tienen la ley me volví como los que están sin ley (aunque no estoy libre de la ley de Dios sino comprometido con la ley de Jesús), a fin de ganar a los que están sin ley. Entre los débiles me hice débil, a fin de ganar a los débiles. Me hice todo para todos, a fin de salvar a algunos por todos los medios posibles».

¿Y todo para qué? Hace años que tengo la respuesta: para el bien único de Roma, que terminó con los judíos de Jerusalén de una vez por todas. Esa es mi idea, por supuesto, no creo que Pablo la suscribiese.

Pienso en el sufrimiento de mi amigo, culpándose por lo ocurrido con el templo y los judíos como él. Recuerdo sus dolores y pienso que son los míos también, por más cínico que Pablo me considerara y religioso que se creyera. Sé lo que me espera: un fin común y corriente como el de todos, sin estruendo alguno, sin ruido ni furia. Seré simple materia, alimento para los gusanos, decoración oculta en una urna, lo que sea, menos un alma grácil y errabunda en busca de su imposible eternidad.

No creo en el mal ni me preocupan sus pecados. No es la culpa lo que me atormenta, como a Pablo, sino la simple inutilidad de toda vida. Eso es lo que no me deja dormir, la fatuidad de todo acto, la naturaleza absolutamente caprichosa de las cosas, pues tampoco creo en el destino; no hay destino, somos sombras errabundas sin sentido, estoy seguro.

Pero esto no tiene que ver con la materia de mi libro, que es Pablo de Tarso. ¿Queda algo que agregar? De pronto recuerdo y dicto a mi paciente Craso las palabras textuales de mi amigo en su delirio final, una o dos noches antes de morir, presa de las fiebres y el cansancio:

—¡Me persigue el Inicuo con su oscura estela de terror! ¡Busco la luz y no la hallo! —gritó de pronto horrorizado en su agonía—. Pero sé —agregó luego en voz más baja, recobrando el aliento— que Él vendrá a salvarme. Descenderá a la Tierra para salvarme, a mí y a los míos. Nos rescatará de la oscuridad terrible y fría; nos llevará con Él, a su lado, como un padre.

Después de un rato de silencio, revolviéndose otra vez en el camastro con el cuerpo lleno de sudor, los ojos abiertos pero perdidos que le viera en sus ataques de epilepsia, volvió a la carga con nuevos gritos:

—Vendrá pronto, lo sé, a rescatarme; Él me acogerá pues soy su hijo, el elegido. ¡Con toda su sabiduría sabrá encontrarme y me liberará de la prisión de esta vida! Ninguno de los que rigen este mundo de tinieblas conoce su sabiduría ni puede con su poder salvador; ni el poder de poderes que es el mal es capaz de vencerlo.

Pablo hablaba o más bien clamaba en griego, una lengua que ya no usaba desde hacía tiempo, acostumbrado al latín de casa de Paulina:

—*Archonton tou aionos toutou* —exclamaba y proseguía, fiero, defendiéndose del que llamaba *ángel del mal*—: ¡No podrás contra mí, perseguidor, pues a pesar de mis pecados Él me acompaña y me guía!

Aun sabiendo que nada de lo que hiciese tenía más sentido que lo que él profería, procuraba aliviarlo pasando un paño por su frente, secándole el sudor. Pablo ya no estaba del todo en este mundo, sino en el que él mismo había creado:

—¡Esta batalla habremos de ganarla para la eternidad —vociferaba—, ángel maldito, hermoso entre todos los hermosos, pero inicuo! He de rechazarte nuevamente porque espero que Él me rescate pronto. El tiempo se ha cumplido, también las profecías. ¡Yahvé no necesita intermediario alguno para anunciarse y llega ya en su carro de fuego! ¡Este es el tiempo de su reino, el tiempo eterno!

Antes de despertar, aún afiebrado y medio loco, Pablo todavía amonestaba:

—¡Una nueva ley, la ley del amor sustituirá a la Torá para siempre! Él lo ha dicho y ahora viene a realizar su milagro: «¡Yo les daré un nuevo corazón y les impondré un nuevo espíritu! ¡Les arrancaré el corazón de piedra de sus cuerpos y lo sustituiré por un corazón de carne!».

¿Sabes algo, Craso? Creo que hemos llegado al final de nuestra jornada juntos. Espero haberte enseñado algo en todos estos meses mientras me ayudabas a escribir estas verdades. Sé que para ti las tierras que menciono y los años que refiero están muy lejos y no te importan, pero no es de ese relato del que debes sacar provecho, sino del que muestra lo que ocurre a todos los hombres cuando mienten, sin importar la ciudad o el siglo en que nacieron. Tarde o temprano se sabe toda la verdad, aunque incomode.

Es lo más cierto que me he escuchado decir en años, pero Craso no se ve más conmovido que otras veces. Tomo un poco de leche y le pregunto: ¿Sabes ahora quién fue Pablo de Tarso? ¿Nada tienes que decirme? Está bien, encógete de hombros, *Fere libenter homines id quod volunt credunt,* escribió alguna vez Julio César.

Y tenía razón: los hombres creen lo que les da la gana.

ALGUNOS NOMBRES DE PERSONAS,
CIUDADES Y LUGARES

SAULO, PABLO	Pablo de Tarso
SEJANO	Lucio Anneo Sejano
TIBERIO	Tiberio Claudio Nerón o Tiberio Claudio Augusto
SÉNECA	Lucio Anneo Séneca
CAYO	Cayo Julio César Augusto Germánico, Calígula
AGRIPA	Marco Julio Agripa (Herodes Agripa)
PEDRO	Simón Pedro
SANTIAGO	Santiago el Menor, el Justo, hermano de Jesús
JOSEPH BAR CAIFÁS	Caifás
ENOBARBO	Domicio Enobarbo, Claudio César Augusto Germánico, Nerón
CORDUBA	Córdoba, en la provincia Bética, España
CIUDAD DE LA SAL	Mar Muerto, Qumram, en las orillas del mar Muerto
ECLESSIA, IGLESIA	Comunidad

POSIBLE CRONOLOGÍA DE PABLO DE TARSO

4 d.C. Nace Marco Anneo Séneca en Corduba. Octavio Augusto, primer emperador romano, adopta como sucesor a su yerno Tiberio.

10-35 d.C. Pablo nace con el nombre hebreo de Saulo en Tarso, Cilicia. Su padre es ciudadano romano, por lo que también recibe el nombre latino de Pablo. Su lengua materna es el griego, pero aprende latín en la escuela. Pablo es enviado a Jerusalén para recibir una buena educación en la escuela de Gamaliel. Aprende arameo y la lengua hebrea así como las ideas fariseas.

13 d.C. Muere Octavio Augusto en Nola.

14-37 d.C. Tiempos del imperio de Tiberio. Judea se anexa al Imperio romano.

35-49 d.C. Camino de Damasco, al sur de Siria, Pablo se convierte al cristianismo porque se le aparece, resucitado, Jesús.

Adopta su nombre romano: Paulus.

Afirma haber predicado en las comarcas de Arabia, Damasco, Siria y Cilicia. En realidad se forma en la Ciudad de la Sal, en el mar Muerto, el lugar que hoy llamamos Qumram.

Visita a Pedro en Jerusalén.

Asistiendo a Bernabé, realiza un primer viaje como misionero en Chipre, Panfilia y Pisidia. Son rechazados.

Ambos participan en el «Concilio de Jerusalén».

Yohanan Marcos abandona a los apóstoles.

Pablo enferma y es atendido por los gálatas.

Pedro y Pablo se distancian.

37-41 d.C. Muere Tiberio. Tiempos del emperador Cayo Julio César Augusto Germánico, conocido como Calígula.

Es férreo perseguidor de los seguidores de Jesús, el Nazareo.

Permite el culto de Isis.

41-54 d.C. Tiempos del emperador Tiberio Claudio César Augusto Germánico. El Imperio romano conquista Bretaña.

50-51 d.C. Pablo y Bernabé realizan su misión en Antioquía, la que dura varios años y cosecha frutos y enemigos.

Se separan. El primero parte con Marcos hacia Chipre y Pablo escoge a Silas, un ciudadano romano, miembro influyente de la iglesia de Jerusalén, y a Timoteo. Parten hacia Antioquía a fin de llevar el decreto del consejo apostólico. En el camino promulgan el decreto del primer Concilio de Jerusalén.

Fundan pequeñas comunidades cristianas, entre ellas las de Filipos, Tesalónica y Berea. Lucas se une a Pablo como su compañero.

Son expulsados de Macedonia.

Pablo se refugia en Atenas pero no encuentra buen recibimiento.

Los tres siguen su viaje a Corinto, capital de Acaya. Allí permanecen durante dieciocho meses.

Encuentra a Priscila y a Aquila en Corinto.

Claudio, el emperador romano, expulsa a los judíos de Roma.

53-57 d.C. Pablo escribe una carta a la comunidad de Tesalónica.

Viaja a Siria. Visita Antioquía, Jerusalén.

Regresa a Éfeso donde permanece más de dos años. Predica y establece la sede central de su organización misionera a la que se suman muchos adeptos.

Parte a Macedonia, Corinto y otras ciudades de Asia. No para en su ejercicio epistolar.

Los seguidores de Pablo fundan varias comunidades en Asia menor, entre ellas Epafras y Colosas.

Los judíos y los gentiles se enfrentan a los cristianos por las predicaciones de Pablo en contra de la idolatría y los cultos paganos. Pablo es encarcelado.

Desde Éfeso, escribe cartas dirigidas a las diversas comunidades cristianas en Corinto, Filipos y Galacia.

54-68 d.C. Tiempos del emperador Lucio Domicio Nerón Claudio César Augusto Germánico.

58-64 d.C. Pablo viaja a Corinto y luego a Jerusalén para apoyar a los cristianos pobres. Es la quinta visita a Jerusalén. En la entrega de la colecta, es arrestado en el templo.

Pablo permanece en la cárcel de Cesarea durante dos años. En el juicio frente a Agripa apela al emperador y es trasladado a Roma en arresto domiciliario. Desde Roma escribe la carta a los cristianos en Colosas, a los efesios y a los filipenses.

Pablo emprende el anhelado viaje a Hispania.

Una tradición afirma que después visita las iglesias del valle de Licaonia, Laodicea, Colosas y Hierápolis. Parte a Creta, Éfeso, Macedonia y Nicópolis de Epiro. Según la moderna historiografía nunca ocurrió ese último viaje. Pablo probablemente muere en la provincia Bética en 72.

68-69 d.C. Tiempos del emperador Servio Sulpicio Galba.

69 d.C. Sube al trono del emperador Marco Salvio Otón.

El emperador es Aulo Vitelio Germánico.

69-80 d.C. Tito Flavio Sabino Vespasiano emperador es el fundador de la dinastía Flavia.

Se construye el Coliseo.

70 d.C. El hijo mayor de Vespasiano, el general Tito, destruye el templo de Jerusalén y obliga a la segunda diáspora judía.

Pablo probablemente muere en la provincia Bética en 72.

Tito se convierte en emperador a la muerte de su padre en 79.

81-96 d.C. Muere Tito y asciende Tito Flavio Domiciano, también hijo de Vespasiano, como emperador.

Logra ocupar la saliente del río Rin.

Se publica un edicto del vino.

Se declara *Censor Perpetuus* y hostiga a los senadores.

Asesinan a Domiciano. Marco Coceyo Nerva es hecho emperador.

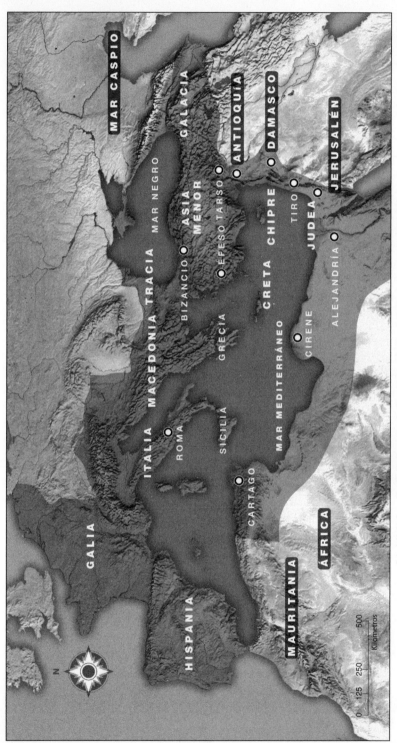

IMPERIO ROMANO EN TIEMPOS DE CRISTO

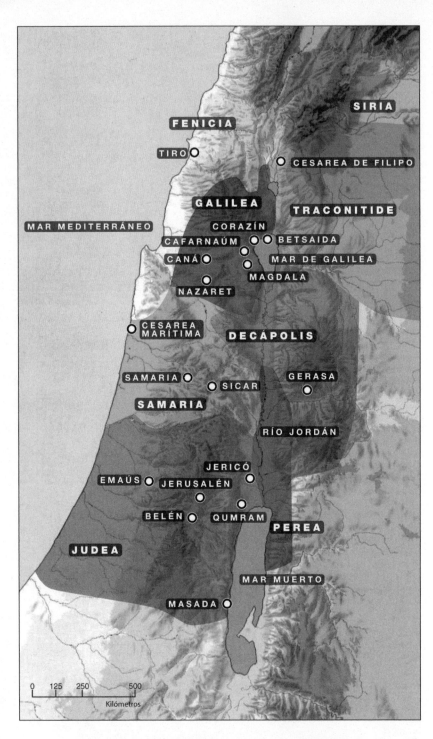

PALESTINA EN TIEMPOS DE PABLO

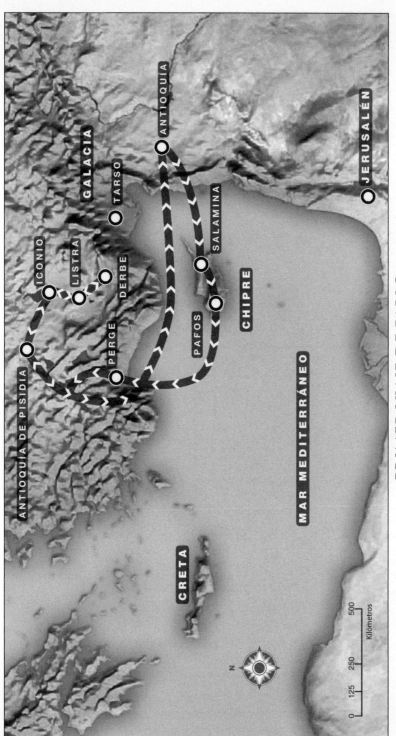

PRIMER VIAJE DE PABLO

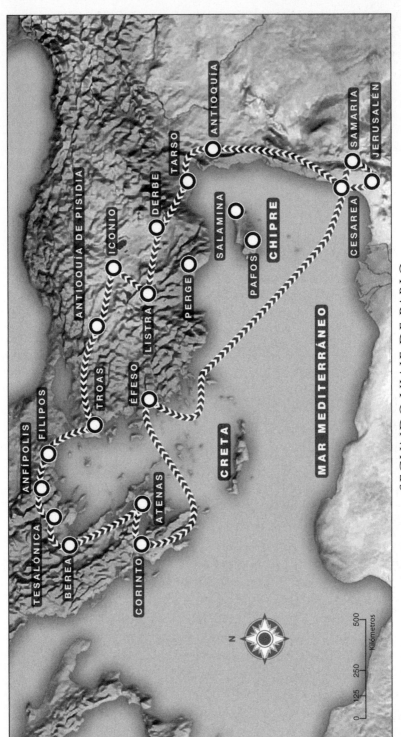

SEGUNDO VIAJE DE PABLO

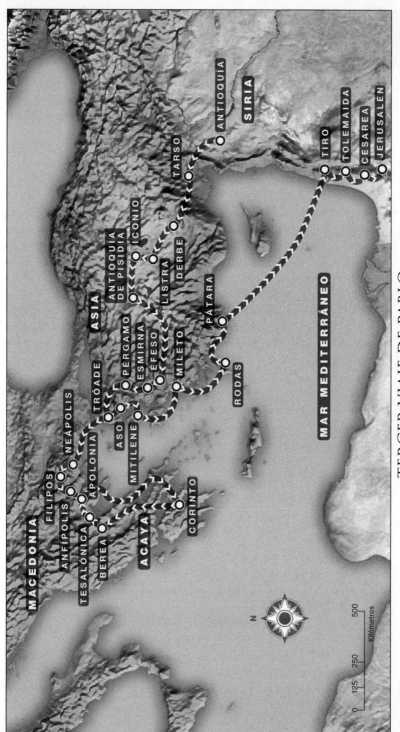

TERCER VIAJE DE PABLO

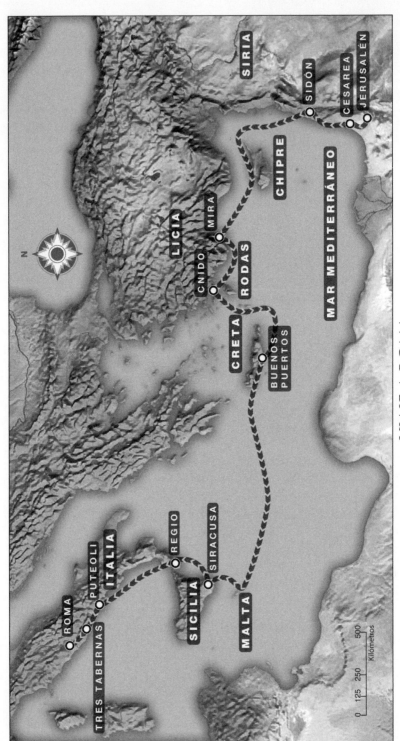

VIAJE A ROMA

NOTA DEL AUTOR

Esta novela ha sido escrita bajo algunas premisas que la arqueología bíblica y los modernos estudios teológicos nos han despejado, a saber: Jesús —Yehoshua ben Josef— no fue llamado así sino mucho después de que Pablo de Tarso predicara la palabra, quien no lo bautiza nunca con ese nombre. Solo el Lucas de los *Hechos de los apóstoles* y Flavio Josefo hablan de Jesús o Cresto, según el caso. El campesino de Judea no nació en Nazaret, pues este lugar parece no haber existido entonces y así se le llamó a alguna comunidad del mar de Galilea mucho después, tal vez más para el solaz de los turistas que otra cosa. Los *nazareos*, un tipo de esenios, eran formados en Ciudad de la Sal, un monasterio en el mar Muerto que ahora conocemos con su nombre árabe por los manuscritos en él hallados, Qumram, que por cierto también se llamaba Damasco, curiosa anfibología que permite que el relato del camino de Pablo —entonces aún el perseguidor Saulo de Tarso— sea más bien el de su conversión al rito esenio, una forma ortodoxa de judaísmo ultranacionalista.

Por otro lado hoy sabemos que *ese* Mesías —el elegido— tenía como encomienda principal una liberación política y territorial específica: deshacerse de los romanos, ocupantes de Palestina. Y que hubo otros —como Bar Abbás, liberado por Pilatos—, en un ambiente lleno de predicadores, falsos profetas y mesías convencidos de que el mundo se iba a terminar y vendría el juicio final, como el propio Pablo afirma una y otra vez en sus escritos. He colocado una lista de los nombres que uso en esta novela y los equivalentes de las traducciones o versiones con las que el lector está familiarizado pero que son a todas luces un anacronismo: Santiago el Justo, antes llamado el Menor, viene a ser en la tradición anglosajona James y en la nuestra nada menos que Santo Yago, Santiago el apóstol, cuya leyenda lo hace llegar a tierras de España.

Asimismo creo que Herodes Agripa, el mismo que jugó en el *Palatium* con *Caliguitas,* es quien «juzga» a Pablo a finales de los años cincuenta del primer siglo de nuestra era. Para ello me baso en una amplia revisión histórica —con el libro de Stephan Huller *The Real Messiah: The Throne of St. Mark and the True Origins of Christianity* (Watkins Publishing, 2009) a la cabeza de la polémica—, como la que he hecho en todos los otros casos en que la cronología paulina ofrecía dudas específicas.

La cronología moderna de Pablo acepta como una probable hipótesis que viajara a Hispania, como era su deseo. No hay prueba alguna de su regreso a Roma ni mucho menos de su decapitación, como quiere la tradición cristiana. Es por eso que en esta novela muere en Corduba, en casa de su amigo Séneca, pero lo hace después de que la guerra contra los judíos ha terminado y ha caído el segundo templo; una guerra con más de un millón de muertos y que hizo esclavos a otros cien mil. No es imposible que Timoteo mismo llegara a ver algún ejemplar del libro de Flavio Josefo, que se hizo público dos años antes de la muerte del discípulo de Pablo.

Empecé a trabajar en estas páginas hace seis años, leyendo a Alain Badiou y su *San Pablo. La invención del universalismo.* «Mientras no sucede nada, sino lo que es conforme a las reglas de un estado de cosas [...] puede haber conocimientos, enunciados correctos, saber acumulado, pero no puede haber verdad. Lo paradójico de una verdad estriba en que es al mismo tiempo una novedad.» Esa frase desencadenó un ir y venir por bibliotecas, archivos y personas para quienes Saulo de Tarso fue importante. Siguió Jacob Taubes con su excepcional seminario de 1987, *La teología política de Pablo*; el filósofo vienés insistía en la singularidad de Saulo de Tarso, pero con una lectura política que me era especialmente afín: Carl Schmitt. El alud se precipitó, cancelando cualquier otra pesquisa literaria. Especialistas católicos, protestantes, judíos y ateos como el propio Badiou fueron poblando mis noches y mis días con la fidelidad de una pesadilla repetida. Enumerarlos a todos sería pedante, pero tampoco sería justo dejar de lado los textos más importantes de ese recorrido.

Jerome Murphy-O'Connor y su *Paul: A Critical Life* (Oxford University Press, 1997), Donald Harman Akenson y su *Saint Saul: A Skeleton Key to the Historical Jesus* (Oxford University Press, 2000), para la figura misma del apóstol. También el imprescindible *En busca de Pablo. El imperio de Roma y el Reino de Dios frente a frente* de J.D. Crossan y J.L. Reed (Verbo Divino, 2004), y de los mismos autores su *Excavating Jesus: Beneath the Stones, Behind the Texts* (Harper, 2001), así como *Paul Among the People: The Apostol Reinterpreted and Reimagined in His Own Time* de Sarah Ruden (Pantheon Books, 2010). *The Mythmaker: Paul and the Invention of Christianity* de Hyam Maccoby (Harpercollins, 1987) y *Saint Paul: The Traveler and Roman Citizen*, de William M. Ramsay (Kregel, 2001), son dos libros que hay que revisitar de vez en cuando. Más complejo por polémico pero también por penetrante es el tomo de Joseph Atwill *Caesar's Messiah: The Roman Conspiracy to Invent Jesus* (Ulysses Press, 2005). Cerraron el ciclo biográfico *The Apostle: A Life of Paul*, de John Pollock (David Cook, 1966), y *Paul: Apostle of the Heart Set Free* de F.F. Bruce (Eerdmans, 1977), pero habré revisado una centena más de opúsculos, pequeñas biografías y tratados sobre la vida del apóstol.

Para las referencias bíblicas, además de la edición de la BAC de la propia Biblia de Cipriano de Valera, me serví de la excepcional *Antología de poesía bíblica hebrea*, de Luis Alonso Schökel (Delegación Diocesana de Catequesis, Zaragoza, 1992). También, de Clyde E. Fant y Mitchell G. Reddish, *A Guide to Biblical Sites in Greece and Turkey* (Oxford University Press, 2003) y la muy cuidada biografía del procurador romano: *Pontius Pilate*, de Ann Wroe (Random House, 1999).

El tiempo contado en la novela y las disputas entre judíos y romanos tomaron cuerpo gracias a la lectura de los clásicos: Flavio

Josefo, Tácito, Suetonio y el propio Séneca en su *Apocolocintosis*. Pero también *Apocalypse: The Great Jewish Revolt Against Rome AD 66-73* (Tempus, 2004) y *Rome: Empire of the Eagles* (Pearson, 2008), de Neil Faulkner; *Roma: Auge y caída de un imperio* (Ariel, 2006), de Simon Baker; *Rome and Jerusalem: The Clash of Ancient Civilizations* (Vintage, 2008), de Martin Goodman, y *La maldición de los césares* (Robinbook, 2008), de Stephen Dando-Collins. Sin embargo, fue el excepcional libro de viaje *In The Steps of Saint Paul*, de H. V. Morton (Dodd, Mead and Company, 1936), el más útil de cuantos empeños sobre el tema haya encontrado.

La excepcional trilogía de la historiadora militar Rose Mary Sheldon, *Intelligence Activities in Ancient Rome: Trust in the Gods, but Verify* (Routledge, 2005), *Spies of the Bible* (Greenhill Books, 2007) y sobre todo su *Operation Messiah* (Vallentine Mitchell, 2008), me sirvió para la construir la hipótesis central del libro, esa mentira que devela Timoteo. Sin embargo, esa época de bandidos y mesías, de Qumram y el mar Muerto está bien descrita en *Bandits, Prophets and Messiahs* de Richard A. Horsley (Trinity Press, 1985), *Palestine in the Time of Jesus: Social Structures and Social Conflicts* de K. C. Hanson y Douglas E. Oakman (Fortress Press, 1998), así como el libro de Scott Korb *Life In Year One, What the World Was Like in First-Century Palestine* (Riverhead Books, 2010).

Más banales quizá, pero por misceláneos tremendamente útiles para el escritor, encontré el *Classical Compendium* de Phillip Matyszak (Thames and Hudson, 2009) y su *Ancient Rome on Five Denarii a Day* (Thames and Hudson, 2008), así como el divertidísimo de Vicki León: *How to Mellify a Corpse and Other Human Stories of Ancient Science and Superstition* (Walker, 2010).

Algunas obras literarias me fueron refrescante consuelo, particularmente *The Kingdom of the Wicked*, de Anthony Burgess (Allison & Busby, 2003) y *Rey Jesús*, de Robert Graves (Edhasa, 2008).

El último periodo de la escritura, el más arduo pero también el más placentero, ocurrió durante mi segunda estancia como profesor visitante en Dartmouth College. La generosidad del jefe de departamento, José del Pino, y de varios de mis colegas —Beatriz Pastor, Raúl Bueno, Antonio Gómez— me permitió, además de encontrar el tiempo, saborear también la paz que requería para su confección final. En la Biblioteca Sanborn y en varias ocasiones en el cuarto de Theodore Geisel, *Dr. Seuss*, dedicado a su memoria y a la creatividad, logré encontrar ese toque que unos llaman inspiración y yo, más modestamente, tono. Y es que escribir rodeado de otras personas que estudian produce una especie de clima contagioso de trabajo, como habrá sido el ambiente entre los copistas de una biblioteca medieval, solo que aquí el hecho de utilizar cómodos sillones en lugar de sillas, y pequeñas tablas a manera de escritorios —apenas apoyados en los brazos de las tumbonas—, me permitía en ocasiones estar hasta seis horas seguidas sin la necesidad incluso de levantarme. Como en muchos otros de mis libros, la música ha sido fundamental: para esta novela escuché una y otra vez el *Oratorio por San Pablo* de Mendelssohn y una espléndida sinfonía para gran orquesta de Josef Suk, *Asrael*, en la versión de Vladimir Ashkenazy; sin esos dos temas, no hubiese podido encontrar el ritmo y el tono de esta verdad entre las mentiras.

Eric Maisel, quien desde su práctica psicoanalítica en California se dedica a ayudar a escritores con graves problemas de escritura, colaboró en destrabar uno de mis momentos de mayor bloqueo creativo, con lo que pude reanudar una tarea que ya me había ocupado demasiados años. Reemprendí así la redacción, experimentando con diversos puntos de vista y narradores, alejándome y acercándome de la amplia casa de la ficción, llena de ventanas, aunque algunas de pronto me parecían tapiadas. Henry James, en el prólogo al *Retrato de una dama*, escribió algo que se ha citado muchas veces, como hago yo ahora:

La casa de la ficción, en suma, no tiene una sino un millón de ventanas. [...] Esas aberturas, de forma y tamaño desigual, dan todas sobre el escenario humano, de modo tal que habríamos podido esperar de ellas una mayor semejanza de noticias de la que hallamos. Pero cuando más, son ventanas, meros agujeros en un muro inerte, desconectadas, encaramadas en lo alto; no son puertas articuladas abiertas directamente sobre la vida.

Tienen una característica propia: detrás de cada una de ellas se yergue una figura provista de un par de ojos, o al menos de prismáticos, que constituye, una y otra vez, para la observación, un instrumento único que asegure a quien lo emplea una impresión distinta de todas las demás. [...] El ancho campo, el escenario humano, es la «elección del asunto»; la abertura, sea amplia o abalconada o baja o como un tajo, es la «forma literaria»; pero, juntas o separadas, son nada sin la presencia del observador; dicho con otras palabras, sin la conciencia del artista.

Y es que esa casa de la ficción es un asunto ciertamente de perspectiva, de distancia, de punto de vista. Pero todo tiene que ver con la elección del asunto, con el ancho campo que deja ver el vidrio por el que se mira. Espero que el amplio ventanal desde el que decidí contemplar el primer siglo de nuestra era nos devuelva un paisaje generoso y lleno de aventuras para quienes se adentren en sus páginas. Entrego ahora, más allá de un libro, mi *metafísica de la ficción*.

Hubo ya tres versiones de esta novela. Dos fueron directamente a la hoguera; espero que la que tienes en tus manos, lector, sea por algo la que mereció sobrevivir al fuego. Esta es la novela de la verdad de Saulo de Tarso: una gran mentira, acaso la operación encubierta de inteligencia más lograda de la historia de Occidente.

ÍNDICE